abc LA COLLECTION

Excellence

Le BAC brillamment
et un bon dossier pour Parcoursup

SVT Term

Christian Camara
Claudine Gaston

Nathan

QR codes Nathan

À l'aide de votre smartphone, **flashez les QR codes** que vous voyez apparaître au fil des pages.

Ils vous donneront accès à des **ressources numériques*** (vidéos, articles, podcasts...) sélectionnées par les auteurs.

1 Flashez les QR codes

Vidéo

2 Accédez aux différentes ressources numériques

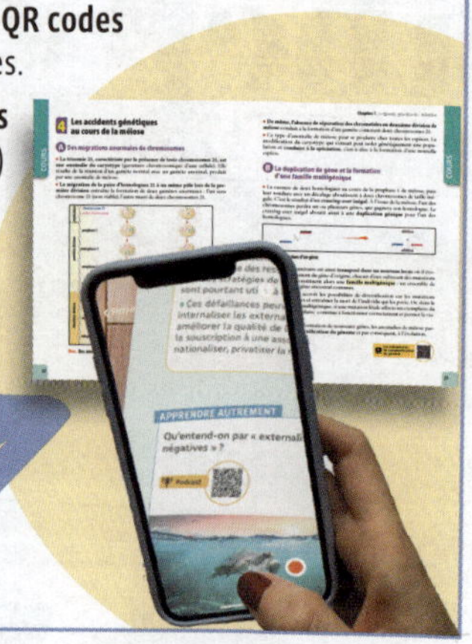

* Les éditions Nathan ne sont pas garantes de la pérennité des liens.

Crédits photographiques

11 : Shutterstock / zagorodnaya ; **41** : Shutterstock / SARAWUT KUNDEJ ; **50** : Shutterstock / Worachat Tokaew ; **51** : Shutterstock / Alexwilko ; **63** : Shutterstock / Gorodenkoff ; **66 g** DR ; **66 d** DR ; **89** : Shutterstock / ManuMata ; **92** : Shutterstock / corlaffra ; **117** : Shutterstock / Amir Khan Zumbul ; **131** : Shutterstock / Meni oktavianti ; **145** : Shutterstock / ARTFULLY ; **152** © Sean And Sun / ADOBE STOCK PHOTO; **154 ht** © Henri Koskinen / ISTOCK; **159** : DR ; **165** : Shutterstock / Evgenyrychko ; **173** : Shutterstock / luchschenF ; **183** : Shutterstock / Bernhard Staehli ; **184** © Jacob J. Gayer / NATIONAL GEOGRAPHIC ; **185** © Jean-Marc Zaorski / Istock; **215** : Shutterstock / Axel_Kock ; **247** : Shutterstock / Anatomy Image ; **257** : Shutterstock / Cassiano Correia ; **266** : DR ; **273** : Shutterstock / Kwangmoozaa ; **276** : Shutterstock / Juan Gaertner **293** : Shutterstock / pathdoc ; **324** © Dr. J.Heuser / Washington University School of Medicine, St.Louis, MO.

Direction éditoriale : Raphaëlle Mourey
Coordination éditoriale : Géraldine de Saint Palais
Édition : Cindy Savin
Conception graphique intérieure : Élise Launay
Couverture : Élise Launay
Schémas : Pascal Marseaud, Coredoc
Compositeur : PCA
Fabrication : Kévin Magar

ISBN : 978-2-09-157142-3

Code éditeur : 157142
Dépôt légal : juillet 2023

Mode d'emploi

Un ouvrage efficace pour réviser et aller plus loin

COURS

- Un cours très complet, portant sur le programme d'enseignement obligatoire et de spécialité, illustré de nombreux documents (tableaux, cartes, graphiques, schémas, photos, vidéos).
- Des petits encadrés donnent des informations complémentaires, des explications pour mieux comprendre.

ZOOM SUR…

- Des pages pour faire le point sur une question précise.

REPÈRES

- Ces doubles pages présentent :
  - les mots clés ;
  - les documents majeurs.

SUJETS

- Tous les types d'exercices du Bac pour acquérir les méthodes et s'entraîner à l'épreuve :
  - restitution des connaissances dans un texte argumenté répondant à une question scientifique posée ;
  - pratique d'un raisonnement ou d'une démarche scientifique dans le cadre d'un problème scientifique en s'appuyant sur l'exploitation de documents.

CORRIGÉS

- Les corrigés sont accompagnés de petits encadrés présentant des conseils, des remarques, des astuces pour gagner des points…

COURS

ZOOM SUR…

REPÈRES

SUJETS

CORRIGÉS

→ En fin d'ouvrage, un **Cahier spécial Bac** contenant :

- la description détaillée de l'épreuve et des conseils pour aborder l'épreuve écrite ;
- un sujet complet type Bac corrigé ;
- une partie sur le « Grand Oral » dont un sujet d'exposé corrigé.

SOMMAIRE

LA TERRE, LA VIE ET L'ÉVOLUTION DU VIVANT

CHAPITRE 1 L'origine du génotype des individus

CHAPITRE 2 Diversification des êtres vivants et évolution

CHAPITRE 3 Le temps et les roches

CHAPITRE 4 Les traces du passé mouvementé de la Terre

ENJEUX PLANÉTAIRES CONTEMPORAINS

CHAPITRE 5 Organisation fonctionnelle des plantes à fleurs

CHAPITRE 6 La reproduction des plantes

CHAPITRE 7 La domestication des plantes

Le Bac

* Sur les matières du tronc commun et la spécialité non poursuivie en fin de 1re

CONTRÔLE CONTINU

BULLETINS SCOLAIRES*

40% de la note finale

Notes des bulletins de 1re et de Tle

ÉPREUVES TERMINALES

60% de la note finale

EN 1re

Juin
- Épreuve anticipée de Français écrit et oral

EN Tle

Fin mars
- Épreuve de spécialité 1
- Épreuve de spécialité 2

Juin
- Philosophie
- Grand Oral

BAC

3 spécialités en 1re, 2 spécialités en Terminale

- À la fin de l'année, les élèves de Première devront abandonner l'une des trois spécialités choisies en début d'année.
- Les deux spécialités conservées en Terminale seront quant à elles évaluées par une **épreuve finale** en fin de Terminale (60 % de la note finale). Cette épreuve se déroule en mars.
- Par ailleurs, toutes les notes des **bulletins scolaires** des années de Première et Terminale comptent pour 40 % de la note finale.

L'épreuve finale pour l'enseignement de spécialité SVT en Tle

3 h 30 | Coeff. 16 | 2nd trimestre

✓ **2 exercices écrits :**

– Rédaction d'un texte argumenté répondant à une question scientifique **6 OU 7 PTS**

– Développement d'un raisonnement scientifique pour résoudre un problème **8 OU 9 PTS**

✓ L'élève passera également l'épreuve pratique d'évaluation des compétences expérimentales au cours du second trimestre.

Le « Grand Oral »

- **Cette épreuve, d'une durée de 20 minutes**, se réalise devant un jury et porte sur les deux spécialités suivies en Terminale.
- **Elle se déroule en trois parties :** présentation orale d'une question portant sur un (ou les deux) enseignement(s) de spécialité, puis discussion avec le jury concernant l'exposé présenté et le programme des deux spécialités. S'ensuit enfin un échange à propos du projet d'orientation.

CHAPITRE 1

L'origine du génotype des individus

DE QUOI S'AGIT-IL ?

Si la mitose produit des clones de cellules qui conservent l'information génétique, la reproduction sexuée crée de la diversité, par le biais de la fécondation et de la méiose qui toutes deux brassent les allèles. Ce brassage de l'information génétique est responsable de la diversité des génotypes individuels.

Dans l'espèce humaine, la transmission des allèles de génération en génération s'étudie à partir d'arbres généalogiques dans lesquels sont représentés les phénotypes.

Des anomalies au cours de la méiose peuvent être à l'origine d'innovations génétiques et ainsi participer à la diversification du vivant.

1 La conservation des génomes

A Une production de clones

1. Une réplication conforme de l'ADN

- La mitose est une division cellulaire au cours de laquelle **les chromosomes** se scindent en deux chromatides, toutes deux formées de molécules d'ADN identiques qui sont **ensuite réparties équitablement entre les deux cellules filles.**
- Comme les deux molécules d'ADN d'un même chromosome produites au préalable par la réplication sont identiques, les cellules filles posséderont la **même information génétique**, c'est-à-dire les mêmes allèles.
- De plus, la mitose étant précédée par la réplication de l'ADN, **la quantité de matériel génétique est elle aussi maintenue constante**, de la cellule mère aux cellules filles.

Sachez que...
La réplication de l'ADN produit deux molécules filles strictement identiques entre elles et identiques à la molécule mère initiale.

2. Des génotypes et des phénotypes identiques

- Les deux cellules filles issues de la division d'une cellule mère sont identiques, comme le seront les générations de cellules filles suivantes, également issues de mitoses. **Toutes ces cellules forment un clone**.

Sachez que...
Le terme de « clone » s'applique aussi bien aux individus qu'aux cellules.

- Dans l'organisme, une **lignée de cellules** (groupe de cellules issues d'une cellule mère) peut former un clone de cellules séparées (cellules sanguines) ou associées au sein d'un tissu. Les cellules de la lignée germinale, à l'origine des cellules sexuelles, restent toujours à l'état indépendant, tandis que celles de la lignée somatique (toutes les autres cellules) peuvent rester indépendantes ou s'associer en tissu.
- **Au sein d'un clone, les cellules possèdent le même génotype** mais aussi le **même phénotype** si leur environnement et les constituants de leur cytoplasme sont identiques. Par exemple, les lymphocytes B sélectionnés contre un antigène donné (molécule qui déclenche une réaction immunitaire), sont tous issus de la division d'un même lymphocyte B et produisent le même anticorps : ils ont donc le même génotype et le même phénotype. Ainsi, il existe une **stabilité génétique à l'intérieur d'un clone**.

B Les mutations, conservées dans les lignées cellulaires

- **Une mutation peut perturber la stabilité génétique.** Elle entraîne une variation de la séquence en nucléotides de l'ADN et donc de l'information génétique qui se retrouvera à l'intérieur de toutes les cellules d'un clone.

> **Sachez que...**
> Une mutation sera transmise à la descendance seulement si elle affecte une cellule sexuelle.

- Comme les mutations se produisent au hasard, elles s'accumulent au cours du temps dans les lignées cellulaires. Il se forme alors des sous-clones, chacun de génotype et de phénotype différents.
- Une mutation consiste en un **changement de la séquence en nucléotides**. Il peut s'agir d'un remplacement d'un ou plusieurs nucléotides (substitution), d'un ajout (insertion) ou d'une perte (délétion).
- **Les effets des mutations sont variables** : ils dépendent des nucléotides modifiés (nature et emplacement) et des acides aminés remplacés dans la protéine correspondante.
- Quand une mutation affecte une cellule, les cellules qui en sont issues porteront toutes cette mutation. Un clone de cellule mutée peut évoluer en cellule cancéreuse et former une tumeur.

> **Remarque**
> Les mutations génétiques sont aléatoires. Leur nombre augmente dans les cellules avec l'âge, ce qui explique la survenue plus fréquente de maladies telles que les cancers.

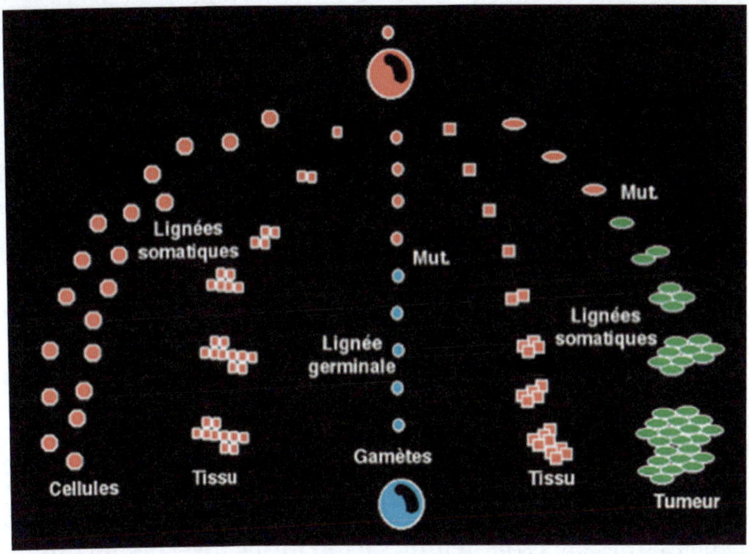

Doc. Lignées cellulaires et devenir des mutations

COURS

L'ESSENTIEL

La mitose et la conservation des génomes

- La mitose produit des clones cellulaires et conserve le génotype.
- Cette caractéristique s'explique d'une part par les modalités de la mitose, d'autre part par les propriétés de la réplication de l'ADN.
- La mitose assure aussi la conservation des mutations dans une lignée de cellules.

2 Reproduction sexuée et brassages des génomes

A La fécondation et le brassage des génomes

- **La fusion de gamètes haploïdes**, dans lesquels chaque type de chromosome est représenté en un seul exemplaire, aboutit à la formation d'une **cellule œuf diploïde**. Dans celle-ci chaque type de chromosome est alors présent en deux exemplaires.

Remarque
Attention à ne pas confondre état diploïde et présence de deux chromatides dans le chromosome !

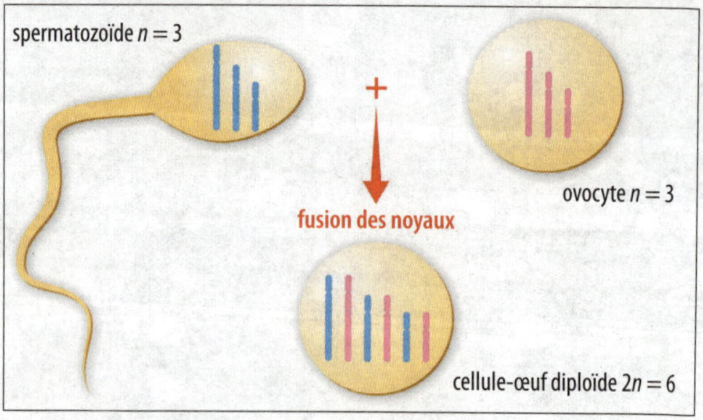

Doc. La fécondation

- Deux génomes d'origine différente, paternel et maternel, apportant chacun un lot d'allèles différents sont réunis, ce qui forme une combinaison particulière d'allèles.

• Si pour un gène donné, les deux allèles paternel et maternel sont identiques, l'individu est **homozygote** pour ce gène. Dans le cas contraire, si les deux allèles du même gène sont différents, l'individu est **hétérozygote**.

Remarque
Un individu n'est jamais entièrement homozygote ou hétérozygote, cela dépend des gènes étudiés.

B La méiose et le brassage interchromosomique

1. Les étapes de la méiose

• La méiose permet la formation de gamètes haploïdes : ils ne contiennent qu'un seul des deux chromosomes de chaque paire d'homologues et donc un seul des deux allèles de chaque gène porté par ceux-ci.

• **En prophase de première division**, les chromosomes homologues s'apparient et établissent des contacts ou « chiasmas ».

• **En métaphase,** ils se disposent dans le plan équatorial.

• **En anaphase,** les chromosomes homologues de chaque paire se séparent (disjonction) et migrent à des pôles opposés. **Après la télophase**, deux cellules distinctes se forment à partir de la cellule initiale. Chacune hérite d'un lot haploïde de chromosomes à deux chromatides.

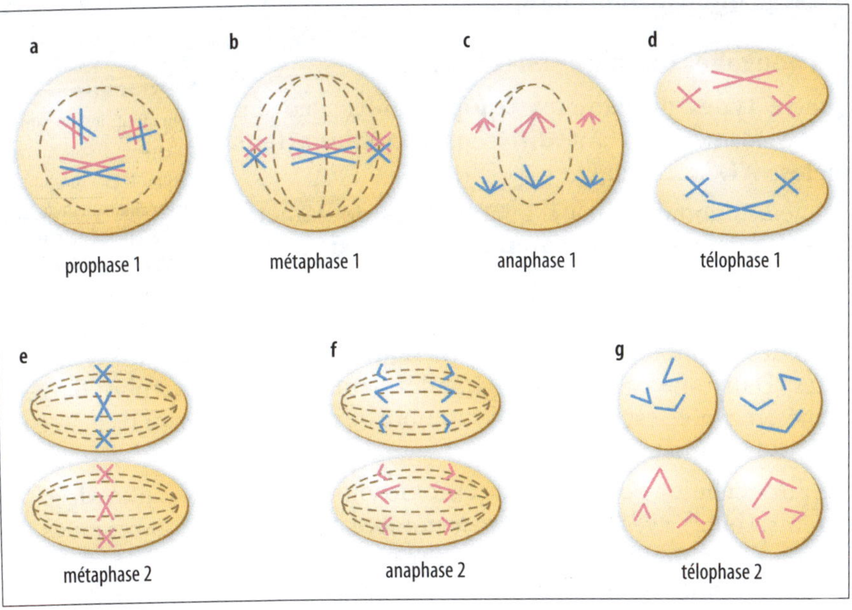

Doc. La méiose

COURS

• La **deuxième division** suit immédiatement la première, sans réplication de l'ADN. Elle comporte aussi quatre phases. Lors de la **prophase**, les chromosomes se condensent, puis à la **métaphase**, ils s'alignent sur le plan équatorial de la cellule. **Lors de l'anaphase** de deuxième division, les chromatides de chaque chromosome se séparent et migrent à des pôles opposés. Après la **télophase**, la méiose aboutit à **quatre cellules haploïdes** munies de chromosomes à une chromatide.

2. Une ségrégation indépendante des allèles

• Lors de la séparation des chromosomes homologues à l'anaphase de la première division de méiose, **les couples d'allèles se séparent et chacun des allèles migre au hasard**, porté par son homologue, à un pôle ou l'autre de la cellule.

• Soit une cellule de génotype (A//a D//d), avec deux **gènes indépendants** A et D, c'est-à-dire des gènes portés par des chromosomes différents.

Sachez que...
Le signe // dans le génotype désigne une paire de chromosomes homologues.

Si chaque gène est présent sous deux formes alléliques A et a, D et d, après la disjonction (séparation) des chromosomes homologues, l'allèle A peut migrer aussi bien avec l'allèle D qu'avec l'allèle d, et réciproquement. Il y a **ségrégation indépendante des allèles** : les deux cas sont **équiprobables**. On parle de « **brassage interchromosomique** ».

3. De nouvelles combinaisons d'allèles

• **Quatre types de gamètes équiprobables** peuvent alors se former, portant **différentes combinaisons d'allèles** : AD, ad, Ad, aD.

• La méiose aboutit ainsi à quatre types de gamètes différents : **deux gamètes parentaux** AD et ad et **deux gamètes recombinés** Ad et aD.

Remarque
Pour identifier les gamètes parentaux, il faut connaître les gamètes à l'origine de la cellule en méiose. Ils portent les mêmes combinaisons d'allèles.

• Ce brassage de chromosomes différents ou « brassage interchromosomique » produit des combinaisons d'allèles différentes seulement pour des gènes hétérozygotes. Dans une cellule à l'origine des gamètes, plus le nombre de gènes à l'état hétérozygote est élevé, plus le nombre de combinaisons qu'ils peuvent former dans les gamètes le sera aussi.

• Pour une cellule à deux paires de chromosomes, il y a 4 possibilités de gamètes différents, soit 2^2, avec en exposant le nombre de paires de chromosomes. Dans le cas de l'Homme dont la formule chromosomique est $2n = 46$, il y a donc 2^{23} combinaisons possibles, soit 8 388 608 types de gamètes différents.

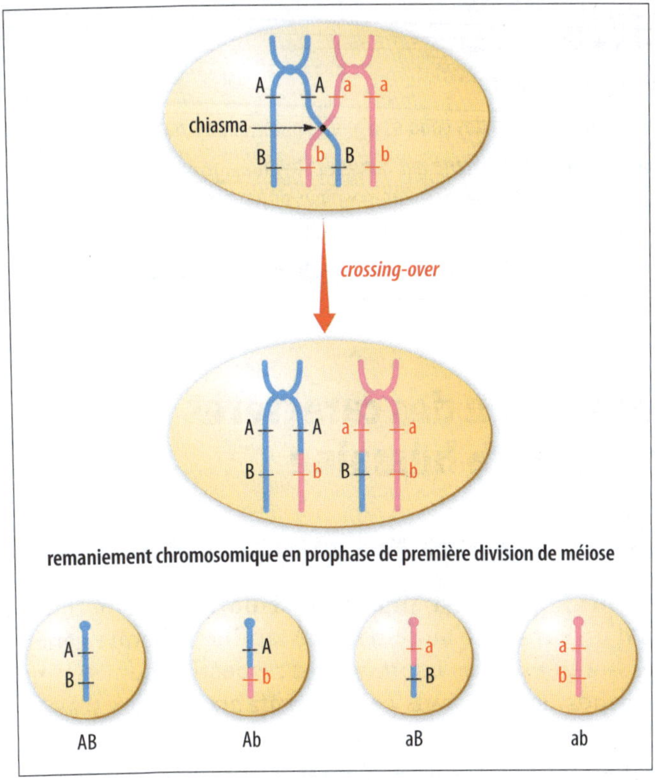

Doc. Le brassage intrachromosomique

3. Une diversité infinie de gamètes et de génotypes

- **Les deux types de brassages se superposent**, ce qui multiplie le nombre de combinaisons possibles d'allèles.
- **Plus le nombre de chromosomes et le nombre de gènes** est grand, plus les combinaisons sont nombreuses. Si on considère 23 paires de chromosomes comme dans l'espèce humaine, le nombre de combinaisons dues au seul brassage interchromosomique est 2^{23}. En le multipliant par les différentes combinaisons dues au brassage intrachromosomique concernant les 25 000 à 30 000 gènes humains, la diversité des gamètes d'un individu est considérable.
- La **diversité des combinaisons** n'est effective qu'en cas de diversité des allèles, et ne concerne donc que des individus hétérozygotes.
- La rencontre des gamètes lors de la fécondation a lieu au hasard. **Différentes combinaisons d'allèles sont possibles** et aboutissent à des **génotypes variés**, différents de ceux des parents.

Le brassage des allèles lors de la méiose

L'ESSENTIEL

Les brassages génétiques

- La fécondation réunit au hasard des couples d'allèles paternels et maternels.
- La méiose est à l'origine de la diversité des gamètes : le brassage interchromosomique recombine les allèles de deux gènes portés par des chromosomes différents. Le brassage intrachromosomique recombine les allèles de deux gènes liés, portés par le même chromosome.
- Les nouvelles combinaisons d'allèles enrichissent la diversité de l'espèce.

3 Transmission des caractères dans l'espèce humaine

A Les informations fournies par un arbre généalogique

- **Un arbre généalogique est une représentation** permettant d'étudier la transmission d'un caractère au sein d'une famille. Chaque génération occupe une ligne ; les hommes et les femmes sont respectivement symbolisés par des carrés et des ronds, les relations parents-enfants par des traits verticaux, les couples par des traits horizontaux.
- **L'étude d'arbres généalogiques permet de comprendre le mode de transmission d'une maladie génétique** entre plusieurs générations d'une famille. On peut déterminer si la maladie dépend d'un allèle dominant (qui s'exprime quand il est présent) ou d'un allèle récessif (qui ne s'exprime pas en présence d'un autre allèle), ainsi que le type de chromosome, sexuel ou non, qui le porte.

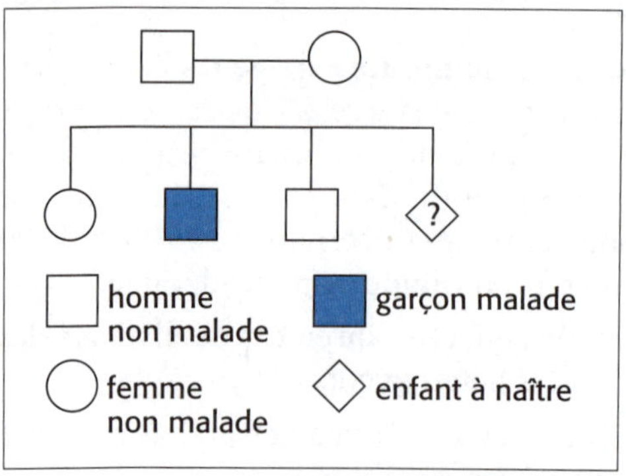

Doc. Arbre généalogique d'une famille à risque

Sachez que...
Un allèle récessif ne s'exprime que lorsqu'il est en double exemplaire.

- **Dans les arbres généalogiques, seuls les phénotypes des individus sont représentés**. Il s'agit alors de déduire, à partir de ces phénotypes, les génotypes des individus. Certains pourront être déterminés de façon certaine, tandis que d'autres le seront de façon hypothétique selon un **raisonnement probabiliste.**

B L'étude d'arbres généalogiques

- L'allèle responsable de la maladie peut être **récessif** : dans ce cas, pour s'exprimer chez un individu, il doit être **présent en double exemplaire et l'individu malade est homozygote**.
- Ceci suppose que chacun de ses parents lui ait fourni un allèle défectueux. Les parents ont transmis cet allèle sans être malades. Ils sont **vecteurs** de la maladie.
- Si l'allèle responsable est **dominant**, un individu homozygote comme un individu hétérozygote exprimera la maladie. Dans ce cas, les individus malades, qui ont hérité l'allèle défectueux d'un de leurs parents, ont forcément un parent malade.
- Un gène peut être porté par un **autosome** (chromosome non sexuel) ou un **gonosome** (chromosome sexuel : XY chez l'homme, XX chez la femme). Dans le premier cas, les individus des deux sexes sont atteints par la maladie dans les mêmes proportions.
- Lorsque le gène est porté par un gonosome, on parle d'**hérédité liée au sexe**. Les chromosomes X et Y ne sont pas homologues et portent donc des gènes différents sauf pour quelques *loci* qu'ils ont en commun.
- Si le gène est porté sur la partie spécifique de Y (celle qui n'a pas d'équivalent sur X), la maladie n'apparaît que chez les hommes et se transmet obligatoirement de père en fils.
- Si le gène est porté par la partie spécifique de X, l'allèle muté s'exprimera chez toutes les femmes s'il est dominant et chez les femmes homozygotes s'il est récessif. Chez l'homme, l'allèle muté s'exprimera dans tous les cas, le gène n'étant présent qu'en un seul exemplaire.

L'ESSENTIEL

La transmission des caractères

- Un arbre généalogique permet d'étudier la transmission héréditaire d'un caractère.
- On peut ainsi identifier si ce caractère dépend d'un allèle récessif ou dominant.
- Le type de chromosome, sexuel ou non, qui porte cet allèle peut également être déterminé.

4 Les accidents génétiques au cours de la méiose

A Des migrations anormales de chromosomes

• **La trisomie 21, caractérisée par la présence de trois chromosomes 21, est une anomalie du caryotype** (garniture chromosomique d'une cellule). Elle résulte de la réunion d'un gamète normal avec un gamète anormal, produit par une anomalie de méiose.

• **La migration de la paire d'homologues 21 à un même pôle lors de la première division** entraîne la formation de deux gamètes anormaux : l'un sans chromosome 21 (non viable), l'autre muni de deux chromosomes 21.

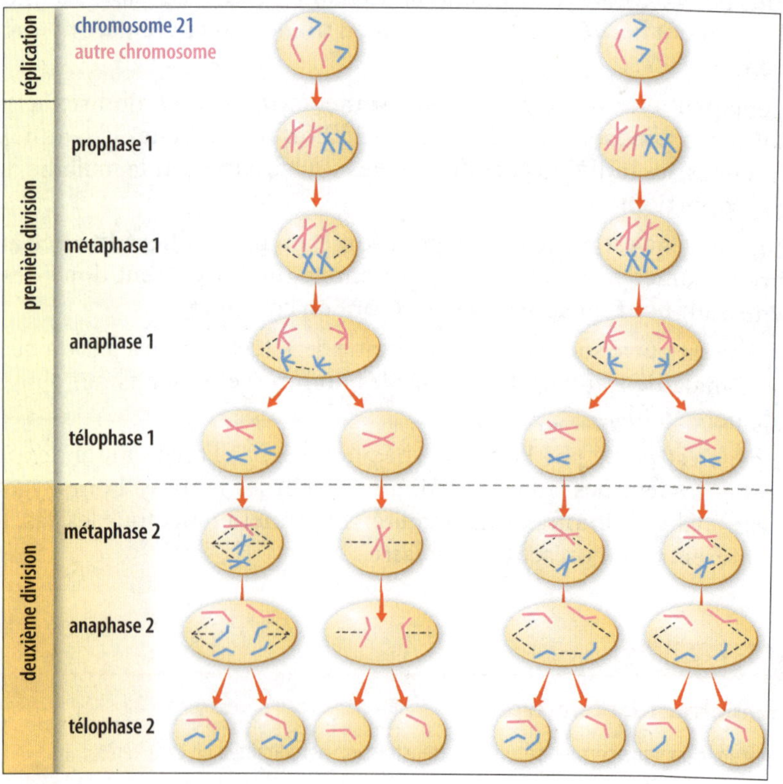

Doc. Des anomalies de méiose

- **De même, l'absence de séparation des chromatides en deuxième division de méiose** conduit à la formation d'un gamète contenant deux chromosomes 21.
- Ce type d'anomalie de méiose peut se produire chez toutes les espèces. La modification du caryotype qui s'ensuit peut isoler génétiquement une population et **conduire à la spéciation**, c'est-à-dire à la formation d'une nouvelle espèce.

B La duplication de gène et la formation d'une famille multigénique

- La cassure de deux homologues au cours de la prophase 1 de méiose, puis leur soudure avec un décalage aboutissent à deux chromosomes de taille inégale. C'est le résultat d'un ***crossing-over* inégal**. À l'issue de la méiose, l'un des chromosomes perdra un ou plusieurs gènes, que gagnera son homologue. Le *crossing-over* inégal aboutit ainsi à une **duplication génique** pour l'un des homologues.

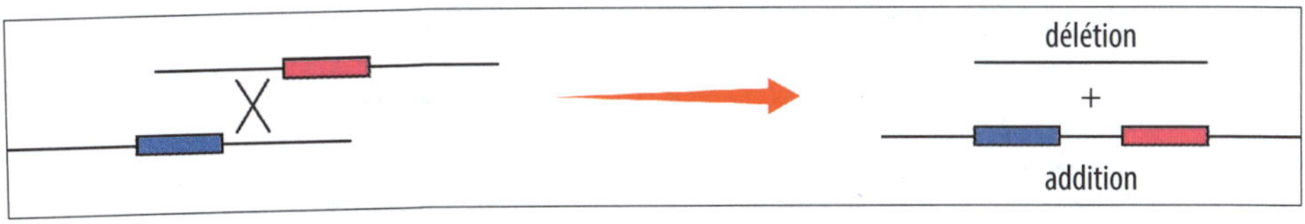

Doc. La duplication d'un gène

- Le gène surnuméraire est ainsi **transposé dans un nouveau locus** où il évolue indépendamment du gène d'origine, chacun d'eux subissant des mutations différentes. Ils constituent alors une **famille multigénique** : un ensemble de gènes issus d'un gène ancestral commun.
- Ce mécanisme accroît les possibilités de diversification car les mutations peuvent être létales et entraîner la mort de l'individu qui les porte. Or, dans le cas d'une famille multigénique, si une mutation létale affecte un exemplaire du gène, l'autre exemplaire continue à fonctionner correctement et permet la viabilité de l'individu.
- À l'origine de la formation de nouveaux gènes, les anomalies de méiose participent à la **complexification du génome** et par conséquent, à l'évolution.

Les mécanismes de complexification du génome

COURS

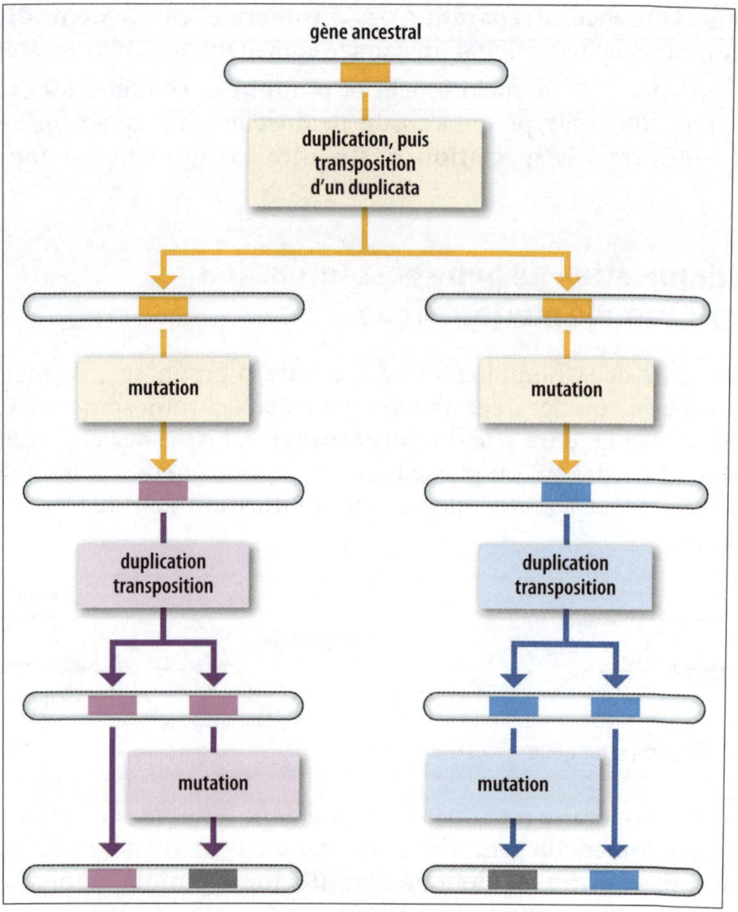

Doc. La formation d'une famille multigénique

L'ESSENTIEL

Conséquences d'anomalies de méiose

- La non disjonction des chromosomes homologues en première division de méiose et celle des chromatides en deuxième division entraînent la formation de gamètes anormaux, responsables de modifications du caryotype.
- Un *crossing-over* inégal aboutit parfois à une duplication de gènes.
- Les anomalies de méiose peuvent être à l'origine d'innovations génétiques, sources de diversification du vivant.

ZOOM SUR...

L'analyse d'un croisement

1 Le croisement de deux souches pures (homozygotes)

Données

→ Chez la drosophile, un gène présent sous deux allèles « eb+ » et « eb » détermine la couleur du corps, gris-jaune pour le premier et noir-ébène pour le second.

Deux allèles d'un autre gène, « vg+ » et « vg », déterminent respectivement la présence d'ailes longues pour le premier et d'ailes vestigiales (courtes) pour le second.

→ On croise deux **souches pures** P1 et P2 (génération parentale) de phénotypes différents : P1 [corps gris, ailes longues] et P2 [corps noir, ailes vestigiales].

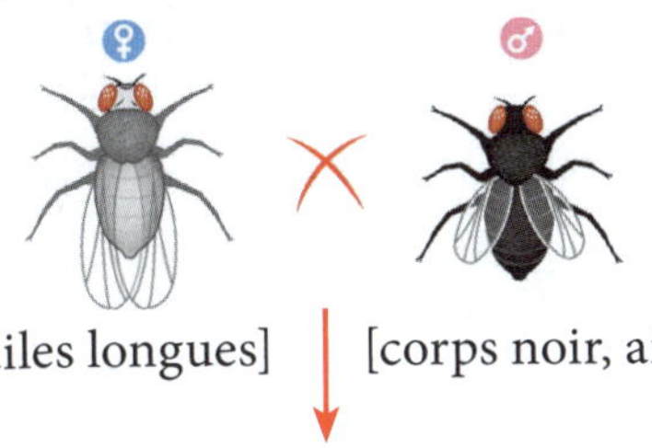

Tous les individus F1 (génération fille) issus de ce croisement sont de même phénotype : [corps gris, ailes longues].

Interprétation

→ De souches pures, P1 et P2 sont **homozygotes** ; leurs génotypes s'écrivent : P1 (eb+//eb+ vg+//vg+) et P2 (eb//eb vg//vg).

→ Chacun ne produit donc **qu'un seul type de gamète**.

gamète de P1 (eb+/vg+/) gamète de P2 (eb/vg/)

> **Remarque**
> En l'absence d'information, on suppose les deux gènes indépendants, portés par deux chromosomes différents.

→ Le génotype des individus F1 résulte de la réunion des gamètes de P1 et P2. Il s'écrit F1 (eb+//eb vg+//vg).

Seuls les allèles eb+ et vg+ s'expriment dans le phénotype. Ils sont **dominants**.

2 Réalisation d'un croisement test (*test-cross*)

Données

➜ Le croisement test est réalisé avec des **individus homozygotes porteurs des allèles récessifs.**

➜ On croise les individus F1 avec des individus P2 [corps noir, ailes vestigiales].

➜ Les individus F2' issus de ce croisement présentent quatre phénotypes différents dans les mêmes proportions :

¼ de [eb+ vg+] ¼ de [eb vg] ¼ de [eb+ vg] ¼ de [eb vg+]

Interprétation

➜ Les gamètes des individus F1 résultent de la méiose.

➜ Si les gènes considérés sont indépendants, il y a ségrégation indépendante des allèles et formation de quatre types de gamètes équiprobables :

- ¼ de (eb+/vg+/), ¼ de (eb/vg/) soit de gamètes parentaux ;
- ¼ de (eb+/vg/), ¼ de (eb/vg+/) soit de gamètes recombinés.

Remarque

Dans le cas où les résultats du croisement ne correspondent pas à ces proportions, on doit conclure que les gènes ne sont pas indépendants mais liés. Les phénotypes recombinés s'expliquent par des *crossing-over*.

➜ P2 produit un seul type de gamètes porteurs des allèles récessifs eb, vg. Ainsi, seuls les allèles des gamètes de F1 s'expriment dans le phénotype des descendants.

➜ Si les gènes sont indépendants, on attend donc quatre phénotypes dans les mêmes proportions :

¼ de [eb+ vg+] ¼ de [eb vg] ¼ de [eb+ vg] ¼ de [eb vg+].

➜ Les résultats obtenus à la suite du croisement test correspondent aux résultats attendus dans le cadre de l'hypothèse de gènes indépendants. Cette hypothèse est donc validée. Les gènes sont donc indépendants.

Mots clés

- **Allèle** : version d'un gène.

- **Brassage interchromosomique** : recombinaison des allèles de gènes portés par des chromosomes différents, du fait de la séparation des chromosomes homologues et de leur répartition aléatoire dans les deux cellules issues de la première division de méiose.

- **Brassage intrachromosomique** : recombinaison des allèles de gènes portés par un même chromosome, à la suite d'un *crossing-over*.

- **Clone** : ensemble de cellules ou d'individus identiques.

- **Croisement test** : croisement avec un homozygote porteur d'allèles récessifs.

- ***Crossing-over*** : échange de portions de chromatides entre chromosomes homologues, réalisé au cours de la première division de méiose.

- **Diploïde (cellule)** : cellule dans laquelle chaque type de chromosome est en double exemplaire.

- **Génome** : ensemble des gènes d'un individu.

- **Génotype** : ensemble de tous les allèles d'un individu.

- **Famille multigénique** : ensemble de gènes issus d'un gène ancestral commun.

- **Haploïde (cellule)** : cellule dans laquelle chaque type de chromosome est en un seul exemplaire, comme un gamète.

- **Homozygote** : cellule ou individu qui possède deux exemplaires identiques d'un même gène.

- **Hétérozygote** : cellule ou individu qui possède deux exemplaires différents d'un même gène.

- **Mutation** : modification de la séquence de l'ADN.

- **Phénotype** : ensemble des caractères d'une cellule ou d'un individu.

- **Réplication** : synthèse de deux molécules d'ADN identiques à partir d'une molécule initiale, à laquelle elles sont identiques.

- **Ségrégation indépendante** : répartition aléatoire des chromosomes d'origine paternelle et maternelle (et des allèles qu'ils portent) dans les deux cellules issues de la première division de la méiose.

Document majeur

Doc. Une famille multigénique

- L'hypophyse postérieure des vertébrés libère diverses hormones peptidiques. Les séquences d'acides aminés de trois d'entre elles sont données dans le tableau suivant.

Vasotocine (AVT)	CYS TYR ILE GLN ASP CYS PRO ARG GLY
Ocytocine (OT)	CYS TYR ILE GLN ASP CYS PRO LEU GLY
ADH	CYS TYR PHE GLN ASP CYS PRO ARG GLY

- Le tableau ci-dessous indique leur présence chez différents groupes de vertébrés.

Groupes	Hormones	Âge des plus anciens fossiles (Ma)
Poissons osseux	AVT,	380
Amphibiens	AVT, OT	360
Reptiles	AVT, OT	300
Mammifères	AVT, OT, ADH	190

- Les grandes similitudes de séquences chez ces trois hormones montrent qu'elles sont codées par des gènes ayant une origine commune. La coexistence des trois hormones chez les mammifères indique qu'elles sont issues de gènes différents. Ces gènes résultent donc de la duplication d'un gène ancestral dont les copies ont évolué indépendamment pour former une famille multigénique.

- La séquence de la vasotocine ne montre qu'une seule différence avec celle des deux autres hormones alors qu'ocytocine et ADH diffèrent par deux acides aminés. Le gène de la vasotocine est donc le plus proche des deux autres gènes. De ce fait, il est proche du gène ancestral. Cela est confirmé par son ancienneté (il est le seul présent chez les poissons, premiers vertébrés).

- Ce gène s'est ensuite dupliqué et sa copie a muté pour donner l'OT. Le gène de l'ADH résulte d'une nouvelle duplication de l'un de ces gènes. Comme il n'y a qu'une seule différence entre la séquence de l'ADH et celle de l'AVT, et deux différences entre celle de l'ADH et de l'OT, on peut supposer que le gène de l'ADH est issu de la duplication de celui de l'AVT.

Sujet de Bac 1

Entraînement à la partie I

Le brassage génétique lors de la méiose et de la fécondation

Au cours de la reproduction sexuée, méiose et fécondation assurent un brassage des gènes.

On peut le montrer en croisant des drosophiles chez lesquelles les caractères couleur du corps et longueur des ailes sont déterminés par des gènes liés. Ces gènes existent sous différents allèles : ailes longues et corps gris (allèles dominants), ailes vestigiales et corps noir (allèles récessifs).

CONSIGNE

En utilisant cet exemple pour illustrer votre exposé, expliquez comment les mécanismes de la méiose et de la fécondation assurent un brassage génétique.

POINT MÉTHODE

1 Analyser le sujet

La notion à expliquer est celle du brassage génétique assuré par la reproduction sexuée, autrement dit la formation de différentes combinaisons d'allèles. Il faut montrer comment la méiose et la fécondation participent à ce brassage.

La première permet la formation de différents types de gamètes dont certains présentent de nouvelles combinaisons d'allèles. La seconde, en réunissant les gamètes au hasard, multiplie le nombre de combinaisons possibles et amplifie le brassage.

2 Comment traiter le sujet

La première difficulté consiste à choisir le génotype des parents, c'est-à-dire les cellules qui donneront les gamètes à l'issue de la méiose. Seule une cellule **hétérozygote** peut former différents types de gamètes. Les gènes considérés étant **liés**, on écrira son génotype sous la forme (L G//vg n).

Avec une cellule de ce type contenant une paire de chromosomes, seul le brassage **intrachromosomique** devra être traité. Rien n'empêche de mentionner l'existence d'un brassage interchromosomique dans la conclusion.

Enfin, pour montrer le rôle de la fécondation, il faut donner des arguments. Non seulement la construction d'un **échiquier de croisement** est nécessaire, mais il faut penser à relever les informations qu'il apporte : les nouvelles combinaisons.

Sujet de Bac 2

Entraînement à la partie II

Étude d'un arbre généalogique

Le *document* ci-dessous représente l'arbre généalogique d'une famille dont certains individus sont atteints d'une maladie déterminée par un allèle défectueux.

Doc. Arbre généalogique d'une famille à risque

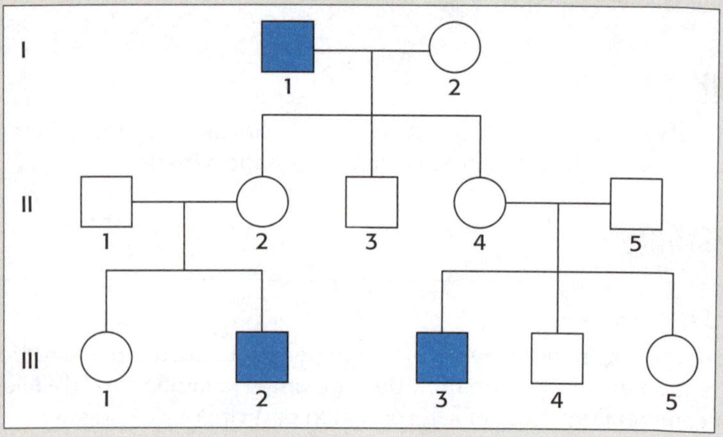

CONSIGNE

Déterminez par une analyse de l'arbre généalogique les caractéristiques (dominance ou récessivité) et la localisation (autosome ou gonosome) de l'allèle à l'origine de la maladie.

POINT MÉTHODE

Comment traiter le sujet

Il faut tout d'abord repérer si l'allèle responsable de la maladie est dominant ou récessif. Si l'allèle est dominant, tous les individus malades qui l'ont reçu d'au moins un de leurs parents ont obligatoirement un parent malade.

Lorsque tous les individus malades sont de même sexe, on peut envisager l'hypothèse d'une hérédité liée au sexe. Il faut alors envisager les conséquences prévisibles d'une localisation de l'allèle sur Y, puis sur X et confronter celles-ci aux données de l'arbre.

Sujet de Bac 3

Entraînement à la partie II

Brassage génétique chez la drosophile

Afin d'illustrer la diversité des génomes, on cherche à interpréter les résultats d'un *test-cross* chez un organisme diploïde, la drosophile, dans le cas de deux couples d'allèles.

CONSIGNE

À partir de l'exploitation des *documents* 1 et 2 :

– prouvez que l'hypothèse « les deux gènes sont situés sur deux chromosomes distincts » est fausse ;

– expliquez comment le phénomène mis en évidence par l'observation cytologique (*doc.* 2) permet de comprendre les pourcentages de la génération F2.

Votre explication sera illustrée par un schéma indiquant le devenir des allèles lors de la formation des gamètes de F1.

Doc. 1 Les résultats de croisements

Les pourcentages sont obtenus à partir de nombreux résultats expérimentaux, avec autant de mâles que de femelles pour chacun des phénotypes indiqués entre crochets [ ].

Le caractère alternatif ailes longues – ailes vestigiales est déterminé par un gène existant sous deux formes alléliques, notées respectivement vg+ (dont l'expression est dominante) et vg (dont l'expression est récessive).

Le caractère alternatif yeux rouges – yeux pourpres est déterminé par un gène existant sous deux formes alléliques, notées respectivement pu+ (dont l'expression est dominante) et pu (dont l'expression est récessive).

La génération F1 résulte de l'accouplement d'individus homozygotes pour les deux gènes considérés.

Des femelles de la génération F1 ont été fécondées par des mâles possédant, pour les deux gènes considérés, des allèles dont l'expression est récessive.

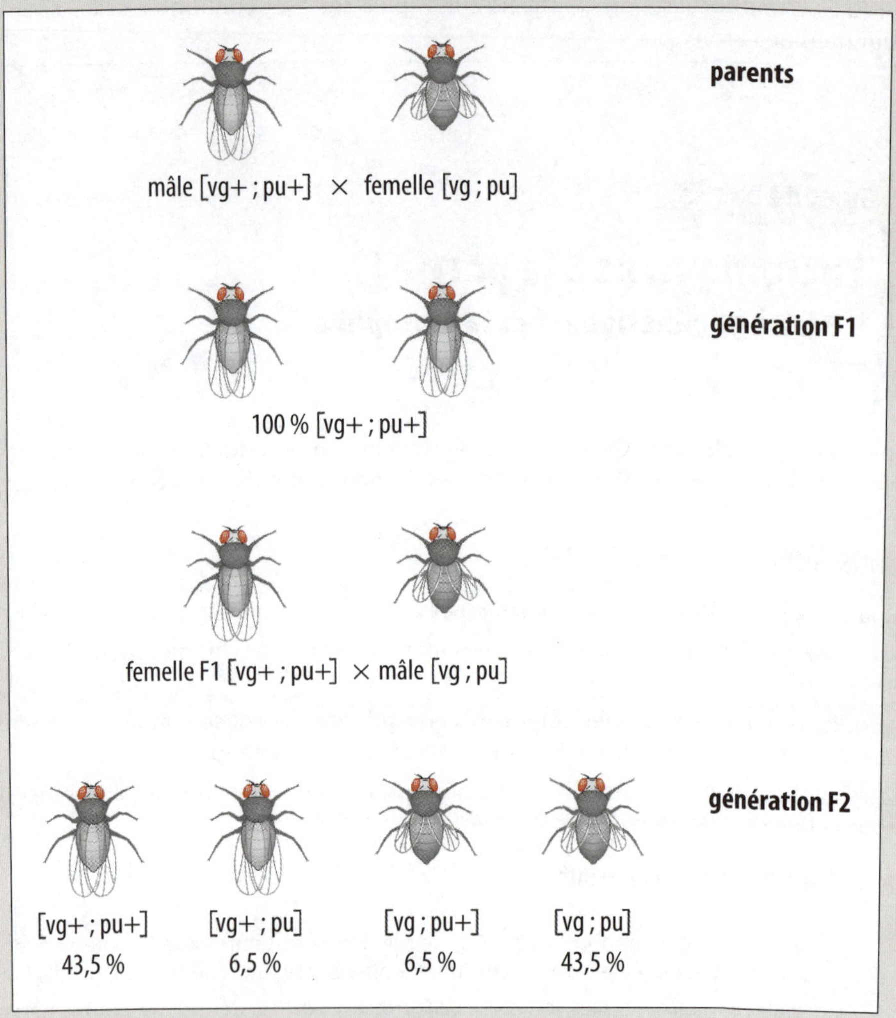

Doc. 2 Observation cytologique dans une cellule mère de gamète

Ces deux chromosomes homologues à deux chromatides en prophase 1 de méiose mesurent quelques micromètres. Le chiasma est une zone d'accolement.

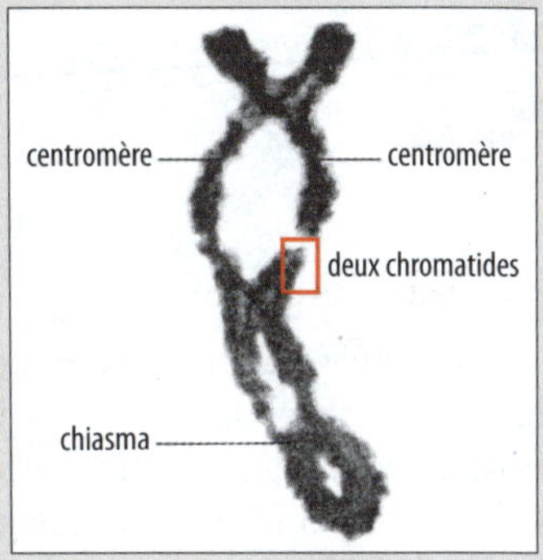

POINT MÉTHODE

1 Analyser le sujet

Le sujet présente des résultats de croisements de drosophiles et demande, à partir de ceux-ci, d'infirmer l'hypothèse que les deux gènes sont situés sur deux chromosomes distincts. Autrement dit, il faut montrer que les deux gènes sont liés, c'est-à-dire portés par le même chromosome. Il faut ensuite expliquer les pourcentages obtenus dans la génération F2 à partir d'une observation cytologique. Cette observation permet de mettre en évidence un phénomène génétique se déroulant en prophase 1 de méiose et concernant les chromosomes.

2 Relever les informations fournies par les documents

À partir du *document* 1, il faut poser l'hypothèse de départ. On considère les gènes indépendants et on écrit les génotypes des parents (homozygotes), les gamètes formés par ces parents et le génotype des individus F1 résultant de la réunion de ces gamètes.

Le *document* 2 indique les résultats du croisement test. On envisage les résultats attendus dans le cadre de l'hypothèse de gènes indépendants : quatre phénotypes équiprobables. La confrontation des résultats théoriquement attendus et des résultats réels permet d'invalider l'hypothèse.

3 Réaliser un schéma

Il s'agit de montrer comment la méiose aboutit à quatre types de gamètes différents. La réflexion doit porter sur le nombre de chromosomes à représenter au départ. En début de méiose, chaque chromosome comporte deux chromatides strictement identiques, c'est-à-dire avec les mêmes allèles.

Sujet de Bac 1

Entraînement à la partie I

Introduction

> **Conseil**
> Un plan apparent qui met en valeur l'organisation du devoir est recommandé. Ici, deux parties s'imposent : une consacrée à la méiose, une autre à la fécondation.

Chaque individu est **unique** et se caractérise par une **combinaison** d'allèles qui lui est propre. Celle-ci résulte de la réunion des gamètes de deux parents au cours de la fécondation, ces gamètes étant eux-mêmes les produits de la méiose.

Comment les mécanismes de la méiose et de la fécondation assurent-ils un brassage génétique ? Nous le montrerons à partir du croisement de drosophiles différant par deux caractères gouvernés par des gènes liés.

I. La méiose à l'origine de gamètes génétiquement différents

Les caractères couleur du corps et longueur des ailes sont déterminés par des gènes liés, c'est-à-dire portés par le même chromosome.

> **Remarque**
> Il n'y a pas de brassage chez un homozygote.

Chez un individu hétérozygote qui est de génotype (L G//vg n), la méiose conduit à la formation de différents types de gamètes.

La méiose est constituée de deux divisions successives. Elle est précédée par la réplication de l'ADN à l'issue de laquelle chaque chromosome présente deux chromatides identiques (portant les mêmes allèles). La cellule initiale contient une seule paire de chromosomes, portant chacun des allèles différents de deux gènes liés.

À la prophase de première division de méiose, les chromosomes homologues s'apparient ; les chromatides de deux chromosomes homologues s'enchevêtrent et forment des chiasmas.

Il peut alors y avoir échange de portions de chromatides entre deux homologues : c'est le *crossing-over.*

À l'anaphase 1, les chromosomes homologues se séparent et migrent vers des pôles opposés. Ils portent alors des chromatides remaniées.

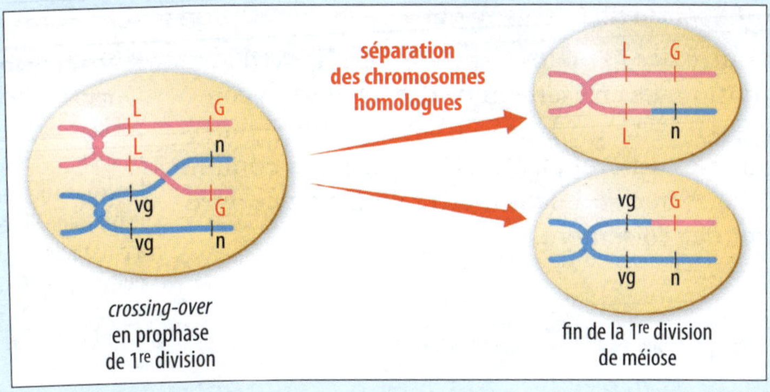

Résultat de la première division de méiose

Puis, à la 2e division de méiose, les centromères se clivent et les chromatides se séparent.

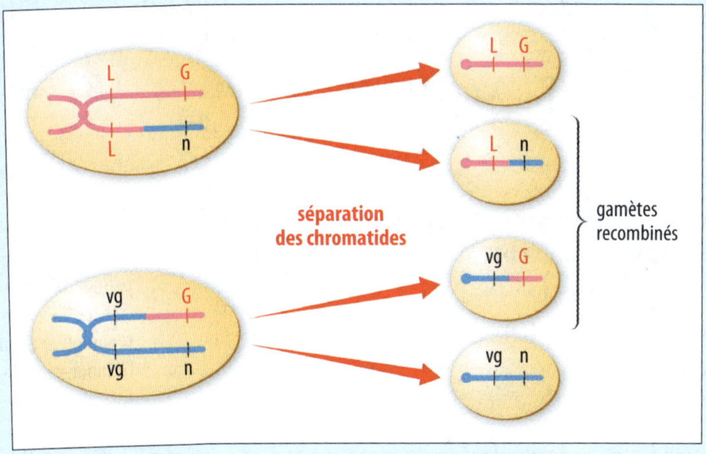

Résultat de la deuxième division de méiose

Il se forme quatre types de gamètes génétiquement différents :

– des gamètes parentaux L G/ et vg n/ ;

– des gamètes recombinés L n/ et vg G/.

Il s'est opéré un brassage des allèles paternels et maternels : **brassage intrachromosomique**.

> **Conseil**
> Pensez à employer les mots clés !

Le *crossing-over* n'étant pas systématique, le nombre de gamètes recombinés est inférieur au nombre de gamètes parentaux (formés en l'absence de *crossing-over*).

II. L'amplification du brassage génétique au cours de la fécondation

La rencontre des gamètes se produit **au hasard** lors de la fécondation. Le croisement de deux hétérozygotes de génotype (L G //vg n) produisant chacun quatre types de gamètes différents, aboutit à plusieurs combinaisons d'allèles que l'on peut mettre en évidence avec un échiquier de croisement.

Remarque
Un *test-cross* (croisement par homozygote récessif) ne montre pas que la fécondation amplifie le brassage. Il aboutit à autant de combinaisons que de gamètes différents.

	L G /	**vg n /**	**L n /**	**vg G /**
L G /	L G // L G [LG]	L G // vg n [L G]	L G // L n [LG]	L G // vg G [LG]
vg n /	vg n // L G [LG]	vg n // vg n [vg n]	vg n // L n [Ln]	vg n // vg G [vgG]
L n /	L n //L G [LG]	L n // vg n [Ln]	L n // L n [Ln]	L n // vg G [LG]
vg G /	vg G // L G [LG]	vg G // vg n [vgG]	vg G // L n [LG]	vg G // vg G [vgG]

On obtient neuf génotypes différents dont huit différents de ceux des parents ainsi que trois nouveaux phénotypes [Ln], [vgG] et [vgn].

La fécondation **amplifie** donc le brassage génétique dû à la méiose.

Remarque
Seul le décompte des nouveaux génotypes permet d'illustrer cette notion. Il ne faut pas se contenter de construire l'échiquier sans le commenter.

Conclusion

Un couple de parents hétérozygotes pour deux gènes peut obtenir neuf types de descendants génétiquement différents, ceci grâce au brassage des allèles effectué au cours de la méiose et de la fécondation.

Si l'on considère au moins deux paires de chromosomes, on peut montrer qu'au brassage intrachromosomique se superpose un brassage interchromosomique (lié à une ségrégation indépendante des chromosomes d'origine paternelle et maternelle) qui est aussi responsable de la diversité des gamètes.

Ainsi, le nombre de combinaisons possibles d'allèles augmente avec le nombre de chromosomes et le nombre de gènes, ce qui explique le nombre élevé de combinaison alléliques possibles dans la descendance de chaque couple.

Sujet de Bac 2

Entraînement à la partie II

À partir de l'étude d'un arbre généalogique, on cherche à déterminer les modalités de la transmission d'une maladie héréditaire liée à la présence d'un allèle défectueux.

Les individus malades, porteurs de l'allèle muté, l'ont hérité de leurs parents. Or, sur l'arbre généalogique présenté, on observe que tous les parents des individus malades ne sont pas malades. Pourtant, au moins l'un des deux parents est porteur de l'allèle muté. Ce dernier ne s'exprimant pas chez les parents, il est donc récessif.

> **Méthode**
> Il faut commencer par repérer si les individus malades ont des parents malades.

Tous les individus malades sont des hommes, ce qui donne à penser que le gène est porté par un gonosome, sans que cela ne constitue une preuve.

On peut émettre une première hypothèse selon laquelle le gène est porté par le chromosome Y. Or, l'individu I1 qui est un homme a obligatoirement transmis son chromosome Y à son fils, II3. Le chromosome Y étant en un seul exemplaire chez ce dernier, la maladie devrait alors apparaître. Ce n'est pas le cas. L'hypothèse est donc fausse.

On peut alors supposer que le gène est porté par le chromosome X. Il n'est pas possible de confirmer de façon catégorique cette hypothèse. Néanmoins, un homme malade n'a jamais de fils malade, ce qui donne à penser que le gène est transmis par le chromosome X (un père ne transmet qu'un Y à son fils). Il y a donc une forte probabilité pour l'hypothèse soit juste. Par ailleurs, l'absence de femmes malades (du fait de l'effet létal de l'allèle défectueux à l'état homozygote) va dans le sens d'une localisation du gène sur X.

> **Astuce**
> Lorsqu'aucun individu d'une génération n'est atteint, contrairement à ceux des générations précédentes et suivantes, le gène est souvent porté par X si le caractère est déterminé par un allèle récessif.

Sujet de Bac 3

Entraînement à la partie II

On cherche à interpréter les résultats d'un *test-cross* chez un organisme diploïde, la drosophile, dans le cas de deux couples d'allèles. Après avoir démontré que les gènes ne sont pas indépendants, on expliquera l'origine de la diversité des descendants du croisement.

Conseil
Utilisez ce *document* pour déterminer les génotypes et les gamètes des parents ainsi que le génotype de F1.

Document 1

On étudie le croisement de deux parents homozygotes qui se distinguent par deux caractères : longueur des ailes et couleur des yeux.

L'un aux ailes longues et aux yeux rouges a pour phénotype [vg+ pu+].

L'autre aux ailes vestigiales et aux yeux pourpres a pour phénotype [vg pu]. Puisqu'ils sont homozygotes, on peut en déduire leurs génotypes en supposant leurs gènes indépendants : (vg+//vg+ pu+//pu+) pour le premier et (vg//vg pu//pu) pour le second.

À la méiose, chacun ne produit qu'un type de gamètes, respectivement (vg+/pu+/) et (vg/pu/).

Le croisement de ces gamètes aboutit d'après l'énoncé à des individus de phénotype [vg+pu+]. Leur génotype formé par la réunion des gamètes est (vg+//vg pu//pu+). Ce sont des hétérozygotes. La confrontation du phénotype et du génotype confirme bien que les allèles vg+ et pu+ sont dominants par rapport à vg et pu.

On réalise ensuite un *test-cross* (*doc.* 1b). Les parents doubles homozygotes récessifs produiront des gamètes constitués des seuls allèles récessifs qui ne s'exprimeront pas dans le phénotype des individus F2. Celui-ci dépendra donc uniquement de F1. Le *test-cross* permet de déduire, à partir des phénotypes obtenus en F2 et de leurs proportions, les gamètes produits par les individus F1.

On obtient en F2 quatre phénotypes : [vg+pu+], [vg pu+], [vg+pu] et [vg pu] en proportions inégales.

Aide
Il faut prévoir la conséquence de l'hypothèse de gènes indépendants et la confronter aux résultats réels pour la valider ou non.

Si les gènes étaient portés par deux chromosomes distincts, il y aurait à la méiose ségrégation indépendante des allèles, c'est-à-dire que chaque chromosome aurait la même probabilité de migrer avec un autre au même pôle de la cellule. Dans ce cas, il se formerait quatre types de gamètes équiprobables : vg+/pu+/, vg+/pu/, vg/pu+/ et vg/pu/.

Le croisement aboutirait alors à quatre types de génotypes et de phénotypes équiprobables comme le montre l'échiquier de croisement.

Gamètes de F1 / Gamète du mâle	vg+/pu+/	vg/pu+/	vg+/pu/	vg/pu/
vg/pu/	vg+//vg pu+//pu ¼ [vg+pu+]	vg//vg pu+//pu ¼[vg pu+]	vg+//vg pu//pu ¼ [vg+pu]	vg//vg pu//pu ¼ [vg pu]

Or, les résultats obtenus ne correspondent pas à ceux attendus selon l'hypothèse de deux gènes portés par des chromosomes distincts.

L'hypothèse est fausse, les deux gènes sont sur le même chromosome, ils sont liés.

Le croisement a abouti à deux nouveaux phénotypes, absents chez les parents. Ils proviennent de gamètes recombinés. Il reste à expliquer comment se sont formés ces gamètes.

Remarque

Comme il est impossible de prévoir à l'avance les résultats obtenus dans le cas de gènes liés, la recombinaison dépendant de *crossing-overs* aléatoires, on ne raisonne jamais à partir de l'hypothèse de gènes liés.

Document 2

Il montre, en prophase 1 de méiose, des chiasmas, c'est-à-dire des accolements entre deux chromosomes homologues. À ce niveau se produisent des *crossing-overs*, soit des échanges entre chromosomes et aussi entre les allèles qu'ils portent. Ainsi, l'allèle vg+ se retrouve associé à pu, ce qui n'était pas le cas chez les parents. Le *crossing-over* forme des gamètes recombinés. Leur proportion inférieure à celle des gamètes parentaux s'explique par le caractère aléatoire du *crossing-over*.

La méiose permet un brassage des allèles, à l'origine de nouvelles combinaisons. Ici, il s'agit d'un brassage intrachromosomique (*doc.* p. 40) qui concerne des gènes liés.

Conseil

Pensez à employer les mots clés !

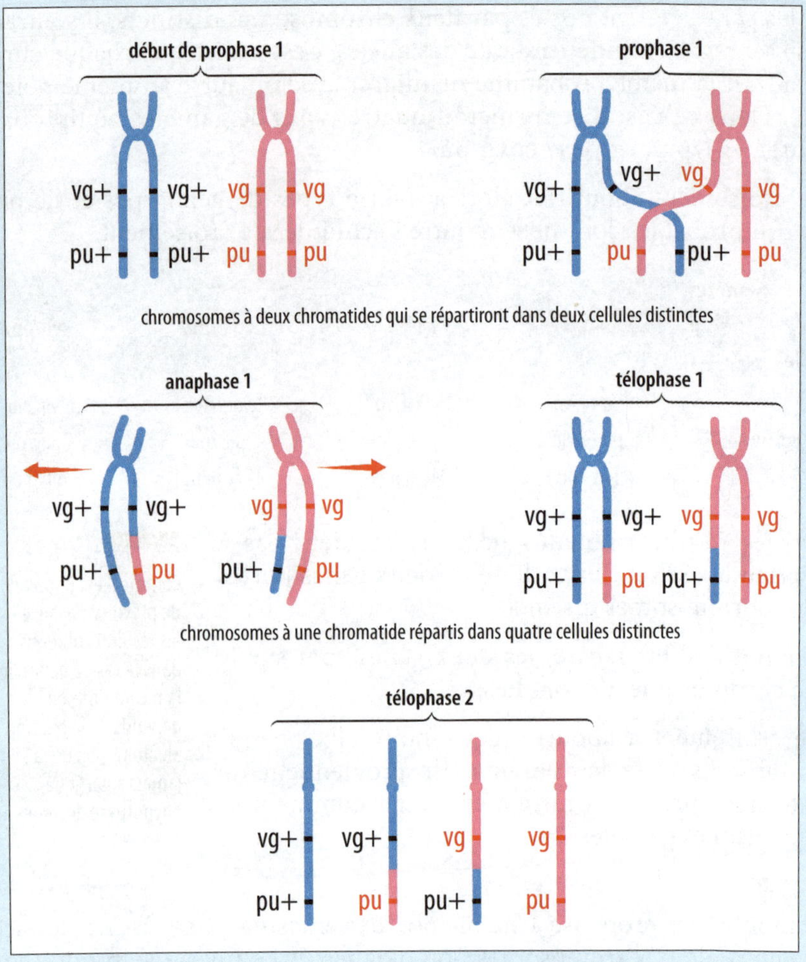

Le devenir des allèles au cours du brassage intrachromosomique

CHAPITRE 2

Diversification des êtres vivants et évolution

DE QUOI S'AGIT-IL ?

En dehors de la reproduction sexuée, des échanges de gènes peuvent avoir lieu entre espèces différentes, et participer à la diversification des génomes. Par ailleurs, des endosymbioses sont à l'origine de la formation de cellules eucaryotes.

Les êtres vivants sont soumis à la sélection naturelle ou à la dérive génétique et au cours du temps, les populations se différencient génétiquement.

Il se forme alors des groupes d'êtres vivants isolés génétiquement, c'est-à-dire de nouvelles espèces.

La diversification du vivant peut également s'opérer par des processus non génétiques, comme la transmission de comportements ou encore des symbioses.

COURS

1 Des échanges entre espèces différentes

A Des transferts horizontaux de gènes

1. Des échanges de gènes chez les bactéries

- Lors de la conjugaison, deux bactéries s'associent par un pont de cytoplasmes par l'intermédiaire duquel elles s'échangent des gènes, en particulier ceux portés par le plasmide, un fragment d'ADN circulaire. Ces échanges se produisent entre bactéries d'espèces différentes ou non. On parle alors de « **transfert horizontal de gènes** », **indépendant de la reproduction sexuée.**

Sachez que...
Le matériel génétique n'est pas forcément conservé par le receveur sauf s'il lui procure un avantage sélectif.

- Le gène ainsi transféré peut être à l'origine d'une nouvelle fonction (comme la résistance aux antibiotiques) et se répand peu à peu dans la population. Ainsi, le transfert horizontal de gènes participe à l'évolution des espèces.

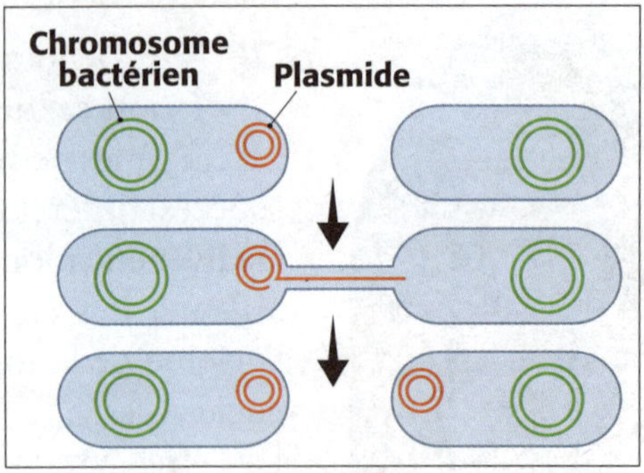

Doc. Conjugaison bactérienne

2. Des transferts de gènes par les virus

- Les virus jouent le rôle de **vecteurs** capables de transférer du matériel génétique. Ce sont des **parasites intracellulaires** qui injectent leur matériel génétique (ADN ou ARN) dans une cellule, laquelle produit alors des constituants viraux. Une fois ceux-ci assemblés, de nouveaux virus s'échappent de la cellule et recommencent un nouveau cycle viral.

- Au cours de ces cycles, les virus peuvent emporter par erreur une partie du matériel génétique de la cellule infectée ou encore lui laisser des fragments d'ADN viral. Ainsi, d'après les homologies de séquence, 8 à 10 % du génome humain serait d'origine virale. Ces fragments d'ADN viraux sont parfois **intégrés dans le fonctionnement cellulaire**. La syncytine par exemple, une molécule d'origine virale, participe à la formation du placenta chez les mammifères.

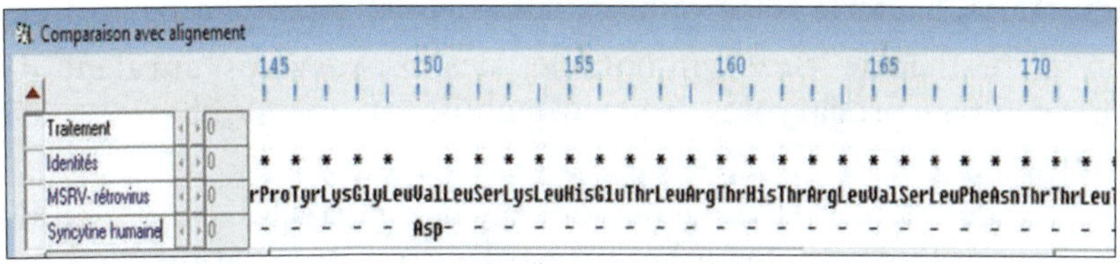

Doc. **Comparaison de la syncytine humaine et de la protéine virale MSRV**

B Des endosymbioses

1. Des similarités entre procaryotes et organites des eucaryotes

- La cellule eucaryote se distingue de la cellule procaryote par la présence d'organites. Ce sont des **compartiments cellulaires délimités par une membrane** et **spécialisés dans une fonction**. Parmi ceux-ci, on peut citer le noyau, les mitochondries ou les chloroplastes. Ces deux derniers montrent toutefois des ressemblances avec les procaryotes.

> **Sachez que...**
> Chez les procaryotes, le matériel génétique est libre dans la cellule : il n'est pas délimité par le noyau.

- Les **chloroplastes** et les **mitochondries** :

– sont de taille semblable à celle des bactéries (1 à quelques µm) ;
– possèdent un ADN circulaire et dépourvu d'histones, comme celui des bactéries ;
– contiennent des ribosomes, semblables à ceux des bactéries ;
– se divisent par étranglement médian, comme les bactéries, et à un rythme indépendant de la cellule qui les contient.

- Ainsi, la cellule eucaryote peut être considérée comme une **chimère** comportant des **constituants caractéristiques de la cellule eucaryote** (noyau) et des **constituants aux propriétés de procaryotes** (chloroplastes, mitochondries).

2. La théorie endosymbiotique

- Ces ressemblances entre organites et procaryotes sont trop nombreuses pour être dues au hasard. On les interprète comme résultant d'une **étape de l'évolution** au cours de laquelle les organites se seraient installés dans les cellules à partir de **bactéries**. En effet, les organites possèdent une **double membrane**, dont une externe similaire à la membrane cellulaire, ce qui semble indiquer qu'ils ont été englobés par une cellule initiale.

- La mitochondrie dériverait d'une **bactérie aérobie**, le chloroplaste d'une **cyanobactérie**, bactérie autotrophe capable de réaliser la photosynthèse.
- Selon cette théorie endosymbiotique, des procaryotes auraient d'abord colonisé d'autres procaryotes ; soit en établissant une symbiose, soit en les parasitant.
- Des échanges définitifs de gènes ont eu lieu entre les deux cellules, des constituants de l'une étant synthétisés par l'autre. L'association étant devenue **obligatoire**, il s'est établi une endosymbiose.

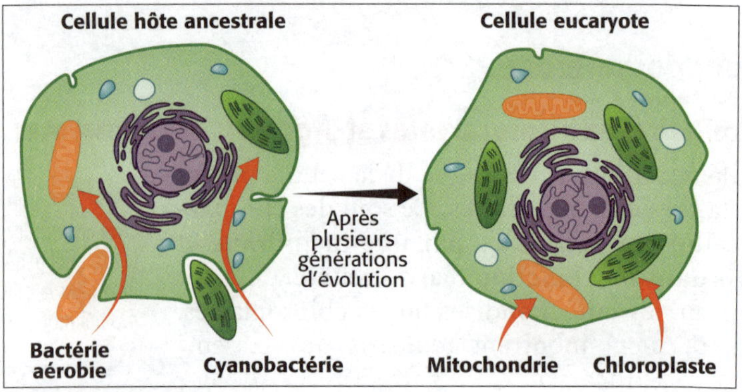

Des bactéries ont colonisé une cellule hôte ancestrale et s'y sont établies de façon définitive. La cellule hôte est devenue une cellule eucaryote.

Doc. Établissement de l'endosymbiose cellulaire

L'ESSENTIEL

Des échanges entre espèces différentes

- Des transferts horizontaux de gènes qui s'effectuent indépendamment de la reproduction sexuée participent à la complexification du génome.
- Des symbioses entre cellules procaryotes ont permis la formation des cellules eucaryotes.
- Des échanges définitifs de gènes ont eu lieu entre la cellule hôte et son occupant ; la relation est devenue définitive, à bénéfices réciproques.

2 Une diversité en perpétuelle évolution

A Évolution des génomes au sein des populations

1. Le modèle de Hardy-Weinberg

- En 1908, Hardy et Weinberg établissent un modèle théorique selon lequel, dans une population et **sous certaines conditions, la fréquence des allèles reste constante au cours des générations**. Ce modèle permet de **calculer des fréquences de génotypes** (proportion d'un génotype dans une population) **à partir des fréquences des allèles**. Les fréquences de ces génotypes restent également constantes.
- Si l'on considère deux allèles A1 et A2 d'un même gène, avec : p, la fréquence de l'allèle A1 (compris entre 0 et 1) et q, la fréquence de l'allèle A2 (compris entre 0 et 1), et que par ailleurs p + q = 1. On peut calculer la fréquence des génotypes à l'aide d'un **échiquier de croisement**.

Gamètes mâles / Gamètes femelles	A1 (p)	A2 (q)
A1 (p)	A1A1 (p^2)	A1A^2 (pq)
A2 (q)	A1A2 (pq)	A2A2 (q^2)

Doc. **Les génotypes possibles et leurs fréquences respectives suite au croisement de deux hétérozygotes**

- On peut alors en déduire la fréquence de chaque allèle à la génération suivante :

f (A1) = p2 + pq = p (p+ q) = p

f (A2) = q2 + pq = q(p + q) = q

- Dans cette nouvelle génération, la fréquence de A1 est toujours p, celle de A2 toujours q. Ainsi, la fréquence des allèles reste stable de génération en génération.

2. Les conditions d'application du modèle de Hardy-Weinberg

- Ce modèle n'est vérifié que pour les conditions suivantes :

– une **population de grande taille** ;

– des **espèces diploïdes avec reproduction sexuée** ;

– des **croisements aléatoires** entre individus pour lesquels les gamètes sont produits en proportion égale et se rencontrent au hasard.

- De plus, l'allèle étudié n'a **pas subi de mutation** et les individus **ne migrent pas.** Ils ne sont soumis **ni à la sélection naturelle** (modification de la fréquence d'allèles sous la pression de l'environnement) **ni à la dérive génétique** (variation de la fréquence d'allèles, du fait du hasard, dans une population de faible effectif).
- Or, dans de nombreux cas, on constate que la transmission des allèles ne respecte pas le modèle de Hardy-Weinberg.
- En effet, les allèles mutent, les individus sont sélectionnés ou subissent la dérive génétique et par conséquent, la fréquence des allèles est modifiée au cours des générations. Les populations se différencient génétiquement les unes des autres. Les échanges de gènes entre populations se raréfient et **les espèces apparaissent comme des ensembles hétérogènes de populations**, en évolution permanente.

Sachez que...
Une espèce peut être considérée comme une population d'individus suffisamment éloignée génétiquement des autres populations.

B De l'évolution des populations à la spéciation

1. Des changements génétiques au sein des populations

- Dans une population, les chances de survie sont inégales selon les caractères portés par les individus. La sélection naturelle favorise les phénotypes avantageux en augmentant la fréquence des allèles concernés et diminue la proportion des autres.

Sachez que...
Un allèle n'est avantageux que dans un milieu donné.

- Par ailleurs, des différences génétiques s'accumulent au cours du temps chez des populations élevées séparément mais dans des milieux aux caractéristiques identiques. La sélection naturelle n'est donc pas responsable de cette divergence.
- En effet, chez les **populations à petits effectifs**, la divergence génétique par rapport à la population de départ est plus importante. Tous les individus ne se reproduisent pas et les différents gamètes formés par la méiose ne participent pas systématiquement à la fécondation. Ainsi, tous les allèles présents chez une génération ne sont pas forcément transmis à la suivante. Dans ces conditions, **la fréquence des allèles varie au hasard**. C'est la dérive génétique.

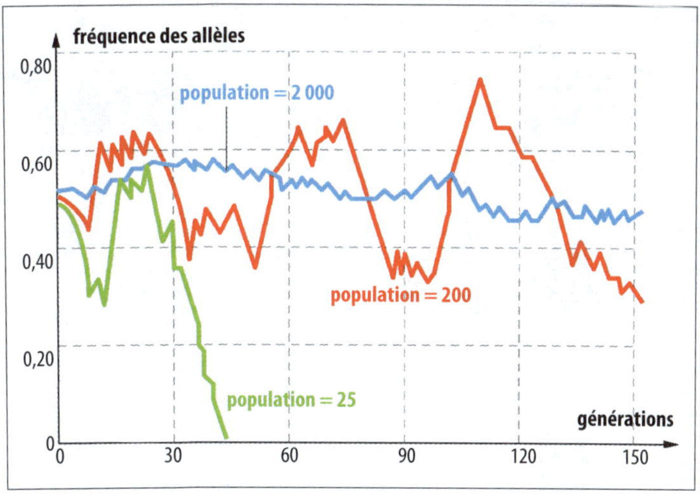

Doc. Modélisation de l'évolution de la fréquence d'un allèle au cours du temps pour trois effectifs de populations

2. Une conséquence : la spéciation

- Des changements géographiques (relief, bras de mer…) peuvent scinder en deux une population. Soumises à la sélection naturelle ou à la dérive génétique, **les deux sous-populations s'éloignent génétiquement et perdent leur interfécondabilité**. Il se forme alors une nouvelle espèce : c'est la spéciation géographique.
- D'autres mécanismes peuvent être responsables d'une spéciation. Ainsi chez les oiseaux, la mutation d'un gène contrôlant la nature du chant ou la coloration du plumage peut **empêcher la reconnaissance des partenaires**. Une **modification de l'habitat** ou du mode de vie (nocturne, diurne), ou encore des **modifications anatomiques** rendant l'accouplement impossible aboutissent aussi à la spéciation.
- La disparition du milieu de vie d'une espèce entraîne la disparition des individus qui la composent et donc, de l'espèce elle-même. Elle disparaît également lorsque les individus qui la composent ne sont plus isolés mais réalisent avec d'autres des échanges génétiques auparavant impossibles.

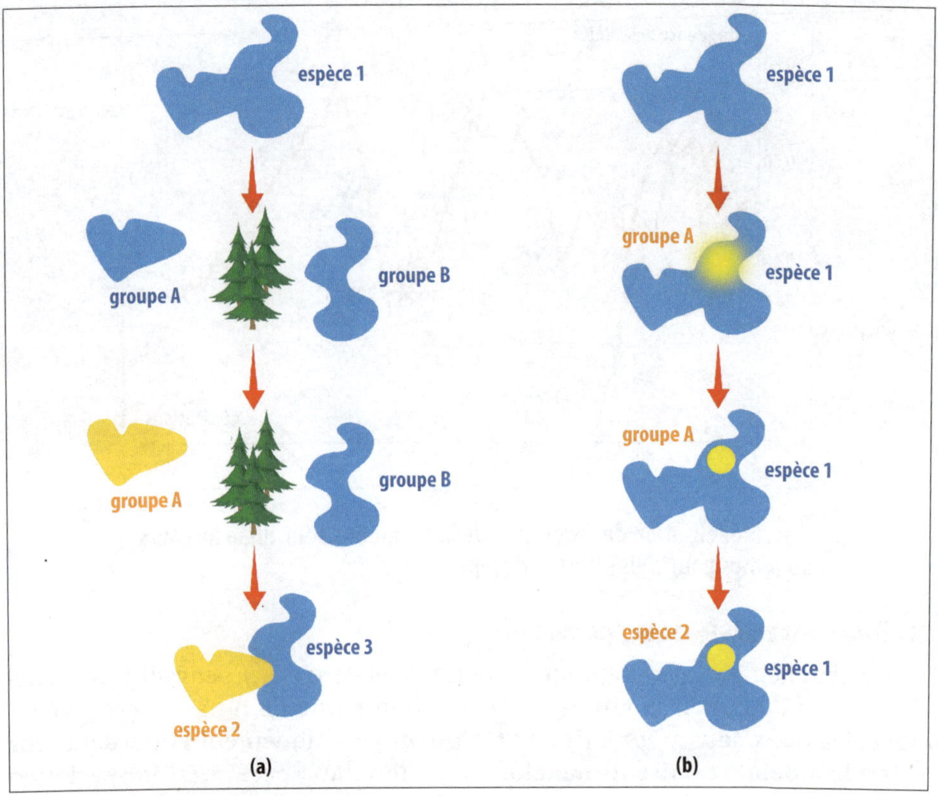

Doc. **Spéciation par isolement géographique (a) ou non (b)**

L'ESSENTIEL

Une diversité en perpétuelle évolution

- Selon le modèle de Hardy-Weinberg, les fréquences des génotypes devraient rester constantes, sous certaines conditions, d'une génération à l'autre. Pourtant, elles varient le plus souvent.
- Le milieu exerce une pression sur les populations en sélectionnant les phénotypes avantageux.
- Il en résulte une modification de la proportion des phénotypes et de la fréquence des allèles qui les contrôlent. C'est la sélection naturelle.
- Dans les petites populations, le hasard peut entraîner la disparition d'un allèle. C'est la dérive génétique.
- Sélection naturelle et dérive génétique participent à l'évolution de la biodiversité.

ZOOM SUR...

Une vérification du modèle de Hardy-Weinberg

→ Dans une population de 300 individus, pour un gène A qui existe sous deux allèles, A1 et A2, les génotypes se répartissent de la façon suivante :

A1//A1 = 148, A1//A2 = 125 et A2//A2 = 28.

→ On peut montrer par le calcul que les effectifs de ces génotypes resteront constants à la génération suivante.

→ Dans un premier temps, il s'agit de déterminer la fréquence des allèles A1 et A2, c'est-à-dire leur effectif par rapport au nombre total d'allèles du gène. Comme la population comporte 300 individus et que chaque individu possède deux allèles d'un même gène, le nombre total d'allèles est de 600.

L'allèle A1 est présent dans les génotypes A1//A1 et A1//A2. Sa fréquence (p) est donc égale à : $(2 \times 148 + 125)/600 = 0{,}7$.

L'allèle A2 est présent dans les génotypes A2//A2 et A1//A2. Sa fréquence (q) est donc égale à : $(2 \times 28 + 125)/600 = 0{,}3$.

On a bien $p + q = 1$.

→ Si la population se reproduit selon les conditions du modèle théorique de Hardy-Weinberg (absence de mutation, pas de sélection naturelle, population de grande taille), on peut calculer les effectifs de chaque génotype à la génération suivante. Les résultats figurent dans le tableau ci-dessous.

Allèles des parents	Fréquence des appariements	Fréquence des génotypes de descendance	Effectif du génotype chez les descendants
A1 × A1	0,7 × 0,7	0,49	0,49 × 300 = 147
A1 × A2	0,7 × 0,3	0,21	(0,21 + 0,21) × 300 = 126
A2 × A1	0,3 × 0,7	0,21	
A2 × A2	0,3 × 0,3	0,09	0,09 × 300 = 27

→ Les effectifs des génotypes sont restés constants par rapport à la génération précédente. Le modèle de Hardy-Weinberg est vérifié.

3 Diversification sans modification du génome

A Les symbioses, des associations entre êtres vivants

● Des espèces établissent des **symbioses, relations durables et obligatoires, à bénéfices réciproques**. Par exemple, certains cnidaires, qui s'entourent d'un squelette calcaire et forment les coraux, hébergent dans leurs cellules des algues microscopiques. Celles-ci fournissent des glucides au cnidaire et profitent de ses déchets azotés ainsi que d'un milieu de vie stable. L'absence de cette algue entraîne un blanchiment du corail et son dépérissement.

● De nombreux exemples de symbioses existent aussi chez les plantes. **Des bactéries qui fixent l'azote de l'air s'établissent dans les racines des plantes de la famille des légumineuses** (pois, soja, lentilles…) et forment de petites masses, appelées «**nodosités**». En favorisant la synthèse des protéines, elles permettent un meilleur développement de la plante, laquelle fournit des glucides aux bactéries.

● En effet, si l'on fournit du carbone radioactif (CO_2 radioactif) à une plante dont les racines sont pourvues de nodosités, on peut alors suivre le devenir de la matière organique produite (glucides). Celle-ci se retrouve d'abord dans la plante, y compris dans les cellules racinaires, puis leur quantité augmente dans la bactérie alors que celle-ci est incapable d'en fabriquer à partir du CO_2. Cela montre qu'il y a eu un transfert de la matière organique fabriquée par la plante vers la bactérie.

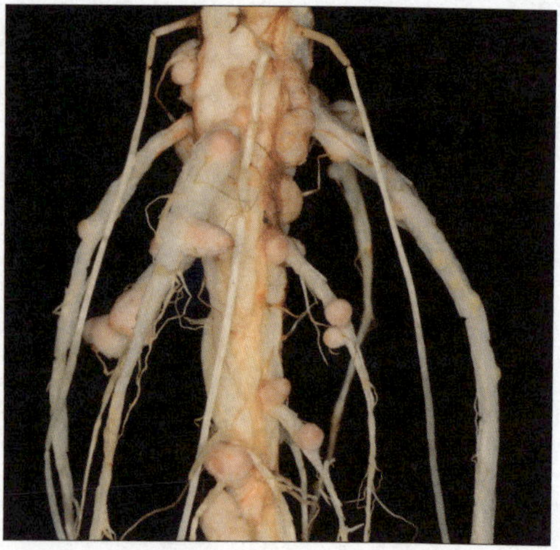

Doc. Des nodosités

● Une expérience similaire dans laquelle on fournit de l'azote radioactif aux bactéries montre que de la matière radioactive ajoutée après avoir été transformée par la bactérie est passée à l'intérieur de la plante.

● Chacune des espèces conserve son génome (en général) mais l'association leur confère des **propriétés nouvelles**. Grâce à ces symbioses, **les espèces évoluent à génome constant**.

B L'acquisition de nouveaux comportements

- Chez des oiseaux, la rencontre des partenaires nécessite la reconnaissance du chant du mâle par la femelle. L'apprentissage du chant se fait durant la première période de la vie, par le jeune oisillon encore au nid.
- Or, un oisillon élevé en entendant le chant d'une autre espèce n'est plus capable de reconnaître celui de son espèce. Il existe donc une **transmission du comportement** des parents aux jeunes.
- Cette transmission du chant diffère aussi selon le lieu. Ainsi, d'une région à l'autre, le comportement transmis varie, ce qui participe à l'évolution.
- D'autres comportements comme l'utilisation des outils dans les populations animales peuvent être transmis de génération en génération. On connaît ainsi des populations de chimpanzés qui, pour se nourrir, utilisent des méthodes différentes d'une population à l'autre. Elles sont acquises par les jeunes qui à leur tour les transmettront à la génération suivante.
- Chez les chimpanzés, ce comportement a aussi été mis en évidence pour l'apprentissage de techniques de chasse ainsi que pour la reconnaissance de plantes toxiques ou, au contraire, de plantes aux propriétés curatives.
- Qu'il s'agisse de l'apprentissage d'un comportement chez les mammifères ou de celui du chant chez des oiseaux, il est plus facilement transmissible chez les jeunes que chez les adultes. Cela montre l'existence d'une plasticité cérébrale chez ces vertébrés, lorsque le développement du cerveau n'est pas encore terminé.

Doc. Un chimpanzé utilisant un bâton pour récupérer du miel

L'ESSENTIEL

Une évolution à génome constant

- Des espèces établissent des relations permanentes à avantages réciproques : les symbioses.
- Ces relations modifient le phénotype, c'est-à-dire l'ensemble des caractères des espèces, sans modifier le génotype.
- L'acquisition de nouveaux comportements, en particulier par la transmission des parents aux descendants, modifie aussi le phénotype et donc participe à la diversité et à l'évolution.

Mots clés

- **Cellule eucaryote** : cellule qui possède un noyau et des organites.
- **Cellule procaryote** : cellule dépourvue d'organites et dont le matériel génétique est libre dans le cytoplasme.
- **Conjugaison (bactérienne)** : mécanisme d'échange génétique entre bactéries.
- **Dérive génétique** : variation de la fréquence d'allèles, du fait du hasard, dans une population de faible effectif.
- **Endosymbiose** : symbiose établie à l'intérieur d'une cellule.
- **Espèce** : population d'individus isolés génétiquement des autres, définie durant un laps de temps déterminé.
- **Modèle de Hardy-Weinberg** : modèle mathématique qui prévoit la stabilité des fréquences relatives des allèles dans une population.
- **Plasmide** : fragment d'ADN circulaire.
- **Population** : ensemble d'individus appartenant à une même espèce et vivant au même endroit.
- **Sélection naturelle** : modification de la fréquence d'allèles sous la pression de l'environnement.
- **Spéciation géographique** : formation de nouvelles espèces à partir de populations séparées géographiquement.
- **Symbiose** : association à bénéfices réciproques entre des individus d'espèces différentes. Elle peut aboutir à la formation de nouveaux êtres vivants.
- **Théorie endosymbiotique** : théorie selon laquelle les organites des cellules eucaryotes proviennent de cellules procaryotes.
- **Transfert horizontal de gènes** : échange de gènes indépendamment de la reproduction sexuée.

Document majeur

Doc. La spéciation dans le groupe des ammonites

On suit le devenir d'une espèce d'ammonite (mollusque fossile) dans les couches géologiques du Callovien (un étage du Jurassique) à partir du caractère E/H, rapport entre l'épaisseur et la hauteur de la coquille.

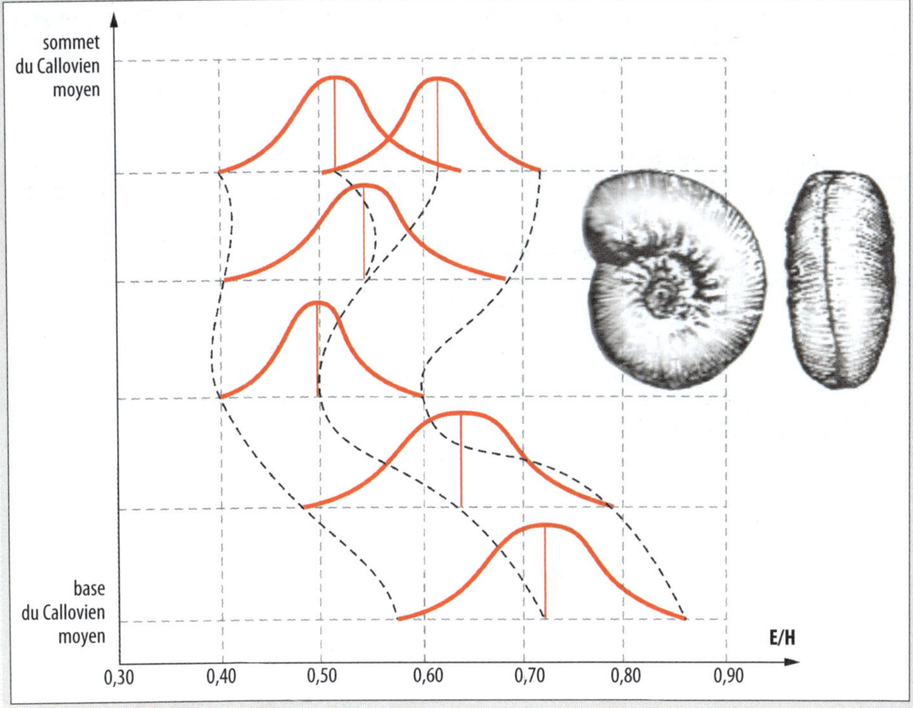

- Dans chacun des niveaux étudiés, correspondant à une période de temps, la distribution de ce caractère est représentée par une courbe de Gauss (en cloche) autour d'une valeur moyenne. Il y a homogénéité des ammonites, qui forment une espèce. Néanmoins, pour chaque niveau, la valeur moyenne de E/H n'est pas la même. Il s'agit d'espèces différentes.
- Les ammonites évoluent. Une espèce se transforme en une autre. Il y a spéciation, c'est-à-dire formation d'une nouvelle espèce.
- Entre l'avant-dernier et le dernier niveau, les ammonites se répartissent en deux groupes pour le caractère E/H. L'espèce s'est scindée en deux autres.

Sujet de Bac 1

Entraînement à la partie II

Pression du milieu et diversification

CONSIGNE

À partir de l'exploitation du *document*, montrez que la pression de sélection exercée par le milieu tend à diversifier les êtres vivants.

Doc. Le guppie et ses prédateurs

Le guppie, un petit poisson d'eau douce, a plusieurs prédateurs, notamment les killies et les crenicichles. Les premiers se nourrissent de guppies de petite taille, les seconds de guppies de grande taille.

Dans les milieux où seuls les killies sont présents, les guppies sont de plus grande taille et deviennent adultes plus tardivement. C'est l'inverse dans les milieux où les guppies ont pour seuls prédateurs les crenicichles.

Pour expliquer cette différence, des chercheurs ont mené une expérience sur une dizaine d'années : ils ont déplacé des guppies vivant en présence de crenicichles, sans killies, dans un autre milieu où au contraire seuls des killies sont présents. Ils ont mesuré le poids des guppies à la maturité ainsi que l'âge de cette maturité, en début et en fin d'expérience. Les résultats sont donnés par les graphiques.

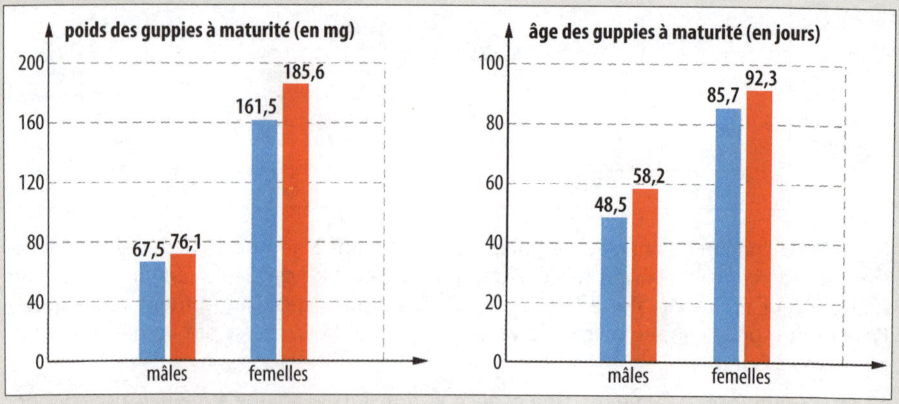

En bleu : valeurs du début d'expérience.
En rouge : valeurs en fin d'expérience (après une dizaine d'années).

POINT MÉTHODE

Analyser des documents

Il s'agit d'expliciter, à partir du *document*, la conclusion donnée par l'énoncé : la pression de sélection diversifie les êtres vivants. Il faut comprendre le terme de pression comme une force, une contrainte, exercée par la sélection naturelle.

Allez à l'essentiel, en éliminant les données inutiles. Ici, les variations concernant les mâles et les femelles sont les mêmes, donc sans grand intérêt. Le fait que les mâles soient plus petits que les femelles n'a pas de signification par rapport à l'expérience.

Sujet de Bac 2

Entraînement à la partie II

Un nouveau comportement chez la baleine

En 1980, un spécialiste des baleines à découvert l'existence d'un nouveau comportement chez celles-ci. Il s'agit du *lobtail feeding* qui consiste pour l'animal à frapper violemment la surface de l'eau avec sa queue afin de produire un rideau de bulles qui, en regroupant les poissons, facilite leur capture.

Les *documents* suivants fournissent des informations sur ce nouveau comportement.

CONSIGNE

Exploitez ces *documents* pour expliquer comment ce nouveau comportement de chasse a pu apparaître chez les baleines et surtout, comment il s'est dispersé à l'intérieur de l'espèce.

SUJETS

Doc. 1 Développement du *lobtail feeding* au sein de plusieurs groupes de baleines

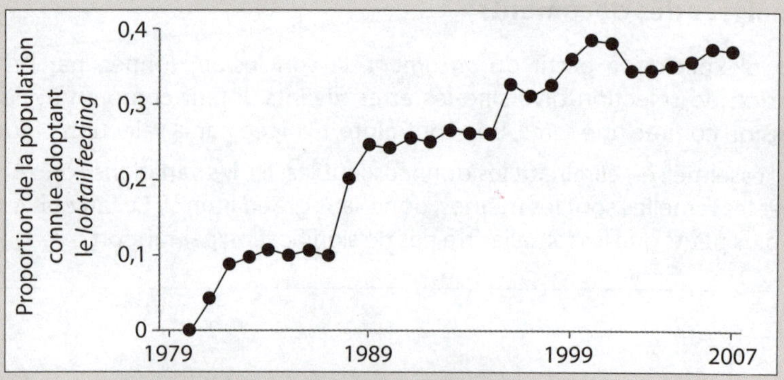

À partir de 1979, suite à la disparition des harengs dans le golfe du Maine, les baleines à bosse se mettent à consommer des lançons, proies plus difficiles à regrouper.

D'après Allen et Al. *Science* n°40.

Doc. 2 Taux comparés d'apprentissage du *lobtail feeding* chez la baleine à bosse

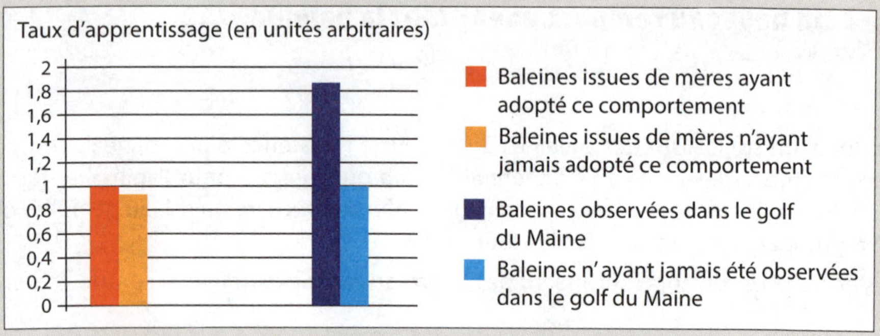

Doc. 3 Représentation des réseaux sociaux chez les baleines à bosse du golfe du Maine

Principe de la construction du graphique: chaque trait indique un lien social, c'est-à-dire les observations d'un individu en présence d'un ou de plusieurs autres individus. Les individus ayant le plus de liens sociaux ont été placés au centre du graphique, ce qui génère un fond noir par superposition des différents traits.

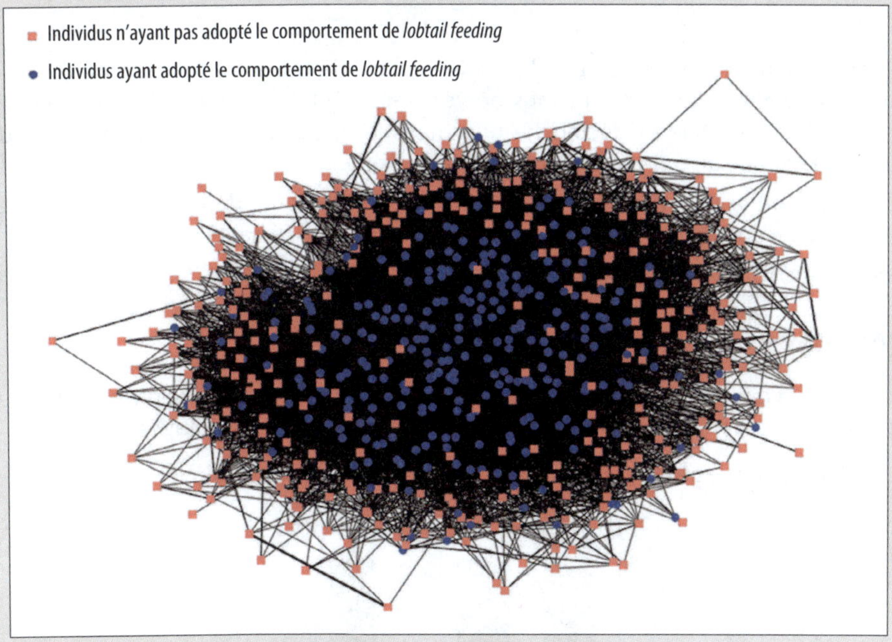

POINT MÉTHODE

Analyser des documents

Le *document* 1 permet d'établir une relation entre l'apparition du comportement et une modification des conditions du milieu.

Il faut se demander si l'apparition de ce comportement est liée à une transformation du génome. Dans ce cas, il faudrait trouver des arguments confirmant qu'il se transmet héréditairement.

Dans le cas contraire, il faut expliquer comment un comportement peut se transmettre sans faire intervenir le génome.

Les *documents* 2 et 3 permettent de répondre à cette question.

SUJETS

Sujet de Bac 3

Entraînement à la partie II

L'origine de la patate douce

Agrobacterium rhizogenes est une bactérie capable de transférer un fragment d'ADN à l'intérieur des cellules des racines de végétaux. Celui-ci s'insère dans le génome de la cellule végétale et déclenche une maladie caractérisée par l'apparition d'un chevelu racinaire au point d'infection par la bactérie.

En déchiffrant le génome de variétés agricoles comme celui de la patate douce, des chercheurs y ont découvert des traces du génome de cette bactérie.

Les *documents* suivants indiquent quelques-uns de leurs résultats.

CONSIGNE

À partir de l'exploitation des *documents* proposés, expliquez par quels mécanismes ont été acquis les caractères phénotypiques de la patate douce cultivée.

Doc. 1 Recherche de gènes bactériens dans l'ADN de la patate douce cultivée

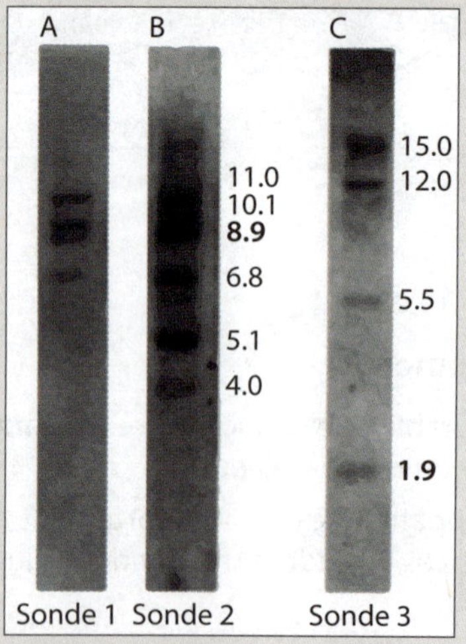

Pour rechercher la présence d'ADN bactérien dans le génome de la patate douce, on utilise une sonde radioactive constituée de séquences d'ADN bactérien simple brin capable de s'hybrider avec un ADN complémentaire. Lorsque l'hybridation se produit, cet ADN double brin peut être rendu visible sous forme de bandes sombres.

Doc. 2 Degré d'expression de trois gènes bactériens chez la patate douce cultivée

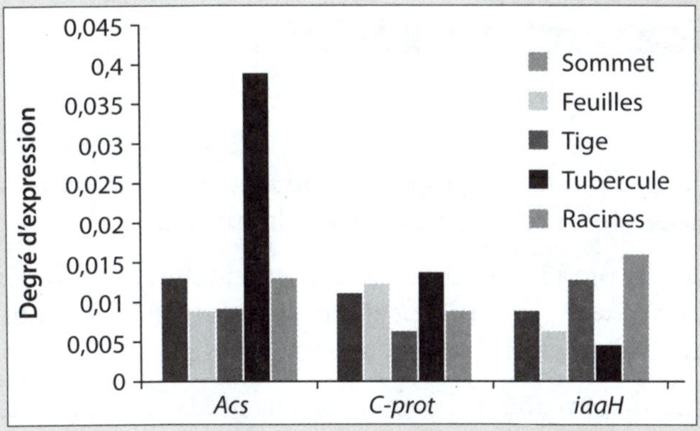

On a recherché dans différents organes de la patate douce l'expression de trois gènes présents chez *Agrobacterium rhizogenes* (Acs, C-prot et iaaH), puis on a mesuré leur degré d'expression.

POINT MÉTHODE

Analyser le sujet

Il s'agit de confirmer la présence de traces du génome bactérien dans celui de la patate douce et d'en indiquer les conséquences.

Le *document* 1 permet de vérifier qu'une partie du génome de la patate douce est constitué de gènes bactériens.

Le *document* 2 indique que les gènes bactériens s'expriment bien chez la patate douce. Ils participent ainsi à la réalisation du phénotype.

Il ne faut pas oublier d'identifier le mécanisme de diversification des êtres vivants mis en évidence par cet exemple.

Sujet de Bac 1

Entraînement à la partie II

On cherche à expliquer comment les caractères des individus d'une population peuvent se modifier sous l'influence du milieu.

En présence de prédateurs comme les crenicichles, les guppies sont de plus petite taille et arrivent plus précocement à maturité. On étudie l'effet d'un changement de milieu en les plaçant avec d'autres prédateurs, les killies.

Cela se traduit par une augmentation de poids d'environ 10 %, chez les mâles comme les femelles. L'âge de la maturité est quant à lui retardé, là encore d'environ 10 %.

Les caractéristiques des guppies ont été modifiées, elles correspondent maintenant à celles des populations qui dans les conditions naturelles vivent en présence des killies. Le changement de milieu est donc responsable de ces transformations. Celles-ci présentent un avantage en permettant aux guppies de mieux échapper à leurs prédateurs puisqu'ils ne présentent pas les caractéristiques des proies habituelles (petite taille, âge de maturité précoce).

Remarque
Il ne faut pas se limiter au constat mais il faut expliquer le mécanisme à l'origine du changement.

Il reste à expliquer comment ce changement s'est produit. Les caractéristiques d'un individu sont déterminées par son génotype, l'introduction du guppie dans un nouveau milieu ne le modifie pas. En revanche, des mutations ont lieu en permanence de façon aléatoire et peuvent aboutir notamment à des guppies de plus grande taille avec un âge de maturité retardée. Ces individus seront avantagés, ils échapperont plus facilement au prédateur et se reproduiront en plus grand nombre. De ce fait, la fréquence des allèles avantageux augmentera et, de génération en génération, la taille et l'âge de maturité seront modifiés. C'est un exemple de sélection naturelle.

Remarque
N'oubliez pas d'employer cette notion clé !

Sujet de Bac 2

Entraînement à la partie II

Un nouveau comportement a été mis en évidence chez les baleines en 1980. On cherche à comprendre les mécanismes à l'origine de son apparition.

D'après le *document* 1, le *lobtail feeding* n'existait pas avant 1980 chez les baleines. Il est apparu peu après le changement de proies, lequel posait problème puisque la nouvelle proie, le lançon, est plus difficile à capturer.

Conseil
Il faut intégrer les informations fournies par le graphique et celles de la légende du document.

En 2007, presque 40 % de la population des baleines avaient adopté ce comportement. Celui-ci s'est donc transmis en moins de trois décennies.

Le *document* 2 montre que le *lobtail feeding* n'est pas plus répandu chez des individus dont la mère a adopté ce comportement que chez d'autres.

Il n'est donc pas transmis génétiquement, de la mère à la progéniture. Par conséquent, il s'agit d'un comportement acquis.

Par contre, l'importance de ce comportement varie significativement (du simple au double) selon que l'individu est issu d'une population ayant séjourné ou non dans le golfe du Maine. Or, c'est dans le golfe du Maine que ce comportement a été observé la première fois.

Le *document* 3 indique que les individus ayant adopté ce comportement sont regroupés au centre du réseau social. Ce sont ceux qui ont les liens sociaux les plus nombreux et, par conséquent, ceux qui sont le plus capables d'observations.

On peut ainsi penser que face au problème de la nourriture plus difficile à capturer, un individu a acquis un nouveau comportement (sans doute par hasard). Ce comportement augmentant la prise de nourriture, il a été reproduit et transmis aux autres individus. De ce fait, ce comportement a été sélectionné et la proportion d'individus l'adoptant a augmenté au cours du temps.

Astuce
Pensez à relier les informations fournies par les documents.

Sujet de Bac 3

Entraînement à la partie II

La patate douce est une variété agricole qui présente un phénotype particulier. On se propose de mettre en évidence quelques-uns des mécanismes responsables de l'acquisition de ses caractères.

Le *document* 1 fournit les résultats d'une expérience menée pour rechercher des gènes bactériens dans le génome de la patate douce. Pour cela, les chercheurs utilisent une sonde radioactive constituée de séquences d'ADN bactérien simple brin. Son hybridation avec l'ADN de la patate douce met en évidence une complémentarité entre le génome de cette dernière et certaines séquences d'ADN bactérien.

Remarque
La séquence reconnue a la même séquence que celle du brin complémentaire de l'ADN de la sonde.

On peut donc en déduire que le génome de la patate douce comporte des gènes d'origine bactérienne.

Le *document* 2 montre que trois gènes présents chez la bactérie s'expriment dans différents organes de la patate douce, aussi bien dans les feuilles que dans les racines et les tubercules. Ainsi, ces gènes sont présents dans le génome de la patate douce.

On peut noter que l'un d'eux (Acs) s'exprime davantage dans le tubercule ; ce gène est donc en partie responsable des caractéristiques de cet organe de réserve et, par conséquent, des particularités de la patate douce cultivée.

Aussi, on peut penser que le génome de la patate douce a été modifié après infection par la bactérie. Il s'agit d'un transfert horizontal de gènes, responsable d'une modification phénotypique.

Astuce
Pensez à employer les notions clés !

Par la suite, certains de ces nouveaux caractères, notamment ceux du tubercule, lequel présente un intérêt alimentaire, auraient été sélectionnés par l'Homme.

Le transfert horizontal de gènes (un transfert de gènes indépendant de la reproduction sexuée et pouvant s'effectuer entre espèces différentes) est donc un facteur responsable de la diversification des êtres vivants et de l'acquisition de nouveaux caractères.

CHAPITRE 3

Le temps et les roches

DE QUOI S'AGIT-IL ?

On peut dater roches et événements géologiques les uns par rapport aux autres grâce à des principes géométriques. L'utilisation des fossiles complète cette datation et permet d'établir un calendrier géologique.

La datation absolue des roches est réalisée par radiochronologie : une méthode fondée sur la décroissance d'éléments radioactifs instables. Présents dans les roches, ils se désintègrent en fonction du temps, indépendamment des conditions du milieu (température, pression…).

Les différents éléments radioactifs se distinguent les uns des autres par leur période de désintégration et sont choisis comme chronomètres en fonction de l'âge supposé de la roche.

COURS

1 La chronologie relative

A Des principes géométriques

- La chronologie relative consiste à dater des roches ou des événements géologiques les uns par rapport aux autres. Elle se fonde sur des **principes géométriques**.
- Les roches sédimentaires se forment par dépôts successifs de couches. Ainsi, **selon le principe de superposition, une couche de roche sédimentaire est plus récente que celle qu'elle recouvre**.
- Selon le **principe de recoupement**, toute structure qui en recoupe une autre lui est postérieure. Par exemple, un pluton de granite qui traverse un ensemble de couches sédimentaires est postérieur à la plus récente des strates qu'il recoupe. Par ailleurs, les roches qui sont métamorphisées au contact du granite lui sont antérieures.

Sachez que...
Ce principe s'applique également aux coulées de laves qui se superposent au cours du temps.

Remarque
Au contact du magma qui remonte, les roches subissent une augmentation de température qui entraîne des transformations minéralogiques : c'est le métamorphisme de contact.

- De même, **lorsqu'une déformation (faille, pli) affecte une couche de roche, elle est postérieure au dépôt de celle-ci**. En revanche, si elle n'affecte pas les couches qui reposent sur les roches déformées, elle est antérieure à celles-ci.
- Enfin, si un fragment A est inclus dans B, alors A était initialement présent avant d'être englobé par B et il est donc antérieur à celui-ci. Ce **principe d'inclusion** s'applique aux roches comme aux minéraux.

Principes de la chronologie relative

B Des corrélations à distance

- Les principes géométriques ne s'appliquent que lorsque les roches sont en contact. Dans le cas contraire, on utilise **le principe de continuité : une couche donnée a le même âge sur toute son étendue**. Ainsi, si elle a pu être datée en un endroit, on connaîtra son âge sur toute sa longueur.
- Les corrélations établies entre couches éloignées reposent le plus souvent sur leur contenu en fossiles. C'est le **principe d'identité paléontologique**.

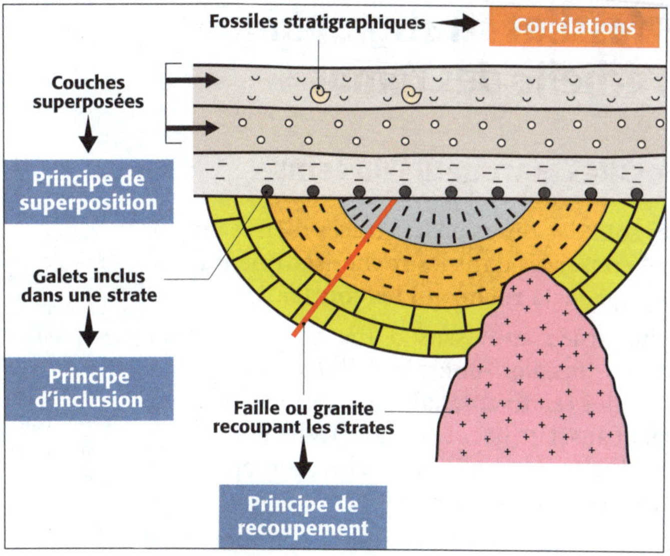

Doc. Les principes de datation relative

C Les discordances

- Une couche horizontale peut en recouvrir une autre qui a été plissée. Dans ce cas, les deux couches ont une orientation différente. **La couche supérieure est dite « discordante »**. Cette anomalie géométrique s'explique par une interruption de la sédimentation. Par exemple, la couche inférieure a été plissée. Cela a généré un relief qui a été soumis à l'érosion. Comme la couche supérieure est horizontale, elle s'est déposée sur une surface plane, donc seulement après l'érosion. La déformation (le pli) est donc postérieure à la couche inférieure affectée et antérieure à la couche supérieure non plissée.
- Une discordance permet de **dater de façon relative une phase tectonique**.

L'ESSENTIEL

La chronologie relative

- Une couche de roche sédimentaire (ou une coulée de lave) est plus récente que celle qu'elle recouvre.
- Toute structure qui en recoupe une autre (ou toute déformation qui l'affecte) lui est postérieure.
- Si un fragment A est inclus dans B, alors A est antérieur à B.
- Une couche donnée a le même âge sur toute son étendue.

COURS

2 Les fossiles stratigraphiques et l'échelle des temps

A Des fossiles marqueurs du temps

- Les fossiles sont des restes ou des traces d'êtres vivants partiellement conservés dans les **roches sédimentaires. Ils ont donc l'âge de la roche qui les contient.**
- Une couche située au-dessus d'une autre lui étant postérieure, les fossiles contenus dans ces roches peuvent être datés relativement les uns par rapport aux autres. On peut aussi utiliser la radioactivité pour dater de façon absolue (voir p. 69) les roches contenant les fossiles et ainsi établir leur âge.

Sachez que...
Seule une roche magmatique peut être datée de façon absolue. Des principes géométriques permettent de dater relativement une roche sédimentaire à son contact.

- Une fois l'âge d'un fossile connu, il permet de dater les roches qui le contiennent. Ainsi, les fossiles sont des marqueurs du temps utilisés pour construire un **calendrier géologique** : l'échelle stratigraphique.
- Toutefois, un fossile a un intérêt dans la datation seulement si son espèce avait eu un **vaste domaine de répartition, une durée d'existence brève et une abondance suffisante**. Il constitue alors un fossile stratigraphique.
- Pour dater plus précisément les roches à partir des fossiles, on y recherche la présence simultanée de plusieurs espèces dont les durées d'existence se chevauchent. On peut alors établir une biozone, c'est-à-dire une unité stratigraphique (un intervalle de temps) défini par son contenu biologique.

Globigérine

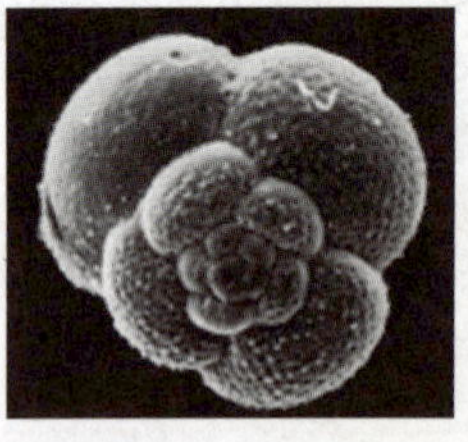

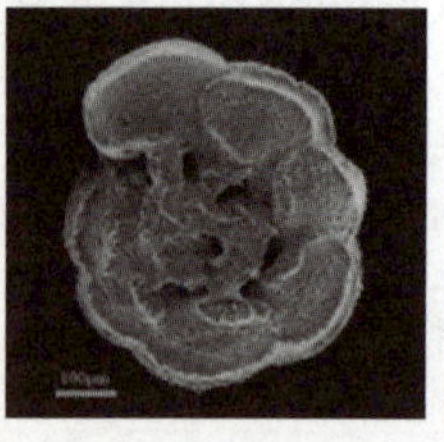

Globotruncana

Les foraminifères sont des organismes unicellulaires munis d'une coquille calcaire. Apparus au Cambrien (ère primaire), ils sont très diversifiés et largement répandus, ce qui en fait de bons fossiles stratigraphiques.

Doc. Les foraminifères, des fossiles stratigraphiques

B L'établissement d'une échelle stratigraphique

1. Des divisions stratigraphiques

- Le renouvellement des espèces et des groupes de plus grande taille permet de créer des divisions et sous-divisions stratigraphiques.
- L'étage, d'une durée de 5 à 6 Ma en moyenne, est la division de base de la stratigraphie. C'est une **formation** (ensemble de couches) caractérisée par la roche et surtout les fossiles qu'elle contient. Plusieurs étages sont regroupés en **systèmes** (ex. : le Crétacé), eux-mêmes regroupés en ères (le Précambrien, l'ère primaire, l'ère secondaire, l'ère tertiaire).
- On a ainsi progressivement construit une **échelle des temps géologiques.** Les grandes divisions, notamment les limites des ères géologiques, ont été établies à partir des crises biologiques.

Sachez que...
Le Précambrien, qui s'étend de – 4,5 Ga à – 540 Ma, est la période la plus longue sur l'échelle des temps géologiques.

Échelle des temps géologiques

Eon	Ère	Période	Époque	Date (millions d'années)
Phanérozoïque	Cénozoïque	Quaternaire	Holocène	0,01
			Pleistocène	1,8
		Tertiaire	Pliocène	5,3
			Miocène	23
			Oligocène	34
			Eocène	56
			Paléocène	65
	Mésozoïque	Crétacé		145
		Jurassique		199
		Trias		251
	Paléozoïque	Permien		299
		Carbonifère		359
		Dévonien		416
		Silurien		443
		Ordovicien		488
		Cambrien		542
Précambrien	Protérozoïque			2500
	Archéen			4600

Doc. L'échelle des temps géologiques

2. Les crises biologiques : des coupures dans les temps géologiques

• L'histoire de la Terre a été divisée en **périodes** de différentes durées, dont les plus longues sont les **ères**. Le passage d'une ère à une autre a été établi à partir de bouleversements intervenus chez les êtres vivants. On nomme ce type d'événements « crises biologiques ».

• Les crises biologiques sont des **modifications brutales** (à l'échelle des temps géologiques) **de toute la biosphère**. Elles sont liées à des événements planétaires (météorites…) qui provoquent des **extinctions de masse** et la **disparition de grands groupes**, comme celui des dinosaures à la fin de l'ère secondaire.

• L'étude des fossiles indique qu'il y a 65 millions d'années, des extinctions massives se sont produites, marquant la coupure entre le Crétacé (ère secondaire) et le Paléocène (ère tertiaire). Ainsi, on constate la disparition définitive de différents groupes comme les dinosaures et d'autres grands reptiles, des ammonites (mollusques) et de 90 % des genres de protozoaires, des organismes unicellulaires. On estime que 60 à 75 % des espèces vivantes s'éteignirent à la limite Crétacé-Tertiaire.

• **Ces disparitions ont un caractère massif et soudain et concernent des formes variées,** microscopiques comme géantes, des invertébrés comme des vertébrés, des animaux comme des végétaux, de milieux de vie variés.

• Ce phénomène s'est produit **en tout point du globe** et sur une **courte durée** à l'échelle des temps géologiques (quelques centaines de milliers d'années).

• Il a par ailleurs permis le **développement de grands groupes** comme ceux des mammifères, des oiseaux, des insectes et des plantes à fleurs qui occupent les niches écologiques laissées vacantes.

Sachez que…

Une crise est marquée à la fois par des extinctions et par la diversification de groupes d'êtres vivants.

L'ESSENTIEL

Les fossiles et l'échelle des temps

- Les fossiles sont des restes ou des traces d'êtres vivants partiellement conservés dans les roches sédimentaires dont ils sont contemporains.
- Ce sont des marqueurs du temps utilisés pour construire un calendrier géologique : l'échelle stratigraphique.
- L'étage, division de base de la stratigraphie, est caractérisé par la roche et les fossiles qu'elle contient.
- Les grandes divisions du temps ont été établies à partir des crises biologiques : des modifications brutales de toute la biosphère.

3 Les principes de la chronologie absolue

A La désintégration des éléments radioactifs

- Les roches renferment des **isotopes radioactifs instables** (« éléments pères ») qui **se désintègrent** au cours du temps en émettant une particule, comme un électron ou un neutron. Cela aboutit alors à la formation d'un **élément radiogénique stable** (« élément fils »).
- La décroissance d'un élément radioactif est une **fonction du temps**, telle que le nombre d'éléments pères dP disparaissant en un intervalle de temps dt est : $dP/dt = -\lambda P$ où λ est une constante de désintégration propre à chaque élément. Elle témoigne de la vitesse de désintégration de l'élément.
- On appelle « période » (ou demi-vie) la **durée pendant laquelle une masse initiale d'éléments pères se transforme de moitié en éléments fils.**
- Pour connaître l'âge d'une roche, le principe est simple : il consiste à **mesurer** la **quantité d'éléments pères par rapport à celle des éléments fils.** Ce rapport est d'autant plus faible que la roche est ancienne, c'est-à-dire que les éléments radioactifs ont eu du temps pour se désintégrer.
- Comme on connaît les constantes de désintégration et les valeurs des périodes pour un grand nombre d'isotopes, on peut alors évaluer, plus ou moins directement, l'âge de la roche.

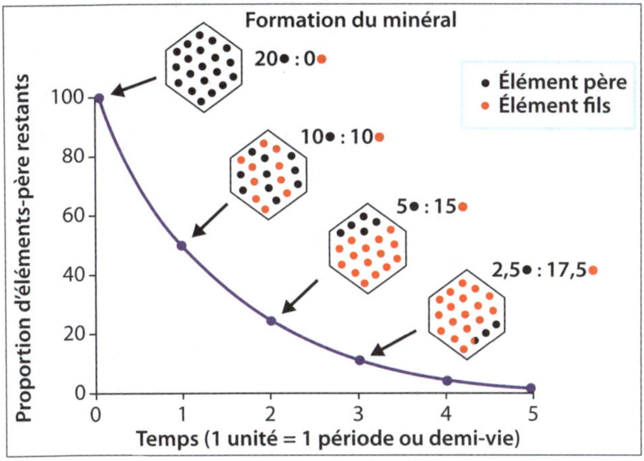

Doc. La décroissance des éléments radioactifs

B Une désintégration à vitesse constante

- La désintégration, pour un isotope donné, **se fait à la même vitesse quelles que soient les conditions du milieu** (pression, température…).
- Ainsi, à partir du moment où une roche intègre un élément radioactif, il commence à se désintégrer de la même façon, quelle que soit la roche qui le contient, et le nombre d'éléments pères diminue proportionnellement au nombre d'éléments fils formés.
- Plusieurs conditions sont nécessaires pour la validité des mesures. L'élément père doit être incorporé à la roche **au moment de sa formation** et non pas après. La roche doit former un système clos et ne pas laisser « fuir » les éléments radioactifs.

> **Sachez que…**
> Une roche sédimentaire ne peut pas constituer un système clos.

C Différents chronomètres pour dater les roches

1. Des conditions d'utilisation particulières

- **La méthode de datation absolue s'applique aux roches magmatiques ou métamorphiques dont les cristaux se forment en profondeur** et non aux roches sédimentaires qui se forment à partir d'éléments préexistants. La datation au carbone^{14} est utilisée pour des restes fossiles contenant du carbone.
- Si le principe de datation reste le même quel que soit l'âge de la roche, les caractéristiques de chaque chronomètre isotopique font que chacun a des applications particulières.

2. Des éléments aux périodes de désintégration différentes

- D'un élément radioactif à l'autre, la demi-vie est différente : elle varie de quelques milliers à quelques milliards d'années. Aussi, on tient compte de l'ordre de grandeur de l'âge supposé de la structure à dater dans le choix de l'élément radioactif utilisé.
- Le carbone^{14} ou « élément père » se désintègre en azote^{14}. Sa période, c'est-à-dire la durée pendant laquelle une masse initiale d'éléments pères se transforme de moitié en éléments fils, est de 5 730 ans. Par conséquent, le carbone^{14} est utilisé pour dater des échantillons de quelques centaines à quelques milliers d'années. Au-delà, la quantité restant dans l'échantillon est trop faible, voire nulle.
- Le carbone^{14} est produit en permanence dans la haute atmosphère à partir de l'azote. Sa teneur, par rapport à celle du carbone^{12}, est constante et connue pour

un milieu donné. Cet élément est particulièrement utilisé pour dater les fossiles. En effet, l'incorporation du carbone cesse à la mort de l'organisme. Le système se ferme et le $carbone^{14}$ commence à se désintégrer. Connaissant le rapport $carbone^{14}/carbone^{12}$ du milieu de vie de l'organisme, celui du fossile ainsi que la constante de désintégration, il est alors possible de calculer son âge.

Sachez que…
Le $carbone^{14}$ est utilisé pour dater tous les échantillons issus d'êtres vivants, comme le charbon de bois.

- Pour dater des roches anciennes, on utilise le **couple potassium-argon.** Le $potassium^{40}$ se désintègre en $argon^{40}$ avec une période de 1,3 milliards d'années. Ce couple présente un intérêt pratique certain : en effet, l'élément fils, l'argon, provient en théorie exclusivement de la désintégration du potassium. Pour calculer l'âge de la roche, on calcule le rapport entre la quantité de potassium et celle de l'argon, ce qui revient à calculer le rapport élément père/élément fils.
- Néanmoins, l'air et l'eau contiennent de l'argon et peuvent polluer la roche, ce qui peut induire des erreurs d'âge.
- Pour la datation des roches les plus anciennes, on utilise le **couple rubidium-strontium**. En effet, le $rubidium^{87}$, radioactif, se transforme en $strontium^{87}$, avec une **période longue de près de 50 milliards d'années**. La difficulté de la méthode tient au fait que le $strontium^{87}$ est présent dans la roche au moment de sa formation, en quantité inconnue, tout comme celle du $rubidium^{87}$.
- Or, il existe un autre isotope du strontium : le $strontium^{86}$, lui-même stable. Ainsi, le rapport $^{87}Sr/^{86}Sr$ augmente au cours du temps du fait de l'apport en ^{87}Sr issu de la désintégration du ^{87}Rb.

Couples d'isotopes	Périodes	Âges mesurés
^{238}U / ^{206}Pb	4,47 Ga	> 25 Ma
^{87}Rb / ^{87}Sr	48,8 Ga	> 100 Ma
^{40}K / ^{40}Ar	1,31 Ga	1 à 300 Ma
^{14}C / ^{14}N	5 730 ans	100 à 50 000 ans

Doc. **Les différents chronomètres isotopiques**

- Le rapport $^{87}Sr/^{86}Sr$ actuel dans une roche dépend donc de la quantité de ^{87}Sr formé par désintégration, c'est-à-dire de l'âge de la roche et de la quantité initiale de ^{87}Rb. On peut alors établir l'équation suivante :

$$(^{87}Sr/^{86}Sr) \text{ actuel} = (^{87}Rb/^{86}Sr)\ \lambda t + (^{87}Sr/^{86}Sr) \text{ initial.}$$

- Cette équation, de la forme y = ax + b, se traduit graphiquement par **une droite dans laquelle le coefficient directeur λt permet de déterminer l'âge de la roche**.

COURS

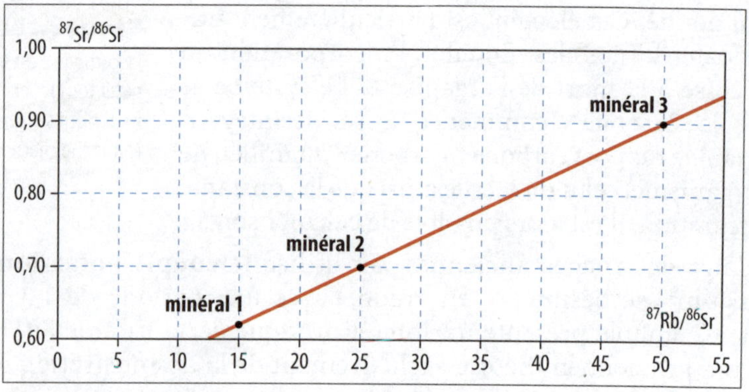

Doc. **Datation du granite par la méthode rubidium-strontiu**

- La construction de cette droite est obtenue à partir des mesures de $^{87}Sr/^{86}Sr$ et de $^{87}Rb/^{86}Sr$ sur différents minéraux de la même roche. Chacun de ces points correspond à des minéraux de même âge, celui de la roche. Aussi, cette droite est appelée « **droite isochrone** ».

> **Sachez que...**
> Lorsque l'on compare deux droites isochrones, celle dont la pente est la plus forte correspond à une roche plus ancienne.

- Enfin, une autre méthode est basée sur l'utilisation du **couple uranium-plomb.**

L'uranium naturel est formé majoritairement de deux isotopes, l'uranium^{235} et l'uranium^{238}; ce dernier est représenté en très petite quantité.

- L'uranium^{235} se désintègre avec une demi-vie de 700 millions d'années environ, avec pour élément fils le plomb^{207} (et λ_2 pour constante de désintégration). L'uranium^{238} se désintègre avec une demi-vie d'environ 4,5 milliards d'années, avec pour élément fils le plomb^{206} (et λ_1 pour constante de désintégration).
- On mesure la quantité d'éléments fils dans des minéraux n'en contenant pas (ou une quantité négligeable) à l'origine.

Les rapports $^{207}Pb/^{235}U$ et $^{206}Pb/^{238}U$ permettent de dater la formation du minéral, les deux mesures aboutissant à un même âge, ce qui permet de s'assurer de la fiabilité de la méthode.

- On utilise pour un même minéral les deux équations suivantes pour déterminer son âge, les deux résultats devant être concordants.

$$^{206}Pb/^{238}U = (e^{\lambda 1t} - 1) \qquad ^{207}Pb/^{235}U = (e^{\lambda 2t} - 1)$$

- Pour vérifier les âges obtenus, on utilise un **diagramme appelé « Concordia ».** Chacun de ses points correspond à un âge pour lequel on a déterminé par le calcul les rapports $y = {}^{206}Pb/^{238}U$ et $x = {}^{207}Pb/^{235}U$.

● On confronte les résultats obtenus pour les minéraux d'une roche aux points de la courbe Concordia. S'ils définissent une droite qui recoupe, cela indique par exemple que la roche a subi une phase de métamorphisme.

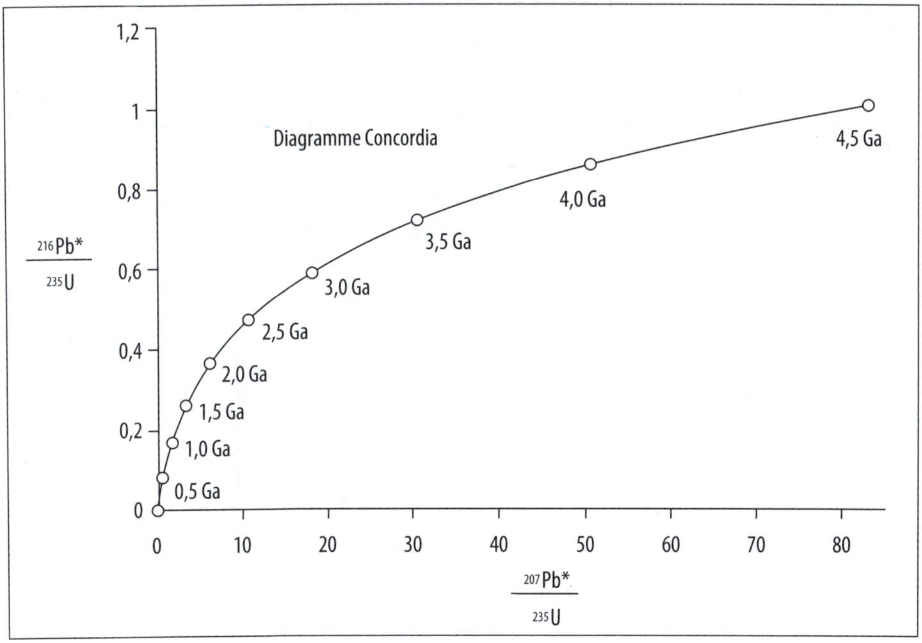

Doc. La courbe Concordia

L'ESSENTIEL

La chronologie absolue

- La décroissance d'un élément radioactif est une fonction du temps. Comme elle est indépendante des facteurs du milieu (température, pression...), elle permet de dater les roches.
- Plus la désintégration est importante pour un minéral donné, plus celui-ci est ancien.
- Chaque élément radioactif est caractérisé par une demi-vie. Celle-ci doit être cohérente avec l'âge supposé de la roche à dater.

COURS

ZOOM SUR...

Deux méthodes de datation

→ La coupe géologique présentée par le *document* 1 met en évidence les relations entre des roches sédimentaires (couches 1 à 5) et magmatiques ayant subi différents événements.

Le *document* 2 est un graphique établi à partir de dosage de différents isotopes sur les minéraux du granite présent sur la coupe du *document* 1.

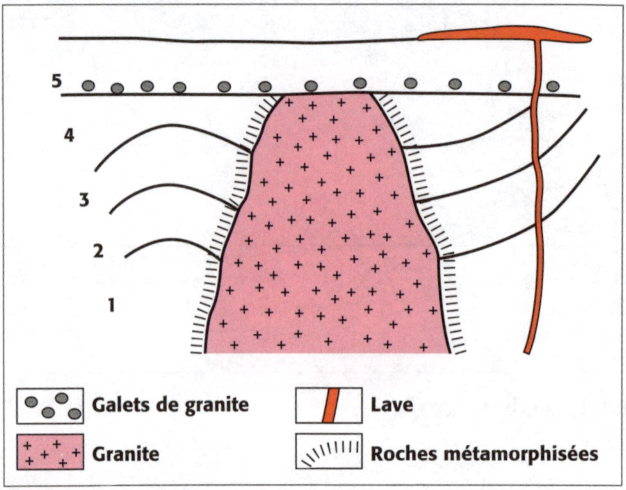

Doc. 1 Coupe géologique

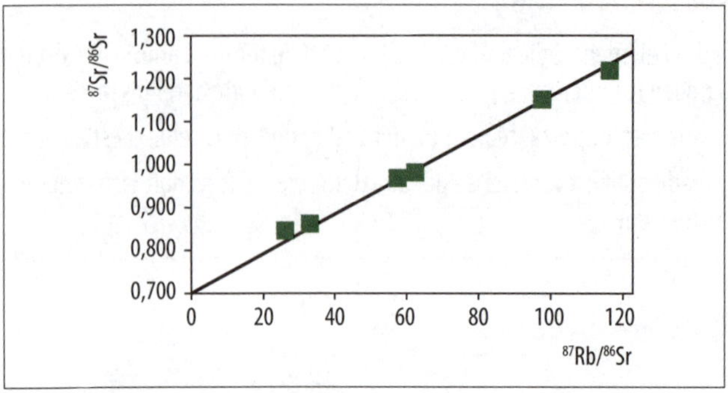

Doc. 2 Droite isochrone correspondant aux minéraux du granite

→ Le rubidium^{87} est un élément radioactif qui donne du strontium^{87} en se désintégrant. Comme les quantités initiales de rubidium et de strontium dans la roche sont inconnues, on a établi une relation entre les quantités connues de différents isotopes afin de pouvoir dater la roche :

$$(^{87}Sr/^{86}Sr) \text{ actuel} = (^{87}Rb/^{86}Sr) \text{ actuel} \times \lambda t + (^{87}Sr/^{86}Sr) \text{ initial.}$$

$$\text{Avec } \lambda = 1{,}42.10^{-11}$$

→ La coupe du *document* 1 doit être exploitée en appliquant les principes géométriques de superposition, de recoupement et d'inclusion. Elle permet d'établir une chronologie relative des roches et des événements.

→ Les roches sédimentaires se formant par dépôt, la couche 5 qui recouvre toutes les autres est la plus récente ; l'âge des couches 4 à 1 est de plus en plus ancien. Les couches 1 à 4 sont affectées d'un pli mais pas la 5. Le pli est donc postérieur à la couche 4 mais antérieur à la couche 5.

→ Un pluton de granite traverse les couches 1 à 4 qui sont métamorphisées à son contact. La couche 5, au contact du granite, n'est pas métamorphisée. On peut donc en déduire que la remontée de magma est postérieure à la couche 4 et antérieure à la couche 5.

→ La couche 5, horizontale, s'est déposée sur une surface plane. Il y a donc eu une érosion qui a affecté le granite et la couche 4. La couche 5 renferme des galets de granite. Selon le principe d'inclusion, tout élément inclus dans une roche lui est antérieur. La couche 5 est donc bien postérieure au granite. Enfin, l'ensemble des couches est surmonté par une couche de lave qui est postérieure à toutes les roches.

→ L'âge absolu du granite et des roches associées peut être déterminé grâce au *document* 2. La droite représentée sur ce document est d'équation :

$$(^{87}Sr/^{86}Sr) \text{ actuel} = (^{87}Rb/^{86}Sr) \text{ actuel} \times \lambda t + (^{87}Sr/^{86}Sr) \text{ initial.}$$

Son coefficient directeur est égal à λt. Comme on connaît λ, la détermination du coefficient directeur permet de connaître t.

→ Pour déterminer le coefficient directeur (a) de la droite, on prend deux points éloignés : soit x1 = 20 et y1 = 0,8 ; x2 = 100 et y2 = 1.16.

Remarque

Tous les minéraux utilisés pour construire cette droite ont le même âge : c'est pourquoi on l'appelle « droite isochrone ».

$a = y2 - y1 / x2 - x1$ soit $\lambda t = 0{,}36/80$ d'où $t = 0{,}36/80 \times 1{,}42.10^{-11}$

$t = 316.10^{6}$ ans = 316 Ma

→ Ainsi, la couche 4 est antérieure à 316 Ma, tandis que la couche 5 est postérieure à 316 Ma.

REPÈRES

Mots clés

■ **Biozone :** ensemble de couches défini par son contenu en fossiles.

■ **Chronologie relative** : datation des roches et événements géologiques les uns par rapport aux autres.

■ **Chronomètre isotopique** : couple formé par un isotope père radioactif et un isotope fils radiogénique, permettant de mesurer un âge absolu.

■ **Constante de désintégration** : constante caractérisant la vitesse de désintégration d'un isotope instable.

■ **Crise biologique** : extinction de masse des espèces et groupes se produisant de façon brutale et sur toute la planète.

■ **Droite isochrone** : droite construite à partir de mesures effectuées sur des minéraux de même âge et dont le coefficient directeur est proportionnel à cet âge.

■ **Échelle stratigraphique** : échelle des temps géologiques.

■ **Élément fils** : isotope stable qui résulte de la désintégration.

■ **Élément père** : isotope instable à l'origine de la désintégration.

■ **Étage** : division de base de la stratigraphie.

■ **Fossile stratigraphique** : fossile utilisé pour la datation des roches.

■ **Isotope radioactif** : élément instable qui se désintègre au cours du temps pour devenir un élément stable.

■ **Métamorphisée (roche)** : roche qui a subi des transformations minéralogiques. Au contact d'un pluton de granite, sous l'effet de la chaleur, les roches sont transformées.

■ **Période** : temps nécessaire pour qu'une masse d'éléments radioactifs se désintègre de moitié.

■ **Pluton de granite** : masse de granite intrusif, provenant de la lente remontée d'un magma.

■ **Strate** : couche de roche.

■ **Stratigraphie** : science qui étudie la succession des différentes couches géologiques dans le temps.

■ **Système clos** : système qui ne réalise aucun échange avec son environnement.

Document majeur

La méthode de datation au carbone^{14}

- La datation au carbone^{14} peut être réalisée sur certains échantillons. On a montré que la désintégration radioactive dans un échantillon obéit à la loi suivante :

$^{14}C/^{12}C$ échantillon = $^{14}C/^{12}C$ initial. $e^{-\lambda t}$.

Avec t = ln (rapport initial/rapport échantillon)/λ

λ = constante de désintégration = $1,209.10^{-4}$ /an

t = temps écoulé depuis la mort de l'organisme (exprimé en années)

- On a dosé le rapport $^{14}C/^{12}C$ dans les cernes d'un séquoia géant. Le cerne A est le plus périphérique et considéré comme actuel, le cerne H le plus central.

Cerne	Rapport $^{14}C/^{12}C$
A	$1,20 \cdot 10^{-12}$
H	$8,87 \cdot 10^{-13}$

- Comme le carbone^{14} est produit en permanence dans la haute atmosphère à partir de l'azote, sa teneur est constante dans l'atmosphère comme chez les êtres vivants qui utilisent le CO_2 de l'air (directement ou indirectement) pour produire leur matière organique.
- L'incorporation du carbone cesse à la mort de l'organisme. Le système se ferme et le carbone^{14} commence à se désintégrer. Connaissant le rapport $^{14}C/^{12}C$ du milieu de vie de l'organisme, celui du fossile ainsi que la constante de désintégration, il est alors possible de calculer l'âge du fossile.
- Seul le cerne périphérique correspond à du bois vivant : le carbone est incorporé par les végétaux au cours de la photosynthèse. Dans les autres, il n'y a plus d'incorporation de carbone atmosphérique et le carbone^{14} qui se désintègre n'est pas renouvelé.
- $^{14}C/^{12}C$ initial correspond à celui mesuré dans le cerne actuel encore vivant. La datation du cerne H, le plus central, permet d'évaluer l'âge de l'arbre.

On a donc t = ln $(1.20.10^{-12}/8.87.10^{-13})/1,209.10^{-4}$.

t = 2 500 ans environ.

SUJETS

Sujet de Bac 1

Entraînement à la partie I

La chronologie relative

CONSIGNE

Montrez comment, à l'aide de principes géométriques, il est possible de dater de façon relative et de corréler différents événements et structures géologiques.

POINT MÉTHODE

1 Analyser le sujet

Il s'agit de montrer comment différents principes géométriques appliqués aux roches permettent d'établir une chronologie relative et ainsi de reconstituer l'histoire géologique d'une région. Il faut également montrer comment il est possible d'établir des corrélations à distance.

2 Construire le sujet

Le sujet peut être traité en deux parties : la première consacrée aux principes géométriques, la seconde aux corrélations. Il ne faut pas hésiter à donner des exemples. Enfin, on peut indiquer les limites de la méthode dans la conclusion.

Sujet de Bac 2

Entraînement à la partie II

Analyse d'une coupe géologique

Le *document* suivant représente une coupe géologique dans laquelle figurent des roches sédimentaires (a à d), plutonique (e) et volcanique (g). Un événement tectonique (f) est également représenté. Enfin, les tirets représentent des roches transformées sous l'action de la chaleur.

CONSIGNE

Identifiez les événements géologiques qui se sont produits dans cette région et reconstituez leur chronologie.

Doc. **Une coupe géologique**

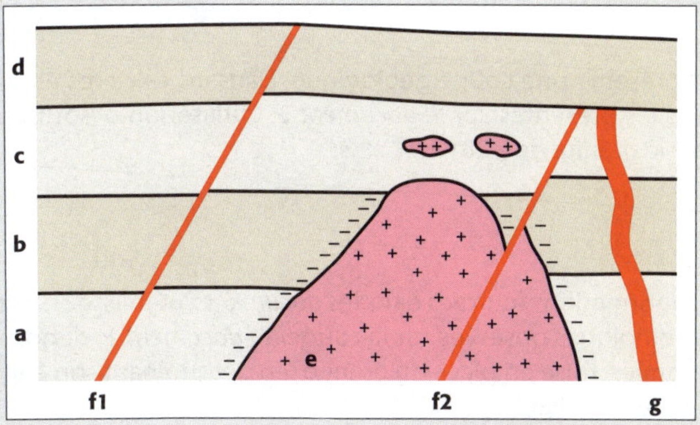

POINT MÉTHODE

Construire son raisonnement

Il s'agit d'utiliser des principes géométriques pour reconstituer la chronologie de différents événements.

Dans un premier temps, l'analyse du document permet d'identifier ces événements. Il ne faut pas se limiter au seul événement tectonique (faille) mais recenser également le dépôt des roches sédimentaires, l'intrusion granitique, l'érosion.

Il faut établir la chronologie en allant du plus ancien au plus récent.

Pour les roches sédimentaires, les plus anciennes sont les plus profondes. Après, il faut se poser la question de la datation des événements affectant ces roches. Pour cela il faut appliquer le principe de recoupement.

Le principe d'inclusion est également utilisé pour dater la couche contenant les galets de granite.

Sujet de Bac 3

Entraînement à la partie II

Reconstitution de l'histoire d'une région

Le *document* 1 présente une coupe géologique. Dans les calcaires et les roches A, on a trouvé les fossiles présentés sur le *document* 2. L'utilisation d'isotopes radioactifs a permis de dater le granite de – 281 Ma.

CONSIGNE

En utilisant les informations fournies dans les *documents*, établissez la chronologie des événements géologiques observés sur la coupe du *document* 1 : dépôts des calcaires, dépôts des dolomies, mise en place du granite (en déterminant son âge absolu), mise en place des roches A, faille.

Doc. 1 Coupe géologique

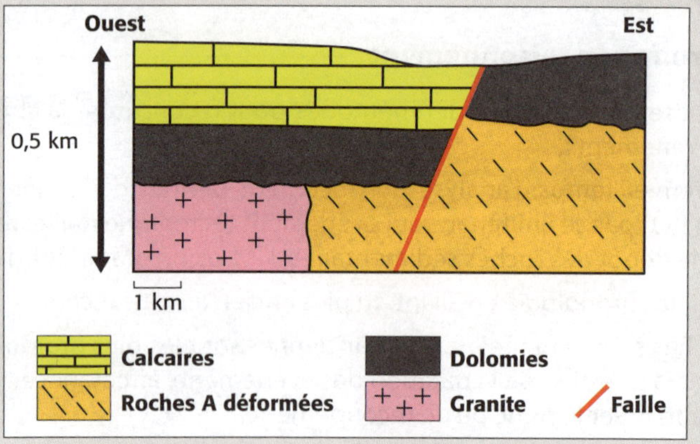

Doc. 2 Fossiles présents dans les calcaires (a) et les roches A (b)

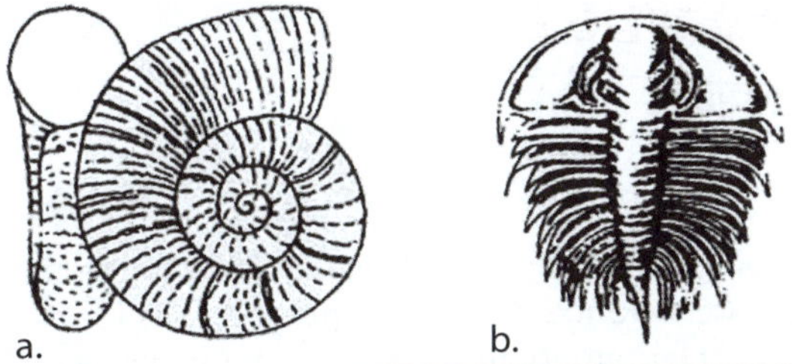

a.   b.

a. Exemple de lytocératidé
b. Exemple d'olénellidé

Doc. 3 Échelle stratigraphique en millions d'années

Ère mésozoïque	– 145 à – 65	Crétacé	Lytocératidés
	– 200 à – 145	Jurassique	
	– 245 à – 200	Trias	
Ère paléozoïque	– 290 à – 245	Permien	Olénellidés
	– 362 à – 290	Carbonifère	
	– 408 à – 362	Dévonien	
	– 439 à – 408	Silurien	
	– 510 à – 439	Ordovicien	
	– 570 à – 510	Cambrien	

POINT MÉTHODE

Comment traiter le sujet

Il s'agit de combiner différentes méthodes pour reconstituer une succession d'événements géologiques.

Ceux-ci doivent être identifiés sur la coupe du *document* 1 : il s'agit par exemple du dépôt de roches sédimentaires, de l'intrusion d'un pluton de granite, d'une faille.

Les fossiles du *document* 2 permettent de donner un âge aux roches qui les contiennent. L'âge du granite est fourni par l'énoncé.

Un fois ces données établies, il faut utiliser des principes géométriques pour reconstituer l'histoire de la région à partir de la coupe du *document* 1.

La chronologie s'établit toujours en allant du plus ancien au plus récent.

Sujet de Bac 4

Entraînement à la partie II

Des fossiles stratigraphiques

Les foraminifères sont des protozoaires : des animaux microscopiques unicellulaires marins entourés d'une coquille calcaire. Abondants dans de nombreuses formations sédimentaires, ils sont très diversifiés et largement répandus sur tout le globe.

Le *document* suivant donne la succession de différentes espèces de foraminifères dans les sédiments du Paléocène et de l'Éocène. Les strates ont ainsi pu être divisées en fonction de leur contenu en fossiles.

CONSIGNE

En utilisant ce *document*, expliquez à partir de l'exemple des foraminifères comment les fossiles peuvent être utilisés comme marqueurs des temps géologiques.

POINT MÉTHODE

Comment traiter le sujet

L'étude du *document* doit permettre de dégager la notion de « fossile stratigraphique ».

Il faut commencer par se remémorer quelques notions du cours : la relation entre un fossile et la roche qui le contient d'une part, les caractéristiques des fossiles stratigraphiques d'autre part.

L'exploitation du *document* doit permettre de montrer comment l'utilisation des fossiles amène à un découpage du temps en intervalles, chacun d'eux correspondant à un contenu paléontologique.

Il faudra penser à conclure sur les méthodes permettant d'attribuer un âge absolu aux fossiles ou aux roches qui les contiennent.

Doc. Biozonations établies à partir de fossiles de foraminifères

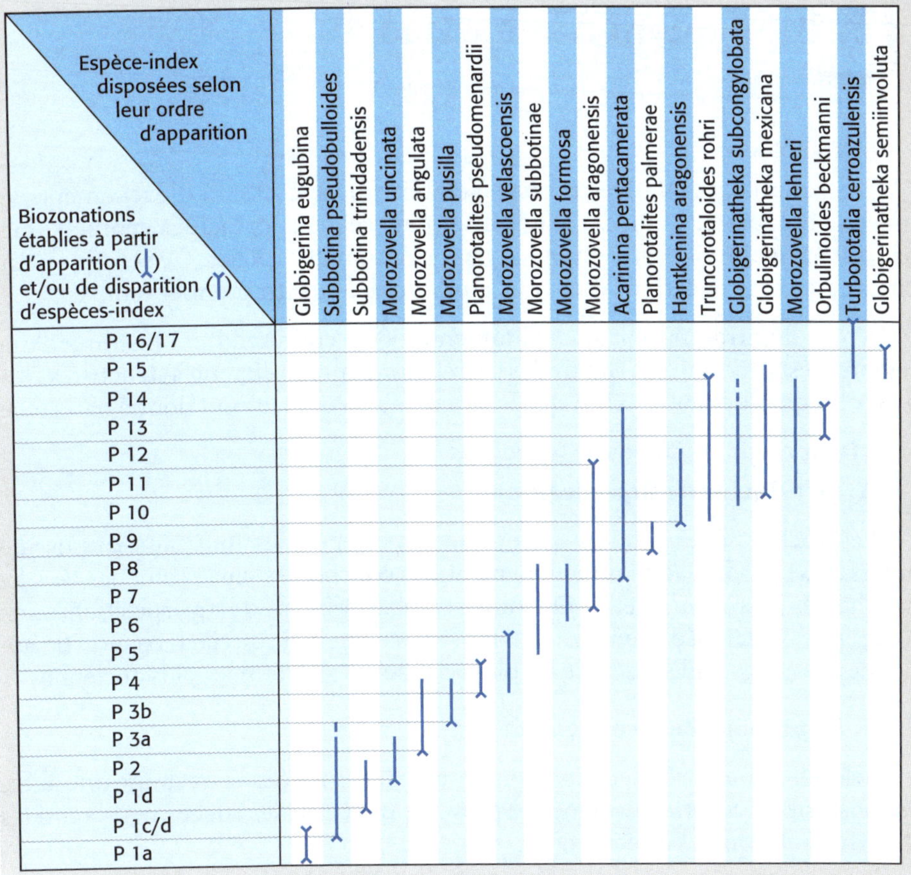

Sujet de Bac 1

Entraînement à la partie I

Introduction

La chronologie relative consiste à établir une succession d'événements les uns par rapport aux autres. Elle utilise pour cela des principes géométriques qui ont été établis à partir du mode de formation des roches. Ce sont ces principes et leurs applications que nous étudierons dans un premier temps.

Nous montrerons ensuite, comment, pour comprendre l'histoire d'une région, il est nécessaire d'établir des corrélations entre différentes structures éloignées les unes des autres ainsi que les événements qui leur ont donné naissance.

I. Des principes pour dater les roches

A. Le principe de superposition

Les roches sédimentaires se forment par dépôt, les unes aux dessus des autres. Il se produit alors un empilement des couches les plus profondes vers les couches les plus superficielles. On a ainsi établi le principe de superposition, selon lequel une couche sédimentaire est plus récente que celle qu'elle recouvre. Il s'applique aussi aux coulées de lave les plus récentes recouvrant les plus anciennes.

B. Le principe de recoupement

Selon le principe de recoupement, toute structure qui en recoupe une autre est postérieure à cette dernière. Ce principe concerne les roches mais aussi les déformations qui les affectent.

Ainsi, lorsqu'un ensemble de couches sédimentaires est traversé par un pluton de granite, ce dernier est postérieur à la plus récente des strates qu'il recoupe. On pourra ainsi dater la remontée du magma et l'événement qui lui a donné naissance. De même, un événement tectonique est postérieur à la couche inférieure affectée mais antérieur à la couche supérieure non affectée.

C. Le principe d'inclusion

Il s'énonce de la façon suivante : si un fragment A est inclus dans B, alors A est antérieur à B. Il s'applique à des roches comme à des minéraux, lorsqu'ils sont imbriqués les uns dans les autres. Le minéral inclus dans un autre lui est alors antérieur. Ainsi, on peut proposer un ordre de cristallisation à l'intérieur d'une roche.

II. Établir des corrélations à distance

A. Des corrélations nécessaires

Les principes géométriques peuvent être appliqués si deux couches sont au contact l'une de l'autre. Or, le géologue cherche à reconstituer l'histoire d'une région, d'un continent ou du globe, ce qui nécessite d'établir des corrélations, c'est-à-dire des correspondances entre des couches qui ne sont pas au contact les unes des autres. Différents principes ont pour cela été établis.

B. Le principe de continuité

Le principe de continuité énonce qu'une même couche a le même âge sur toute son étendue. En effet, cela suppose, même s'il existe des exceptions, que la couche s'est déposée au même moment en tout point. Ainsi, si une couche a pu être datée en un endroit, par exemple parce qu'elle était recoupée par un pluton de granite, on pourra, même à des centaines de kilomètres de là affirmer qu'elle a le même âge. Évidemment, la même couche ne se prolonge pas sur de telles distances mais en progressant de proche en proche, on peut reconstituer des relations entre couches.

Remarque
Ce principe n'est pas toujours applicable : la continuité de la couche peut être « perdue », c'est-à-dire qu'on ne connaît pas d'équivalent dans une autre région.

C. Le principe d'identité paléontologique

Certains fossiles constituent des marqueurs temporels universels, susceptibles d'être retrouvés dans de nombreuses couches. Ce sont des fossiles stratigraphiques. En effet, un fossile est contemporain de la roche qui le contient. Les espèces se sont succédé au cours du temps, celles ayant la durée d'existence la plus courte sont plus intéressantes pour être utilisées comme marqueur du temps. Par ailleurs, pour réaliser des corrélations, il faut que l'espèce ait un vaste domaine de répartition. Une brève durée d'existence, une large répartition ainsi qu'une abondance suffisante sont les caractéristiques d'un bon fossile stratigraphique. Ainsi, deux couches qui contiendront les mêmes fossiles stratigraphiques seront considérées comme ayant le même âge. On utilise comme marqueur plusieurs espèces, ce qui permet de définir des biozones, c'est-à-dire des unités stratigraphiques définies par leur contenu paléontologique.

Conclusion

Bien qu'elle ait des limites d'application, la datation relative permet d'ordonner dans le temps, de façon simple, une succession de structures et d'événements géologiques. Elle peut être complétée par la datation absolue à l'aide des isotopes. Ainsi, lorsque l'âge absolu d'une couche est connu en un endroit, s'il est possible d'établir une corrélation avec d'autres roches, on pourra alors aussi dater ces dernières de façon absolue.

Sujet de Bac 2

Entraînement à la partie II

Les roches sédimentaires sont disposées en strates superposées. Selon le principe de superposition (une couche sédimentaire est plus récente que celle qu'elle recouvre), l'ordre de dépôt est : a, b, c et d.

Un pluton granitique traverse les couches a et b. Selon le principe de recoupement (toute structure qui en recoupe une autre lui est postérieure), le granite est donc postérieur à ces deux couches.

On remarque que la surface du granite est fragmentée. C'est le signe d'une érosion. Comme le granite est une roche qui se met en place en profondeur, on doit admettre qu'il a été amené en surface par l'érosion. Celle-ci a formé des galets de granite qui ont été pris dans le dépôt de la couche c. Selon le principe d'inclusion (tout fragment inclus dans un autre lui est antérieur), le granite est antérieur à la couche c.

> **Astuce du prof**
> La datation du granite est confirmée par le fait que les couches a et b sont transformées par la chaleur émise par le magma granitique, pas la couche c.

Une coulée volcanique, g, traverse les couches a, b et c mais pas d. Selon le principe de recoupement, g est postérieure à c mais antérieure à d.

Enfin, deux failles f1 et f2 découpent cette formation géologique. Les terrains à droite de la faille sont remontés. F1 affecte les couches a à d, elle est donc postérieure à cette dernière. Quant à f2, puisqu'elle affecte c mais pas d, elle est postérieure à c mais antérieure à d.

Sujet de Bac 3

Entraînement à la partie II

On cherche à reconstituer l'histoire d'une région à partir de différents indices géologiques.

D'après le *document* 2, les calcaires présents sur la coupe du *document* 1 contiennent des ammonites datées du Jurassique. Les roches A contiennent des trilobites du Cambrien. En application du principe d'identité paléontologique, les roches ont l'âge des fossiles qu'elles contiennent. Les calcaires se sont formés entre – 200 et – 145 millions d'années. Les roches A se sont mises en place entre – 570 et – 510 millions d'années.

Sur la coupe du *document* 1, on observe que les roches A sont recoupées par le granite. Les dolomies recouvrent le granite et les roches A. En application du principe de recoupement, selon lequel tout événement qui affecte une structure lui est postérieur, le granite est postérieur aux roches A mais antérieur aux dolomies.

Conseil
Pensez à énoncer les principes géométriques.

On observe une discordance des calcaires sur les roches A et le granite. Les calcaires recouvrent les dolomies. En application du principe de superposition selon lequel une couche de roches est plus récente que celle qu'elle recouvre, les calcaires se sont déposés après les dolomies.

La faille affecte le calcaire. En application du principe de recoupement, la faille s'est mise en place après les calcaires.

On sait par ailleurs que le granite est daté de – 281 Ma.

En intégrant ces différentes informations, on peut donc reconstituer la chronologie des différents événements géologiques ayant affecté la région :
- mise en place des roches A (– 570 à – 510 millions d'années) ;
- mise en place du granite dans les roches A (– 281 millions d'années) ;
- dépôt des dolomies et des calcaires (dépôt des calcaires entre – 200 et – 145 millions d'années) ;
- mise en place de la faille.

Sujet de Bac 4

Entraînement à la partie II

La datation des roches sédimentaires est possible grâce aux fossiles qu'elles contiennent. Les fossiles étant enfouis dans les sédiments au moment du dépôt de ces derniers, ils ont l'âge des roches sédimentaires dans lesquelles on les trouve. Néanmoins, seuls certains fossiles constituent des marqueurs temporels : il s'agit des fossiles stratigraphiques.

Le document fourni montre une succession de biozones, c'est-à-dire des couches d'âge différent, établie à partir de différentes espèces de foraminifères. En effet, de nombreux foraminifères sont de bons fossiles stratigraphiques car ce sont des organismes microscopiques, donc présents en très grand nombre. De plus, ils sont entourés d'une coquille minéralisée, ce qui est favorable à leur fossilisation. Enfin, leur répartition est large, ce qui permet de faire des corrélations à distance.

Conseil
Pensez à utiliser des notions du cours.

Toutefois, un fossile stratigraphique se caractérise par une durée d'existence courte, correspondant à un intervalle de temps défini. Ainsi *P. pseudomenardii* pourrait être un bon fossile stratigraphique car il a une durée de vie courte ; *M. aragonensis* serait un moins bon fossile stratigraphique en raison de sa durée de vie plus longue.

La présence d'un type de fossile caractéristique permet donc de faire correspondre une couche à une période géologique donnée. Par exemple, sur le *document*, on observe que P1a correspond à la présence d'une espèce unique, *G. eugubina*, qui apparaît avec le début de la couche et disparaît avec la fin de celle-ci.

Néanmoins, pour dater plus précisément les roches à partir des fossiles, on y recherche la présence simultanée de plusieurs espèces dont les durées d'existence se chevauchent et qui forment une biozone.

Ainsi, P7 est la zone de coïncidence de trois espèces : *M. subbotina*, *M. formosa* et *M. aragonensis*.

De même la disparition, l'apparition d'une espèce peut être utilisé comme marqueur temporel. Ainsi, P6 correspond à la biozone dont le début est marqué par la disparition de *M. velascoensis* et la fin par l'apparition de *M. aragonensis*.

La datation d'une roche est donc possible par l'étude des fossiles qu'elle contient, ceux-ci étant marqueurs d'un intervalle de temps déterminé. Des corrélations à distance permettent d'établir un âge commun pour des couches ayant le même contenu paléontologique. La succession des fossiles dans le temps permet une datation relative de ceux-ci, pouvant elle-même être précisée par d'autres méthodes.

CHAPITRE 4

Les traces du passé mouvementé de la Terre

DE QUOI S'AGIT-IL ?

Des indices géologiques permettent de retrouver les traces d'anciennes chaînes de montagnes, pourtant démantelées aujourd'hui.

Dans les chaînes de montagnes récentes, de la lithosphère océanique ancienne témoigne de la présence d'un océan actuellement disparu.

Dans les marges continentales, on retrouve les témoins géologiques de la fragmentation d'un continent et de la naissance d'un océan.

Ainsi, les chaînes de montagnes, qui se forment et disparaissent de façon répétée au cours de l'histoire de la Terre, enregistrent les traces du passé mouvementé de la Terre.

1 Des domaines continentaux d'âges variés

A Deux types de chaînes de montagnes

1. Les traces d'anciennes chaînes de montagnes

- Des formations géologiques comme le Massif armoricain, le Massif central ou les Vosges présentent, malgré leur altitude modeste, des structures caractéristiques de celles des chaînes de montagnes. On y trouve des roches avec **des déformations variées : des plis, des failles inverses** (cassure et coulissement des roches le long d'un plan de fracture) et des **chevauchements** (recouvrement d'un ensemble de terrain par un autre plus âgé). Ces déformations sont le signe de phénomènes de **compression** ayant affecté les roches.
- On trouve aussi des **ophiolites** dans ces formations géologiques, c'est-à-dire des roches issues de la lithosphère océanique (voir p. 92 et 93).
- Dans ces régions, on trouve des roches métamorphiques renfermant des minéraux comme le grenat. C'est un **minéral repère** permettant de reconstituer les conditions au moment de sa formation, et qui témoigne de l'existence de hautes pressions.

> **Sachez que...**
> Les roches métamorphiques sont des roches transformées sous l'effet de variations de pression et/ou de température.

- Enfin, des roches, telles que les migmatites, présentent des traces de fusion, ce qui indique qu'elles ont été formées à de hautes températures.
- Tous ces indices géologiques témoignent d'une **collision entre deux lithosphères continentales.** Au cours de celle-ci, les roches sont déformées et enfouies en profondeur où elles subissent de hautes pressions et températures.

2. Des formations soumises à l'érosion

- Ces formations géologiques se distinguent aussi de chaînes de montagnes comme les Alpes ou l'Himalaya par la **moindre épaisseur de leur couverture sédimentaire**. Par contre, les roches plutoniques (roches magmatiques ayant cristallisées en profondeur) et métamorphiques y sont plus abondantes. Or, roches plutoniques et métamorphiques se forment en profondeur et leur affleurement aujourd'hui ne s'explique que par la disparition des roches de surface qui les recouvraient auparavant. C'est le signe d'une **intense érosion.**
- Par ailleurs, ces roches ont des âges supérieurs à 300 millions d'années (contre pas plus de 100 millions d'années dans les Alpes, par exemple). Ainsi, ce sont des chaînes de montagnes anciennes qui ont été démantelées après leur formation.

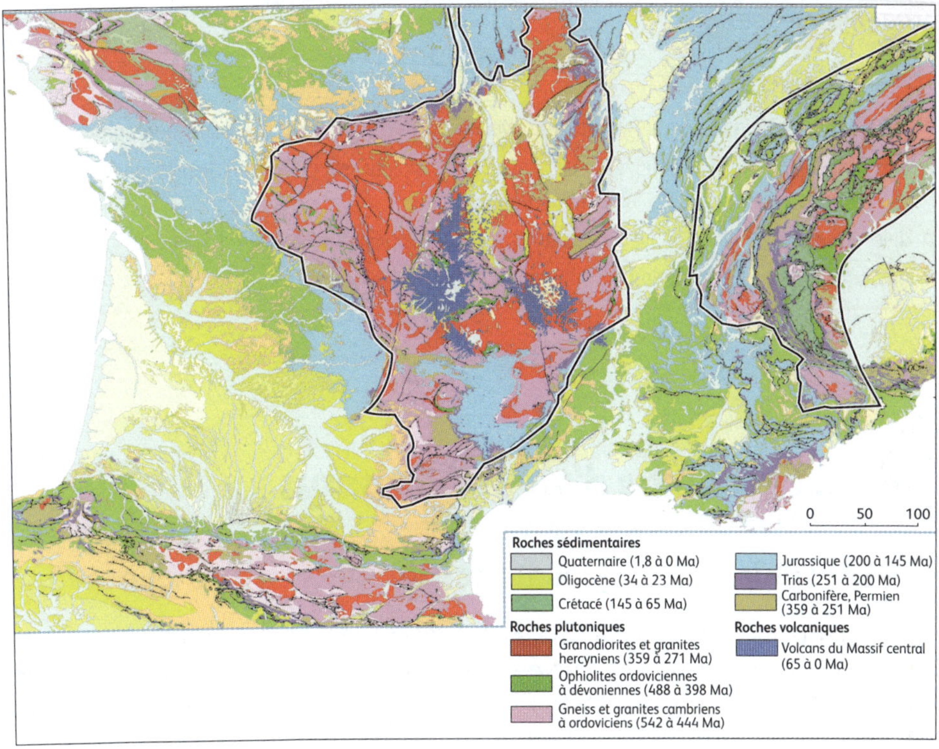

Doc. **Carte géologique du sud de la France**

B Des ceintures orogéniques mondiales

- Le Massif armoricain, le Massif central ou les Vosges appartenaient à une vaste chaîne qui s'étendait du sud de l'Espagne jusqu'au Caucase, sur 5 000 km de long, **la chaîne hercynienne** (– 420 à – 250 Ma) et aujourd'hui érodée. Ainsi apparaissent en surface les roches métamorphiques et les granites qui constituaient autrefois la racine profonde de la chaîne.

> **Sachez que...**
> La chaîne hercynienne culminait à des altitudes équivalentes à celles de l'Himalaya.

- À l'échelle mondiale, ces chaînes de montagnes anciennes forment des bandes allongées appelées « **ceintures orogéniques** ».
- Un continent associe plusieurs domaines d'âge différent, chacun portant un reliquat d'une ceinture orogénique. Ainsi, les continents **s'accroissent par la succession de cycles orogéniques**.

COURS

L'ESSENTIEL

Des domaines continentaux d'âges variés

- Des indices géologiques permettent de retrouver les traces d'anciennes chaînes de montagnes.
- Elles sont aujourd'hui démantelées et laissent affleurer en leur sein des roches de profondeur, comme les roches plutoniques ou métamorphiques.
- Elles forment à l'échelle mondiale des bandes allongées appelées « ceintures orogéniques ».
- Elles ont contribué à l'édification des continents.

2 La recherche d'océans disparus

A Les ophiolites, fragments de lithosphère océanique

- Les chaînes de collision comme les Alpes renferment des ophiolites. Ce sont des associations constituées d'un **empilement de roches** telles que des basaltes en coussin, des gabbros et des péridotites. Cette séquence, pourtant **caractéristique de la lithosphère océanique**, se retrouve aujourd'hui à plusieurs milliers de mètres d'altitude sur les continents.
- On trouve, associées aux ophiolites, des radiolarites : des roches sédimentaires composées de fossiles d'animaux marins microscopiques. Les radiolarites se forment aujourd'hui en milieu océanique à grande profondeur.
- La présence des ophiolites et des roches associées prouve qu'un océan aujourd'hui disparu se trouvait autrefois à l'emplacement actuel de la chaîne de montagnes.

Sachez que...
Selon le principe de l'actualisme, on considère que les conditions de vie d'une espèce donnée sont les mêmes que dans le passé.

Doc. Massif ophiolitique

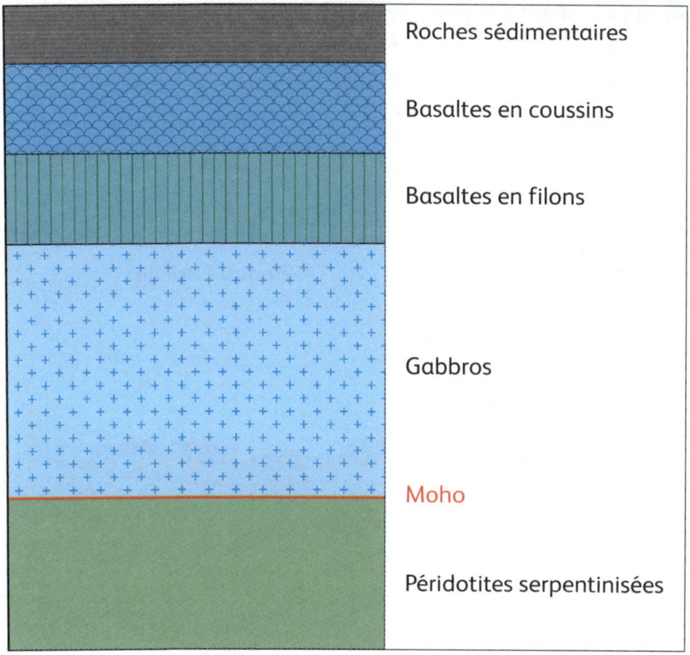

Doc. Coupe simplifiée d'une ophiolite

B Les ophiolites, témoins d'une fermeture océanique

- Les données cartographiques montrent que les ophiolites sont disposées **dans l'axe de la chaîne de montagne** comme c'est le cas, par exemple, dans la région du Tsang Po, dans l'Himalaya. Elles correspondent à la **zone de suture** entre deux lithosphères continentales, après la **fermeture d'un océan par subduction**.
- Une fois la lithosphère océanique subduite, les deux lithosphères continentales se sont affrontées et sont entrées en **collision** à l'endroit où se trouvent aujourd'hui les ophiolites.
- La subduction étant bloquée, une partie de la lithosphère océanique échappe alors à l'enfouissement et passe par-dessus le continent. C'est le phénomène d'**obduction**.
- La lithosphère océanique a pu aussi remonter en surface par des phénomènes complexes, après la subduction.

Sachez que...
L'Inde s'est séparée de l'Afrique de l'Est en même temps que s'ouvrait l'océan Indien. Elle est remontée vers le nord et a percuté la plaque asiatique pour former l'Himalaya.

• Les plus vieilles ophiolites connues datent de plus de 2 milliards d'années, ce qui indique que le **phénomène de subduction** et, plus généralement, la **tectonique des plaques** existaient déjà à cette époque.

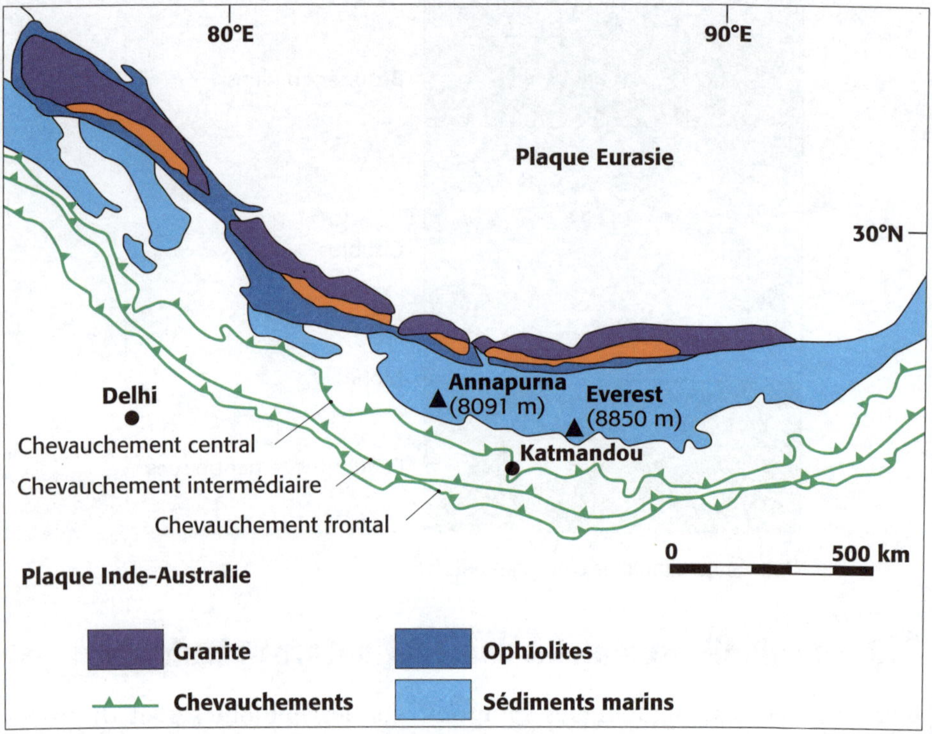

Doc. Carte géologique simplifiée de l'Himalaya

L'ESSENTIEL

Les traces d'un océan disparu

- Les chaînes de collision comme les Alpes renferment des ophiolites : des séries de roches constituées de basaltes en coussin, de gabbros et de péridotites. Ce sont des reliques de la lithosphère océanique.
- Elles marquent la zone de suture entre deux plaques, après une collision suite à la fermeture océanique par subduction.

3 Les marques de la fragmentation continentale et de l'ouverture océanique

A Les marges passives, des structures en distension

1. Des zones de transition

• Dans l'océan Atlantique, la croûte continentale s'amincit progressivement avant de se raccorder à la croûte océanique au niveau d'une zone de transition appelée « **marge continentale** ». Il s'agit d'une marge passive car elle est **dépourvue d'activité sismique ou volcanique**.

• Les deux marges d'un océan sont réunies lors de sa formation, puis elles s'éloignent progressivement l'une de l'autre au fur et à mesure de son **expansion**.

• Au niveau d'une marge, la croûte continentale est amincie par rapport à celle se trouvant au milieu du continent. Elle est **fragmentée en blocs basculés**, le long de failles normales. Le mouvement de ces failles est responsable d'un **allongement des couches concernées**, ce qui entraîne leur amincissement.

> **Remarque**
> On parle de marge continentale même si cette zone est immergée car le socle est constitué de roches typiquement continentales (granite…).

• Les caractéristiques d'une marge passive (failles normales et amincissement de la croûte) témoignent de l'**action de forces divergentes** à l'origine d'une extension.

• Dans sa partie inférieure, la croûte est étirée et amincie mais ne présente pas de failles. Ainsi, la croûte est **cassante en surface et ductile** (souple) **en profondeur**.

2. Une distension datée par chronologie relative

• Au niveau d'une marge, la surface de la croûte est recouverte de plusieurs couches de roches sédimentaires.

• Un niveau inférieur qui repose sur les blocs basculés est fracturé. Ces sédiments se sont donc déposés avant la fracturation, puisqu'ils sont affectés par celle-ci. On les appelle des « **sédiments prérift** ».

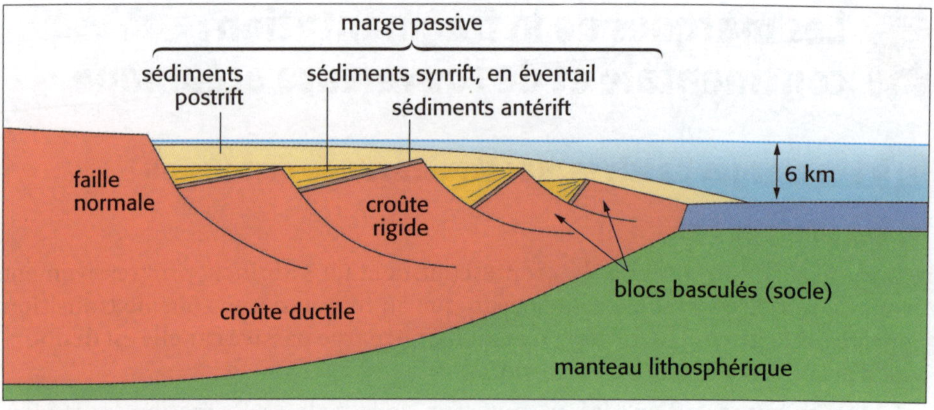

Doc. **Une marge passive**

- Le niveau moyen est lui aussi fracturé mais les couches de roches sont inclinées et disposées en éventail. Ces sédiments se sont donc déposés sur un socle instable pendant le basculement (« sédiments synrift »). Le niveau supérieur n'est pas affecté par les failles. Les sédiments se sont déposés **après le basculement des blocs** (« sédiments postrift »).
- Ainsi, la **datation des sédiments** (notamment grâce aux fossiles qu'ils contiennent) permet de **déterminer la période de formation de la marge**.

B Les marges passives, témoins de l'ouverture d'un océan

- Si l'on réunit virtuellement les deux marges passives d'un océan, on retrouve le stade correspondant au début de sa formation. Il s'agit d'un **rift continental**, une structure constituée par une croûte amincie, fracturée par des failles normales.
- Il existe une grande similitude entre une marge passive et chacun des deux bords d'un rift continental. On peut donc supposer que **les deux marges symétriques d'un océan sont les bords séparés d'un ancien rift continental**.
- Un rift continental se forme lors d'une remontée de la **couche déformable** située sous la lithosphère, l'**asthénosphère**. Il en résulte un réchauffement et une distension de la lithosphère sus-jacente, entraînant une **fracturation de la croûte et une remontée de magma**.
- L'enfoncement progressif du socle permet le dépôt de séries sédimentaires épaisses, lacustres ou fluviatiles. Ce sont des **dépôts continentaux**. Par ailleurs, le rift est le **siège d'une activité sismique et volcanique**.

- Après ce premier stade, des épanchements océaniques basaltiques mettent en place une **croûte océanique**, constituant le plancher d'un futur océan.
- L'effondrement se poursuivant, la mer envahit le rift. La présence d'évaporites, roches issues de la précipitation du sel auparavant dissous dans l'eau, témoigne de **conditions de sédimentation peu profondes**.
- Enfin, un océan se forme avec l'accrétion de la lithosphère océanique. La poursuite de la **distension** entraîne l'éloignement des deux moitiés du rift. De la croûte océanique basaltique se met en place, et l'océan grandit. C'est l'**expansion océanique**. Chaque moitié du rift est devenue une **marge passive**.

Remarque

Il ne faut pas confondre le rift continental avec le rift océanique, situé dans l'axe de la dorsale.

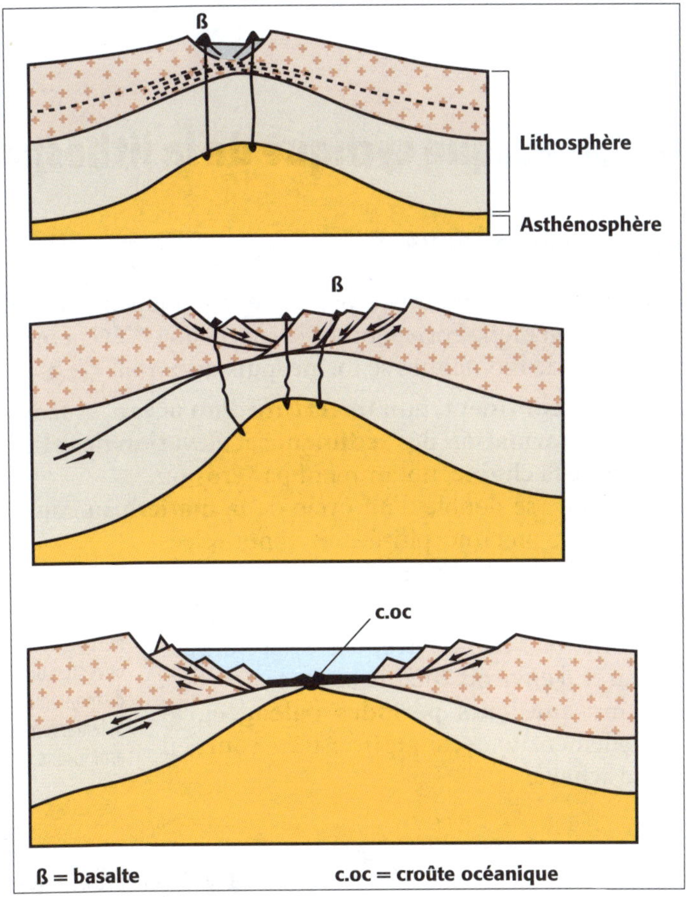

Doc. Du rift continental à l'ouverture d'un océan

COURS

L'ESSENTIEL

Fragmentation continentale et ouverture océanique

- Dans une marge continentale passive, la croûte est fragmentée en blocs basculés, le long de failles normales.
- Des forces de distension sont à l'origine de la fracturation continentale et de la formation d'une croûte océanique.
- Ces marges sont les vestiges d'un rift continental, premier stade de l'ouverture d'un océan.
- Le rift s'est formé par remontée de l'asthénosphère, écartement et fracturation de la croûte continentale, sous l'effet de forces divergentes.

4 Une dynamique cyclique de la lithosphère

A Des cycles orogéniques

- L'histoire de la Terre est marquée par un enchaînement **de cycles orogéniques**. Un cycle orogénique correspond à la succession d'événements au cours desquels une chaîne de montagnes se forme, puis disparaît. C'est-à-dire :

– **fracturation d'un continent**, puis **ouverture d'un océan**, et **sédimentation** ;
– orogenèse avec **déformation des sédiments** et **élévation de reliefs** ;
– **pénéplanation de la chaîne**, notamment par érosion.

- Le cycle orogénique se double d'un **cycle de la matière** au cours duquel les roches sont érodées, métamorphisées et renouvelées totalement lorsqu'elles fondent pour donner un magma, lequel cristallisera à nouveau.
- Au cours de l'histoire de la Terre, des cycles orogéniques d'une durée d'environ **200 Ma** se sont succédés, déterminant ainsi **plusieurs périodes paléogéographiques**. Actuellement le **cycle alpin** est en cours, il n'est pas encore achevé.

Remarque
Le cycle alpin sera terminé lorsque les Alpes seront devenues une chaîne de montagnes ancienne, aplanie, comme le Massif armoricain.

Formation des chaînes de montagne

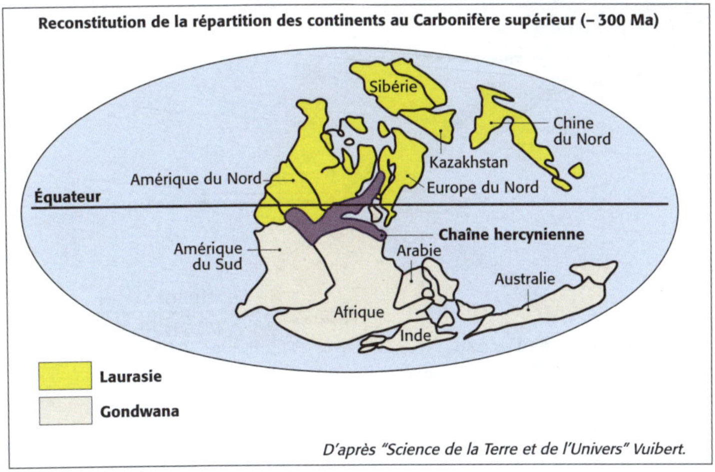

Doc. **Un super continent, la Pangée**

- La succession de ces cycles orogéniques a participé à la **construction des continents** en permettant leur accroissement progressif.

B Le cycle des supercontinents

- Il y a 300 millions d'années, la collision de deux blocs continentaux lors de l'orogenèse hercynienne aboutit à la formation d'un **super continent, la Pangée**. Sa dislocation il y a 175 millions d'années commence avec l'ouverture de l'Atlantique central, suivie par celle de l'Atlantique sud, puis par celle de l'Atlantique nord.

- Ainsi, la dynamique de la lithosphère obéit aussi à des **cycles de plus grande durée** (incluant les cycles orogéniques) et qui comportent :

– une **phase de distension** entraînant la fragmentation d'un supercontinent et l'apparition d'un rift, puis la formation d'un océan ;
– une **phase de convergence** des plaques, avec subduction de la lithosphère océanique qui, plus âgée, est devenue plus dense. Celle-ci est suivie de la collision de deux continents et de l'édification d'une chaîne de montagnes ;
– une **phase d'érosion** des reliefs qui conduit à la remontée des roches profondes, magmatiques et métamorphiques. Des sédiments s'accumulent dans un bassin sédimentaire et un nouveau cycle peut recommencer.

- Ce cycle est appelé « **cycle de Wilson** » ou « cycle des supercontinents ». D'une durée de 400 à 600 Ma, il s'est reproduit de huit à douze fois au cours de l'histoire de la Terre.

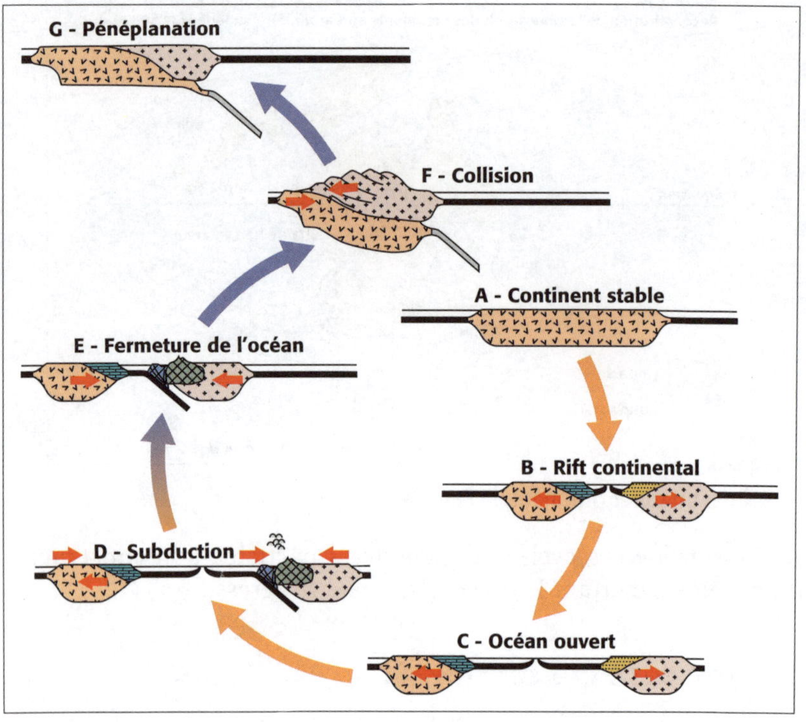

Doc. Le cycle de Wilson

L'ESSENTIEL

Une dynamique cyclique de la lithosphère

- Les chaînes de montagnes se forment et disparaissent au cours d'une succession d'événements : ouverture d'un océan, sédimentation, subduction, puis collision, élévation de reliefs et érosion.
- L'ensemble forme un cycle orogénique dont la succession au cours de l'histoire de la Terre a participé à la formation des continents.
- La lithosphère a été animée de mouvements qui ont abouti régulièrement à la formation de supercontinents, comme celui de la Pangée. Ceux-ci ont été disloqués avant d'être reconstitués autrement.

ZOOM SUR...

Les informations apportées par une carte géologique

1 L'intérêt de la carte géologique

→ Une carte géologique représente les terrains à l'affleurement.
Par ailleurs, la légende indique les âges des terrains sédimentaires. Du haut vers le bas, ils sont de plus en plus anciens.

→ En observant les relations géométriques entre terrains d'âge différent, il est possible de reconstituer la disposition des couches. On peut alors utiliser les principes géométriques de datation relative pour établir la chronologie des événements géologiques s'étant produits dans la région (dépôt, failles, plis, intrusions de granite, érosion).

→ Ainsi, l'histoire géologique de la région et notamment la succession des phases orogéniques peut être reconstituée.

→ Le *document* suivant représente un extrait simplifié de la carte géologique de la région de Condé sur Noireau (en Normandie).

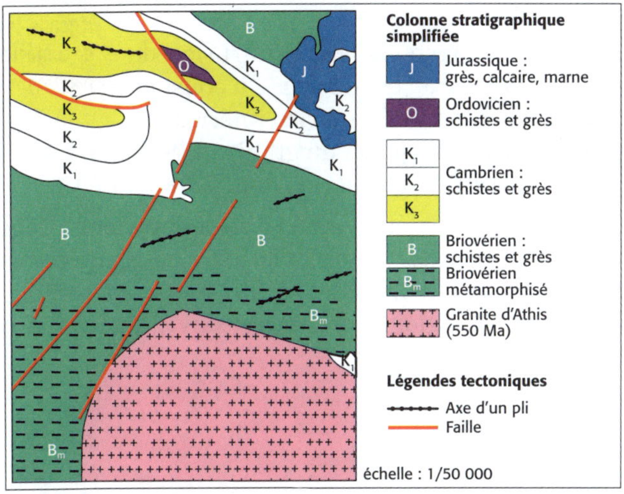

Doc. Schéma structural simplifié de la région de Condé-sur-Noireau (échelle : 1/50 000)

2 La lecture et l'interprétation de la carte

→ Au nord-est de la carte, on observe du nord au sud une série de couches : briovérien, k1, k2, k3, O, puis k3, k2, k1 et le briovérien. Cette disposition symétrique de part et d'autre d'une zone axiale témoigne d'un plissement.

→ D'après le principe de recoupement (selon lequel un événement tectonique est plus récent que les couches qu'il affecte), le pli est postérieur à la couche la plus récente affectée, c'est-à-dire l'ordovicien.

→ On observe par ailleurs que les terrains plissés sont affectés par des failles. D'après le principe de recoupement, les failles sont donc post-ordovicien et postérieures au pli. Failles et plis attestent ainsi d'une phase tectonique liée à une orogenèse, postérieure à l'ordovicien.

→ Au nord de la carte, on observe qu'une couche datée du Jurassique recouvre deux couches plus anciennes (le briovérien et k1). Elle repose en discordance sur les couches antérieures et n'est affectée ni par le pli, ni par les failles. On peut donc en déduire que la phase tectonique est antérieure au Jurassique. Le dépôt du Jurassique s'est donc produit après l'érosion des terrains plissés.

Remarque

Deux couches sont discordantes lorsqu'elles ont des dispositions différentes. Sur une carte, la plus récente en recouvre deux autres d'âges différents.

→ Au sud de la carte, on observe un massif de granite. Les terrains du briovérien sont métamorphisés à son contact.

Sachez que...

Comme indiqué sur la légende, le métamorphisme de contact est représenté par des tirets.

→ D'après le principe de recoupement, l'intrusion de granite est donc postérieure au briovérien. On constate par ailleurs que les couches k1du cambrien inférieur ne sont pas métamorphisées au contact du granite. Elles reposent en discordance sur celui-ci (après érosion). Le granite est donc antérieur à k1.

→ En conclusion, la région a été témoin d'au moins deux orogenèses : l'une responsable de l'intrusion de granite, postbriovérien et antécambrien. L'autre, postérieure à l'ordovicien et antérieure au Jurassique, est responsable des plis et failles observés dans la région. Chacune est suivie d'une phase d'érosion.

Mots clés

- **Ceinture orogénique** : zone étroite de terrains qui ont été soumis à des plissements et autres déformations.

- **Chaîne de collision** : chaîne de montagnes formée par la collision de deux lithosphères continentales.

- **Couverture sédimentaire** : ensemble superficiel constitué de roches sédimentaires.

- **Cycle orogénique** : succession des événements allant de la formation d'une chaîne de montagnes à sa destruction.

- **Lithosphère** : couche la plus superficielle de la Terre, constituée de la croûte et de la partie supérieure du manteau.

- **Marge passive** : zone de transition entre la croûte continentale et la croûte océanique, dépourvue d'activité sismique et volcanique.

- **Migmatite** : roche métamorphique qui présente des traces de fusion.

- **Minéral repère** : minéral qui permet de reconstituer les conditions dans lesquelles s'est formée une roche.

- **Obduction** : chevauchement d'une croûte continentale par une lithosphère océanique.

- **Ophiolite** : fragment émergé de lithosphère océanique.

- **Orogenèse** : formation d'une chaîne de montagnes.

- **Pangée** : supercontinent formé par la réunion de deux blocs continentaux au cours de l'orogenèse hercynienne, il y a 300 Ma.

- **Pénéplanation** : aplanissement d'une zone continentale.

- **Période paléogéographique** : période de l'histoire de la Terre durant laquelle la répartition des masses continentales et des océans était différente de la répartition actuelle.

- **Rift continental** : fossé d'effondrement structuré par des failles normales.

- **Roche métamorphique** : roche transformée sous l'effet de variations de pression et/ou de température.

- **Roche plutonique** : roche magmatique ayant cristallisé en profondeur.

REPÈRES

Documents majeurs

● La mer Rouge sépare la plaque africaine de la plaque arabique. Différents indices géologiques permettent de montrer que la mer Rouge est un jeune océan.

● La mer Rouge est particulièrement étroite, moins de 250 km de large. Les épanchements volcaniques de nature basaltique sur la croûte continentale caractérisent les rifts continentaux. Ils sont d'autant plus récents qu'ils sont proches de l'axe de la mer Rouge.

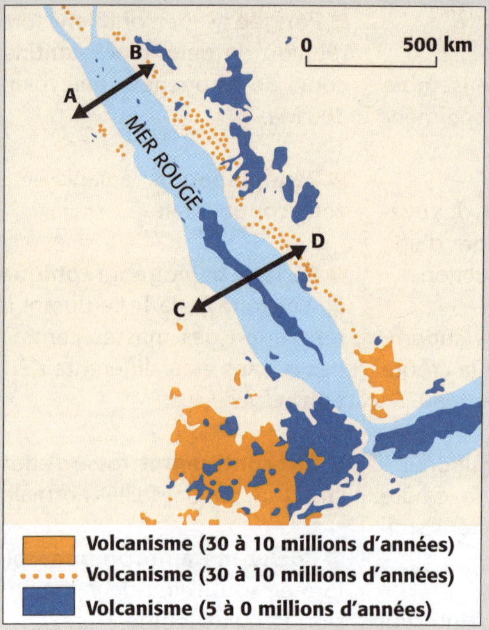

Doc. 1 Carte de la mer Rouge

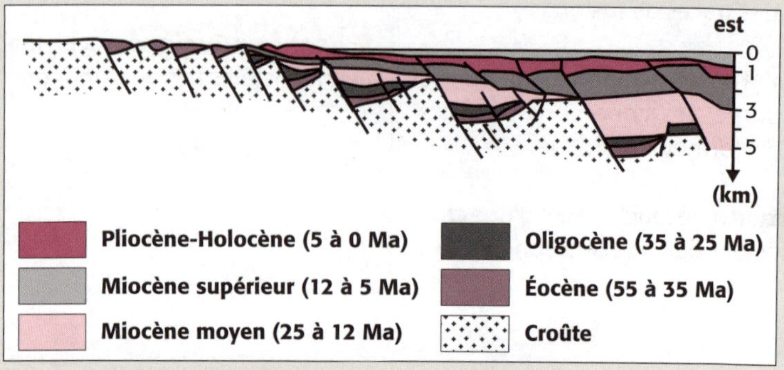

Doc. 2 Coupe au nord de la mer Rouge (selon AB)

●●●

● Au nord, le socle est formé de croûte continentale, ce qui indique que l'on est en présence d'une marge continentale. La croûte est typiquement fracturée par des failles normales, signe d'un phénomène d'extension.

● Des sédiments se sont déposés dans les cavités ménagées par le basculement des blocs de croûte. Ils sont datés de l'Oligocène (25 à 35 millions d'années) et ont une disposition en éventail, différente de celle des couches qui les recouvrent. Or, les sédiments se déposent selon la gravité, en strates horizontales. Leur forme particulière ne peut s'expliquer que s'ils se sont déposés en même temps que le basculement des blocs de croûte. Celui-ci a donc eu lieu entre – 25 et – 35 millions d'années. Ensuite, comme le montre la disposition horizontale des couches du Miocène, le basculement a cessé.

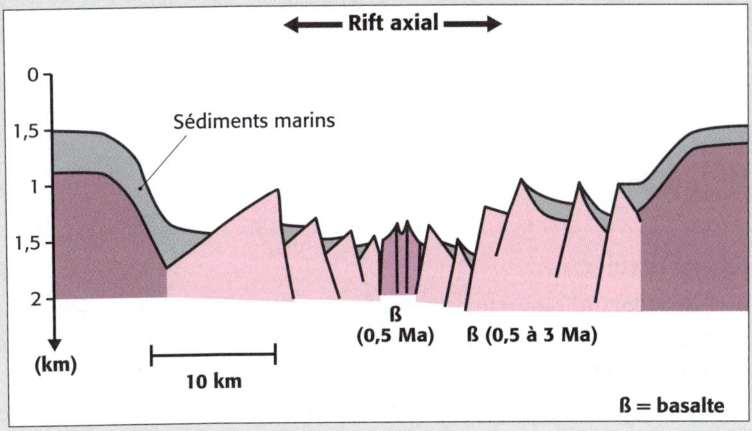

Doc. 3 Coupe au sud de la mer Rouge (selon CD)

● Le fond de la mer Rouge est constitué de basaltes dont les plus récents sont situés au centre. Cela montre la présence d'une dorsale qui génère de la lithosphère océanique en expansion.

● Ainsi, après le stade rift continental, un océan se serait mis en place par le fonctionnement d'une dorsale. On voit sur le *document* 1 que cette dorsale ne fonctionne que dans la moitié sud de la mer Rouge, puisque c'est seulement dans cette partie que se trouve une bande continue de basalte. Plus au nord, l'océanisation de la mer Rouge en serait à un stade plus précoce, ce qui confirme, là encore, que la mer Rouge est un très jeune océan.

Sujet de Bac 1

Entraînement à la partie I

Des indices pour reconstituer l'histoire des Alpes

Les études géologiques réalisées dans les Alpes franco-italiennes ont montré que cette chaîne de montagnes s'est formée en deux étapes : la formation d'un océan, puis la fermeture de cet océan par collision des marges continentales.

CONSIGNE

Présentez les marqueurs géologiques qui permettent de reconstituer ces différentes étapes.

POINT MÉTHODE

1 Analyser le sujet

Les termes du sujet indiquent les différentes étapes d'un cycle orogénique : ouverture d'un océan, fermeture par subduction, puis collision et formation d'une chaîne de montagnes. Seul le démantèlement de la chaîne n'est pas à traiter.

Il s'agit alors de mobiliser ses connaissances pour retrouver des marqueurs correspondant à chacune de ces étapes. Pour cela, il faut se rappeler que l'ouverture d'un océan est liée à une extension, sa fermeture et la collision qui s'ensuit est associée à des forces de compression. Par ailleurs, les indices peuvent être observés à différentes échelles, au niveau des roches (socle et roches sédimentaires) comme au niveau des minéraux qui les composent.

Le sujet présente certains mots clés (marges, collision…). Il faut compléter cette liste (avec ophiolites, par exemple) et ne pas oublier de les employer.

2 Construire le devoir

On peut organiser le devoir selon la chronologie des événements, c'est-à-dire selon les différentes étapes.

Pour reconstituer chacune des étapes de l'histoire de la chaîne de montagnes, il faut d'abord mentionner les indices géologiques correspondants, puis ensuite les interpréter.

Un plan apparent, avec des parties et des sous-parties, est préférable pour plus de clarté.

Sujet de Bac 2

Entraînement à la partie II

Histoire d'un continent

L'Amérique du Nord présente un ensemble de chaînes de montagnes dont la mise en place se poursuit encore de nos jours. L'étude d'une carte géologique confrontée aux données radiochronologiques permet de cerner les grandes étapes de son histoire géologique.

CONSIGNE

À partir de l'étude du *document*, reconstituez quelques étapes de l'histoire géologique de la croûte continentale nord-américaine.

Doc. Carte des principales chaînes de montagnes anciennes et récentes d'Amérique du Nord

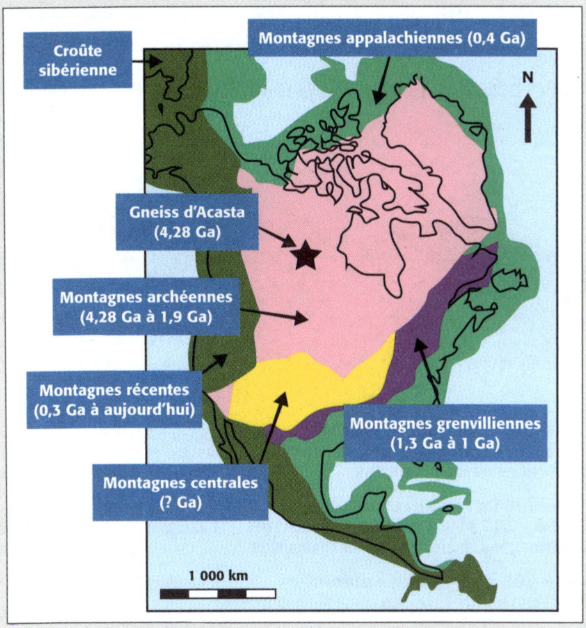

Remarque : lorsque les granites subissent le métamorphisme dans une racine crustale, ils se transforment en une roche, le gneiss.

POINT MÉTHODE

Analyser la carte

La carte présente le continent nord-américain. Il faut l'étudier en se remémorant la façon dont se construisent progressivement les continents.
On cherche ensuite des arguments pour en témoigner. Il faut notamment observer la disposition des différentes chaînes de montagnes et mettre cette disposition en relation avec leur âge.

Sujet de Bac 3

Entraînement à la partie II

À la recherche de l'océan alpin

CONSIGNE

À partir des *documents* proposés et de vos connaissances, présentez des indices témoignant de l'ouverture d'un océan alpin, puis de sa fermeture.

Doc. 1 Coupe des blocs basculés au niveau des massifs de la Mure, du Taillefer et du Rochail

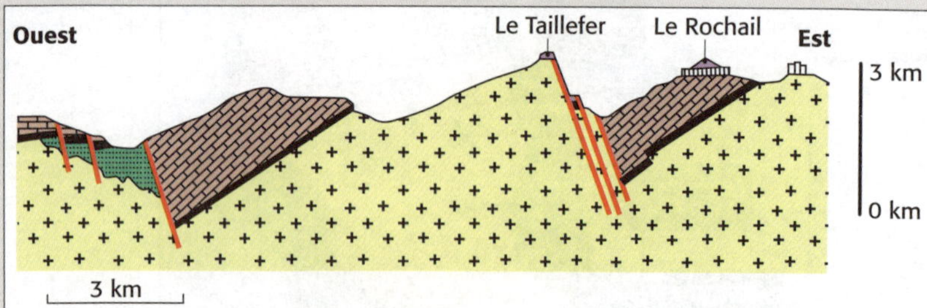

Jurassique supérieur et crétacé (- 96 à - 154 Ma) : calcaire et marnes à ammonites et calpionelles

Jurassique inférieur et moyen (- 154 à - 205 Ma) : calcaire et schistes à ammonites, bélemnites et crinoïdes

Trias (- 205 à - 245 Ma) : dolomites très pauvres en fossiles

Carbonifère (- 295 à - 355 Ma) : schistes noirs et conglomérats

Socle primaire : roches magmatiques et métamorphiques

Faille

Ammonites et Bélemnites : mollusques marins pélagiques (nageant en pleine mer).
Crinoïdes : organismes benthiques (fixés sur fond marins).
Calpionnelles : organismes unicellulaires marins pélagiques.

D'après http://svt.ac-dijon.fr/schemassvt/article.php3?id_article=1033

Doc. 2 Coupe géologique schématique des ophiolites du Chenaillet

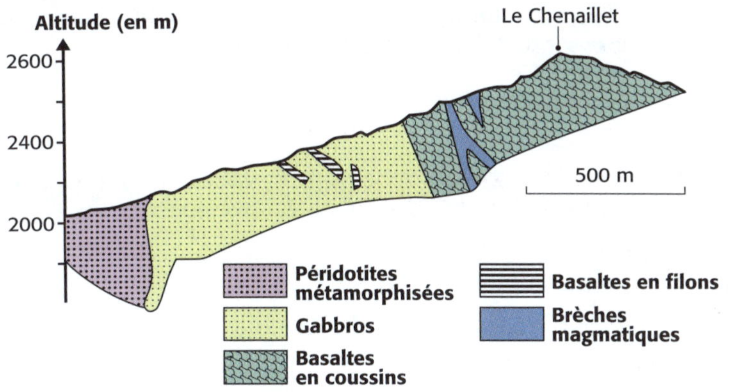

D'après http://svt.ac-dijon.fr/schemassvt/chercher.php3.

POINT MÉTHODE

Analyser les documents

Sur le *document* 1, l'identification des failles doit permettre de retrouver la nature des forces à l'œuvre lors du basculement des blocs, et de relier celles-ci à un contexte géologique.

Le titre du *document* 2 suffit à identifier la succession des roches observées. Il faut néanmoins la décrire et, à partir des connaissances, indiquer son origine. La présence de ces roches au sommet d'un massif devra également être mentionnée, puis interprétée.

Sujet de Bac 4

Entraînement à la partie II

Un cycle orogénique

Le *document* 1 représente deux colonnes stratigraphiques relevées dans les Alpes : l'une dans le Dauphinois, l'autre dans la zone liguro-piémontaise ; toutes deux situées sur la coupe du *document* 2.

CONSIGNE

Reconstituez les milieux respectifs dans lesquels se sont formées les deux séries du *document* 1, puis utilisez ces informations et la coupe du *document* 2 pour montrer que la formation des Alpes s'inscrit dans un cycle orogénique.

Doc. 1 Deux séries sédimentaires

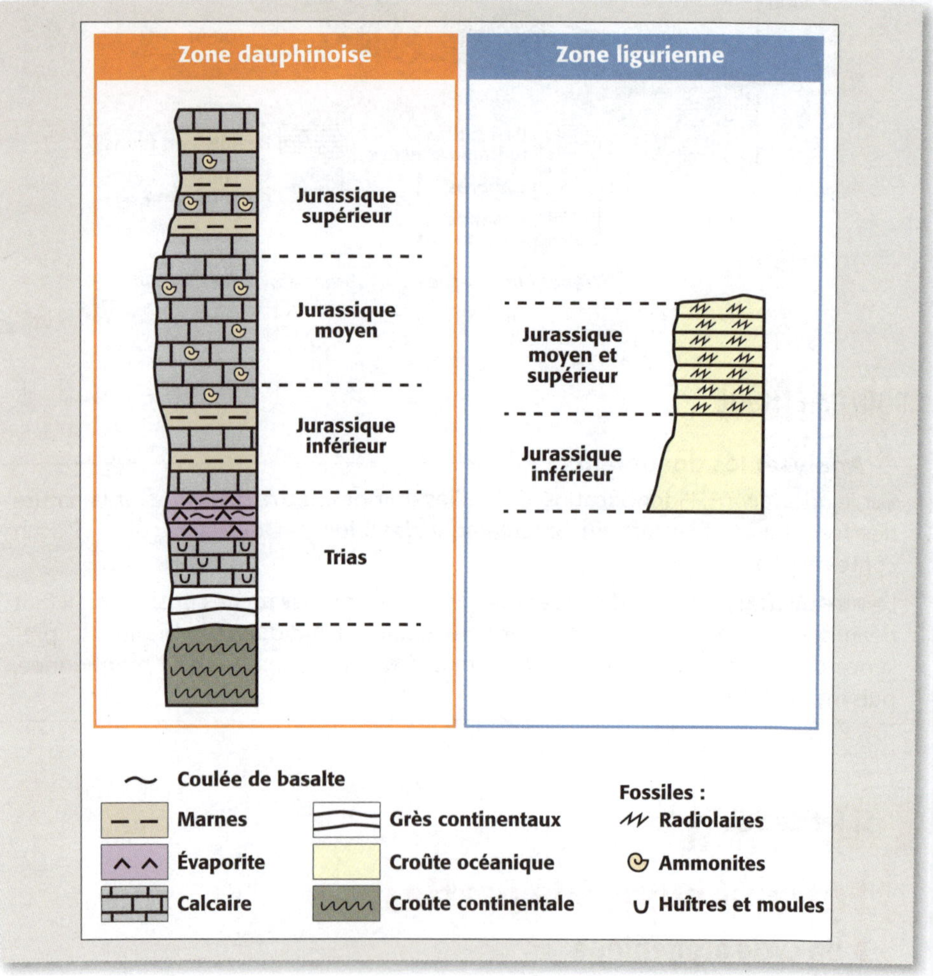

Doc. 2 Coupe des Alpes (de Grenoble au mont Viso)

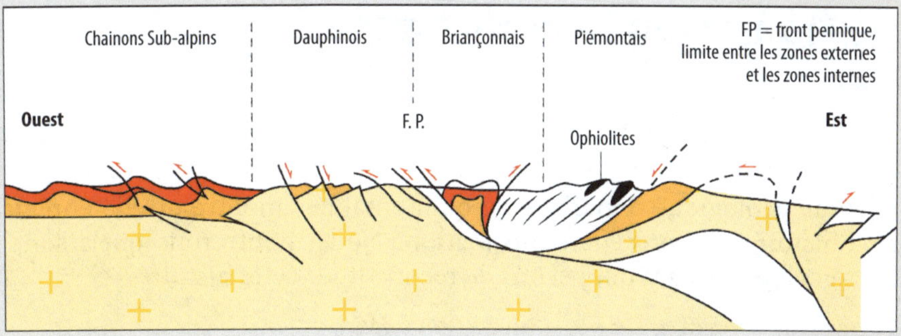

POINT MÉTHODE

Comment traiter le sujet

La série sédimentaire de la zone dauphinoise permet de reconstituer les milieux de dépôt : grâce aux fossiles contenus dans les roches d'une part, et à la nature de certaines roches d'autre part. La présence de basalte doit également être interprétée. Puis il faut confronter cette analyse avec les informations fournies par la coupe.

Par la suite, la comparaison entre cette série et celle de la zone liguro-piémontaise fournit des informations complémentaires.

Sur la coupe, les déformations doivent être associées à un contexte géologique afin d'expliquer la présence de sédiments marins dans une région continentale.

Sujet de Bac 1

Entraînement à la partie I

Introduction

L'étude géologique d'une chaîne de montagnes montre qu'elle enregistre toute l'histoire qui précède sa formation. Nous montrerons quels sont les indices géologiques qui ont permis de reconstituer cette histoire.

I. Des traces de la présence d'un ancien océan

A. Des roches caractéristiques

Au sein de la chaîne, on peut observer à des altitudes élevées les vestiges d'un ancien plancher océanique : des ophiolites. Il s'agit d'un ensemble de roches constitué de bas en haut par de la péridotite (donc du manteau lithosphérique), puis du gabbro, lui-même surmonté de basalte en coussins (donc de la croûte océanique).

Cet ensemble, qui correspond à une ancienne lithosphère océanique, témoigne de la présence d'un ancien océan à l'emplacement actuel des Alpes.

Cette interprétation est par ailleurs confirmée par la présence d'une couverture de roches sédimentaires marines (comme des radiolarites ou encore des calcaires à ammonites).

B. Des structures tectoniques caractéristiques de la naissance d'un rift

Dans certains massifs cristallins, on trouve les restes d'une ancienne marge continentale passive : des failles normales délimitent des blocs basculés entre lesquels se trouvent des sédiments océaniques (anté, syn et postrift).

Cette ancienne marge continentale passive témoigne d'un épisode de *rifting*, à la suite d'une extension continentale, suivie de l'ouverture de l'océan alpin.

II. Les indices d'une fermeture de l'océan alpin par subduction

Remarque
La lithosphère subduite a été ramenée en surface sans subir de nouvelles transformations minéralogiques.

La présence de minéraux repères comme le grenat dans certaines ophiolites montre que la lithosphère océanique a été subduite. En effet, le grenat, un minéral qui se forme à haute pression (et moyenne température), est caractéristique d'un contexte de subduction, c'est-à-dire de l'enfouissement en profondeur de la lithosphère océanique.

III. Des témoins de la collision

Les chaînes de montagnes sont caractérisées par des reliefs élevés et les roches sont affectées par des déformations caractéristiques : des plis, des failles inverses, chevauchements (mouvements tectoniques conduisant un ensemble de roches à en recouvrir un autre), des charriages (chevauchement conduisant à un déplacement des roches de plusieurs dizaines de km).

Par ailleurs, l'étude des profils sismiques révèle la présence d'une racine crustale jusqu'à plus de 50 km de profondeur.

La croûte a donc subi un raccourcissement et un épaississement sous l'effet de compressions majeures dues à une convergence des plaques.

Ainsi, après la résorption du plancher océanique par la subduction, deux lithosphères continentales s'affrontent et entrent en collision. Elles se fracturent en écailles qui se superposent. Des reliefs s'édifient en même temps que se forme une racine crustale.

Remarque
On constate aussi une remontée de lambeaux de la lithosphère océanique subduite pincée entre des écailles de croûte.

Conclusion

La formation d'une chaîne de montagnes comme les Alpes est l'aboutissement d'un processus de fermeture océanique résultant de la convergence des plaques lithosphériques. On peut retrouver dans des chaînes de montagnes plus anciennes différents indices permettant de reconstituer une histoire similaire.

Sujet de Bac 2

Entraînement à la partie II

On cherche à reconstituer les étapes de la formation du continent nord-américain en étudiant les formations géologiques qui le composent.

Les plus anciennes roches d'Amérique du Nord sont les gneiss d'Acasta, que l'on trouve dans la chaîne de montagnes archéennes. On sait par ailleurs que ces gneiss sont des roches métamorphiques qui proviennent de la transformation de granites lors de la formation d'une racine crustale, au moment de la surrection d'une chaîne de montagne. Ces roches ayant été datées de 4,28 Ga, on peut donc conclure que la chaîne de montagnes archéennes s'est mise en place à partir de – 4,28 Ga.

On observe par ailleurs que les différentes chaînes de montagnes d'Amérique du Nord ne sont pas disposées au hasard, mais que leur âge diminue du centre du continent vers l'extérieur. En effet, la chaîne de montagnes archéennes, la plus ancienne, est bordée au sud par la chaîne de montagnes grenvilliennes datée de 1,3 à 1 Ga, elle-même au contact de la chaîne de montagnes appalachiennes (0,4 Ga). On peut noter que cette dernière forme une ceinture orogénique qui s'étend vers le nord du continent, de façon à entourer sa partie la plus ancienne.

Remarque
La chaîne de montagnes centrales n'est pas datée mais sa position entre la chaîne archéenne et la chaîne grenvillienne indique que son âge est compris entre 1,3 et 1,9 milliard d'années (Ga).

Enfin, dans la partie la plus méridionale du continent, on trouve les chaînes de montagnes les plus récentes datées de 0,3 Ga jusqu'à aujourd'hui.

On peut donc supposer que le continent nord-américain s'est progressivement agrandi au cours d'orogenèses successives. Suite à la fermeture d'un domaine océanique, la collision entre deux lithosphères continentales provoque la formation d'une chaîne de montagnes, ce qui permet l'accroissement du continent. Une fois formés, les reliefs des chaînes de montagnes disparaissent grâce à l'érosion.

Enfin, il est à noter que la croûte nord-américaine grandit toujours. Ainsi, la croûte sibérienne, émergée, s'est accolée à ce continent en même temps que se formaient les chaînes de montagnes récentes.

Sujet de Bac 3

Entraînement à la partie II

Dans une chaîne de montagnes comme les Alpes, différents marqueurs géologiques témoignent de l'existence d'un ancien océan.

Le *document* 1 présente une coupe de blocs basculés affectés par des failles normales. Il s'agit donc d'une structure résultant d'une extension. Or, une chaîne de montagnes se forme dans un contexte de compression. Ces blocs basculés sont donc antérieurs à la collision. Ils peuvent s'interpréter comme les vestiges d'une marge continentale passive. La présence des failles

Astuce du prof
Identifiez les failles normales au niveau du Taillefer en vous représentant l'aspect des terrains avant, puis après avoir été affectés par celles-ci.

normales témoigne de la fracturation d'un continent, stade initial de l'ouverture d'un océan.

Sur le *document* 2, on peut observer les ophiolites du massif du Chenaillet. Cette succession de roches (péridotites, gabbros, basaltes) est caractéristique de la lithosphère océanique.

Sa présence au sommet d'un massif, associée à la croûte continentale indique qu'un océan autrefois présent s'est refermé par subduction, lors de la convergence de deux lithosphères continentales. Une fois la lithosphère océanique subduite, la confrontation des deux lithosphères continentales a entraîné une collision au cours de laquelle une partie de la lithosphère océanique a été fracturée, pincée entre des écailles de croûte continentale et portée en surface.

Sujet de Bac 4

Entraînement à la partie II

L'étude des roches présentes dans les Alpes ainsi que des déformations qu'elles ont subies permet de reconstituer l'histoire de la chaîne de montagnes.

La série dauphinoise présentée par le *document* 1 est épaisse. Le socle est constitué de croûte continentale antérieure au Trias. Au Trias, les roches sont d'abord continentales (grès), puis des calcaires contenant des organismes marins (huîtres et moules) se déposent. Ceux-ci se trouvent habituellement en milieu côtier peu profond. Enfin, le Trias se termine par le dépôt d'évaporites : des roches qui témoignent d'incursions marines dans un milieu peu profond.

Remarque
Les évaporites se forment par précipitation, suite à l'évaporation de l'eau chargée en sels, donc dans un milieu peu profond.

Ainsi, au Trias, le milieu est tantôt continental, tantôt envahi par une mer peu profonde.

Au Jurassique, des dépôts épais de calcaire et de marne (contenant des ammonites au Jurassique moyen et supérieur, indiquent un changement de milieu. En effet, les ammonites sont des organismes marins témoignant d'un accroissement de la profondeur. Ainsi, un véritable océan s'est formé pendant le Jurassique. La présence de basalte à cette période témoigne de la formation d'un rift continental (fracturation de la lithosphère continentale associée à l'émission de basalte).

CORRIGÉS

La zone dauphinoise dont le socle est constitué de croûte continentale correspond donc à une ancienne lèvre de ce rift, c'est-à-dire à une marge de l'océan alpin.

Le *document* 2 confirme cette interprétation. On observe au niveau du Dauphinois des blocs basculés affectés de failles normales. Elles traduisent l'effet de forces divergentes à l'origine d'une extension. La présence de sédiments en éventail sur ces blocs basculés indique un dépôt contemporain du basculement des blocs. Ceci indique la mise en place d'un rift.

Astuce
Cherchez les traces d'anciennes marges sur la coupe.

La zone liguro-piémontaise présentée sur le *document* 1 ne repose pas comme la précédente sur une croûte continentale mais sur une croûte océanique. Celle-ci est recouverte de roches contenant des fossiles, les radiolaires. Ce sont des microfossiles planctoniques vivant au large. Ainsi, la zone ligurienne correspond à l'ancienne lithosphère de l'océan alpin.

On en retrouve des traces sur le *document* 2. En effet, la présence d'ophiolites (Piémontais) traduit le fait que la formation du rift s'est poursuivie par la mise en place d'un océan. Les ophiolites sont un ensemble de roches correspondant à la succession des couches de la lithosphère océanique (péridotite, gabbro, basalte).

Enfin, la coupe du *document* 2 fait apparaître des chevauchements : des structures qui en recouvrent d'autres à la suite de failles inverses. Celles-ci sont le résultat de forces convergentes à l'origine d'une compression. On observe notamment un grand chevauchement d'un bloc Est sur une unité Ouest. Ainsi, l'océan alpin s'est refermé et la lithosphère océanique a été subduite. Du fait de la convergence, les deux croûtes continentales qui s'affrontent se cassent en écailles et se superposent. La présence d'ophiolites en altitude montre qu'au cours de la collision, une partie de la lithosphère océanique qui échappe à la subduction est pincée entre des blocs de croûte continentale. C'est l'obduction.

La formation des Alpes est donc l'une des étapes d'un cycle orogénique qui s'ouvre avec la fragmentation d'un continent et l'ouverture d'un océan. La fermeture de l'océan alpin aboutit à une collision et à la formation de reliefs. Ce cycle s'achèvera avec l'érosion des reliefs de la chaîne.

CHAPITRE 5

Organisation fonctionnelle des plantes à fleurs

DE QUOI S'AGIT-IL ?

La plante réalise des échanges avec son milieu grâce à des organes comme les racines et les feuilles. Des tissus conducteurs assurent le transfert de la matière minérale prélevée dans le sol vers les feuilles. La matière organique synthétisée dans celles-ci est à son tour distribuée dans la plante.

Le développement de la plante dépend de phénomènes cellulaires, régulés par des hormones.

Les molécules produites lors de la photosynthèse circulent dans tous les organes de la plante où ils sont métabolisés en produits assurant des fonctions biologiques variées.

1 La plante, une vie fixée à l'interface de l'air et du sol

A Des échanges avec l'air et le sol

- **Les plantes à fleurs** (groupe des angiospermes) sont des végétaux caractérisés par leur mode de vie dite « fixée ». Constitués d'une tige feuillée, portant éventuellement des fleurs et des fruits, ils sont fixés dans le sol par une racine.

1. Les feuilles à l'interface avec l'air

- Avec sa structure aplanie, la feuille constitue une vaste **surface d'échange**, favorable à la capture de la lumière et du dioxyde de carbone, nécessaires à la **photosynthèse**. Au cours de celle-ci, grâce à l'énergie lumineuse, de la matière organique (glucose, acides aminés) est produite à partir de matière minérale (eau, CO_2, ions minéraux). Elle se déroule à l'intérieur des **chloroplastes des cellules chlorophylliennes**.

- La lumière est captée au niveau de la face supérieure de la feuille par des cellules constituant le **parenchyme chlorophyllien palissadique**. Allongées, accolées les unes aux autres et riches en chloroplastes, elles offrent une vaste surface qui **augmente le rendement de la capture lumineuse**.

- **Le dioxyde de carbone pénètre dans les feuilles par les stomates**, dispersés principalement sur l'épiderme inférieur de la feuille. Chaque stomate est formé de deux cellules stomatiques ménageant un orifice capable de s'ouvrir ou de se fermer.

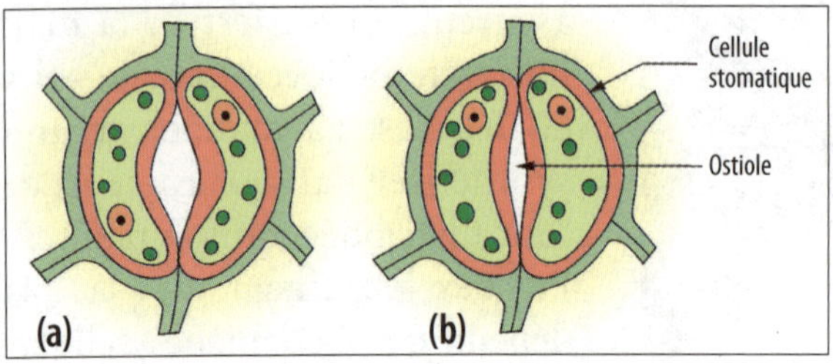

Sachez que...
L'ouverture des stomates est conditionnée par la présence de lumière. Ils sont donc fermés la nuit.

Doc. Stomate ouvert (a) et partiellement fermé (b)

- **Les stomates communiquent avec des cavités remplies d'air** délimitées par des cellules, petites, arrondies et pauvres en chlorophylle, qui constituent le parenchyme lacuneux.

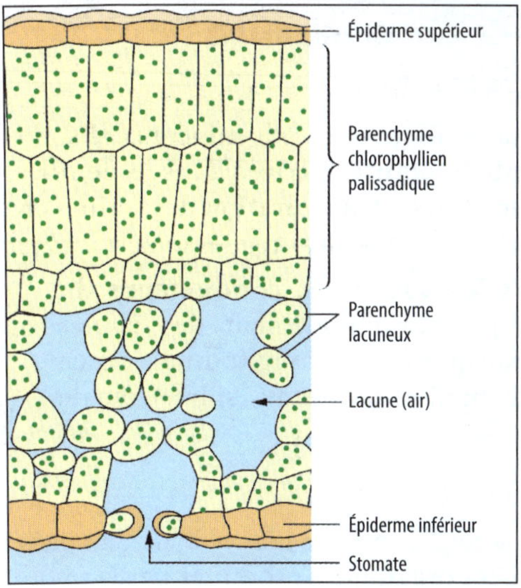

Doc. Coupe transversale de feuille vue au microscope optique

2. Les racines à l'interface avec le sol

• **La racine permet d'ancrer la plante dans le sol** mais aussi de la nourrir en absorbant l'eau et les sels minéraux nécessaires à la photosynthèse. À son extrémité, la zone (ou « assise ») pilifère porte des **poils absorbants**. Formés d'une seule cellule limitée par une fine paroi, les poils absorbants constituent une surface d'échange considérable, parfois de plusieurs centaines de m².

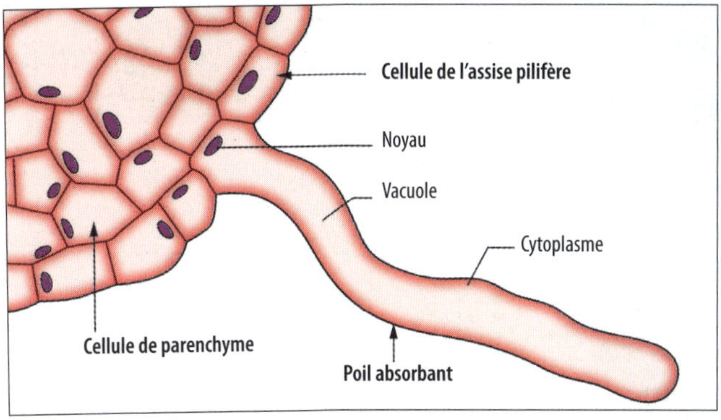

Remarque
Le volume racinaire d'une plante est bien souvent égal ou supérieur à celui de ses parties aériennes.

Doc. Coupe transversale de racine au niveau de la zone pilifère

B Un système de communication

1. Le transport de la sève brute

- **La sève brute**, solution d'eau et de sels minéraux absorbée par les racines, **est distribuée dans toute la plante**. Arrivée dans les feuilles, une partie de l'eau s'évapore par les stomates. La **transpiration** des feuilles crée un appel d'eau qui entretient la montée de sève brute, des organes souterrains vers les organes aériens.
- **Elle circule dans les vaisseaux conducteurs du xylème** constitués par un empilement de cellules mortes dont il ne reste que la paroi longitudinale ornée d'épaississement de lignine (anneaux, spires) ou de ponctuations.

Sachez que...
Grâce à un colorant spécifique, le vert de méthyle, la lignine se colore en vert sur une coupe de tige ou de racine.

2. Le transport de la sève élaborée

- **La sève élaborée** se forme lorsque la sève brute, en passant dans les feuilles, se charge en substances organiques produites par la photosynthèse.
- **La circulation de la sève élaborée** se réalise dans les **tubes criblés du phloème**, constitués par un empilement de cellules vivantes séparées par des parois transversales criblées de pores.
- **La sève élaborée produite dans les feuilles est distribuée dans toute la plante** et permet la croissance des feuilles plus jeunes, des tiges, des bourgeons, des racines et des fruits.

Sachez que...
La pyronine colore en rose les parois cellulosiques des cellules du phloème sur une coupe de tige ou de racine.

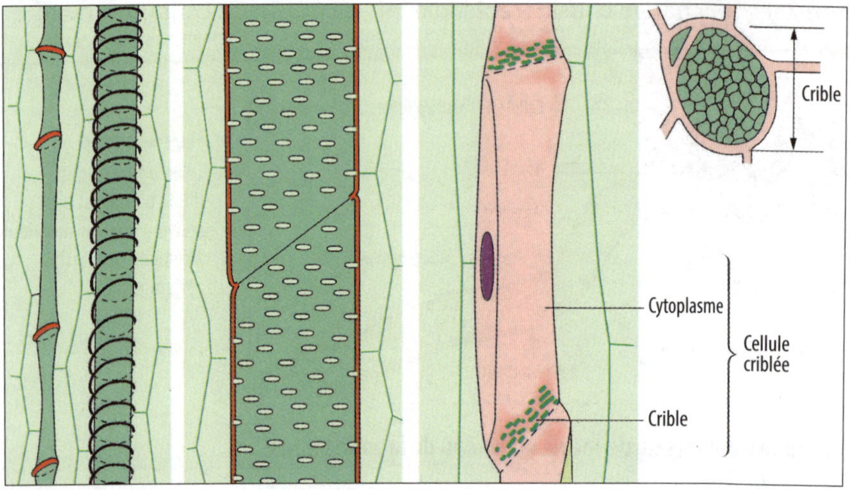

Doc. Xylème (trois premiers vaisseaux) et phloème (à droite) – vue longitudinale

C La mise en réserve

- Des organes spécifiques stockent une partie de la matière produite au cours de la photosynthèse. Ce sont des **organes de réserves**.
- Ils peuvent être **souterrains**, comme les tubercules (pomme de terre), les bulbes (oignon) ou les racines (carotte). Ce sont des organes transformés, à rôle unique de stockage. **La matière organique provenant** des feuilles est **transportée** par la sève élaborée jusqu'à ces organes de réserve où elle s'accumule, d'où leur forme hypertrophiée.
- **Pendant l'hiver, ces organes souterrains sont les seuls à subsister** protégés des basses températures par leur enfouissement dans le sol. Au retour des conditions favorables, la plante sort de l'état de vie ralentie dans lequel elle était plongée. La matière organique des organes de réserve est libérée et permet le retour à la vie active.

> **Remarque**
> La disparition des parties aériennes en hiver évite le gel de la sève et la mort de la plante.

- **D'autres organes de réserves, les bourgeons par exemple, sont aériens.** Avec le retour des conditions favorables, la matière organique est utilisée pour le redémarrage de la croissance de la plante.
- Enfin, les **graines** sont aussi des organes de réserve. Elles passent la mauvaise saison en vie ralentie en attendant le retour des conditions favorables pour germer.

L'ESSENTIEL

La plante, une vie fixée à l'interface de l'air et du sol

- La plante réalise des échanges avec son milieu grâce à des cellules particulières, des stomates et des poils absorbants.
- À l'intérieur de la plante, la matière circule dans des cellules transformées et assemblées en vaisseaux de xylème et de phloème.
- Dans des organes spécialisés, la plante effectue des réserves qui lui permettent de passer la mauvaise saison et de retrouver une vie active aux retours des conditions favorables.

ZOOM SUR...

Les mycorhizes

1 Une relation plante-champignon

→ L'eau et les sels minéraux constituent « la solution du sol ». Présente entre les interstices du sol, elle est absorbée par les poils absorbants ainsi que par les mycorhizes. Ces dernières sont des associations symbiotiques entre les champignons et les racines des plantes.

→ Les filaments **mycéliens**, des filaments microscopiques constituant le champignon, sont capables de coloniser les racines les végétaux ; certains allant même jusqu'à pénétrer directement à l'intérieur de leurs cellules.

→ L'association plante-champignon s'établit grâce à des signaux chimiques envoyés en permanence par les racines. Une fois ceux-ci détectés par le filament mycélien, il pousse en direction des racines. De la même façon, le champignon émet des signaux lui permettant d'être reconnu par la plante, favorisant ainsi son installation.

2 Une amélioration de l'absorption

→ Par de multiples ramifications, le champignon étend son réseau de filaments tout autour des racines. On estime ainsi que pour un mètre de racines, il existe environ un millier de mètres de filaments.

→ La surface de sol exploitée par la plante est alors multipliée par dix par les poils absorbants actifs, mais par 1 000 grâce aux mycorhizes.

→ De plus, grâce aux filaments mycéliens, la plante accède à des zones du sol inaccessibles aux racines. Le champignon permet ainsi d'améliorer la nutrition en eau et en sels minéraux (phosphore et azote, principalement). En échange, il reçoit de la matière organique, fabriquée par la plante au cours de la photosynthèse.

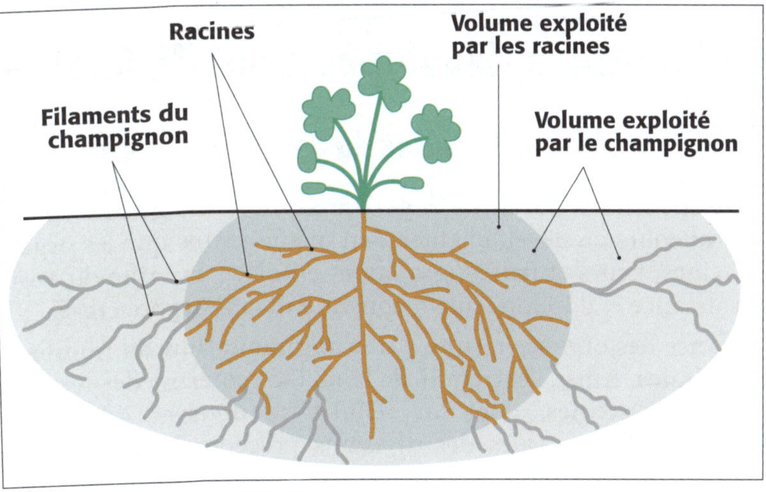

Doc. Racine et système de mycorhize

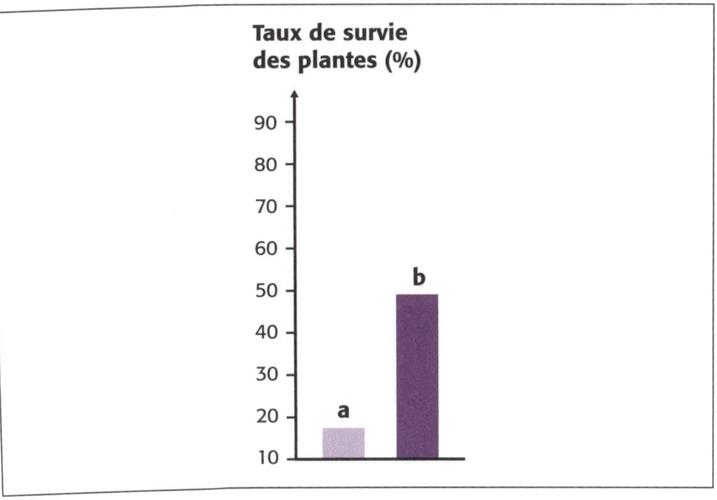

Doc. Taux de survie d'une plante non mycorhizée (a) et mycorhizée (b)

2 Croissance et développement de la plante

A Les phénomènes cellulaires du développement

• **La plante se forme à partir de la germination d'une graine** contenant un embryon. Au cours du développement, en même temps que les organes (tige, feuilles, racines, fleurs et fruits) se mettent en place, la taille du végétal augmente. Croissance et développement constituent la morphogenèse.

• La croissance des organes résulte d'une **augmentation du nombre et de la taille des cellules**. Ainsi, l'extrémité de la racine renferme des territoires spécialisés, les **méristèmes**, dont les cellules se divisent activement. Elles repoussent les cellules issues des divisions précédentes et, en s'éloignant, celles-ci augmentent de taille dans le territoire situé au-dessus du méristème : la **zone d'élongation cellulaire**.

• **Les cellules méristématiques sont totipotentes**, c'est-à-dire qu'elles conservent des caractères de cellules embryonnaires et sont capables d'évoluer vers des types cellulaires différents. Elles renferment de petites vacuoles et le volume de leur noyau par rapport à celui du cytoplasme est élevé. **La croissance du végétal est indéfinie** car les méristèmes fonctionnent durant toute la vie de la plante.

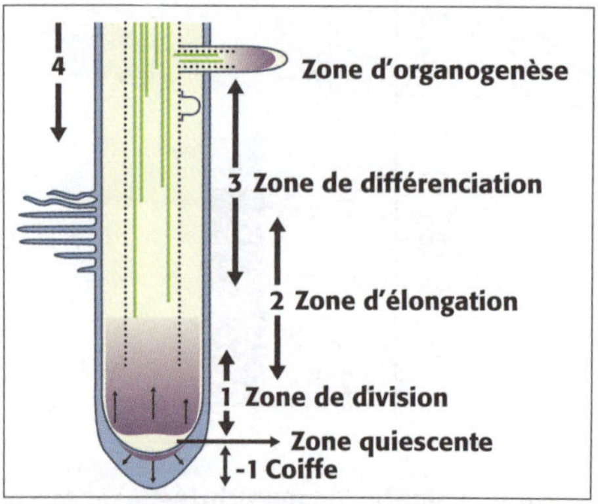

Doc. Structure et croissance de la racine

• Enfin, **les cellules se différencient**. Contrairement aux cellules méristématiques, elles acquièrent une structure particulière, leur permettant de réaliser une fonction. Par exemple : les cellules conductrices de sève sont allongées et creuses comme des tubes, tandis que les cellules captant l'énergie solaire sont riches en chlorophylle.

B Une organisation en phytomères

- Dans la tige, **des bourgeons apicaux (terminaux) et axillaires renferment des méristèmes** responsables de l'édification des feuilles et des rameaux. Le port du végétal dépend du fonctionnement des bourgeons.
- **La plante est organisée par une succession de phytomères**: des ensembles d'unités fonctionnelles. Chaque phytomère est constitué typiquement d'un **nœud** (zone de division cellulaire) à partir duquel se développe une feuille, d'un **entrenœud** (segment compris entre deux nœuds successifs) et d'un **bourgeon axillaire** à la base de la feuille.

Le **phytomère** prend naissance au sommet de la tige (ou de la racine), au niveau du méristème terminal.

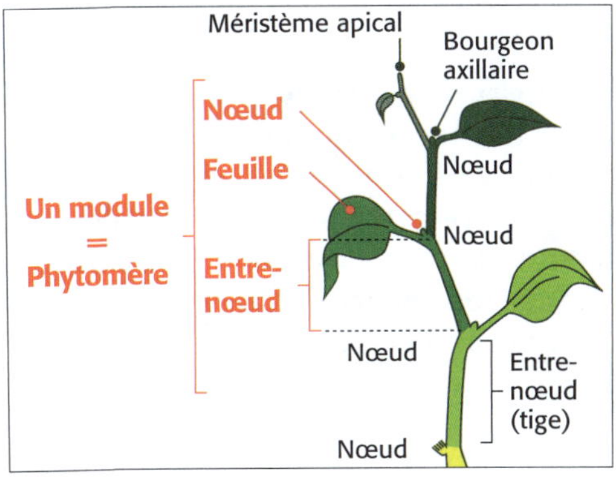

Doc. Organisation d'une tige feuillée

- Initialement, une jeune plante ne produit des phytomères qu'au niveau de cette zone mais plus tard, au cours du développement, des **méristèmes secondaires** se forment. Ils donnent alors naissance à des **phytomères latéraux**, qui permettent la croissance latérale de la plante et sa ramification.
- **Chaque espèce végétale est caractérisée par son port**, c'est-à-dire son architecture et son aspect. **Le port du végétal dépend de la disposition des phytomères** et de celle de leurs organes spécialisés – tige, feuilles, racines, fleurs et fruits – ainsi que de leur importance relative. On distingue, par exemple, le **port arborescent** (croissance verticale, grande taille) du **port buissonnant** (nombreuses ramifications, taille moyenne).
- La forme et la disposition des organes pour une espèce donnée sont acquises au cours du développement et se transmettent de générations en générations. La morphogenèse est notamment sous le contrôle de l'information génétique.

COURS

C Les hormones végétales et le développement

1. Hormones, organogenèse et port de la plante

• **Les hormones végétales sont des messagers chimiques** circulant à l'intérieur de la plante. Plusieurs d'entre elles ont été identifiées, comme l'auxine, les cytokinines et les gibbérellines.

• **Les différentes étapes de la morphogenèse sont contrôlées par l'action des hormones**. Elles agissent sur les cellules méristématiques en stimulant leur division ou, au contraire, en les entraînant vers la différenciation.

• **Selon les hormones, les cellules méristématiques se différencient** en une catégorie de cellules ou en une autre. Par exemple, l'auxine favorise l'apparition de racines, tandis que les cytokinines sont responsables de la formation de tiges. Les hormones permettent ainsi le développement des organes de la plante.

• **Les hormones sont aussi responsables du port de la plante**. Le bourgeon apical d'une tige sécrète de l'auxine qui inhibe le développement des bourgeons axillaires, situés en dessous le long de la tige. Ainsi, la croissance se fait principalement par le bourgeon apical. Elle est alors verticale comme chez les pins. Si la dominance apicale est faible, l'arbre prend au contraire l'aspect d'une boule.

Sachez que...
Comme les hormones animales, les hormones végétales agissent en se fixant à des récepteurs cellulaires.

L'ablation du bourgeon apical entraîne le développement des axillaires. L'inhibition des axillaires peut être restaurée par l'application d'auxine dans la zone apicale. Ainsi, l'auxine libérée par le bourgeon apical empêche le développement des axillaires.

Doc. Mise en évidence de la dominance apicale

2. Hormones et environnement

- **À l'intérieur d'une même espèce, des individus présentent des différences de forme** selon les conditions du milieu dans lequel ils se développent. En les changeant de milieu, ils acquièrent une nouvelle forme. **Les conditions de l'environnement** (température, lumière…) influencent la **morphogenèse.**
- **L'action des hormones est modulée par l'environnement**. Si une plante reçoit un éclairage latéral, elle grandit plus vite du côté non éclairé. Cette croissance inégale s'explique par la migration de l'auxine, sous l'action de la lumière, vers le côté non éclairé, ce qui provoque une plus forte croissance de ce dernier.

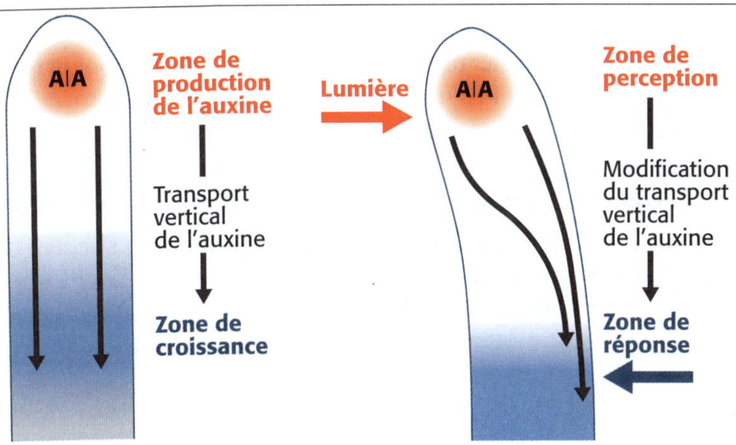

*étui creux enveloppant les premières feuilles d'une jeune plantule de graminées

Doc. Effet de la lumière sur la répartition de l'auxine à l'apex d'un coléoptile*

L'ESSENTIEL

Croissance et développement de la plante

- Le développement de la plante dépend de phénomènes cellulaires (division, croissance, différenciation) qui conditionnent son organisation.
- Elle est organisée en phytomères : unités fonctionnelles à partir desquelles se déroule la croissance.
- À l'intérieur de la plante, les organes communiquent par l'intermédiaire de messagers chimiques : les hormones végétales.
- Elles contrôlent le développement et la croissance de la plante, y compris à l'échelle cellulaire.
- Leur effet est modulé selon l'action de l'environnement.

COURS

3 La plante, productrice de matière organique

A La photosynthèse et la production de matière

1. Une conversion de l'énergie lumineuse en énergie chimique

- **L'énergie lumineuse est captée par la chlorophylle** contenue dans les chloroplastes, des organites présents dans les cellules chlorophylliennes.
- Le spectre d'absorption de la chlorophylle représente les variations de l'absorption de la chlorophylle en fonction de la longueur d'onde des radiations lumineuses : **la chlorophylle présente un maximum d'absorption dans le rouge (680 nm) et le bleu (440 nm)** mais n'absorbe pas le vert.
- Le spectre d'action de la photosynthèse représente les variations de l'intensité de la photosynthèse selon le type de radiations reçues. On constate que **l'intensité de la photosynthèse est maximale pour les radiations rouge et bleue.**
- **Le spectre d'action de la photosynthèse se superpose au spectre d'absorption de la chlorophylle.** L'énergie lumineuse captée par la chlorophylle est donc utilisée par la plante au cours de la photosynthèse.

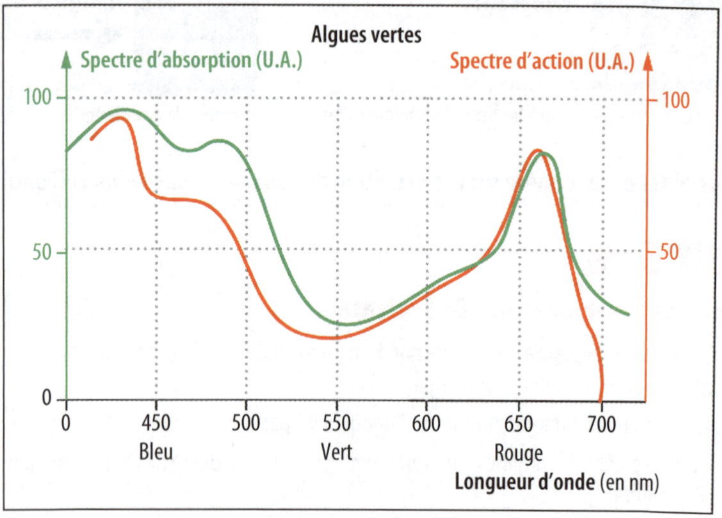

Doc. Spectre d'absorption de la chlorophylle et spectre d'action de la photosynthèse

- L'absorption de lumière par la chlorophylle permet la **photolyse de l'eau**, c'est-à-dire la **dissociation des molécules d'eau**. Cette réaction d'oxydation s'accompagne d'un dégagement de dioxygène et est couplée avec la réduction d'un oxydant (devenu un composé réducteur) selon la réaction ci-dessous.

$$2\ H_2O + 2\ NADP^+ \rightarrow 2\ NADPH + O_2$$

- Parallèlement, **le dioxyde de carbone est absorbé par la feuille**. La réduction du CO_2 aboutit à la formation de molécules organiques sous forme de glucides dans un premier temps, notamment le glucose.
- Ainsi, on peut écrire la réaction globale de la photosynthèse de la façon suivante : $6\ CO_2 + 6H_2O \rightarrow C_6H_{12}O_6 + 6O_2$.
- L'intensité de la photosynthèse peut donc être mesurée par la quantité de dioxygène dégagée ou par celle de dioxyde de carbone absorbée.

2. Distribution et métabolisme des molécules organiques

- Le glucose, produit au cours de la photosynthèse dans les chloroplastes, est en partie transformé en un sucre : le saccharose. Celui-ci est fabriqué dans le cytoplasme des cellules chlorophylliennes à partir du glucose et du fructose, tous deux de formule : $2C_6H_{12}O_6 \rightarrow (C_6H_{10}O_5)_2 + H_2O$.
- Une enzyme, la **saccharose synthétase**, catalyse cette réaction. Ce sucre à douze atomes de carbone, de masse suffisamment petite, est transporté par la sève élaborée.
- **Des acides aminés sont synthétisés dans la feuille à partir des glucides** de la photosynthèse et d'ammoniac (NH_3), source d'azote.
- L'ammoniac peut être formé à partir de la réduction des nitrates (NO_3^-) prélevés dans le sol. Il peut aussi provenir de la fixation de l'azote atmosphérique par des micro-organismes vivant en symbiose ou non avec les plantes.

B Le devenir des produits de la photosynthèse

1. La croissance et le développement

- La croissance de la plante résulte d'une augmentation du nombre et de la taille des cellules qui s'accompagne de la synthèse des constituants cellulaires.
- Les cellules végétales sont limitées par une **paroi rigide et perméable à l'eau, composée principalement de cellulose**. Cette macromolécule se forme au niveau de la membrane plasmique, par **polymérisation de molécules simples de glucose**, produites par la photosynthèse. Deux glucoses s'associent entre eux pour former une molécule intermédiaire (cellobiose). À leur tour, les cellobioses s'associent et forment une molécule de cellulose.
- L'association de nombreuses molécules les unes à la suite des autres leur donne l'aspect de fibrilles qui s'allongent et progressent pour entourer la paroi.

COURS

• La cellulose est responsable de la rigidité de la cellule et permet le **port dressé de la plante.** Sa chimie et sa structure expliquent ses propriétés.

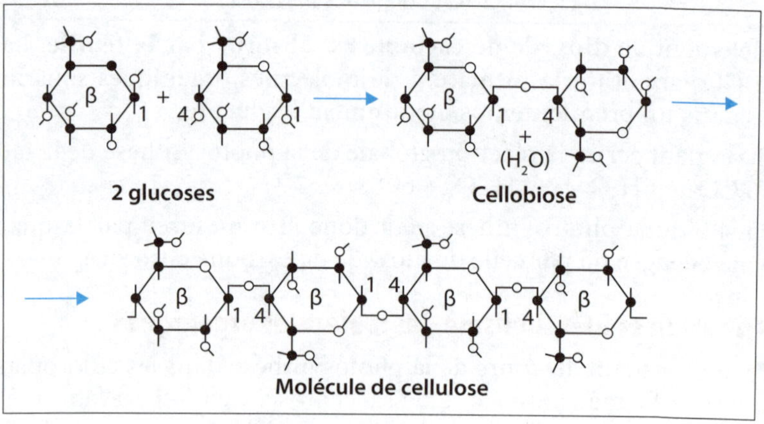

Doc. Synthèse de la molécule de cellulose

• **Les vaisseaux du xylème doivent leur rigidité à la présence de lignine**, une macromolécule qui est l'un des principaux constituants du bois, avec la cellulose. La lignine est aussi une macromolécule fabriquée à partir des produits de la photosynthèse.

• La **phénylalanine**, un acide aminé, subit une cascade de réactions faisant intervenir une dizaine de familles d'enzymes différentes afin de former des molécules complexes qui seront elles-mêmes additionnées les unes aux autres pour former la lignine.

2. Des molécules de réserves

• Le saccharose est distribué aux organes de réserves. Dans le tubercule, il est à nouveau converti en glucose, lequel est à son tour utilisé pour la synthèse d'un glucide de réserve : l'amidon.

• Au cours de cette réaction, de nombreuses molécules de glucose sont additionnées les unes aux autres par des liaisons covalentes pour former un polymère de glucose, l'amidon : $nC_6H_{12}O_6 + nH_2O \rightarrow (C_6H_{10}O_5)_n$.
Cette macromolécule, insoluble, est accumulée dans des cellules spécialisées à l'intérieur d'organites spécifiques : les **amyloplastes**.

• **Au printemps, les molécules de réserve sont hydrolysées**, en glucose notamment, et redistribuées par les tissus conducteurs aux parties aériennes qui reprennent leur vie active et leur croissance.

3. La synthèse des constituants de la vie de relation

- Fixée dans le sol, la plante est vulnérable face aux prédateurs. Elle a développé des **dispositifs variés** pour se défendre : elle produit entre autres **différentes molécules à rôle protecteur**.
- Les feuilles renferment des substances protectrices, synthétisées en permanence ou au moment de l'attaque par un herbivore : les **terpénoïdes**, au goût amer, provoquent des convulsions ou des allergies de la peau ; les **inhibiteurs de protéases** empêchent la digestion. Après le début de sa consommation, la plante libère aussi des substances qui, en attirant les prédateurs ou les parasites de l'agresseur, limitent son attaque.
- Les **anthocyanes**, substances complexes présentes dans les feuilles, pétales et fruits, jouent un **rôle important dans la pollinisation, dans la dispersion** des graines, ainsi que **dans la protection** des plantes contre les agressions du milieu (froid, lumière, ravageurs, etc.).
- Les **tanins** sont également des substances complexes végétales utilisées comme **moyen de défense chimique** contre les microbes pathogènes et les herbivores.

Doc. Les feuille de manguier sont riches en terpénoïdes

L'ESSENTIEL

La plante, productrice de matière organique

- Les végétaux sont capables de réaliser la synthèse de matière organique à partir de matière minérale grâce à l'énergie lumineuse captée par la chlorophylle.
- Celle-ci permet la dissociation de l'eau et la réduction du dioxyde de carbone en glucides.
- Les molécules organiques synthétisées sont transformées en différents produits qui assurent des fonctions biologiques variées : croissance, édification du port, stockage, protection…

Comment la plante produit et utilise sa matière organique

REPÈRES

Mots clés

- **Bourgeon apical** : bourgeon situé à l'extrémité de la tige.
- **Bourgeon axillaire** : bourgeon situé au niveau des nœuds.
- **Cellulose** : macromolécule constituée par l'association de molécules de glucose.
- **Dominance apicale** : effet inhibiteur exercé par le bourgeon apical sur la croissance des bourgeons inférieurs.
- **Entrenœud** : intervalle entre deux nœuds successifs.
- **Fleur** : ensemble des organes de la reproduction et des enveloppes qui les entourent chez les végétaux supérieurs.
- **Fruit** : organe végétal protégeant la graine et issu de la transformation de l'ovaire après la fécondation.
- **Méristème** : ensemble de cellules en division.
- **Morphogenèse** : acquisition de sa forme par la plante.
- **Mycorhize** : association symbiotique entre les racines d'une plante et un champignon.
- **Nœud** : zone de division cellulaire, point d'attache d'une feuille ou d'un rameau.
- **Parenchyme chlorophyllien palissadique** : tissu constitué de cellules allongées et riches en chlorophylle.
- **Phloème** : tissu conducteur assurant le transport de la sève élaborée.
- **Photolyse (de l'eau)** : oxydation d'une molécule d'eau et libération de dioxygène grâce à l'énergie lumineuse captée par la chlorophylle.
- **Phytomère** : unité fonctionnelle constitutive d'une plante formée d'un nœud et d'un entrenœud.
- **Poil absorbant** : cellule différenciée absorbant l'eau et les sels minéraux dans le sol.
- **Port du végétal** : architecture, forme du végétal.
- **Sève brute** : liquide composé d'eau et de sels minéraux et distribué dans la plante par les vaisseaux du xylème.
- **Sève élaborée** : liquide riche en molécules organiques synthétisées dans les feuilles et distribué dans la plante par le phloème.
- **Stomate** : structure constituée de deux cellules ménageant un orifice dans l'épiderme des feuilles et permettant l'entrée de CO_2 et la transpiration foliaire.
- **Totipotente (cellule)** : capable de donner différents types cellulaires.
- **Xylème** : ensemble des vaisseaux conducteurs de sève brute.

Document majeur

Doc. La nutrition d'une plante à fleurs

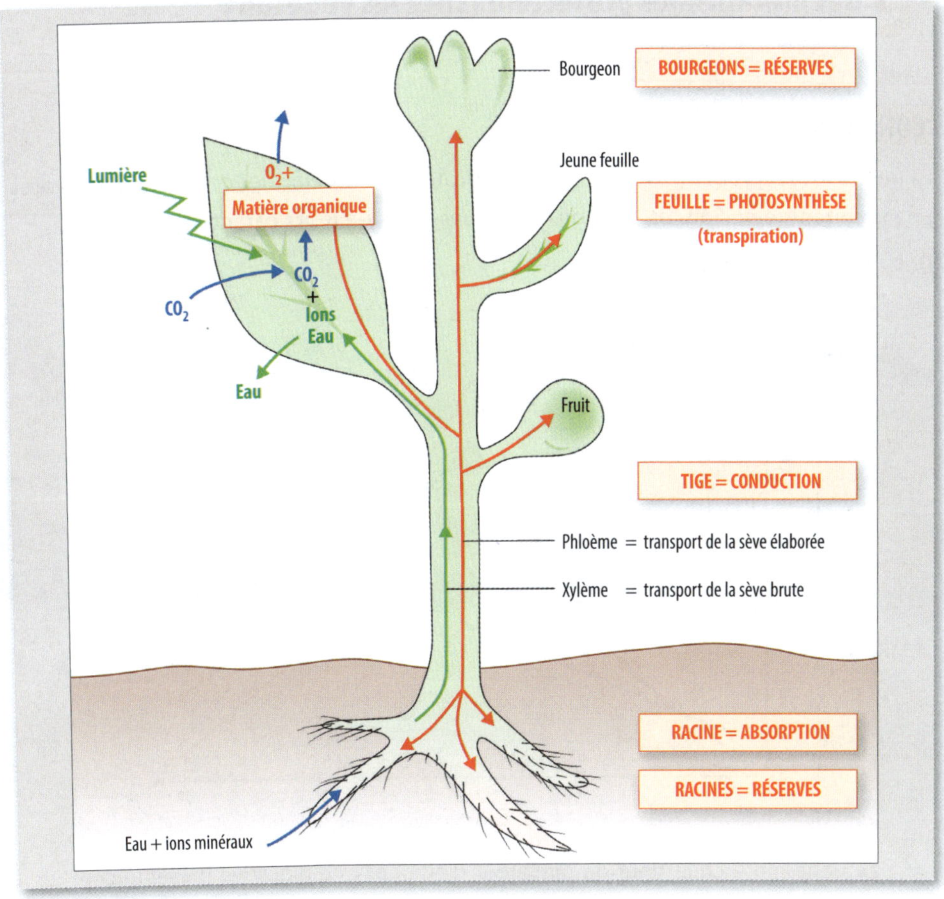

Sujet de Bac 1

Entraînement à la partie II

Des mécanismes protecteurs chez les végétaux

CONSIGNE

La feuille a développé des mécanismes de protection spécifiques contre les herbivores. En exploitant le *document*, dégagez quelques-unes de leurs caractéristiques.

Doc. Variation de l'expression d'un gène

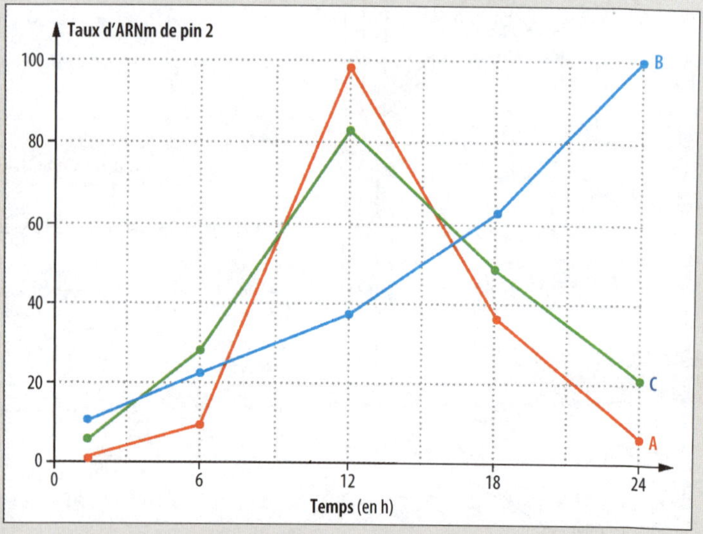

Le gène pin 2 code pour un inhibiteur d'une enzyme digestive présente chez les herbivores. On mesure le taux de l'ARNm correspondant à ce gène en trois circonstances :

– après consommation de la feuille par la chenille comme dans les conditions naturelles (A) ;

– après découpage mécanique de la feuille (B) ;

– après découpage mécanique de la feuille et ajout de salive de chenille (C).

POINT MÉTHODE

Exploiter un graphique

Il faut d'abord expliquer les variations représentées par la courbe A : envisager les conséquences d'une augmentation du taux d'ARNm, comprendre pourquoi la quantité d'ARNm finit par diminuer.

Dans un deuxième temps, il faut comparer la variation des taux d'ARNm représentée par chacune des deux courbes B et C à celle de la courbe A pour relever les différences. Puis il est nécessaire de comparer les conditions expérimentales afin d'expliquer ces différences.

Sujet de Bac 2

Entraînement à la partie II

La plante et l'eau

CONSIGNE

Comme tous les êtres vivants, les végétaux sont dépendants de l'eau.

À partir de l'exploitation des *documents* et de vos connaissances, dégagez l'importance de l'eau pour la plante et montrez comment elle s'affranchit des contraintes particulières liées au mode de vie dite « fixée ».

Doc. 1 Influence de facteurs environnementaux sur l'ouverture des stomates

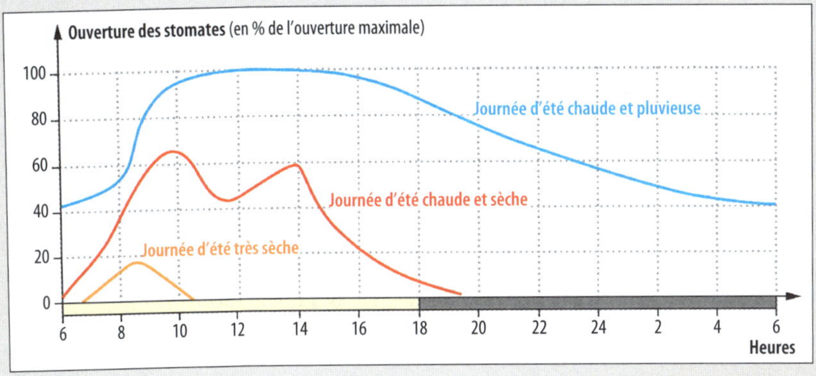

Le *document* indique les variations de l'ouverture des stomates au cours de la journée, dans différentes conditions.

SUJETS

Doc. 2 Répartition des stomates et transpiration foliaire

		Nombre de stomates par mm² de surface foliaire	Quantité d'eau transpirée par 40 cm² de surface foliaire
Tilleul	Face supérieure	0	200
	Face inférieure	300	490
Lierre	Face supérieure	0	0
	Face inférieure	400	180

Le tableau indique la répartition et la densité des stomates chez deux végétaux, ainsi que la quantité d'eau libérée par transpiration foliaire.

Doc. 3 Transpiration et absorption racinaire

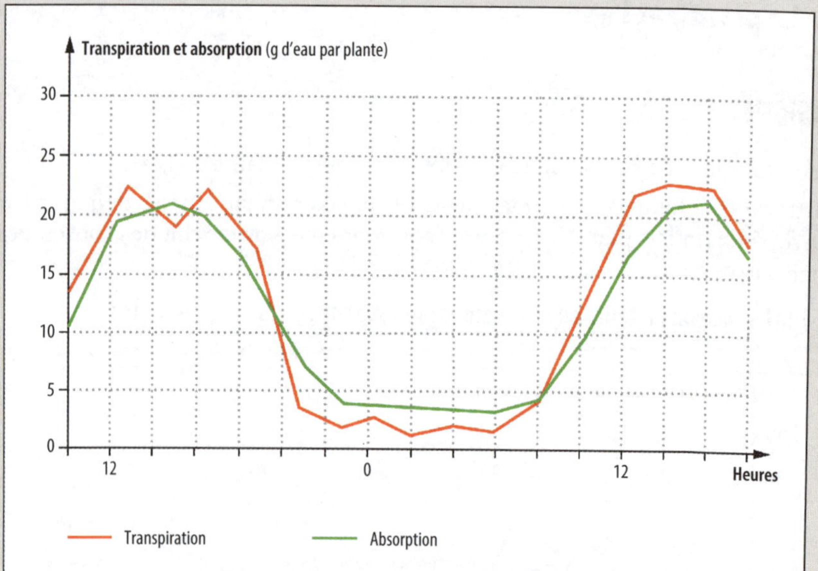

La quantité d'eau absorbée par les racines a été mesurée au cours de la journée chez un végétal, de même que la quantité d'eau libérée par la transpiration.

POINT MÉTHODE

1 Construire son raisonnement

L'eau n'est pas seulement un élément nutritif pour les végétaux, elle joue aussi un rôle dans la distribution des substances vitales à l'intérieur de la plante.

L'étude de chaque *document* doit permettre de dégager une relation entre la plante et l'eau. Il faut également montrer les adaptations qui permettent à la plante, malgré son mode de vie fixé, de supporter un manque d'eau.

2 Extraire des informations des documents

L'étude du *document* 1 établit une relation entre les stomates et l'eau : c'est la transpiration. Mais il ne faut pas oublier que les stomates permettent l'entrée du CO_2 nécessaire à la photosynthèse.

Le *document* 2 présente la répartition des stomates sur les deux faces des feuilles. La comparaison des deux types de végétaux montre différentes stratégies.

Le *document* 3 permet d'établir le lien entre transpiration et absorption. Il s'agit alors de montrer la circulation de l'eau dans la plante et son rôle de transporteur.

Sujet de Bac 3

Entraînement à la partie II

Des interactions entre hormones végétales

Pour tester expérimentalement l'effet des hormones végétales, des fragments de tige de tabac sont cultivés *in vitro* sur un milieu contenant d'une part, des concentrations croissantes de cytokinines, d'autre part des concentrations différentes d'auxine. On mesure alors le nombre de bourgeons nouvellement formés dans chacune de ces conditions. Le document indique les résultats obtenus après 35 jours de culture.

CONSIGNE

À partir de l'exploitation de ces résultats, dégagez les principales caractéristiques de ces deux hormones végétales.

SUJETS

Doc. Effets de l'auxine et des cytokinines sur la néoformation de bourgeons

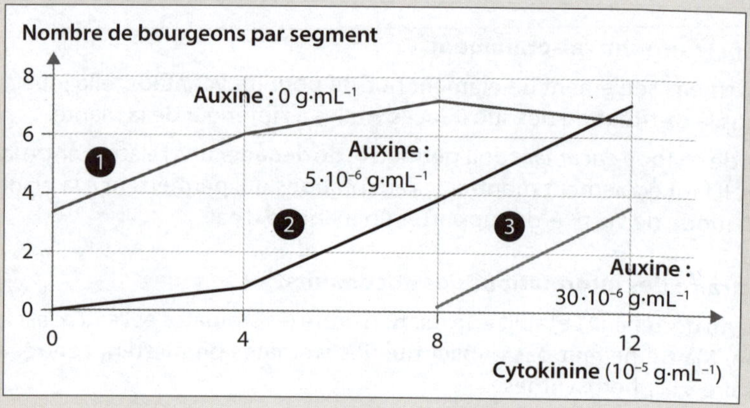

Expérience de Miller et Skoog, 1953.

POINT MÉTHODE

1 Comprendre le graphique

On mesure ici l'effet de deux hormones, l'auxine et la cytokinine, sur la formation des bourgeons.

La concentration de la cytokinine est représentée le long de l'axe des abscisses, tandis que celle de l'auxine est donnée pour chacune des trois courbes.

Il faut d'abord envisager l'action d'une hormone seule, puis celle des deux hormones agissant en même temps.

Attention, les effets d'une hormone en fonction de sa concentration ne varient pas forcément dans un seul sens !

2 Exploiter le graphique

La courbe 1 sert de témoin, la culture étant réalisée sans auxine. Les résultats fournis montrent donc le rôle des cytokinines.

Il faut ensuite étudier les courbes 2 et 3 par comparaison avec la 1 pour mettre en évidence le rôle de l'auxine.

Pour finir, il faut déterminer comment ces deux hormones interagissent.

Sujet de Bac 4

Entraînement à la partie II

Une relation entre le port des végétaux et la paroi cellulaire

CONSIGNE

À partir de l'exploitation des *documents* suivants, expliquez la différence de port chez les plantes sauvages et les plantes mutantes, et dégagez l'importance de la paroi chez les végétaux.

Doc. 1 Résistance mécanique maximale de la tige à des âges différents

Chez une espèce végétale couramment étudiée en biologie, *Arabidopsis thaliana*, on a pu obtenir différents mutants dont certains se distinguent des plantes sauvages par leur port plus ou moins couché. Des études ont été menées pour mesurer la résistance mécanique de la tige chez les différentes formes d'*Arabidopsis*. On applique sur un fragment de tige une force d'intensité croissante, jusqu'à la rupture. La valeur de la force correspond alors à la résistance mécanique de la tige.

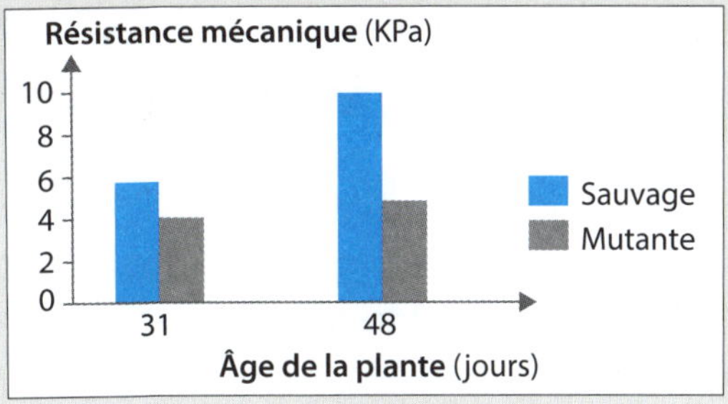

Doc. 2 La paroi cellulaire

Les dessins suivants, réalisés à partir de microphotographies, montrent l'aspect de la paroi chez les deux types de plantes.

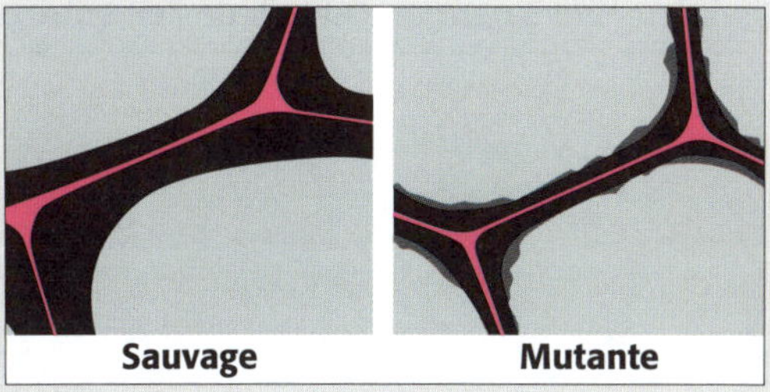

Doc. 3 Composition de la paroi cellulaire

L'analyse chimique de la paroi a été réalisée chez un individu muté et chez un individu non muté. On s'intéresse à la teneur en cellulose, un polymère de glucose de la paroi.

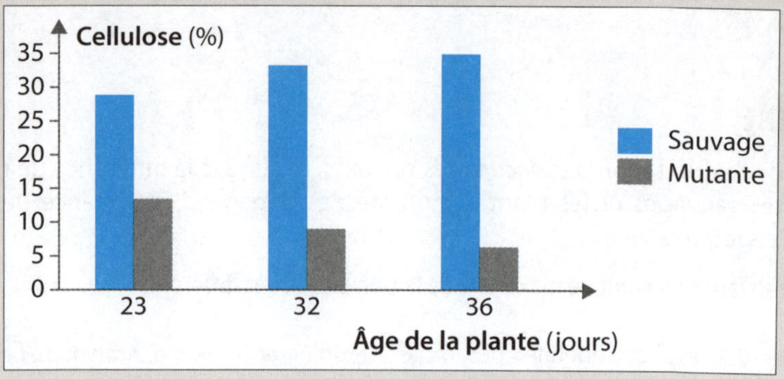

POINT MÉTHODE

1 Construire son raisonnement

La paroi n'est pas seulement un constituant cellulaire mais joue aussi un rôle biologique pour la plante.

Il faut montrer comment la présence de cellulose permet à la paroi de remplir sa fonction.

2 Extraire des informations des documents

L'étude du *document* 1 établit une relation entre le port de la plante et la paroi cellulaire.

Le *document* 2 présente la paroi de deux cellules. Leur comparaison montre comment est contrôlée la synthèse de la paroi.

Le *document* 3 permet d'établir un lien entre cellulose et propriété de la paroi.

Sujet de Bac 1

Entraînement à la partie II

On cherche à identifier des mécanismes protecteurs vis-à-vis de leurs consommateurs chez les végétaux.

> **Méthode**
> Rappelez en une phrase ce que l'on cherche à faire.

Le *document* présente l'évolution de la quantité d'ARN messager résultant de la transcription du gène pin 2 dans différentes circonstances.

L'attaque de la plante par une chenille (A) provoque une augmentation du taux d'ARNm qui, après 12 h, atteint sa valeur maximale, puis diminue. L'ARN messager est un intermédiaire nécessaire à la synthèse des protéines.

Dès le début de sa synthèse, la protéine codée par pin 2 peut donc être produite et inhiber les enzymes digestives de la chenille. La baisse du taux d'ARNm après 12 h s'explique par l'arrêt de sa synthèse et sa dégradation.

> **Méthode**
> Après avoir extrait les informations du graphique, il faut les interpréter.

Une attaque mécanique de la feuille entraîne aussi la synthèse d'ARNm, et donc celle de la protéine, mais la réponse est plus lente même si elle dure plus longtemps. Elle est donc moins efficace que la précédente puisqu'après 12 h, le taux d'ARNm exprimé est de 40 % contre 80 % dans le cas précédent. Dans ce cas, un insecte aurait le temps de consommer davantage la feuille.

La réponse à une attaque mécanique de la feuille associée à un dépôt de salive de chenille (C) est presque la même qu'en présence de l'insecte (A). Cela indique que la feuille reconnaît cette attaque comme venant de la chenille et développe alors une réponse spécifique et efficace puisque plus rapide.

> **Méthode**
> Comparez les résultats fournis par la courbe C avec ceux du témoin (courbe A).

Pour se défendre, les végétaux sont capables de synthétiser des protéines inhibant les enzymes de leurs agresseurs, ceci grâce à des mécanismes de reconnaissance spécifiques.

Sujet de Bac 2

Entraînement à la partie II

Pour la plante, l'eau joue un rôle essentiel et son mode de vie fixé l'en rend d'autant plus tributaire. Nous montrerons comment la plante s'affranchit des contraintes particulières liées à son mode de vie fixé.

D'après le *document* 1, les stomates sont ouverts principalement le jour de 8 h à 18 h. Présents sur l'épiderme de la feuille, les stomates permettent l'entrée du dioxyde de carbone, utilisé par la plante pour la photosynthèse, réalisable en présence de lumière seulement.

L'ouverture des stomates est maximale (courbe A) pour une journée d'été chaude et pluvieuse mais dans des conditions très sèches (courbe B), les stomates ne s'ouvrent que très peu (entre 6 h et 8 h). Au cours d'une journée sèche, ils se ferment partiellement entre 11 h et 13 h, à un moment où la température est la plus forte.

Aussi peut-on interpréter la fermeture des stomates comme un mécanisme de protection qui permet d'éviter la déshydratation de la plante. En effet, la plante perd de l'eau au niveau des stomates : c'est la transpiration foliaire. On peut noter que ce mécanisme protecteur limite l'activité photosynthétique qui serait maximale en milieu de journée, lorsque l'intensité lumineuse est la plus forte.

Conseil
N'oubliez pas que les stomates interviennent dans la nutrition de la plante.

La répartition des stomates chez deux espèces, le tilleul et le lierre, est inégale entre la face supérieure et inférieure des feuilles (*doc.* 2). La face supérieure, plus exposée au soleil et qui court donc le risque de déshydratation, est dépourvue de stomates. On retrouve ici un autre mécanisme protecteur contre les pertes d'eau.

Chez le tilleul, l'absence de stomates sur la face supérieure des feuilles n'empêche pas l'eau de s'évaporer à travers la cuticule. Elle est donc partiellement perméable.

En revanche, celle du lierre est totalement imperméable à l'eau. Par ailleurs, la quantité d'eau transpirée par la feuille, plus faible chez le lierre que chez le tilleul, malgré la densité supérieure de stomates sur la face inférieure, donne à penser que l'ouverture des stomates chez le premier est plus faible que chez le second. Associé à l'imperméabilité totale de la cuticule, ce mécanisme permet au lierre d'économiser plus d'eau que le tilleul.

Le graphique du *document* 3 représente au cours du temps la transpiration et l'absorption racinaire. On constate que les deux phénomènes varient exactement de la même façon, ce qui indique une corrélation.

La transpiration foliaire crée un appel d'eau qui stimule l'absorption au niveau des racines. La sève brute, l'eau et les sels minéraux absorbés circulent dans les vaisseaux du xylème, des racines jusqu'aux organes aériens.

L'eau assure aussi la circulation des autres éléments nutritifs pour la plante. Différentes stratégies qui limitent la transpiration et l'évaporation permettent aux végétaux d'économiser l'eau.

Sujet de Bac 3

Entraînement à la partie II

L'auxine et les cytokinines sont des hormones végétales dont on cherche à dégager les effets. Des fragments de tige de tabac sont cultivés *in vitro* sur un milieu contenant : d'une part, des concentrations croissantes de cytokinines ; d'autre part, des concentrations différentes d'auxine. On mesure alors le nombre de bourgeons nouvellement formés dans chacune de ces conditions.

Comme le montre la courbe 1, en absence d'auxine comme de cytokinines, des bourgeons peuvent se former (un peu plus de trois bourgeons par segment).

Astuce du prof
Dans un graphique complexe comme celui-ci, commencez par ce qui est le plus simple (ici, une seule variable).

La présence de ces deux hormones n'est donc pas indispensable à la formation de bourgeons.

L'apport de cytokinines entraîne une augmentation du nombre de bourgeons proportionnelle à la concentration en cytokinines, jusqu'à un maximum de $8 \cdot 10^{-5}$ mg·mL^{-1} (sept bourgeons par segment). Ainsi, jusqu'à une certaine concentration, les cytokinines stimulent le développement des bourgeons. Au-delà de cette concentration, le nombre de bourgeons diminue au fur et à mesure que la concentration en cytokinines augmente.

On peut ensuite évaluer les effets d'un apport d'auxine (par comparaison de la courbe 1 avec les courbes 2 et 3). On observe qu'avec un ajout d'auxine et en absence de cytokinines, le nombre de bourgeons passe de 3 à 0. Ainsi, l'auxine inhibe le développement des bourgeons.

Lorsque l'on ajoute des cytokinines, des bourgeons peuvent se former malgré l'apport d'auxine. Mais plus la dose d'auxine est élevée, plus celle de cytokinines doit être importante pour permettre la formation de bourgeons (supérieure à 4 pour une concentration d'auxine de $5 \cdot 10^{-6}\,g \cdot mL^{-1}$, supérieure à 8 pour une concentration d'auxine de $30 \cdot 10^{-6}\,g \cdot mL^{-1}$). De ce fait, l'effet stimulateur des cytokinines compense l'action inhibitrice de l'auxine.

Ces deux hormones ont des effets antagonistes : selon le rapport de leur concentration, l'une ou l'autre exerce son effet.

Sujet de Bac 4

Entraînement à la partie II

Astuce du prof
Il faut relier les documents entre eux en cherchant un fil conducteur pour les utiliser.

On cherche à expliquer la différence de port entre une plante sauvage et une forme mutante, dressé dans le premier cas, plus ou moins couché dans le second.

Dans un premier temps, on a testé expérimentalement leur résistance mécanique au cours du développement (*document* 1). Chez la plante sauvage, la résistance mécanique augmente au cours du développement et est bien plus grande que chez la plante mutante. Chez cette dernière, elle reste constante et faible.

La paroi de la plante mutante est plus fine et plus irrégulière que celle de la plante sauvage (*document* 2). La paroi joue le rôle de squelette cellulaire, et son amincissement explique le port couché ainsi que la résistance mécanique plus faible chez l'individu mutant.

La paroi est composée principalement de cellulose, un polymère de glucose. Le *document* 3 permet de comparer la proportion de cette molécule chez la plante sauvage et chez la plante mutante, au cours du développement. Le pourcentage de cellulose est plus faible chez l'individu muté et décroît pendant les premières semaines de la croissance. C'est ce qui explique les caractéristiques observées précédemment.

Ainsi, on peut établir une relation entre la composition chimique de la paroi et le port d'un végétal.

CHAPITRE 6

La reproduction des plantes

DE QUOI S'AGIT-IL ?

La reproduction asexuée des plantes repose sur leur croissance indéfinie comme sur la capacité des cellules végétales à se dédifférencier. Néanmoins, contrairement à la reproduction sexuée qui assure un brassage génétique, la reproduction asexuée produit des clones.

Chez les angiospermes, la fleur, avec ses organes reproducteurs, est le siège de la fécondation. Le mode de vie dite « fixée » de la plante l'oblige à disperser son pollen, le plus souvent grâce à une relation étroite et ancienne avec une espèce animale. Par la suite, la dispersion de ses graines lui permet de peupler de nouveaux milieux.

1 Reproduction asexuée, totipotence et clonage

A Une production de clones

1. Les modalités de reproduction asexuée

- Dans les conditions naturelles, un fragment de plante, de tige, de feuille ou de racine est capable de former par lui-même une plante entière avec tous ses organes.

- **Les cellules du fragment se sont d'abord dédifférenciées** (elles sont redevenues des cellules méristématiques), **puis multipliées avant de se différencier** à nouveau en autant de types cellulaires qu'en contient une plante.

- Une cellule végétale différenciée conserve donc toutes les potentialités génétiques d'origine, ce qui lui permet de donner naissance à autant de types cellulaires spécialisés qu'il en existe chez une plante adulte. Elle est **totipotente**.

- **Ainsi, la reproduction asexuée ou « multiplication végétative » produit par la mitose des individus génétiquement identiques**. Cela peut être un avantage pour une population lorsque le milieu lui est favorable. Par ailleurs, elle produit massivement des individus qui, en concurrence avec d'autres espèces, peuvent envahir et exploiter leur milieu.

> **Sachez que...**
> La multiplication végétative est un mode de reproduction courant chez les organismes unicellulaires.

- Par contre, **la multiplication végétative ne permet pas de brassage génétique**. Les individus formés constituent un **clone**, et si l'un d'eux, par exemple, se révèle sensible à un parasite, les autres le seront aussi avec le risque d'une élimination totale de la population.

2. Des organes spécialisés

- **La reproduction sexuée peut se produire à partir d'organes de la plante, spécialisés ou non**. Le mécanisme le plus simple lorsque la plante est dépourvue d'organes spécialisés est la fragmentation naturelle de la tige, de la feuille ou de la racine. Des parties anciennes régressent et des parties plus jeunes se séparent du reste de la plante. À partir de ces dernières, une plante entière est régénérée.

- Parmi les organes spécialisés de la reproduction asexuée, les **stolons** (fraisier) sont des tiges rampantes terminées par un bourgeon capable de s'enraciner et de produire un nouveau pied qui finira par s'isoler de la plante mère.

Les **rhizomes** sont des tiges souterraines horizontales qui produisent régulièrement des parties aériennes (muguet).

- Les **tubercules** (pomme de terre) sont des tiges souterraines transformées, remplies de réserve. Après l'hiver, les bourgeons qu'ils portent germent et donnent de nouveaux individus.

B L'utilisation de la reproduction asexuée par l'Homme

- **Le bouturage consiste à produire un nouvel individu à partir d'un organe ou d'un fragment d'organe isolé**. Avec cette technique, l'Homme utilise la reproduction asexuée pour produire de nombreuses plantes à partir d'un seul fragment.

Sachez que...
Le marcottage consiste à faire émettre des racines à un rameau avant de le détacher de la plante mère.

- **La culture *in vitro* permet de produire une plante entière à partir de cellules ou de tissus** placés sur un milieu nutritif. Cette technique est pratiquée en laboratoire (pour les premières étapes). Les conditions stériles et la maîtrise des facteurs du milieu permettent d'optimiser la production. Par ailleurs, l'ajout **d'hormones végétales** favorise la formation des organes et le développement de la plante.

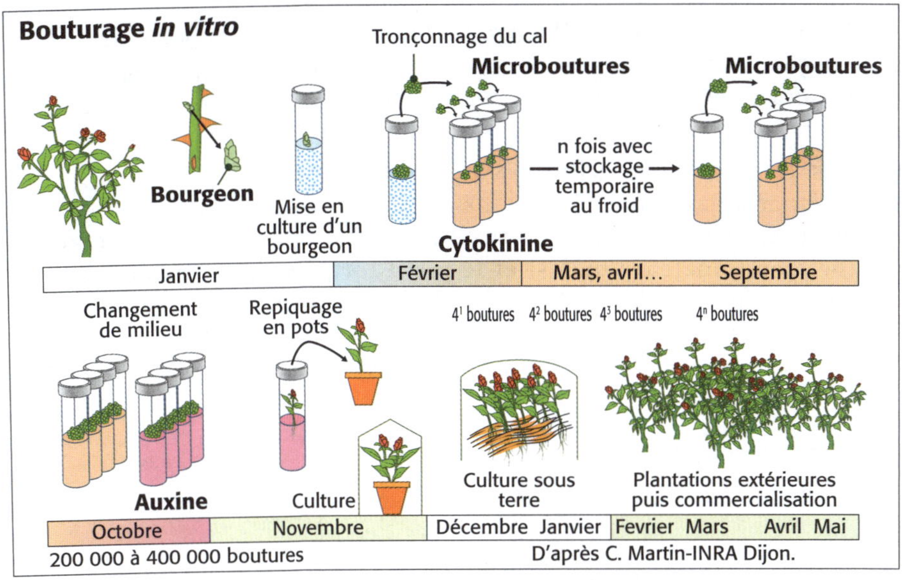

Doc. La culture *in vitro* des plantes

COURS

L'ESSENTIEL

Reproduction asexuée, totipotence et clonage

- La reproduction asexuée permet de produire des clones à partir de la fragmentation de la plante, sans intervention des gamètes.
- Elle se déroule avec ou sans la participation d'organes spécialisés, grâce aux propriétés de dédifférenciation cellulaire.
- L'Homme utilise la reproduction asexuée par des techniques traditionnelles comme le bouturage ou par des techniques modernes comme la culture *in vitro*.
- Ces techniques permettent de produire des individus aux propriétés identiques, en plus grandes quantités.

2 La fleur et la fécondation

A La production et le rapprochement des gamètes

Sachez que...
Les pièces florales proviennent probablement de la transformation de feuilles.

- **La fleur constitue l'appareil reproducteur des végétaux angiospermes**, un groupe de plantes dont les ovules sont contenus dans des ovaires et dont les organes reproducteurs sont condensés en une fleur.
- **Elle est formée de pièces florales organisées en verticilles** (couronnes) emboîtés les uns dans les autres. De l'extérieur vers l'intérieur, on trouve les sépales, les pétales, **les étamines (organes reproducteurs mâles) et le pistil (organe reproducteur femelle)**. Les étamines portent les grains de pollen, le pistil porte l'ovaire. Sépales et pétales, qui entourent ces pièces fertiles, sont des pièces protectrices stériles.

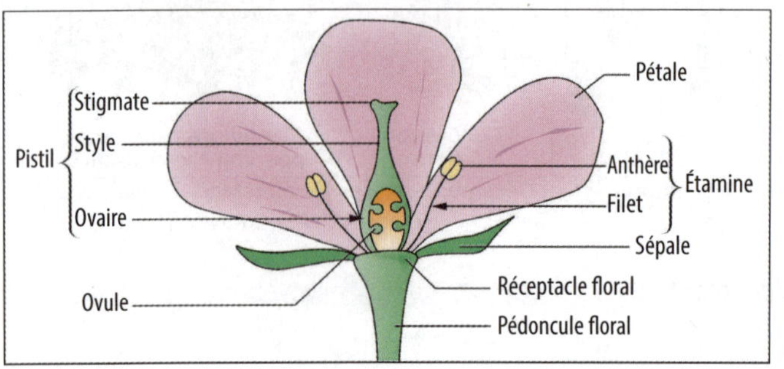

Doc. L'organisation de la fleur

- À l'extrémité des étamines, les grains de pollen renferment les gamètes mâles. Le pistil est constitué de l'ovaire qui porte les ovules contenant les gamètes femelles. Il se prolonge par un filament, le **style**, dont l'extrémité ou « stigmate » capte les grains de pollen. Le plus souvent, une même fleur porte des organes mâles et des organes femelles.
- Le grain de pollen est dispersé, principalement par le vent ou les insectes. Une fois sur le stigmate, il émet un tube pollinique qui croît à l'intérieur du style et atteint l'ovule. Il est guidé jusqu'à l'ovaire: d'une part, par les cellules du style entre lesquelles il progresse; d'autre part, par des substances attractives émises par l'ovaire.
- **Le tube pollinique libère alors un gamète mâle** qui emprunte ce tube pour **féconder le gamète femelle** et **former une cellule-œuf**.
- Après la fécondation, le pistil de la fleur se transforme. **L'ovule fécondé devient une graine, tandis que l'ovaire qui l'entourait devient le fruit**. La graine contient un embryon et des réserves.

Remarque
Le grain de pollen renferme un second gamète qui participe à la formation d'un tissu de réserve.

- S'il n'y a pas de fécondation, la fleur dégénère. Les conditions climatiques défavorables, un nombre de fleurs fécondées trop important, une raréfaction des insectes et d'autres circonstances encore font que toutes les fleurs ne se transforment pas en fruits.

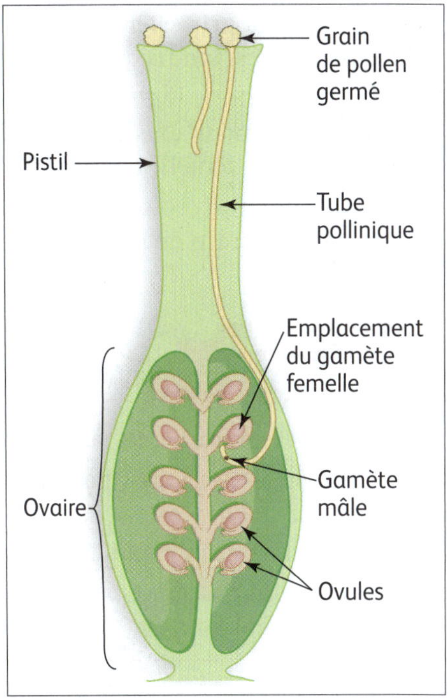

Doc. La croissance du tube pollinique et la fécondation

B Autofécondation et fécondation croisée

- **Les plantes portent le plus souvent des fleurs hermaphrodites** (qui présentent à la fois des organes reproducteurs mâle et femelle). Selon les espèces, les angiospermes pratiquent la **fécondation croisée**, nécessitant l'intervention de deux partenaires, ou « **l'autofécondation** ». Dans ce cas, la fécondation est réalisée par deux gamètes produits par la même fleur.
- Diverses particularités anatomiques, physiologiques ou génétiques, imposent

un type ou l'autre de fécondation. Si une fleur est unisexuée (soit entièrement mâle, soit entièrement femelle), la fécondation croisée est obligatoire.

- Les espèces chez qui la fleur ne s'ouvre pas ou peu pratiquent l'autofécondation, comme souvent celles pour lesquelles les stigmates sont en contact direct avec les étamines. Dans ce cas, le transfert du grain de pollen se fait spontanément.
- **La fécondation croisée** présente un avantage évolutif puisqu'elle limite l'homozygotie et **favorise au contraire la diversité génétique** par un brassage des allèles issus des différents individus d'une population. C'est ce qui explique qu'elle soit la plus répandue et que différents systèmes la favorisant aient été sélectionnés au cours de l'évolution.
- Un décalage dans la période de maturité des gamètes mâles et femelles impose la fécondation croisée. Par exemple, le pollen des fleurs d'une espèce est dispersé alors que le pistil n'est pas à maturité, ce qui rend la fécondation impossible. Mais le cas inverse existe aussi lorsque les ovaires arrivent à maturité avant les grains de pollen.
- **Des particularités anatomiques empêchent aussi l'autofécondation**. Par exemple, chez la primevère commune, certaines fleurs ont un long style et de courtes étamines, tandis que d'autres ont au contraire un style court et de longues étamines, rendant peu probable l'autofécondation.
- Il peut également exister des incompatibilités génétiques entre gamètes mâles et organes femelles (voir p. 151).
- Cette fécondation croisée favorise le brassage génétique mais rend nécessaire le transport du grain de pollen d'une fleur à l'autre.

L'ESSENTIEL

La fleur et la fécondation

- La fleur, appareil reproducteur des angiospermes, est le lieu de la fécondation.
- Les gamètes mâles contenus dans le grain de pollen sont conduits jusqu'aux ovules par un tube pollinique.
- La fleur se transforme en fruit après la fécondation.
- Différents systèmes, anatomiques ou génétiques, évitent l'autofécondation et favorisent le brassage génétique.

Les différents modes de reproduction des plantes

ZOOM SUR...

Les incompatibilités génétiques

1 Des allèles responsables

→ **L'auto-incompatibilité est due à la confrontation d'allèles identiques** dans le grain de pollen et dans l'appareil reproducteur femelle de la fleur.

→ Soit un **gène d'auto-incompatibilité** existant sous différentes formes alléliques : S1, S2, S3… Lorsque deux allèles identiques de ce gène S se retrouvent simultanément, d'une part dans les cellules du grain de pollen, et d'autre part dans celles de l'appareil reproducteur femelle, on parle d'auto-incompatibilité.

2 Des effets différents selon la ploïdie des cellules

→ Une fleur de génotype S1//S2 produira des grains de pollen (cellules haploïdes) : S1/ et S2/. Ils ne pourront pas former de tube pollinique chez une fleur dont les cellules du stigmate ou du style (cellules diploïdes) sont de génotype S1//S2. **L'auto-incompatibilité est alors totale.** Par contre, la fécondation sera possible chez des fleurs de génotype S3//S4.

→ En revanche, une fleur de génotype S1//S3 pourra être fécondée par les grains de pollen S2/ d'une fleur de génotype S1//S2 (mais pas par les grains de pollen S1/). **L'auto-incompatibilité sera alors partielle.**

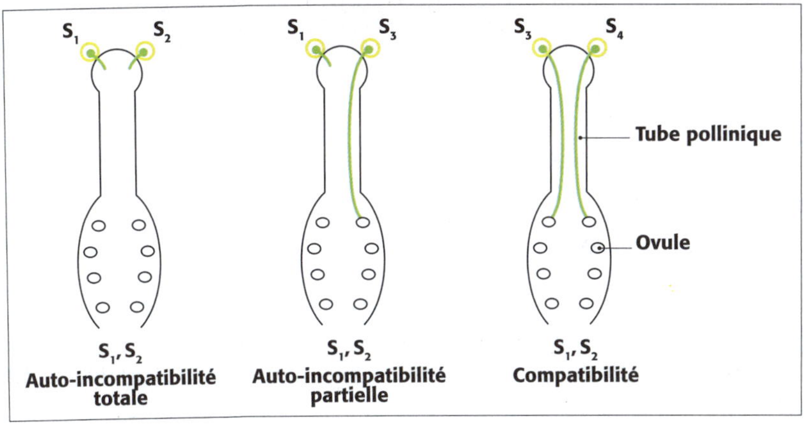

3 La pollinisation

A Le transport du pollen

- Le mode de vie fixé de la plante empêche les partenaires sexuels de se rapprocher pour réunir leurs gamètes. Or, la majorité des plantes à fleurs pratiquent la fécondation croisée. Un **transport du pollen** de l'étamine d'une première fleur jusqu'à l'extrémité du pistil d'une seconde fleur est donc nécessaire.
- **Ce transport peut être assuré par le vent ou l'eau** mais le plus souvent, il fait intervenir **des animaux pollinisateurs, surtout des insectes**. Ces derniers sont attirés par la fleur grâce à ses couleurs, sa forme, ses substances odorantes et par la possibilité de se nourrir d'un liquide sucré qu'elle produit : le nectar.
- Différents dispositifs favorisent la pollinisation par les insectes. Les grains de pollen sont plus gros que ceux dispersés par le vent et ornés de crochets. Les glandes à nectar enfouies au fond de la fleur obligent l'insecte à entrer en contact avec les étamines. Chez la sauge, en s'enfonçant dans la fleur, l'insecte déclenche un mécanisme qui projette l'étamine sur son corps.

Doc. Insecte se chargeant de pollen

B Une coévolution

- Les plantes ont développé des caractéristiques pour attirer les animaux, comme la production d'un nectar sucré. Les insectes ont développé des **adaptations morphologiques pour atteindre et prélever le nectar et faciliter la pollinisation**.

- L'animal pollinisateur et sa fleur sont souvent **liés l'un à l'autre** de façon spécifique, et tous deux présentent des caractères morphologiques particuliers. L'insecte possède, par exemple, une trompe pour aspirer le nectar. La forme et les dimensions peuvent autoriser une seule espèce d'insecte à atteindre le pollen et/ou le nectar. Dans d'autres cas, l'insecte est attiré par les couleurs, les formes ou le parfum émis par la fleur.
- Cette relation s'explique par une **évolution conjointe de l'insecte et de la plante** : chaque espèce exerce une influence sur l'autre en renforçant l'avantage sélectif des adaptations développées. On parle de **coévolution** pour ces transformations qui se produisent simultanément chez deux espèces du fait de leur pression de sélection réciproque.

Sachez que...
Ces transformations sont dues à des mutations, apparues au hasard et par la suite sélectionnées.

L'ESSENTIEL

La pollinisation

- La pollinisation, le plus souvent assurée par des insectes, permet le rapprochement des gamètes.
- Les insectes sont attirés par la fleur grâce à ses couleurs, sa forme, ses substances odorantes.
- Des dispositifs facilitent le contact entre le corps de l'insecte et le pollen.
- Fleur et insecte ont évolué parallèlement, évolution qui a rendu possible le maintien de la pollinisation.

4 La dispersion et la germination des graines

A La dispersion des graines

- **Les plantes ont développé des mécanismes de dispersion des graines qui limitent la compétition** entre générations qui se produirait si celles-ci se développaient au même endroit comme leur mode de vie fixé a tendance à l'imposer. Ainsi, la dispersion des graines favorise la colonisation de nouveaux milieux.
- **Les principaux vecteurs de dispersion sont l'eau, le vent et les animaux**. Selon son mode de dispersion, la graine présente des caractéristiques de structure qui favorisent son transport.

• Les graines dispersées par l'eau flottent (noix de coco). Celles dispersées par le vent (90 % des espèces végétales) sont légères et dotées de dispositifs augmentant leur portance : poils (aigrettes du pissenlit), ailes membraneuses comme les samares de l'érable ou du frêne.

• Les graines dispersées par les animaux sont munies de dispositifs d'accrochage aux poils ou aux plumes, crochets ou aiguillons.

Doc. Les samares de l'érable

• Elles sont aussi ingérées lors de la consommation du fruit mais indigestes ; elles sont rejetées avec les excréments parfois à des dizaines de kilomètres. Enfin, après avoir été prélevées, les graines sont mises en réserve dans des abris par d'autres animaux et germeront avant d'avoir été consommées.

B La graine, à l'origine d'une nouvelle plante

• La graine contient l'embryon d'une future plante, protégé grâce à des enveloppes résistantes. **L'embryon est en vie ralentie, son métabolisme est nul.**

• Lorsque les conditions redeviennent favorables, et souvent après une période nécessaire de dormance, l'embryon sort de la vie ralentie. C'est la **germination**.

• Une racine, puis une tige se forment et grandissent en puisant dans les réserves contenues dans la graine. Lorsque la jeune plante atteint une taille suffisante et que la tige produit des feuilles chlorophylliennes, la photosynthèse démarre. La plante est devenue autonome.

Remarque
La période de dormance évite à la graine de germer au cours de l'hiver, en attente du retour de conditions plus favorables.

L'ESSENTIEL

La dispersion et la germination des graines

- Les graines sont dispersées par des vecteurs physiques (eau, air…) ou biologiques (animaux).
- Des structures, adaptées à la nature du vecteur, favorisent cette dispersion.
- La graine contient un embryon en vie ralentie qui se développe au retour des conditions favorables. C'est la germination.

ZOOM SUR...

La mobilisation des réserves lors de la germination

1 Des réserves dans les graines

→ Les grains de blé contiennent des réserves d'amidon accumulées dans un tissu spécifique : l'albumen. Au cours de la germination, ces réserves sont utilisées pour permettre le développement de l'embryon.

→ Pour comprendre comment ces réserves sont utilisées lors de la germination, on peut réaliser l'expérience suivante : sur deux boîtes de Pétri contenant de l'empois d'amidon, on place des grains de blé ayant commencé à germer sectionnés en deux moitiés, surface coupée placée au contact de la boîte.

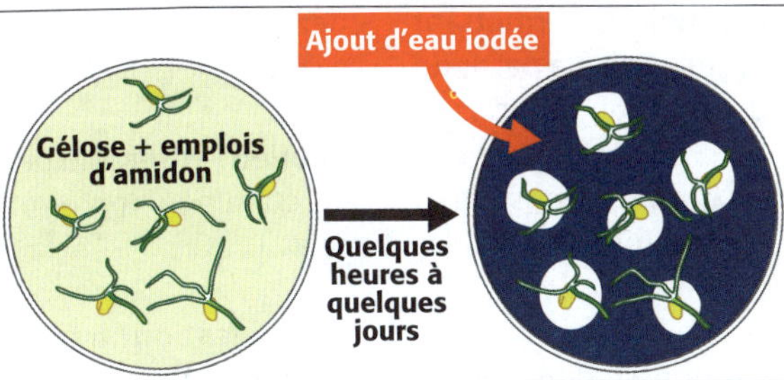

2 Une utilisation des réserves par des enzymes

→ Autour des grains de blé germés, le milieu n'est pas coloré en bleu par l'eau iodée contrairement au reste de la boîte.

→ La coloration bleue en présence d'eau iodée témoigne de la présence d'amidon. Ainsi, autour des grains de blés germés, il n'y a plus d'amidon.

→ On peut expliquer cette disparition par la diffusion tout autour des grains germés d'une substance soluble capable de transformer l'amidon. Il s'agit d'une enzyme capable de transformer l'amidon, produite par les grains de blé lors de la germination. Une hormone produite par l'embryon déclenche la production de cette enzyme qui lui permettra de mobiliser les réserves contenues dans la graine.

Mots clés

Angiospermes : groupe de plantes dont les ovules sont contenus dans des ovaires et dont les organes reproducteurs sont condensés en une fleur.

Bouturage : mode de reproduction asexuée consistant à produire un nouvel individu à partir d'un organe ou d'un fragment d'organe isolé.

Coévolution : transformations qui se produisent simultanément chez deux espèces du fait de leur pression de sélection réciproque.

Culture *in vitro* : technique permettant de produire une plante entière à partir de cellules ou de tissus en milieu nutritif.

Dispersion (des graines) : ensemble de mécanismes qui permet le peuplement de nouveaux milieux.

Dormance : inaptitude à croître, même en présence de conditions favorables.

Étamine : organe reproducteur mâle chez les végétaux supérieurs et qui porte les grains de pollen.

Fécondation croisée : fécondation qui nécessite l'intervention conjointe de deux partenaires.

Hermaphrodite : qui présente des organes reproducteurs mâle et femelle.

Nectar : liquide sucré produit par la fleur.

Ovaire : partie inférieure du pistil qui abrite les ovules renfermant les gamètes femelles.

Pistil : organe reproducteur femelle chez les végétaux supérieurs et qui porte l'ovaire.

Pollen : ensemble de grains portés par les étamines renfermant les gamètes mâles.

Pollinisation : transport des grains de pollen depuis les étamines vers les stigmates.

Tube pollinique : tube émis par un grain de pollen après germination et qui permet aux gamètes mâles d'atteindre l'ovule.

Document majeur

Doc. De la fleur au fruit

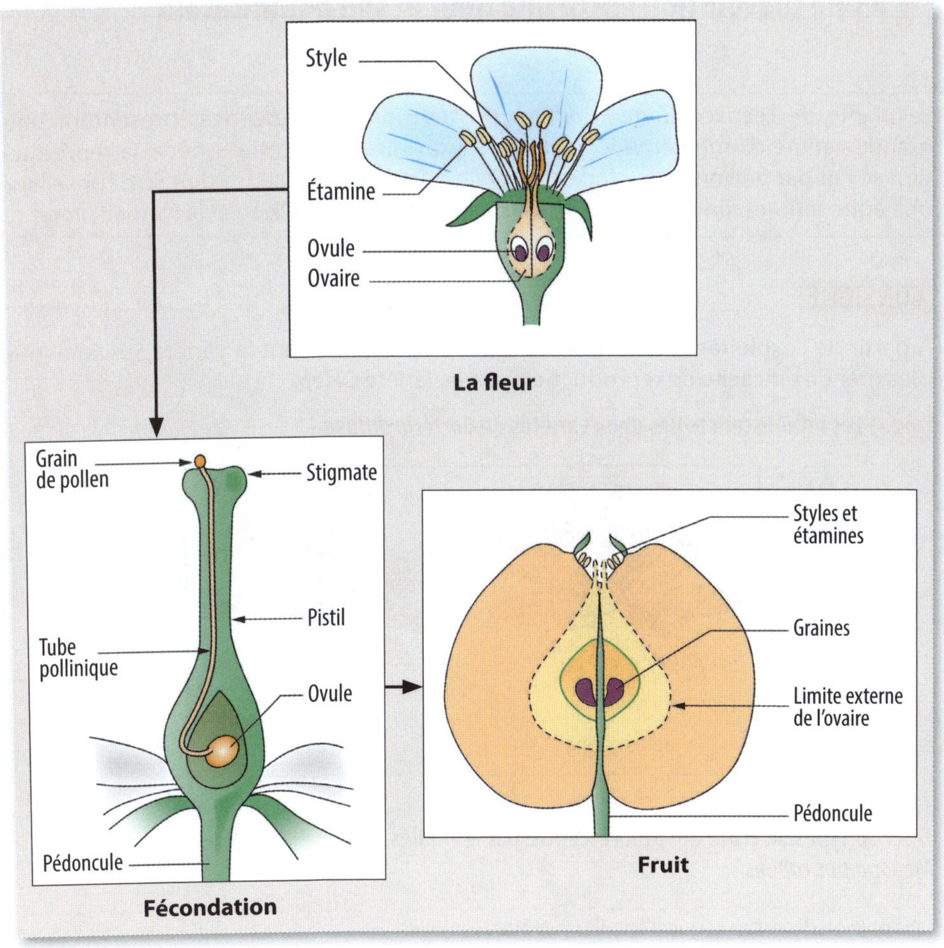

Sujet de Bac 1

Entraînement à la partie II

Une coévolution entre une fleur et son pollinisateur

La plante de l'espèce *Gorteria diffusa* possède des inflorescences présentant une grande variété d'ornementation selon les individus. Chez cette espèce, la reproduction se fait par pollinisation croisée : le pollen d'une inflorescence doit se déposer sur une autre inflorescence. On étudie deux variétés : la forme *Okiep* et la forme *Spring*.

CONSIGNE

À partir de l'exploitation des *documents*, expliquez comment la variété *Spring* a une plus grande efficacité de reproduction que la variété *Okiep*.

Doc. 1 Les inflorescences des deux variétés de *Gorteria diffusa*

Doc. 2a Types de visite des inflorescences par les mâles ou femelles de l'insecte *Megapalpus capensis*

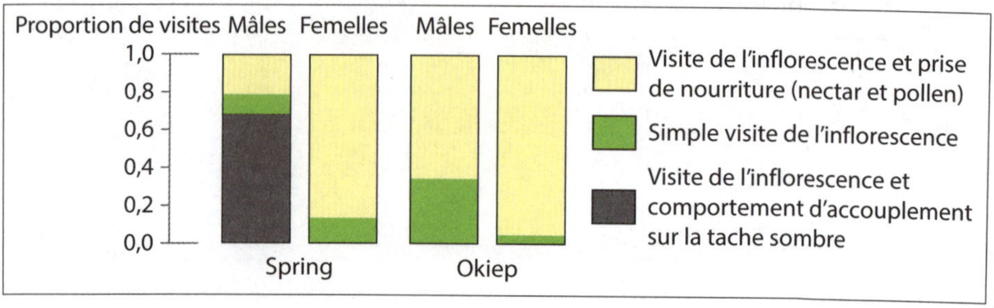

Doc. 2b Insecte mâle de l'espèce *Megapalpus capensis* visitant une fleur de la variété *Spring*

Doc. 3 Nombre d'inflorescences recevant du pollen exporté d'une autre inflorescence par les mâles ou femelles de *Megapalpus capensis*

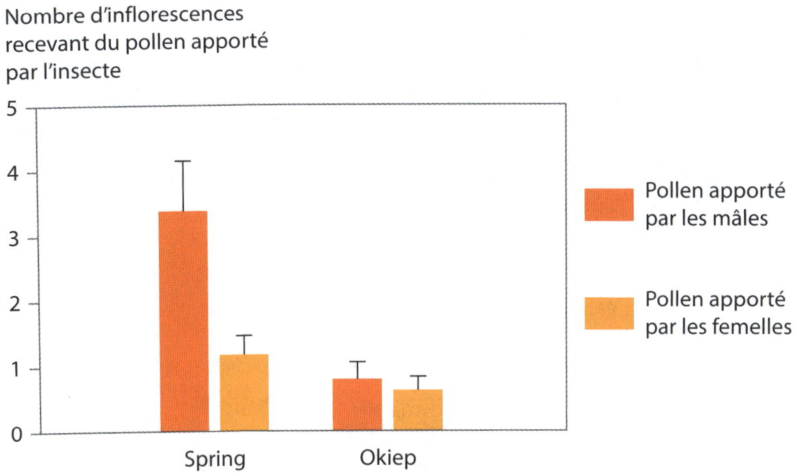

POINT MÉTHODE

Analyser des documents pour répondre à un problème

Les *documents*, par la comparaison des deux variétés, doivent permettre de dégager des différences significatives utiles pour répondre à la question.

L'étude du *document* 1 permet de comparer l'aspect des fleurs.

Le *document* 2 permet de faire ressortir l'attractivité des fleurs pour les insectes et de proposer un premier niveau d'explication.

Le *document* 3 permet d'évaluer l'efficacité de la pollinisation.

Sujet de Bac 2

Entraînement à la partie II

La culture de la vanille

La gousse de vanille est produite par une plante de la famille des orchidées : *Vanilla planifolia*. La vanille est l'une des épices les plus chères au monde, du fait de la main d'œuvre qu'elle nécessite. En effet, la vanille ne produit aucune gousse en dehors de sa région d'origine sans une opération manuelle appelée « mariage ».

CONSIGNE

À partir de l'exploitation des *documents* proposés mise en relation avec vos connaissances, expliquez pourquoi la culture de la vanille (en dehors de son aire géographique d'origine) nécessite une opération manuelle afin de produire des gousses.

Doc. 1 **Répartition de *Vanilla planifolia* dans le monde (régions de culture et régions d'origine de l'espèce)**

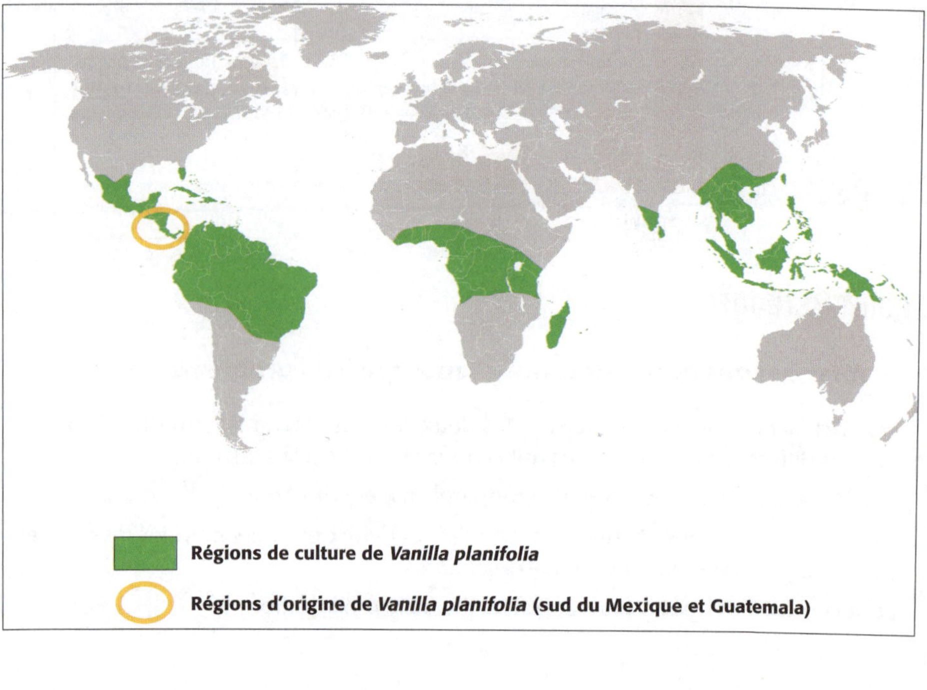

Doc. 2 Caractéristiques de la fleur de vanille

La fleur de vanille présente une membrane, le *rostellum*, recouvrant le stigmate, ce qui empêche tout contact entre les pièces mâles et femelles.

Les pollinies, particularité des orchidées, sont des petites masses gluantes de grains de pollen.

La fleur de vanille ne produit aucun nectar (liquide sucré attractif pour des insectes ou d'autres animaux). Cependant, elle dégage des molécules odorantes telles que : 1,2-diméthylcyclopentane, acétate d'éthyle, 1,8-cinéole et trans-ocimène.

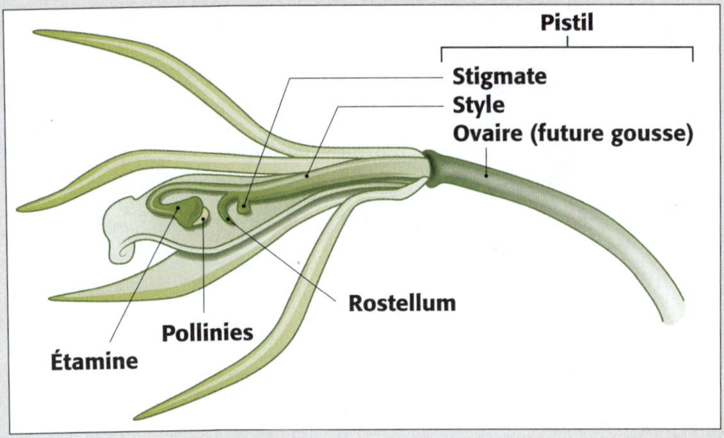

Doc. 3 L'insecte pollinisateur de la vanille

Pendant longtemps, une abeille du genre *Melipona* fût considérée comme l'insecte pollinisateur naturel de la vanille. Cependant, bien que la *Melipona* visite habituellement les fleurs de vanille, sa taille serait insuffisante pour accrocher les pollinies au moment de son entrée dans la fleur.

L'abeille de l'espèce *Euglossa viridissima* est aujourd'hui considérée comme le pollinisateur naturel le plus probable de *Vanilla planifolia*. L'abeille présente une taille permettant l'accrochage des pollinies. En outre, des abeilles *Euglossa viridissima* porteuses de pollinies de vanille ont été observées. Cette abeille est connue pour être fortement attirée par des substances odorantes comme le 1,8-cinéole.

Doc. 4 Distribution de l'abeille *Euglossa viridissima* dans le monde

Les relevés entomologiques ont permis de délimiter l'aire de distribution d'*Euglossa viridissima* : elle est localisée depuis la côte sud-ouest de l'Amérique du Nord et s'étend sur toute l'Amérique centrale.

Doc. 5 Le mariage de la fleur de vanille, opéré manuellement

Lorsque la vanille fût introduite en 1819 à la Réunion, la production naturelle d'une gousse était un fait rarissime. C'est en 1841 qu'un jeune esclave, Edmond Albius, mit au point la technique (qui sera ensuite nommée « mariage ») permettant la production de gousses avec des taux de réussite très importants.

Protocole de la technique de mariage :

a – déchirer les pétales pour mettre à jour les organes sexuels ;

b – à l'aide d'une aiguille, soulever le *rostellum* ;

c – avec le bout d'un doigt, rabattre l'étamine pour mettre en contact les pollinies avec le stigmate.

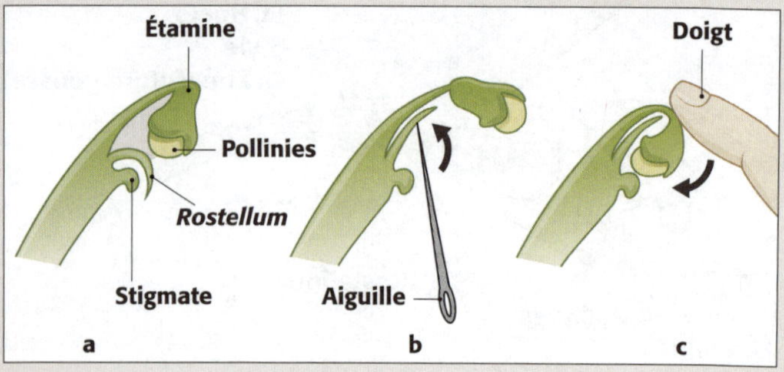

POINT MÉTHODE

1 Construire son raisonnement

La gousse est un fruit formé après la fécondation. Il faut repérer les obstacles à une fécondation naturelle en dehors de la région d'origine. Dans un premier temps, on explique comment se déroule la fécondation dans la région d'origine en étudiant les particularités de la fleur et en montrant l'intervention d'un insecte pollinisateur.

Il faut ensuite comprendre pourquoi l'Homme doit intervenir en dehors de la région d'origine.

2 Extraire des informations des documents

Le *document* 1 montre que la vanille est cultivée bien au-delà de sa région d'origine.

Le *document* 2 présente les particularités de la fleur et donc la nécessité d'une fécondation croisée.

Les *documents* 3 et 4 sont à mettre en relation avec le *document* 1.

La mise en relation des *documents* 2 et 5 permet de conclure sur la nécessité d'une intervention humaine.

Sujet de Bac 1

Entraînement à la partie II

On cherche à expliquer pourquoi la variété *Spring* a une plus grande efficacité de reproduction que la variété *Okiep*.

Le *document* 1 montre que les deux variétés se distinguent par la surface occupée par les taches sombres au centre de l'inflorescence, ainsi que par leur forme. D'après le *document* 2a, on apprend que si les femelles visitent les deux variétés de manière assez semblable (avec ou sans prise de nourriture), le comportement des mâles diffère selon les variétés : *Okiep* déclenche chez eux un comportement reproducteur, ce qui n'est pas le cas pour la variété *Spring*.

Le *document* 2b fournit une possible explication à ce constat. En effet, on observe sur ce document que les mâles de *Megapalpus* se posent sur les taches sombres des pétales *Spring*, lesquelles ressemblent par leurs couleurs et leur forme à l'insecte. En imitant les femelles, elles déclenchent un comportement d'accouplement chez les mâles. On remarque également que lors de ce comportement, le corps des mâles se couvre de pollen.

Enfin le *document* 3 montre que, grâce aux mâles, la variété *Spring* reçoit près de quatre fois plus de pollen que la fleur *Okiep*. Cette pollinisation plus importante explique donc sa meilleure efficacité de reproduction.

Pour conclure, on peut se demander comment la variété *Spring* a acquis cet avantage évolutif. L'ornementation et la forme de l'inflorescence sont déterminées génétiquement. Les variations qui apparaissent par rapport aux autres variétés de l'espèce sont dues à des mutations, apparues au hasard. Un caractère qui se montre avantageux est sélectionné. Il existe ainsi une coévolution entre la plante et son pollinisateur.

Conseil
N'oubliez pas d'employer les mots clés.

Sujet de Bac 2

Entraînement à la partie II

La vanille est l'une des épices les plus chères au monde, car en dehors de son aire géographique d'origine, la production de ses gousses nécessite une opération manuelle effectuée par l'Homme. On cherche à comprendre la nécessité de cette intervention.

La vanille est une plante originaire d'Amérique centrale (*document* 1), cultivée en zone équatoriale (Amérique centrale / Amérique du Sud / Afrique équatoriale / Asie). Appartenant à la famille des orchidées, sa fleur possède des particularités anatomiques, notamment la présence d'un *rostellum* qui sépare les pièces mâles des pièces femelles. Ainsi, l'autofécondation semble impossible chez cette espèce et la fécondation croisée obligatoire. La présence d'un vecteur pour le transport du pollen est donc nécessaire.

Conseil
Expliquez pourquoi l'autofécondation n'est pas possible naturellement.

Pourtant, la fleur de vanille ne produit aucun nectar attractif pour des insectes ou d'autres animaux. Elle dégage néanmoins des molécules odorantes (1,2-diméthylcyclopentane, acétate d'éthyle, 1,8-cinéole et trans-ocimène) lesquelles pourraient jouer ce rôle.

L'abeille *Euglossa viridissima* semble être le pollinisateur naturel de la vanille en raison de sa taille suffisante pour accrocher les pollinies et de son attirance pour les substances odorantes dégagée par l'orchidée (*document* 3).

Euglossa viridissima vit en Amérique centrale, ce qui correspond à l'aire de répartition naturelle (région d'origine) de la vanille, comme le montre la comparaison des *documents* 1 et 4. On peut supposer que les caractères de la vanille comme ceux de l'insecte témoignent d'une coévolution.

Par contre, l'insecte est absent de la majeure partie de l'aire de culture, d'où l'impossibilité de se reproduire pour la plante.

Le mariage de la fleur de vanille (*document* 5) consiste à soulever le *rostellum* pour provoquer le contact pollinies/stigmates. Par cela, l'Homme réalise une fécondation artificielle en mimant par son geste celui que réaliserait un insecte pollinisateur. Cette intervention permet ainsi d'obtenir les gousses de vanille.

Remarque
L'intervention humaine aboutit à une autofécondation et empêche le brassage génétique.

CHAPITRE 7

La domestication des plantes

DE QUOI S'AGIT-IL ?

Les plantes sont à la base de l'alimentation humaine, raison pour laquelle leur culture constitue un enjeu majeur.

Les plantes cultivées sont issues de la sélection de plantes sauvages qui se sont progressivement transformées. Elles ont également été modifiées par des croisements contrôlés s'appuyant sur les lois de la génétique, et par des techniques de transgenèse.

Comme dans toute population, il existe une biodiversité des espèces cultivées. Néanmoins, les pratiques de culture intensive tendent à l'appauvrir. On essaie ainsi de conserver cette biodiversité et de la réintroduire dans les cultures.

COURS

1 De la plante sauvage à la plante cultivée

A Le maïs, une plante cultivée

• **Le maïs est une céréale : une plante cultivée pour son grain.** C'est la première céréale mondiale, devant le riz et le blé. Si le maïs est originaire d'Amérique centrale, il est aujourd'hui cultivé sur tous les continents, sous toutes les latitudes, par exemple en Amérique du Nord (Canada) et en Amérique du Sud (Terre de feu).

• **La richesse en amidon des grains** de maïs explique que la plante soit l'aliment de base de nombreuses populations. **Sa faible teneur en eau** favorise sa conservation. Le maïs est aussi utilisé indirectement pour l'alimentation humaine, à travers celle du bétail.

Sachez que...
Pour les céréales, on parle de « grain » et non pas de « graine » car celui-ci est constitué de l'association de la graine (contenant l'embryon) et du fruit (contenant les réserves d'amidon), les deux étant soudés et difficilement séparables.

Remarque
Les plantes sont aussi cultivées pour produire des médicaments, des textiles, des matières premières pour l'industrie.

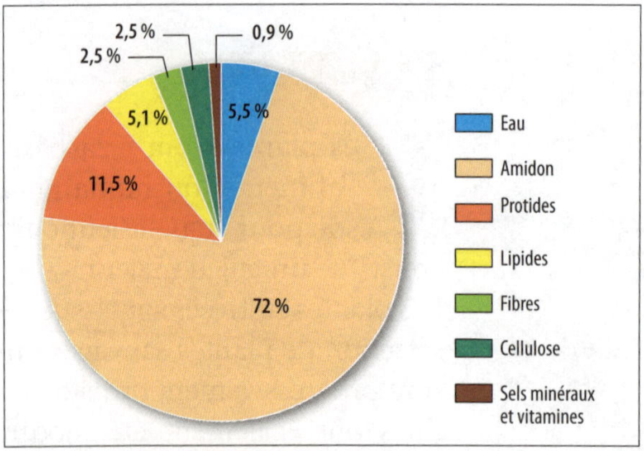

Doc. La composition du grain de maïs

B Une transformation de la plante sauvage

• **Aucune espèce de maïs sauvage n'est connue.** Il est probablement **issu du téosinte**, une plante d'Amérique centrale. En effet, les plantes cultivées proviennent d'espèces sauvages transformées. Ainsi, les céréales cultivées présentent des caractères spécifiques qui les distinguent des plantes sauvages. Par exemple, chez le maïs, la taille de l'épi comme celle des grains est supérieure à celle de l'épi et des grains de son ancêtre, le téosinte.

	Téosinte	Maïs
Longueur de l'épi	5 cm	30 cm
Masse moyenne d'un grain par épi	0,12 g	0,3 g
Nombre de rangées de grains	1	12 à 16
Nombre moyen de grains par épi	40	300 à 1 000
Masse d'un épi	10 g	190 à 300 g

Doc. Comparaison du maïs et de la plante sauvage dont il est issu, le téosinte

- Les grains parviennent à maturité tous en même temps et ont **perdu leur capacité d'égrenage**. Enfin, la germination des grains est **synchrone**, contrairement à celle des plantes sauvages.
- Toutes ces caractéristiques rendent la plante incapable de pousser seule dans la nature. Elle est devenue **dépendante de l'Homme**.
- Les plantes cultivées nécessitent un entretien régulier : irrigation, désherbage, lutte contre les ravageurs des cultures. De plus, la germination synchrone accroît la compétition entre jeunes plantules.

> **Remarque**
> Le même type de constat peut être fait pour toutes les plantes cultivées.

C Des transformations sélectionnées

1. Une sélection empirique

- **Ces transformations ont été acquises progressivement,** comme l'attestent les épis retrouvés dans les fouilles archéologiques : il y a – 7 000 ans, période des premières cultures de maïs, l'épi mesurait 2 cm, puis 7 cm à – 5 000 ans et 10 cm au début de notre ère. La taille des grains et le nombre de rangées ont suivi une évolution semblable.
- **La transformation des plantes cultivées est d'abord le résultat d'une sélection empirique**, sans réelle méthode. À chaque récolte, les grains des plantes aux caractères les plus favorables (taille, égrenage…) étaient conservés, puis semés à la saison suivante. **C'est la sélection massale**, la plus ancienne. Elle suppose néanmoins que les caractères favorables s'expriment chez la plante sauvage.
- **La mise en culture des plantes a aussi favorisé leur transformation**. Dans un champ, la plus forte densité de végétaux stimule la compétition et sélectionne les individus les plus vigoureux. Comme le caractère est déterminé génétiquement, il est renforcé de génération en génération.
- Dans un champ cultivé, seuls les grains ayant perdu leur capacité d'égrenage (par mutation) sont récoltés, puisque les autres sont déjà tombés et leurs allèles

ne seront pas transmis à la génération suivante. **La mutation est donc sélectionnée.**

- Les grains à maturité tardive sont eux aussi éliminés, puisque la germination qui arrive trop tard empêche le développement des plantes (compétition…), et finalement le caractère précocité est favorisé. Au total, la culture transforme et homogénéise la variété cultivée.

2. Une sélection plus scientifique

- **Des pratiques agronomiques permettent d'améliorer la sélection des plantes cultivées.** Sur chaque épi retenu, quelques grains sont prélevés et semés tandis que les autres sont conservés. On peut alors comparer entre eux les caractères des plantes formées et conserver seulement les grains intéressants. La méthode, répétée pendant plusieurs générations permet le renforcement du caractère recherché.
- **Les caractères sélectionnés des céréales cultivées sont gouvernés par des gènes** existant chacun sous différents allèles, dominants ou récessifs.
- Le caractère présent chez la plante sauvage est le plus souvent contrôlé par la forme dominante. L'élimination des phénotypes non favorables à la culture modifie la fréquence des allèles au sein de la population.
- Lorsque des gènes sont liés, les allèles qui commandent les caractères recherchés sont transmis ensemble et le phénotype de la plante cultivée est conservé d'une génération à l'autre.

L'ESSENTIEL

De la plante sauvage à la plante cultivée

- Les plantes cultivées sont issues de plantes sauvages qui ont été progressivement transformées.
- Les graines de plantes aux caractères intéressants sont sélectionnées, puis réutilisées.
- Peu à peu, les caractéristiques génétiques des plantes se modifient.
- Leur culture nécessite l'intervention de l'Homme.

La domestication des plantes

2 Des techniques modernes de transformation des plantes

A L'hybridation et la production de nouvelles variétés

1. Le croisement de variétés différentes

- Un pied de maïs porte **à la fois des fleurs mâles et des fleurs femelles capables d'autofécondation**. Dans ce cas, les caractères parentaux sont pour la plupart conservés d'une génération à l'autre.
- Pour obtenir de nouveaux caractères, on pratique artificiellement des **fécondations croisées, entre individus de variétés différentes**. Les fleurs femelles d'un pied sont saupoudrées avec du pollen d'un autre pied.
- Ces techniques manuelles s'appliquent en laboratoire mais seraient trop coûteuses à grande échelle. On produit alors des pieds de maïs dits « mâles stériles », sans fleurs mâles, dont on sème les graines en champ à côté de pieds normaux. Le croisement donne des individus hybrides dont les graines seront ensuite semées.

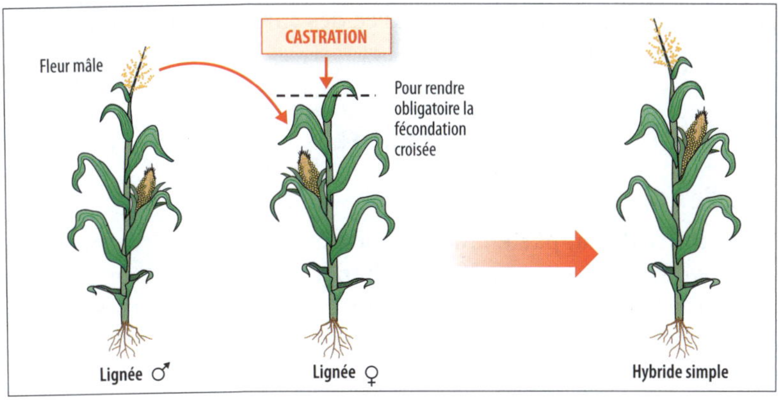

Doc. Le croisement de deux variétés différentes

2. La vigueur hybride

- En croisant deux variétés différentes de la même espèce, on obtient une nouvelle variété hybride présentant une combinaison des caractères parentaux. **Les caractères de l'hybride sont souvent supérieurs à ceux des parents**. On parle alors de « vigueur hybride ». L'agriculture produit des hybrides pour améliorer les caractères des plantes cultivées.

COURS

● En France, jusque dans la première moitié du XXe siècle, la culture du maïs était cantonnée au sud de la Loire. En effet, originaire d'Amérique centrale, la plante ne supportait pas les climats trop froids. Seules quelques rares variétés de montagne faisaient exception mais leur trop faible rendement interdisait néanmoins la culture. Leur croisement avec des variétés cultivées a permis d'obtenir des variétés hybrides présentant les deux caractères, résistance au froid et bonne productivité, qui permirent l'implantation du maïs dans la moitié nord de la France.

3. La sélection des hybrides

● Les hybrides sont issus du **croisement de deux lignées parentales, chacune homozygote** pour les caractères recherchés. Pour obtenir ces **lignées pures**, on réalise de nombreuses autofécondations. Seuls les descendants présentant les caractères d'intérêt sont retenus, puis à nouveau autofécondés.

● **Le croisement de deux variétés homozygotes différentes** entraîne chez un individu de nouvelles combinaisons d'allèles. Les hybrides F1 de première génération sont hétérozygotes car les parents sont homozygotes. La génération F1 est toujours homogène en raison de la dominance/récessivité des allèles.

● Par contre, les graines issues du croisement entre individus F1 correspondent à des génotypes différents, y compris avec des caractères désavantageux. Elles ne sont donc pas réutilisables.

B La technique de la transgénèse

1. Le principe de la transgénèse

● Seuls des individus appartenant à la même espèce ou à des espèces proches peuvent être croisés entre eux afin d'échanger des allèles et produire de nouveaux individus aux propriétés intéressantes. Néanmoins, en raison de l'universalité de l'ADN, le gène d'une espèce peut en théorie s'exprimer chez une autre espèce, même éloignée.

● Parmi les techniques du génie génétique, la **transgénèse consiste à prélever, insérer et faire s'exprimer le gène d'une espèce chez une autre espèce**. La transgénèse modifie le patrimoine génétique de l'organisme receveur devenu un OGM : Organisme Génétiquement Modifié. L'insertion du gène confère un phénotype nouveau, transmissible à la descendance. Contrairement à l'hybridation, il n'y a pas échange mais transfert dans un seul sens. D'autre part, seuls quelques gènes (ou un seul) sont transférés et non pas la totalité du matériel génétique.

2. L'intérêt de la méthode

- **Une espèce peut renfermer un gène présentant un intérêt** pour une autre mais leur éloignement rend toute hybridation impossible. C'est le cas, par exemple, entre deux végétaux appartenant à des groupes différents ou entre une plante cultivée et un procaryote, une bactérie.
- **La pyrale est un insecte ravageur dont la larve s'attaque au pied de maïs** et provoque de fortes diminutions des rendements. Or une bactérie, *Bacillus thuringiensis,* sécrète une **protéine** appelée « CRY » qui, après ingestion et dégradation par l'insecte, devient toxique et provoque sa mort. L'insertion du gène de CRY dans les cellules du maïs peut les rendre résistantes à l'insecte.

3. La méthode

- **L'obtention de maïs OGM (maïs transgénique) se déroule en plusieurs étapes.** Le gène d'intérêt (gène CRY) est extrait de l'ADN bactérien, puis inséré dans un vecteur : un fragment d'ADN circulaire, le plasmide.
- **À ce plasmide, on associe un gène marqueur** : un gène de résistance à un antibiotique. Il permettra d'identifier les cellules ayant incorporé le plasmide.
- L'insertion des plasmides dans des bactéries mises en culture permet d'en obtenir un grand nombre. La culture des bactéries se déroule en présence d'un antibiotique pour éliminer celles n'ayant pas incorporé le plasmide.
- **Les plasmides, une fois prélevés, sont insérés dans des cellules végétales** qui seront mises en culture en présence de nutriments et d'hormones de croissance. Elles formeront de nouvelles plantes par multiplication végétative. Grâce au gène d'intérêt qu'elles ont intégré, elles sont devenues résistantes à la pyrale.

L'ESSENTIEL

Des techniques modernes de transformation des plantes

- Une nouvelle variété est obtenue par l'hybridation de deux variétés différentes. Elle doit présenter un mélange des caractères intéressants des parents.
- La transgénèse consiste à transférer un gène d'intérêt d'une espèce à l'autre à l'aide d'un vecteur.
- Les caractéristiques génétiques de la plante sont modifiées.

3 La biodiversité des espèces cultivées

A La biodiversité du maïs

• De nombreuses variétés de maïs sont aujourd'hui cultivées sur tous les continents. Elles se distinguent notamment par leurs **conditions de culture** : résistance à la sècheresse, au froid, productivité, précocité de la récolte, résistance aux ravageurs…

• **Les variétés du maïs répondent aussi à des besoins différents** : nutrition humaine ou des animaux d'élevage, transformation de l'amidon par l'industrie agroalimentaire, chimique (fabrication de plastiques, de colles…) ou pharmaceutique. Des variétés de maïs sont aussi destinées à la production de biocarburants.

• **De nombreuses variétés de maïs se distinguent pour leur usage dans l'alimentation** : maïs doux avec une teneur élevée en sucre, consommé grillé ou bouilli, maïs au grain tendre aussi utilisé dans l'alimentation humaine ou encore maïs perlé dont l'amidon dur explique l'éclatement du grain à la cuisson et son utilisation pour la fabrication du pop-corn.

• **Une variété récente, le maïs « opaque-2 »**, se distingue par la qualité de ses grains en protéines. Elle renferme ainsi une quantité double de deux **acides aminés essentiels**, la lysine et le tryptophane, indispensables à l'Homme car il ne sait pas les synthétiser. Ce maïs est réservé à l'alimentation humaine et présente un intérêt particulier dans les régions où règnent des problèmes de malnutrition.

• **Toutes ces variétés ont été sélectionnées**, soit anciennement de façon empirique, soit récemment par des techniques modernes. L'Homme a accru, par sa maîtrise de la culture, la **biodiversité** de la plante.

B Une évolution de la biodiversité

• Les espèces cultivées présentent souvent de nombreuses variétés. On dénombre par exemple 20 000 variétés de pommes, sans doute toutes issues d'un ancêtre commun originaire d'Asie.

• Cette diversité résulte de mutations de gènes particuliers. Le croisement entre variétés différentes permet d'obtenir de nouvelles combinaisons de caractères, et donc de nouvelles variétés.

- Néanmoins, comme seuls les caractères jugés intéressants sont conservés dans les variétés cultivées, il en résulte un appauvrissement global de la diversité allélique de l'espèce.
- Aussi, la perte de certaines caractéristiques des plantes sauvages (comme des défenses chimiques ou des capacités de dissémination) et l'extension de la culture de variétés transformées favorisent le développement des maladies infectieuses végétales. Des pratiques culturales spécifiques, comme l'utilisation de produits phytosanitaires, ont pour but de compenser ces fragilités.
- Par ailleurs, la biodiversité des espèces cultivées a permis la **sélection de caractères chez les populations humaines**. Ainsi, la domestication des céréales a favorisé la duplication du gène de l'amylase salivaire, nécessaire à la digestion de l'amidon, abondant dans leurs grains.

C Améliorer la biodiversité des espèces et des pratiques culturales

- Devant le **risque induit par l'homogénéisation génétique des variétés cultivées** (sensibilité aux maladies en cas d'uniformité de la culture), on recherche aujourd'hui des moyens d'accroître leur diversité.
- L'exploitation des **ressources génétiques de variétés anciennes** ou de variétés sauvages – si elles existent – tendent à réintroduire dans les variétés cultivées des allèles d'intérêt, par exemple de résistance aux ravageurs. À cette fin, des **banques de semences** sont constituées et leurs ressources génétiques susceptibles d'être utilisées.

Doc. Les banques de semences

L'ESSENTIEL

La biodiversité des espèces cultivées

- Une même espèce cultivée comporte différentes variétés ; c'est une forme de biodiversité.
- La culture intensive et l'uniformisation de la demande ont entraîné un appauvrissement global de la diversité allélique de l'espèce.
- Des banques de semences permettent de conserver les ressources génétiques de variétés anciennes et de les réintroduire dans les cultures.

ZOOM SUR...

Les OGM, avancées et questions

Les OGM suscitent la controverse et les détracteurs de la technique avancent de nombreux arguments. Toutefois, le recours aux OGM présente aussi des avantages.

1 L'intérêt des OGM

→ Les OGM offrent de nombreuses possibilités : la réalisation de plantes aux qualités nutritionnelles et gustatives améliorées. Utilisés pour la production de médicaments, les OGM suppriment les risques de contamination liés à l'utilisation de tissus biologiques et permettent une production en quantité importante.

→ Enfin, la transformation génétique des plantes vise à favoriser leur culture et en améliorer les rendements, tout en limitant l'utilisation de pesticides. Pour ces raisons, les OGM constituent un atout considérable pour résoudre le problème de l'alimentation humaine.

2 Les risques supposés

→ Les OGM utilisés dans l'alimentation pourraient être responsables d'allergies. Les gènes de résistance aux antibiotiques utilisés comme marqueurs de sélection pourraient également entraîner le développement de formes de résistance aux antibiotiques.

→ On redoute aussi l'effet des plantes OGM du fait de l'insertion d'un gène qui leur confère des propriétés insecticides. Des insectes non ciblés pourraient être contaminés, d'autres au contraire deviendraient résistants.

→ De façon générale, on peut craindre la dissémination de gènes par le pollen à d'autres végétaux et l'apparition de plantes non OGM résistantes aux herbicides.

3 Les OGM, quarante ans après

→ Aucun impact négatif sur la santé humaine n'a pu être mis en évidence depuis l'utilisation de plantes OGM à grande échelle, comme le maïs notamment. De nombreuses interrogations demeurent néanmoins, concernant leurs effets sur l'environnement.

→ Comme toute innovation scientifique, les OGM doivent faire l'objet d'évaluations régulières. Et le progrès n'est possible qu'au prix de quelques risques minimisés grâce aux progrès de la science.

Mots clés

Autofécondation : mode de reproduction consistant en la réunion d'un gamète mâle et d'un gamète femelle provenant d'un même individu.

Biodiversité : coexistence de différentes variétés ou de différentes espèces. La sélection de différentes variétés de plantes cultivées accroît la biodiversité.

Céréale : plante cultivée pour ses grains. Le maïs, le blé et l'orge sont des céréales.

Égrenage : capacité du grain à se détacher spontanément de l'épi une fois arrivé à maturité.

Gène d'intérêt : gène codant pour un caractère recherché (résistance à un ravageur, synthèse d'une protéine à rôle thérapeutique...).

Génie génétique : ensemble de techniques qui permettent la manipulation du génome (transformation, reproduction ou transfert de gènes).

Hybride : individu résultant du croisement de deux individus aux caractères différents. Les hybrides F1 ou de première génération résultent du croisement de deux lignées pures. Les hybrides F2, de deuxième génération, sont les descendants de deux individus F1.

OGM : organisme génétiquement modifié à la suite d'un transfert de gène provenant d'une autre espèce. Le nouveau gène confère un nouveau caractère : résistance à un ravageur, à un herbicide, amélioration de la composition...

Plasmide : fragment d'ADN circulaire présent chez les bactéries, utilisé comme vecteur pour la transgénèse.

Sauvage (plante) : plante vivant à l'état naturel, sans intervention de l'Homme.

Sélection massale : pratique qui consiste à sélectionner les plantes dont les caractères sont plus intéressants (meilleurs épis, meilleurs fruits, etc.), puis à semer leurs graines pour la culture suivante.

Transgénèse : transfert d'un gène d'une espèce à une autre qui devient alors un organisme génétiquement modifié (OGM) ou un individu transgénique.

Variété : ensemble d'individus d'une espèce végétale présentant les mêmes caractères.

Vigueur hybride : amélioration des qualités chez un hybride qui résulte de l'association de nouveaux allèles.

REPÈRES

Document majeur

Doc. La réalisation d'un OGM

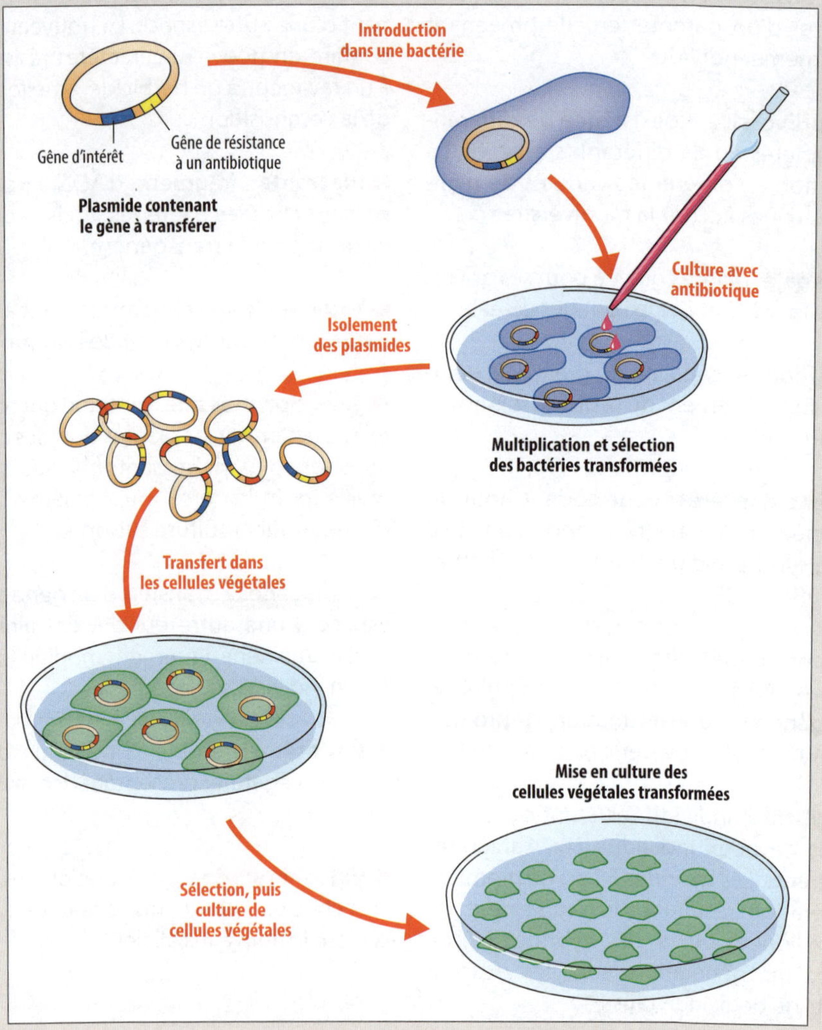

Les massifs de cellules végétales obtenus sont cultivés *in vitro* en présence d'hormones de croissance et les plants obtenus sont ensuite repiqués en pot.

Sujet de Bac 1

Entraînement à la partie I

La réalisation d'un organisme génétiquement modifié

Agrobacterium tumefaciens est une bactérie qui se développe dans le sol. Elle infecte naturellement les végétaux supérieurs présentant des blessures à la base de leur tige. En réaction à cette infection, les cellules du végétal se multiplient et forment une tumeur qui libère dans le milieu des opines (deux acides aminés couplés) alors utilisables par les bactéries présentes dans le sol.

CONSIGNE

À partir des informations issues du *document* et de vos connaissances, présentez les principales étapes permettant d'obtenir un organisme génétiquement modifié intéressant en agronomie, à l'aide de cette bactérie.

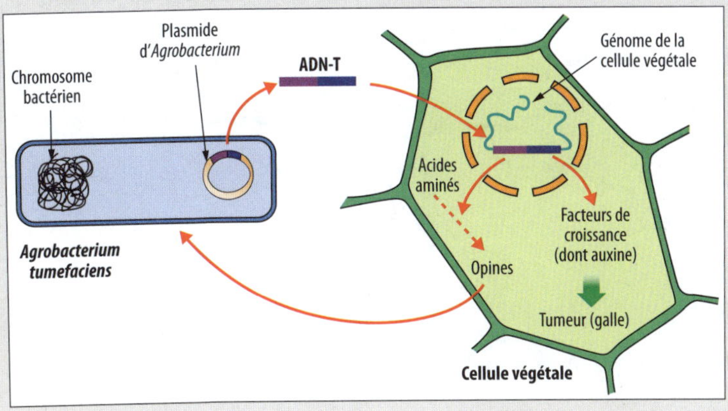

Doc. Infection des végétaux supérieurs par *Agrobacterium tumefaciens*

POINT MÉTHODE

Restituer des connaissances en utilisant un document

Dans un premier temps, en utilisant le *document*, on récapitule le principe de la transgénèse. Il faut préciser ce qui rend possible l'utilisation d'un ADN provenant d'une autre espèce.

Dans un second temps, il s'agit de montrer comment, dans la pratique, cette méthode est utilisée en agronomie : son intérêt et sa réalisation.

SUJETS

Sujet de Bac 2

Entraînement à la partie II

La création d'une nouvelle variété de rosiers

CONSIGNE

À partir de l'analyse rigoureuse des *documents* fournis, indiquez si l'horticulteur peut créer une variété de rosier « remontant à fleurs roses » qui conserve ce phénotype d'une génération à l'autre lorsqu'elle se reproduit de façon naturelle.

Doc. 1 Reproduction sexuée des rosiers

La reproduction sexuée des plantes à fleurs nécessite une pollinisation : du pollen produit par des étamines (organes reproducteurs mâles) se dépose sur des carpelles (organes reproducteurs femelles). Chez les rosiers, chaque fleur possède à la fois des étamines et des carpelles. Dans les conditions naturelles, les carpelles d'un individu sont le plus souvent pollinisés par du pollen produit par le même individu (autopollinisation).

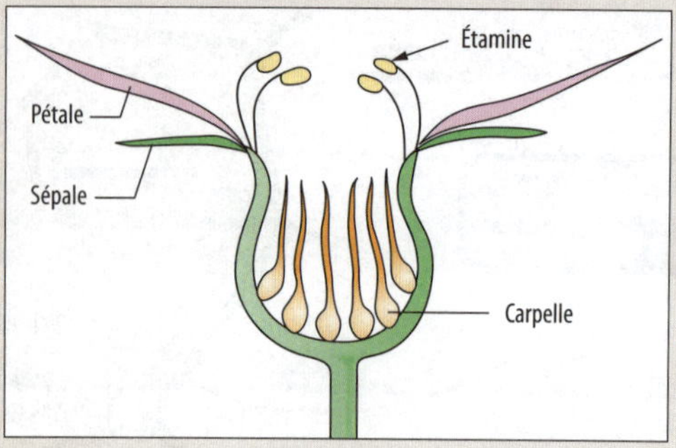

Doc. 2 Résultats d'autopollinisations

Chez les rosiers, un horticulteur s'intéresse à deux caractères :

– le caractère « nombre de floraisons » → les rosiers peuvent être remontants (capables de fleurir plusieurs fois par an) ou non remontants (ils ne fleurissent qu'une seule fois par an) ;

– le caractère « couleur des fleurs » → les rosiers peuvent être à fleurs rouges, blanches ou roses.

On admet que chacun de ces deux caractères est monogénique (c'est-à-dire contrôlé par un seul gène).

L'horticulteur dispose de deux variétés de rosiers : la variété P1 est non remontante et à fleurs rouges, la variété P2 est remontante et à fleurs blanches. Il réalise une autopollinisation sur des plantes de P1. Il n'obtient que des rosiers non remontants à fleurs rouges. De même, il réalise une autopollinisation sur des plantes de P2. Il n'obtient que des rosiers remontants à fleurs blanches.

Doc. 3 Expériences de pollinisations croisées

L'horticulteur réalise une pollinisation croisée entre P1 et P2 : il dépose du pollen de rosiers P1 sur des carpelles de rosiers P2. Il obtient la génération de rosiers F1, tous non remontants à fleurs roses.

L'horticulteur réalise ensuite une pollinisation croisée entre F1 et P2 : il dépose du pollen de rosiers F1 sur des carpelles de rosiers P2. Il obtient les rosiers suivants (génération F2) :

- 248 rosiers non remontants à fleurs blanches ;
- 253 rosiers non remontants à fleurs roses ;
- 249 rosiers remontants à fleurs blanches ;
- 250 rosiers remontants à fleurs roses.

POINT MÉTHODE

Analyser des résultats

Les résultats des croisements doivent être analysés pour déterminer si la variété voulue est pure (homozygote).

Le *document* 1 rappelle les modalités de la reproduction.

Avec le *document* 2, on vérifie que les variétés P1 et P2 sont pures.

Le *document* 3 permet de déterminer les allèles dominants et récessifs. Les résultats de la F2 peuvent alors être exploités pour répondre à la question.

Sujet de Bac 1

Entraînement à la partie I

Des bactéries comme *Agrobacterium tumefaciens* infectent naturellement les végétaux supérieurs. De ce fait, elles peuvent être utilisées pour la réalisation de transgénèse végétale, nous verrons comment.

1. Une transgénèse naturelle

D'après le *document*, la bactérie est capable de transférer une partie de son ADN sous la forme d'un plasmide à une cellule végétale. Après son entrée, une partie de l'ADN du plasmide (l'ADN-T) s'intègre au génome de la cellule végétale et par conséquent le modifie. Une fois intégré, l'ADN du plasmide est exprimé : des opines (deux acides aminés couplés) sont synthétisés.

> **Aide**
> La formation des opines montre que l'ADN bactérien est utilisable par la cellule végétale.

C'est l'universalité de la molécule d'ADN qui permet l'insertion et l'expression du gène d'une espèce chez une autre espèce différente.

2. La création d'un organisme génétiquement modifié

La transgénèse est utilisée pour améliorer les propriétés des plantes, par exemple pour les rendre plus résistantes ou transformer leur composition.

> **Conseil**
> Expliquez comment on peut sélectionner les bactéries modifiées.

Pour cela, les scientifiques modifient d'abord la bactérie : ils remplacent l'ADN-T du plasmide par un gène d'intérêt qui permet l'amélioration de la composition de la plante, ou lui confère la résistance à un ravageur. Ils ajoutent également un gène de résistance à un antibiotique.

Dans un second temps, on place la bactérie génétiquement modifiée au contact de fragments du végétal dont on veut améliorer les qualités. La bactérie va naturellement transférer son plasmide aux cellules végétales.

L'utilisation d'un antibiotique permet de sélectionner les cellules modifiées. Il élimine les cellules non modifiés génétiquement.

Après plusieurs jours de contact, les fragments sont récupérés et mis en culture dans un milieu riche en hormones végétales et en présence de nutriments indispensables à la croissance des plantes. Les plants sont ensuite repiqués en pot.

Ainsi, en combinant des techniques de manipulation du génome et l'utilisation des propriétés naturelles de certaines bactéries, il est possible d'agir sur le génome des plantes cultivées. Ces modifications, une fois acquises, se transmettent de génération en génération.

Sujet de Bac 2

Entraînement à la partie II

Un horticulteur cherche à créer une nouvelle variété stable de rosier « remontant à fleurs roses ». Les croisements réalisés entre variétés différentes vont permettre de déterminer si cette création est envisageable.

Document 1

Il indique que la formation d'une nouvelle plante se fait à partir de la réunion d'éléments mâles contenus dans le pollen et d'éléments femelles contenus dans les carpelles. La rencontre de ces éléments s'opère à la suite de la pollinisation.

Remarque
Le pistil est formé par l'ensemble des carpelles.

Chez le rosier, l'autopollinisation étant courante, une variété pure devrait fournir des descendants tous identiques.

Document 2

Il présente deux variétés de rosiers :
- P1 non remontante à fleurs rouges ;
- P2 remontante à fleurs blanches.

Après autopollinisation, chaque variété produit des descendants tous identiques, identiques à la plante de départ. Ce sont donc des variétés pures.

Si on admet que chaque caractère est contrôlé par un seul gène, pour chaque caractère, les deux exemplaires de chacun de ces gènes sont identiques.

Document 3

Il indique les résultats de la pollinisation croisée entre P1 et P2. La génération F1 est constituée de 100 % de rosiers non remontants à fleurs roses.

Seul le caractère « non remontant » s'exprime dans le phénotype. Il est donc codé par un allèle dominant.

La couleur des fleurs est rose. Les caractères « rouges » et « blancs » s'expriment simultanément : ils sont codés par des allèles codominants.

Aide
Deux allèles peuvent s'exprimer en même temps pour donner un caractère intermédiaire.

L'hybridation entre F1 et P2 fournit quatre types de phénotypes dans les mêmes proportions (25 %). P2 est porteur de l'allèle récessif « remontant ». Les individus F2 exprimant ce caractère sont donc homozygotes pour ce gène.

En revanche, les individus à fleurs roses sont obligatoirement porteurs d'un allèle « blanc » et d'un allèle « rouge » et donc hétérozygotes.

Parmi les résultats de ce croisement, la variété recherchée est obtenue : remontant à fleurs roses.

Une telle variété produit deux types de gamètes (Rem/b/) et (Rem/r/) avec Rem, allèle « remontant » ; b, allèle « blanc » ; r, allèle « rouge ».

Les résultats d'une autopollinisation sont donnés par le tableau suivant.

	Rem/b/	**Rem/r/**
Rem/b	[Rem blanc]	[Rem rose]
Rem/r/	[Rem rose]	[Rem rouge]

Ainsi, par autopollinisation, cette variété ne fournira que des rosiers remontants mais étant hétérozygote pour la couleur des fleurs, elle donnera des rosiers à fleurs blanches (1/4), à fleurs rouges (1/4) et à fleurs roses (1/2).

Bilan

Il est donc impossible d'obtenir une variété stable de rosier remontant à fleurs roses, cette variété étant hétérozygote (hybride). En effet, une autopollinisation ne fournit à chaque génération que 50 % d'individus de la variété désirée.

CHAPITRE 8

Les climats de la Terre

DE QUOI S'AGIT-IL ?

L'histoire de la Terre a été marquée par des variations climatiques de plus ou moins grande durée dont la reconstitution s'appuie sur des indices géologiques, paléoécologiques ou encore la mesure de rapports isotopiques de l'oxygène.

Ces variations climatiques initiées par les variations de paramètres orbitaux sont accentuées ou limitées par différents facteurs responsables de rétroactions positives ou négatives.

La connaissance des causes et conséquences des variations du climat permet de construire des modèles prévisionnels et d'envisager des possibilités pour en atténuer les effets négatifs sur les populations humaines.

1 Des périodes glaciaires et interglaciaires durant le Quaternaire

A Des indices pour reconstituer les variations climatiques

1. Un exemple : la glaciation du Würm

- Plusieurs indices témoignent de **l'existence d'une période glaciaire (glaciation du Würm) entre – 120 000 et – 11 000 ans.**
- **Un glacier qui prend naissance au pôle recouvre alors toute l'Europe du Nord** jusqu'en Angleterre et en Allemagne. Les glaciers polaires (ou calottes polaires) sont formés de couches de glace épaisses de plus de 3 000 m. Elles se sont constituées par dépôt et accumulation des flocons de neige. Sous l'effet de la pression exercée par les couches supérieures, la neige plus profonde se compacte et les cristaux se transforment en granules qui donnent la glace. Dans les montagnes, les glaciers sont aussi constitués de couches successives de glace, empilées au cours du temps.

Remarque
Pendant une période glaciaire, seules les latitudes élevées sont recouvertes par les glaciers.

- **La progression du glacier peut être reconstituée par les traces laissées sur son passage**. En effet, le déplacement des glaciers laisse des stries sur les roches. Ils arrachent des blocs de toutes tailles qui se déposent sur le front et les flancs du glacier et forment des moraines : des amas de blocs rocheux de toutes tailles, transportés et déposés par les glaciers. Enfin, les glaciers modèlent le relief en donnant aux vallées une forme en U caractéristique.

Reconstituer les variations climatiques du passé

Doc. Un affleurement de moraines

- **Les peintures rupestres** des Hommes préhistoriques témoignent par ailleurs de la présence d'une **faune adaptée au froid** (mammouths, rhinocéros laineux…) durant cette période.
- **Les pollens, fossilisés dans les sols**, indiquent qu'alors les zones non glacées sont peuplées d'une végétation de type steppe (formation végétale composée d'étendues herbeuses et dépourvue d'arbres) et toundra (végétation basse, caractéristique des milieux autour des pôles).

2. Des variations climatiques périodiques

- À l'échelle du Quaternaire, plusieurs données font apparaître une **alternance de glaciations et de réchauffements** (période interglaciaires) avec une périodicité proche de 100 000 ans.
- Ainsi, il y a plus de 120 000 ans, le territoire français était couvert d'arbres à feuilles caduques (qui tombent toutes à la même période) et les reliefs élevés (Alpes…) peuplés de conifères. La faune était celle des régions chaudes (éléphant, hippopotame…), les glaciers étaient alors cantonnés aux hautes altitudes et le niveau des mers était semblable à celui d'aujourd'hui.
- Après la glaciation du Würm, l'Holocène (qui débute il y a 11 000 ans et se poursuit actuellement) correspond aussi à une période de réchauffement.

Sachez que…
La fin de la glaciation du Würm permet la sédentarisation de l'Homme et la naissance de l'agriculture.

Doc. Peinture rupestre d'un rhinocéros laineux dans la grotte de Chauvet (– 36 000 ans)

B Les marqueurs des paléotempératures

1. Les glaciers, des archives

- **Les calottes polaires** sont formées de couches de glace, épaisses de plus de 3 000 m. **Les couches profondes sont accessibles par forage ou carottage.**

Les « carottes » ou cylindres de glace remontés présentent une succession de couches dont on peut reconstituer l'âge et la chronologie de dépôt. En Antarctique, les plus profonds dépôts sont datés de 800 000 ans.

● L'analyse des **molécules d'eau de la glace** fournit alors des informations sur la température et les conditions climatiques à un moment donné.

2. Les isotopes de l'oxygène

● L'oxygène existe sous deux formes isotopiques stables : l'^{18}O (0,2 % sur Terre) et l'^{16}O (99,8 %). Il existe une corrélation entre le rapport $^{18}O/^{16}O$ et la température moyenne annuelle. Ce rapport, après avoir été corrigé en fonction d'une valeur standard, est appelé « delta ^{18}O ». C'est le thermomètre isotopique de l'oxygène.

● **En effet, il existe une corrélation entre** le delta ^{18}O de la glace et la température de l'époque où la neige s'est déposée : le delta ^{18}O de la glace diminue avec la température. Cela s'explique par le fait que plus la température moyenne est basse, plus l'eau qui arrive aux pôles a perdu d'^{18}O (plus lourd que ^{16}O, il aura précipité préférentiellement), diminuant ainsi le rapport $^{18}O/^{16}O$ de la glace. Quand la température est relativement élevée, c'est l'inverse.

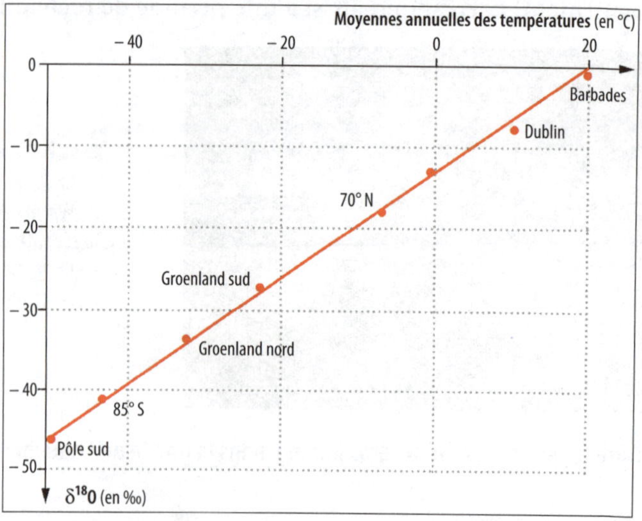

Doc. **Le thermomètre isotopique de la neige**

● Le δ ^{18}O peut également être mesuré dans des sédiments océaniques, notamment dans ceux formés à partir du dépôt de coquilles calcaires d'organismes marins. En revanche, le δ ^{18}O des sédiments océaniques varie bien avec la température, mais inversement à celle-ci.

● Ainsi, en mesurant le δ ^{18}O dans la glace des calottes polaires ou encore dans des sédiments océaniques, et en datant ceux-ci, on peut reconstituer les températures du passé.

● L'analyse des variations du δ ^{18}O montre qu'il y a eu, au cours des 700 000 dernières années, des alternances de périodes froides (périodes glaciaires) et de réchauffements (interglaciaires). Entre ces deux périodes, les écarts entre les températures moyennes annuelles peuvent dépasser 10 °C aux pôles.

Remarque

Une augmentation de la température globale entraîne une fonte des glaces polaires pauvres en ^{18}O. Le rapport $^{18}O/^{16}O$ de l'eau de mer diminue alors.

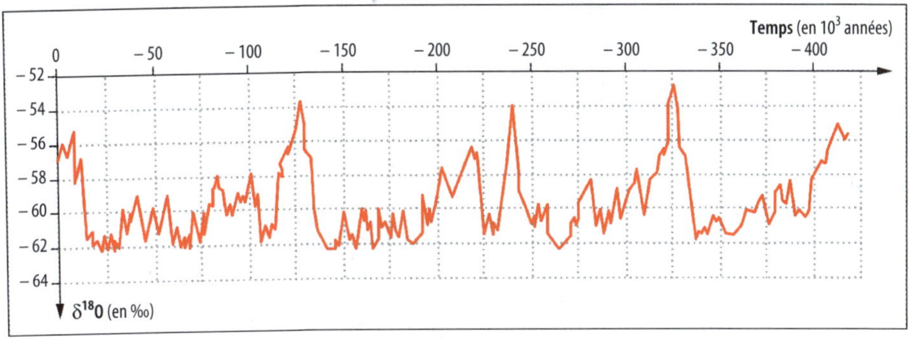

Doc. Les variations du delta ^{18}O dans une carotte de glace en Antarctique

3. L'analyse des pollens

● Les végétaux ne fossilisent pas mais leurs grains de pollen, produits en grand nombre et enÏtourés d'une enveloppe résistante, se conservent dans les sols anciens. De plus, leur ornementation spécifique permet de déterminer l'espèce à laquelle ils appartiennent. Ainsi, il est possible d'établir un **diagramme pollinique** dans lequel est représentée **l'abondance relative des espèces végétales au cours du temps en un endroit donné**.

● **Comme les végétaux ont des exigences climatiques spécifiques** (le chêne a besoin de plus de chaleur que le sapin, par exemple), d'après le principe de l'actualisme, **la succession des pollens fossiles au cours du temps permet de reconstituer les paléoclimats**.

● Ainsi, la prédominance des arbres par rapport aux plantes herbacées (plantes dépourvues de bois, formant une végétation basse) sous les latitudes moyennes de l'Europe témoigne de l'existence d'une période interglaciaire.

● À l'inverse, quand les arbres, plus sensibles au froid, laissent la place aux plantes herbacées, cela indique le début d'une période glaciaire.

COURS

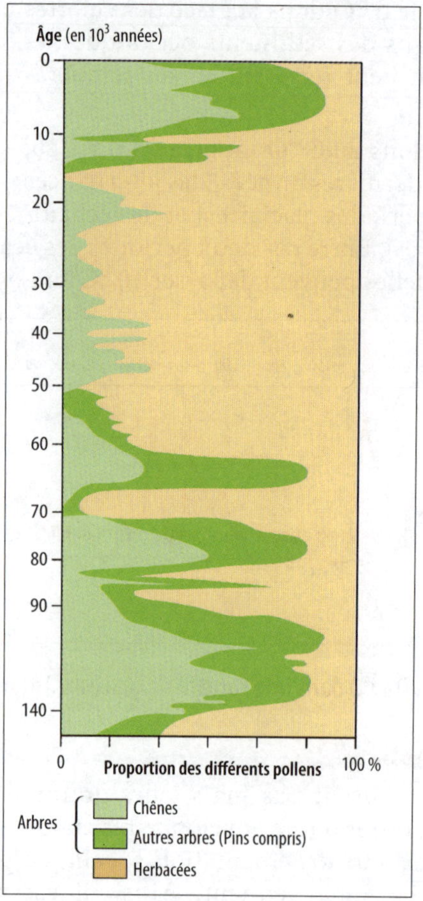

Doc. **Diagramme pollinique réalisé à partir d'un prélèvement en Europe du Sud**

L'ESSENTIEL

Des périodes glaciaires et interglaciaires durant le Quaternaire

- La reconstitution des paléoclimats s'appuie sur des indices géologiques, paléoécologiques ou encore la mesure de rapports isotopiques de l'oxygène.
- Ils témoignent de l'alternance de périodes glaciaires et interglaciaires durant le Quaternaire.

2 Les causes des variations climatiques

A Des variations de paramètres orbitaux

● La Terre effectue en un an une révolution autour du Soleil et une rotation sur elle-même en 24 heures selon un axe incliné. **Trois paramètres orbitaux varient périodiquement** selon des cycles décrits par le mathématicien serbe Milutin Milankovitch entre 1920 et 1941.

– **L'excentricité** : le degré d'aplatissement de l'orbite elliptique varie selon une période d'environ 100 000 ans, modifiant ainsi la distance Terre-Soleil.
– **L'obliquité** : l'inclinaison de l'axe de rotation de la Terre varie selon une période de 40 000 ans et avec elle, les contrastes entre saisons.
– **La précession des équinoxes** : chaque année, l'équinoxe se produit plus tôt que celui de l'année précédente, ce qui s'explique par le changement de direction de l'axe de rotation de la Terre (avec une périodicité de 26 000 ans). La durée des saisons est alors modifiée.

● Ces variations entraînent une modification de l'insolation selon les saisons. Lors de faibles écarts entre l'hiver et l'été, la glace accumulée en hiver n'a pas le temps de fondre. Les glaciers avancent progressivement, le climat se refroidit et une période glaciaire débute.

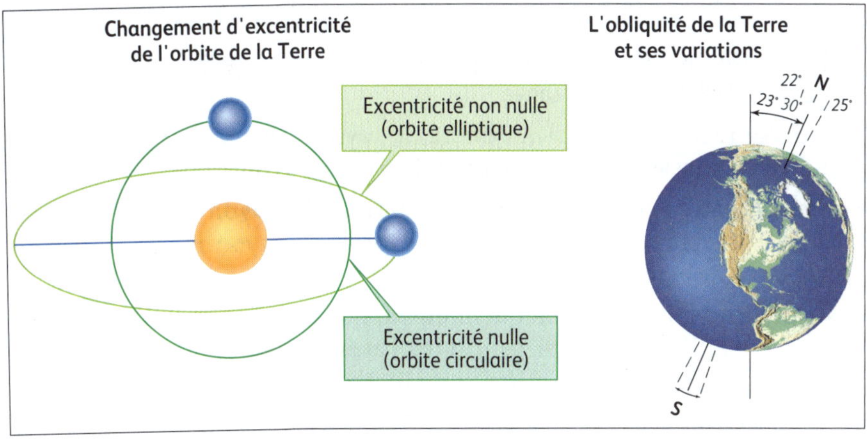

Doc. Variation de l'excentricité de l'orbite terrestre et de l'obliquité de la planète

B L'albédo et l'effet de serre

- **Le Soleil est l'unique source d'énergie externe** pour la Terre. **Une partie du rayonnement solaire incident est réfléchie** par la surface des nuages ou du sol. **L'albédo** est le rapport entre l'énergie réfléchie et l'énergie incidente. Il est d'autant plus élevé que la surface est de couleur claire.
- L'énergie réfléchie, renvoyée dans l'espace, ne participe pas au réchauffement de la Terre.

Sachez que...
L'albédo de la glace est élevé (0,8) comparé à l'albédo moyen de la Terre (0,3).

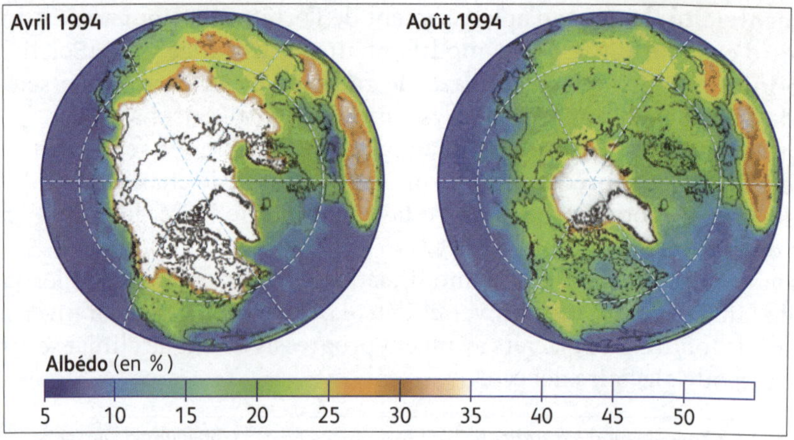

Doc. **Albédo de l'hémisphère nord de la Terre mesuré par satellite au cours de deux mois de l'année**

- Lors de sa traversée de l'atmosphère, le rayonnement solaire est en partie absorbé, et en partie diffusé par les particules en suspension.
- **Arrivé à la surface de la Terre, une partie du rayonnement solaire est absorbée**, puis est **réémise** sous une autre forme : le **rayonnement infrarouge**, invisible et riche en énergie **thermique**.
- **Des gaz atmosphériques** bloquent en partie la dispersion du rayonnement infrarouge vers l'espace, le piègent dans l'atmosphère et le renvoient vers la surface. C'est **l'effet de serre**. Ainsi, à un instant donné, la Terre reçoit à la fois l'énergie du rayonnement solaire et **l'énergie thermique de l'effet de serre. Cet apport supplémentaire** élève ainsi la température terrestre. Sans lui, elle serait de – 18 °C alors qu'elle est de 15 °C en moyenne.
- Le méthane, le dioxyde de carbone, ainsi que la vapeur d'eau absorbent particulièrement le rayonnement infrarouge : ce sont des gaz à effet de serre (GES).

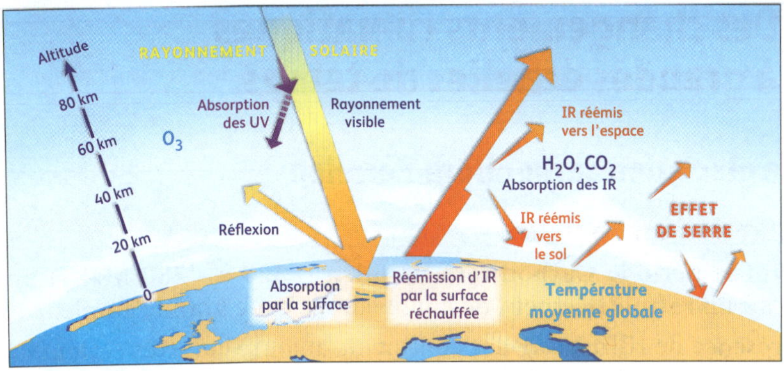

Doc. L'effet de serre

C Des rétroactions

> **Sachez que...**
> La solubilité du CO_2 diminue quand la température augmente.

- Une diminution de la température initiée par les paramètres orbitaux entraîne une augmentation de la surface des glaciers. L'albédo global de la Terre augmente alors, avec pour conséquence une **diminution de la température par rétroaction positive**. De ce fait, le CO_2 se dissout plus facilement dans l'océan, sa teneur atmosphérique diminue, et avec elle l'effet de serre, ce qui amplifie encore la baisse de température par rétroaction positive.
- En revanche, une élévation de température – en accentuant l'évaporation – élève la teneur atmosphérique en vapeur d'eau, avec formation de nuages. Ceux-ci, bien que participant à l'effet de serre, font globalement perdre de l'énergie à la Terre en réfléchissant le rayonnent solaire. Une augmentation de l'effet de serre pourrait être corrigée (en partie) par l'action des nuages : dans ce cas, il s'agit d'une rétroaction négative.

L'ESSENTIEL

Les causes des variations climatiques

- Les variations périodiques du climat au Quaternaire coïncident avec celles des paramètres orbitaux responsables de variations de la puissance solaire reçue.
- En piégeant les rayons infrarouges, les gaz à effet de serre de l'atmosphère (comme le dioxyde de carbone) augmentent la température à la surface de la Terre.
- Les variations climatiques sont accentuées ou limitées par différents facteurs (albédo, solubilité du CO_2) responsables de rétroactions positive et négative.

3 Des changements climatiques à grandes échelles de temps

A La glaciation Carbonifère-Permien

1. Des traces dans les roches

- **Durant la période Carbonifère-Permien (– 320 à – 280 Ma)** la Terre est soumise à **un refroidissement** de longue durée et de grande ampleur.
- **La présence de tillites** sur des continents aujourd'hui très éloignés (sud de l'Afrique, Amérique du Sud, Australie) atteste de l'extension d'un ancien glacier recouvrant plusieurs continents autrefois réunis.
- Les tillites se forment en effet à partir des moraines, des blocs rocheux de tailles diverses transportés par des glaciers.

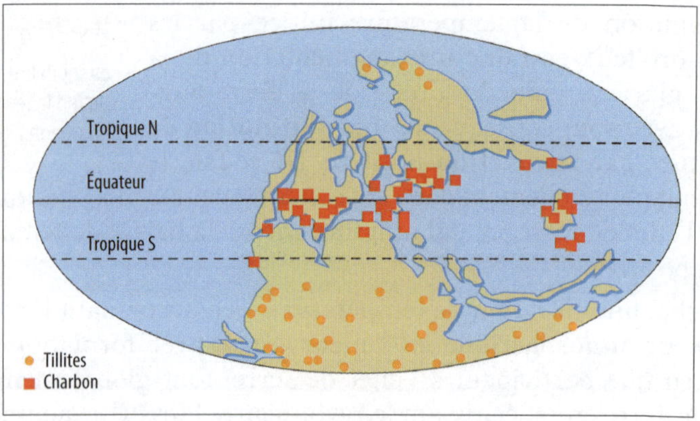

Doc. Localisation de tillites et de charbons formés au Carbonifère-Permien (– 300 Ma)

- L'étendue et la durée des dépôts glaciaires témoignent d'une **glaciation de grande ampleur.** Une vaste calotte glaciaire recouvre alors tout le pôle Sud.

2. Une baisse du taux de CO_2 atmosphérique au Carbonifère-Permien

- Différentes méthodes (analyse des paléosols, des fossiles, des isotopes) indiquent que **le taux de CO_2 atmosphérique a fortement diminué** au Carbonifère-Permien.
- Il s'ensuit une **diminution de l'effet de serre** responsable de la baisse de température.

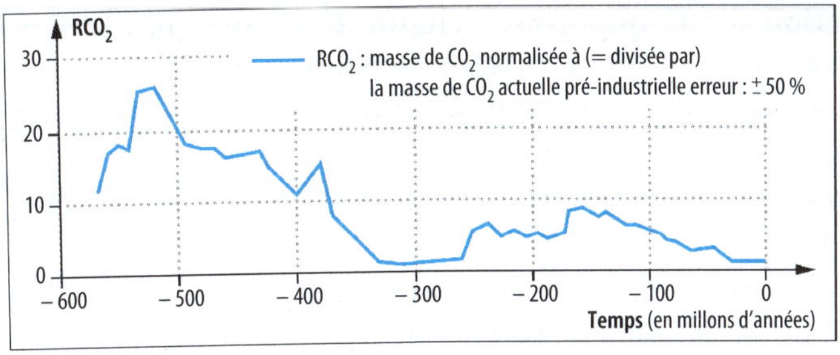

Doc. Évolution du taux de dioxyde de carbone atmosphérique

> **Remarque**
> Il y a 300 Ma, avec une teneur en CO_2 atmosphérique semblable à l'actuelle, la température est bien plus basse car à cette époque le rayonnement solaire était moins intense.

3. Les facteurs responsables de la baisse du taux de CO_2 atmosphérique

- **Au Carbonifère, de vastes forêts marécageuses** se développent dans les régions tropicales. Après leur mort, les végétaux sont enfouis dans des sols dépourvus de dioxygène.
- Dans les conditions ordinaires, la matière organique présente dans le sol est dégradée par des micro-organismes, notamment par la respiration. Elle est alors transformée en matière minérale, avec libération de CO_2. Le **piégeage de la matière organique à l'abri de l'air** ne rend plus possible la respiration des micro-organismes. La matière organique n'est plus entièrement dégradée et se transforme en **charbon**, sans dégagement de dioxyde de carbone.
- Ainsi, le dioxyde de carbone qui a participé à la fabrication de matière organique lors de la photosynthèse n'est pas restitué à l'atmosphère. Par conséquent, la teneur en dioxyde de carbone atmosphérique baisse au cours du temps.

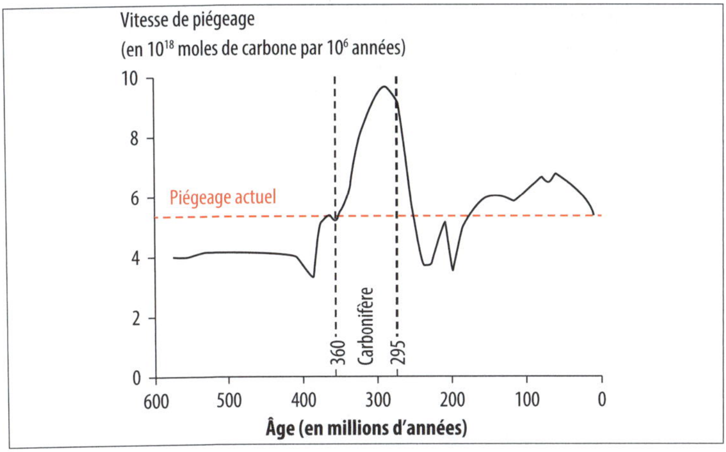

Doc. Évolution estimée du piégeage du carbone organique au cours des temps géologiques

● Par ailleurs, la formation d'une importante chaîne de montagnes lors de l'**orogénèse hercynienne** est suivie d'une **intense érosion**. Celle-ci résulte de **l'altération des** minéraux au cours de réactions chimiques qui consomment du dioxyde de carbone.

● L'altération de minéraux comme les silicates ($CaSiO_3$) consomme du CO_2 selon la réaction : $CaSiO_3 + 2CO_2 + H_2O \rightarrow SiO_2 + Ca^{2+} + 2\ HCO_3^-$.

La baisse de la teneur en dioxyde de carbone atmosphérique qui s'ensuit est responsable d'une diminution de l'effet de serre et de la température.

● **Enfin, l'extension des glaces polaires augmente l'albédo global de la Terre** avec pour conséquence une diminution de la température par **rétroaction positive**. Plus celle-ci diminue et plus le dioxyde de carbone se dissout dans l'océan. La baisse du taux de dioxyde de carbone atmosphérique amplifie encore la baisse de température par une rétroaction positive.

● Ces paramètres concourent à faire du **Carbonifère-Permien l'une des périodes glaciaires les plus longues** de l'histoire de la Terre.

B Des variations de température entre les ères secondaire et tertiaire

1. Un climat chaud au Crétacé

● L'utilisation du thermomètre isotopique et l'étude des fossiles indiquent qu'au Crétacé (à la fin de l'ère secondaire, de – 140 à – 65 Ma), les températures au pôle Nord étaient supérieures de 30 °C aux températures actuelles. Aussi, le **Crétacé** est sans doute **l'une des périodes les plus chaudes de toute l'histoire de la Terre**.

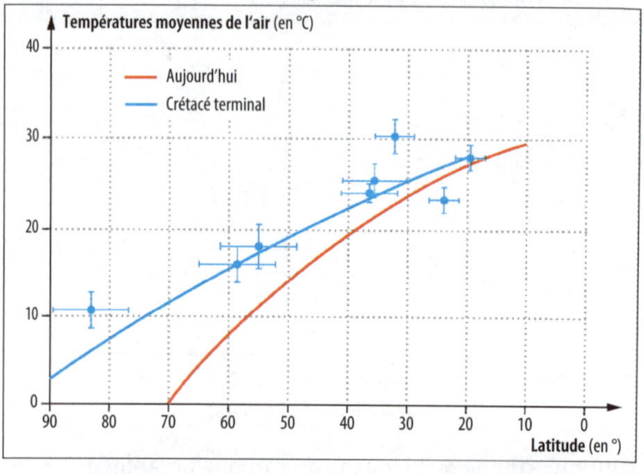

Doc. Variation de la température selon la latitude au Crétacé et aujourd'hui

COURS

- Au Crétacé, les **continents sont moins distribués vers les pôles** qu'aujourd'hui, ce qui **réduit la formation de glaciers continentaux**. Or, ceux-ci, avec un albédo élevé, renvoient une grande quantité du rayonnement solaire incident et participent au refroidissement général de la Terre. Du fait de la réduction des glaciers continentaux, la Terre absorbe une plus grande quantité du rayonnement solaire incident et se réchauffe.
- L'élévation de la température entraîne une **élévation du niveau marin** et réduit alors la surface des terres émergées. Or, comme l'albédo de l'eau est inférieur à celui des continents, plus d'énergie est absorbée, plus la Terre a tendance à se réchauffer. De plus, la diminution des surfaces continentales offre **moins de roches altérables**, ce qui prélève moins de dioxyde de carbone dans l'atmosphère.
- **L'expansion océanique,** particulièrement importante à cette époque, est due à un intense **volcanisme au niveau des dorsales**, avec une forte émission de CO_2.
- **L'intensification de l'effet de serre** qui en résulte entraîne une hausse de la température, elle-même amplifiée par des **rétroactions positives** comme la baisse de la solubilité du CO_2 dans l'océan.

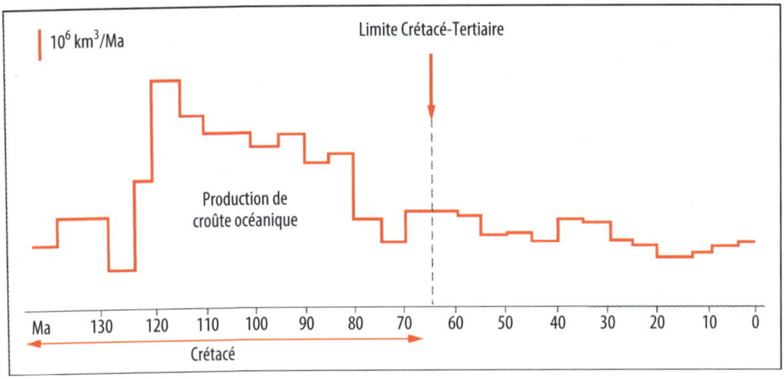

Doc. Production de croûte océanique au cours du temps

2. Un refroidissement au cours du Tertiaire

- Globalement, à l'échelle du Cénozoïque (ère tertiaire), et depuis 30 Ma, les indices géochimiques des sédiments marins montrent une tendance générale à la baisse de la température moyenne du globe. Ce phénomène s'explique d'abord par une baisse de la concentration atmosphérique de CO_2 en relation avec **l'altération des matériaux continentaux**.

COURS

• En effet, l'ère tertiaire est une période **d'intense orogénèse**, avec la formation de chaînes de montagnes comme les Alpes et l'Himalaya, puis de leur érosion.

• D'autre part, à cette époque, des événements tectoniques ont modifié la circulation océanique. Notamment, l'ouverture d'un passage entre l'Antarctique et l'Afrique du Sud (puis son élargissement) impose au courant d'eaux froides et profondes sortant de l'Atlantique de se diriger vers l'océan Indien et l'océan Pacifique. L'établissement progressif d'un **courant circumpolaire isole l'Antarctique** et ses eaux périphériques froides du reste de l'océan mondial et participe à l'extension des glaciers.

• Des rétroactions positives ont ensuite accentué le refroidissement.

Remarque
Toute chaîne de montagnes finit par être érodée.
Les orogénèses ont donc une influence sur les variations climatiques à grande échelle de temps.

L'ESSENTIEL

Des changements climatiques à grandes échelles de temps

- Durant le Carbonifère-Permien, la Terre se refroidit à la suite d'une diminution du taux de dioxyde de carbone atmosphérique, réduisant l'effet de serre.
- Le piégeage de la matière organique et l'altération des roches après l'orogénèse hercynienne sont responsables de cette baisse du taux de CO_2 atmosphérique, amplifiée par des rétroactions.
- Après les fortes températures enregistrées au Crétacé, la température diminue à l'ère tertiaire.
- L'érosion des chaînes de montagne et la modification de la circulation océanique en sont les responsables.

4 Les enjeux du réchauffement climatique actuel

A Des conséquences prévisibles

• Selon les modèles climatiques, le réchauffement climatique (près d'1 °C en 150 ans) lié à la perturbation du cycle géochimique du carbone par les activités humaines, devrait se poursuivre avec plusieurs conséquences.

• Ses effets abiotiques (fonte des glaces, montée des eaux, désertification) modifient la biodiversité et ont des conséquences sur la population humaine et sa santé.

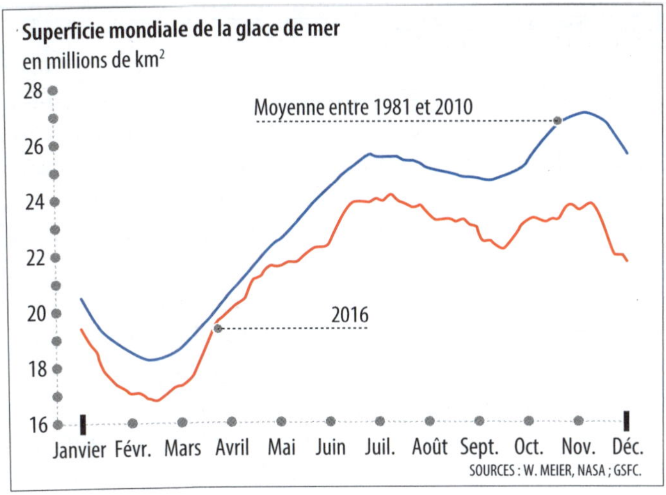

Doc. **Variation de la superficie mondiale de la glace de mer en millions de km²**

- Ainsi, la réduction des terres agricoles disponibles, à l'origine de difficultés pour la nutrition des populations, est une source de conflits.
- L'approvisionnement en eau devenu difficile dans certaines régions du globe pose des problèmes de santé et d'hygiène, favorisant la diffusion de pathogènes. Les migrations de populations humaines suite à la désertification ou à la montée des eaux sont également des sources de conflits potentiels.
- Enfin, la réduction de la biodiversité s'accompagne de bouleversements à l'intérieur des écosystèmes, entraînant parfois le développement de certaines espèces invasives. Les équilibres naturels sont ainsi menacés.

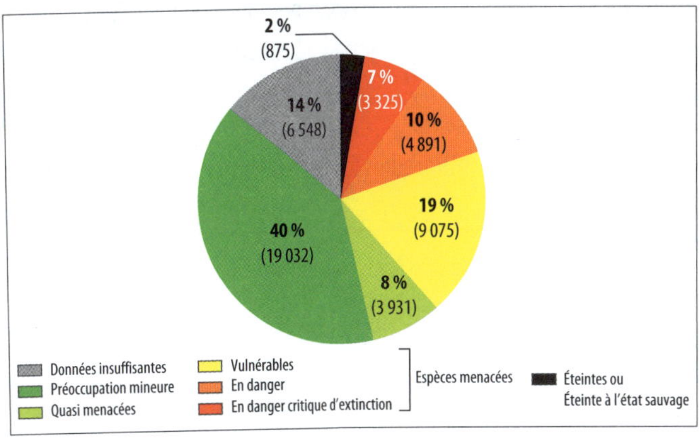

Doc. **Proportion des espèces selon leur niveau de vulnérabilité**

Remarque

Les espèces ont des exigences écologiques particulières qui permettent de satisfaire leurs besoins.

COURS

COURS

B Des possibilités d'action

- L'augmentation de la teneur en CO_2 atmosphérique a des effets qui doivent être pris en compte à long terme. En effet, si une molécule de dioxyde de carbone a une courte durée de vie dans l'atmosphère (environ 5 ans), lorsqu'elle quitte l'atmosphère, c'est pour être échangée avec un autre compartiment, l'océan par exemple. La quantité finale de CO_2 supplémentaire reste dans l'atmosphère sur une échelle de temps de plusieurs siècles.
- L'objectif mis en avant par le GIEC est de **maintenir la hausse des températures mondiales en dessous de 1,5 °C d'ici la fin du siècle.**
- Pour cela, la limitation des rejets de gaz à effet de serre est la priorité développée pour lutter contre le réchauffement climatique. Cette politique passe par l'abandon progressif de l'utilisation des hydrocarbures fossiles remplacés par d'autres sources énergétiques et par la mise en place d'économies (développement de l'isolation, par exemple, pour limiter les pertes thermiques).

Remarque
Les bénéfices et inconvénients de méthodes de stockage du carbone sont à l'étude.

- La lutte contre la déforestation qui s'accompagne de la combustion du bois et de rejets massifs de dioxyde de carbone dans l'atmosphère est aussi une priorité.

L'ESSENTIEL

Les enjeux du réchauffement climatique actuel

- Le réchauffement climatique actuel aura des conséquences sur l'environnement et la biodiversité.
- Pour atténuer les conséquences du réchauffement climatique actuel, plusieurs actions peuvent être entreprises.
- L'objectif est la limitation des rejets de gaz à effet de serre.
- Pour cela, on envisage de réduire l'utilisation des hydrocarbures fossiles, de lutter contre la déforestation.

ZOOM SUR...

L'analyse des bulles d'air de la glace

1 De l'air piégé dans la glace

→ Au moment du tassement de la neige, l'air entre les flocons est piégé dans la glace. L'analyse des **bulles d'air fossiles** présentes dans une carotte glaciaire et des **molécules d'eau de la glace** fournit des informations à différentes échelles : locale, régionale et mondiale. Elle informe sur la composition en gaz et en polluants de l'atmosphère, et permet de déduire la température et les conditions climatiques à un moment donné.

→ L'analyse des bulles d'air permet de retracer l'évolution **des taux de gaz atmosphériques**, tels que le dioxyde de carbone et le méthane, deux gaz à effet de serre. Elle permet aussi de recueillir des poussières et autres particules atmosphériques.

2 Une reconstitution des climats

→ **Durant les 800 000 dernières années,** les teneurs en gaz atmosphériques ont varié de façon **cyclique et synchrone** avec une périodicité de l'ordre de 100 000 ans. Chaque cycle est marqué par une élévation importante et rapide (pic) de la teneur en dioxyde de carbone et en méthane, puis par une plus lente diminution de ces taux.

→ Les variations de la température sont cycliques et synchrones de celles des taux de CO_2 et de méthane. Les variations de température peuvent donc être corrélées à celles des teneurs en gaz atmosphériques.

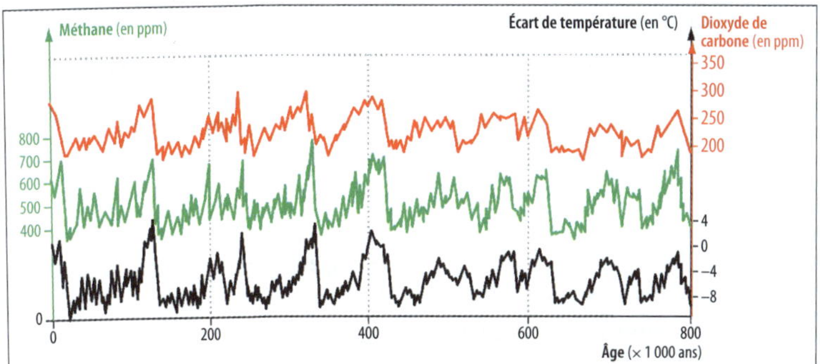

Doc. Variation de la teneur des gaz atmosphériques et de la température

Mots clés

■ **Actualisme** : principe selon lequel les événements du passé ont les mêmes causes que ceux actuels qui leur ressemblent. Par extension, on suppose que les êtres vivants du passé avaient le même mode vie que les êtres vivants actuels qui leur ressemblent.

■ **Albédo** : rapport entre l'énergie solaire réfléchie et l'énergie incidente.

■ **Circulation océanique** : déplacement des masses d'eau à l'origine des courants. Ceux-ci dépendent des différences de température (donc de densité) et de salinité entre les eaux polaires et équatoriales.

■ **Diagramme pollinique** : représentation des variations d'abondance des espèces végétales au cours du temps en un même lieu, établie à partir de l'étude des pollens fossiles.

■ **Effet de serre** : réchauffement de l'atmosphère dû au piégeage par des gaz atmosphériques du rayonnement infrarouge réémis par la Terre.

■ **Excentricité** : degré d'aplatissement de l'orbite terrestre.

■ **Insolation** : quantité d'énergie solaire reçue par unité de surface.

■ **Moraine** : amas de blocs rocheux de toutes tailles, transportés et déposés par les glaciers.

■ **Obliquité** : inclinaison de l'axe de rotation de la Terre par rapport au plan de l'orbite.

■ **Paléosol** : sol ancien.

■ **Période glaciaire** : période de refroidissement durant laquelle on assiste à une extension des glaciers.

■ **Précession des équinoxes** : changement de direction de l'axe de rotation de la Terre.

■ **Rayonnement solaire incident** : énergie solaire reçue à la surface de l'atmosphère.

■ **Rayonnement infrarouge** : rayonnement thermique, notamment réémis par la Terre après absorption de l'énergie incidente.

■ **Rétroaction positive** : amplification d'un facteur (comme la baisse de température) provoquée par un effet dont il est responsable (une augmentation de l'albédo).

■ **Thermomètre isotopique** : méthode consistant à mesurer les proportions de différents isotopes dans la glace (ou les sédiments) afin d'évaluer les paléotempératures.

■ **Tillite** : roche constituée de moraines consolidées, indiquant la présence de glaciers.

Document majeur

Doc. Les causes des variations climatiques

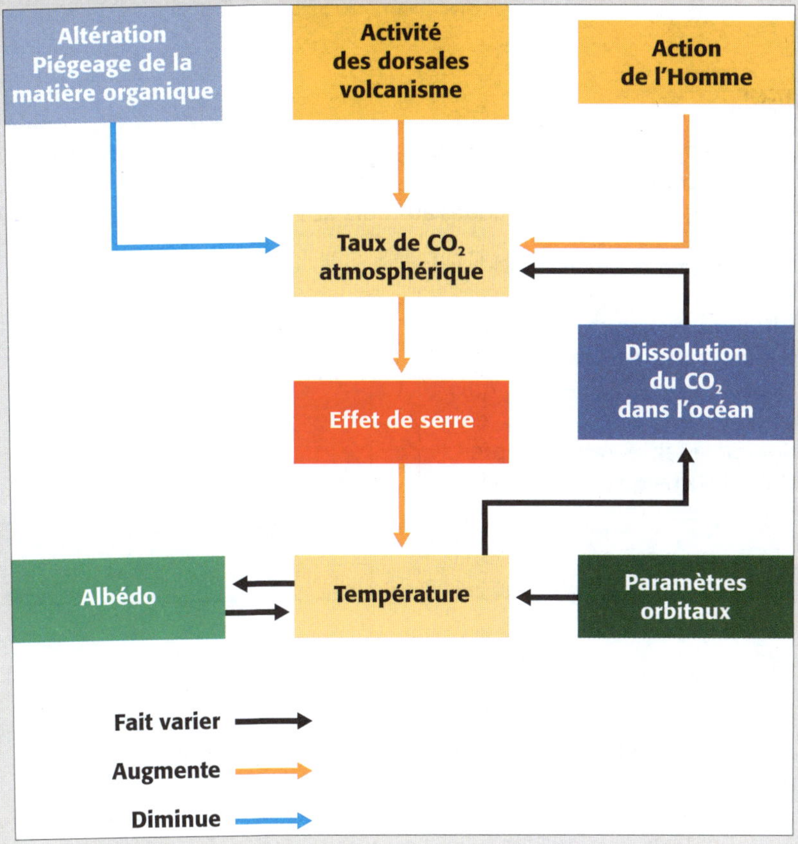

De nombreux facteurs influencent la température, de façon plus ou moins directe et à des échelles de temps variables. L'effet de serre, l'albédo ou les paramètres astronomiques sont des exemples d'une influence directe. L'altération des roches ou l'activité des dorsales agissent, elles, indirectement, par l'intermédiaire du taux de CO_2 atmosphérique et donc de l'effet de serre.

Sujet de Bac 1

Entraînement à la partie II

Les variations climatiques au cours des 100 000 dernières années

CONSIGNE

La mise en relation des informations apportées par l'étude des *documents* 1 à 3 vous permet-elle de confirmer ou d'infirmer l'hypothèse selon laquelle l'hémisphère nord a été soumis à des variations climatiques au cours des 100 000 dernières années ?

Doc. 1 Le thermomètre isotopique de la neige

Variations du rapport des concentrations entre les isotopes ^{18}O et ^{16}O des molécules de H_2O qui constituent la glace polaire, en fonction de la température de précipitation de la neige qui l'a formée.

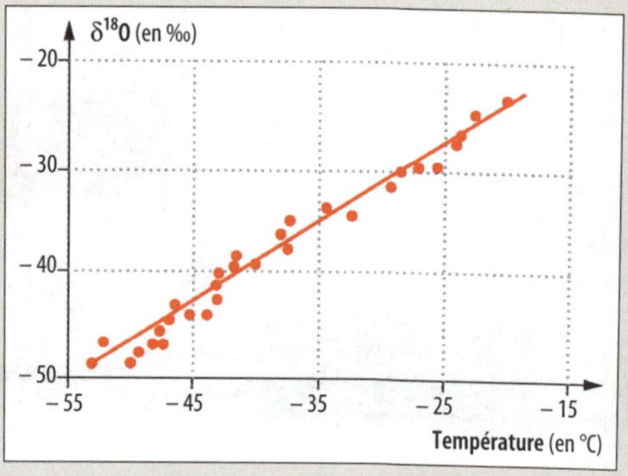

Doc. 2 Étude d'une carotte de glace extraite de la calotte du Groenland

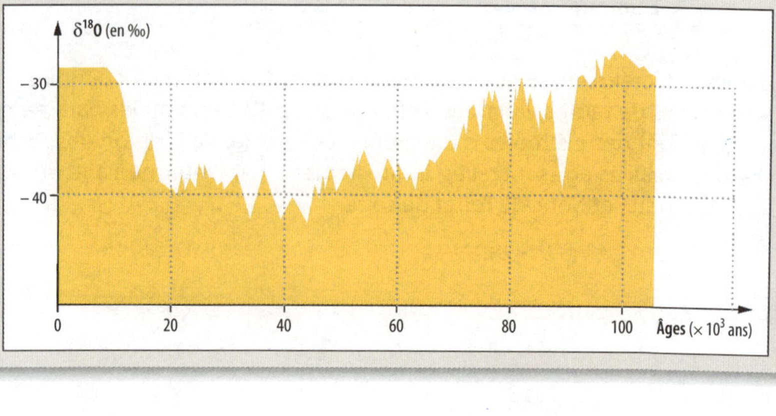

Doc. 3 Un diagramme pollinique de la tourbière de la Grande Pile en Haute-Saône

À partir d'une carotte de tourbe prélevée en Haute-Saône (France), des pollens fossiles ont été extraits, puis identifiés. L'ensemble des résultats obtenus a permis d'établir le diagramme pollinique suivant qui correspond à une période allant de – 140 000 ans à aujourd'hui.

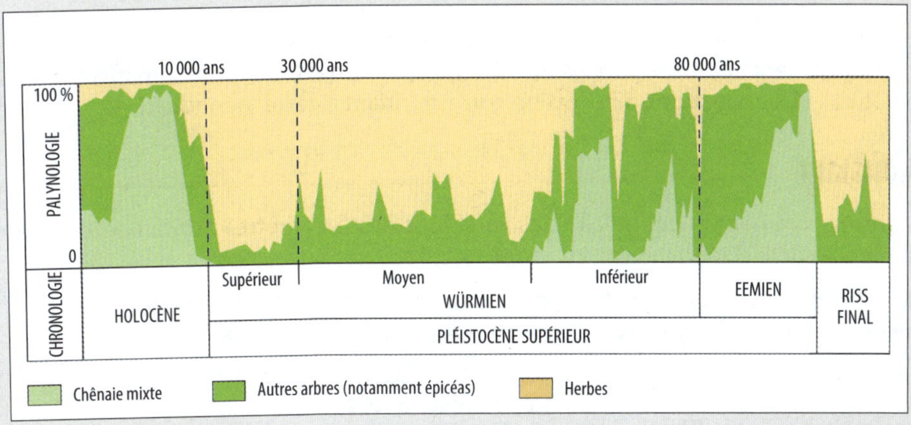

D'après G. Woillard

Préférence climatique du chêne pédonculé : 10 °C à 15 °C.

Préférence climatique de l'épicéa : 5 °C à 8 °C.

Préférence climatique des herbes : < 3 °C.

POINT MÉTHODE

Analyser des documents

La mise en relation des *documents* 1 et 2 permet de mettre en évidence trois périodes distinctes marquées par des variations de température. Il s'agit d'identifier les périodes de réchauffement et les périodes de refroidissement.

Le *document* 3 représente l'abondance des végétaux au cours du temps en un lieu donné. Comme on connaît les préférences climatiques des espèces, les variations du climat au cours du temps peuvent être reconstituées.

Pour chaque période, il faut déterminer les proportions des différents types de végétaux et, selon leur variation au cours du temps, en déduire comment fluctue la température.

L'étude du *document* 3, menée en se référant aux indications fournies par le *document* 2, doit permettre de retrouver ces trois périodes.

SUJETS

Sujet de Bac 2

Entraînement à la partie II

Les cycles de Milankovitch

Les paramètres orbitaux de la Terre varient périodiquement. Ces périodes sont communément appelées « cycles de Milankovitch ». En effet, ce mathématicien prédit par le calcul les variations d'insolation correspondant à cette périodicité.

CONSIGNE

Montrez comment la périodicité des variations des paramètres orbitaux exerce une influence sur le climat.

Doc. 1 Variations de l'excentricité (E), de l'inclinaison (T) et de la précession (P) sur les 800 000 dernières années, d'après les travaux de Berger en 1978

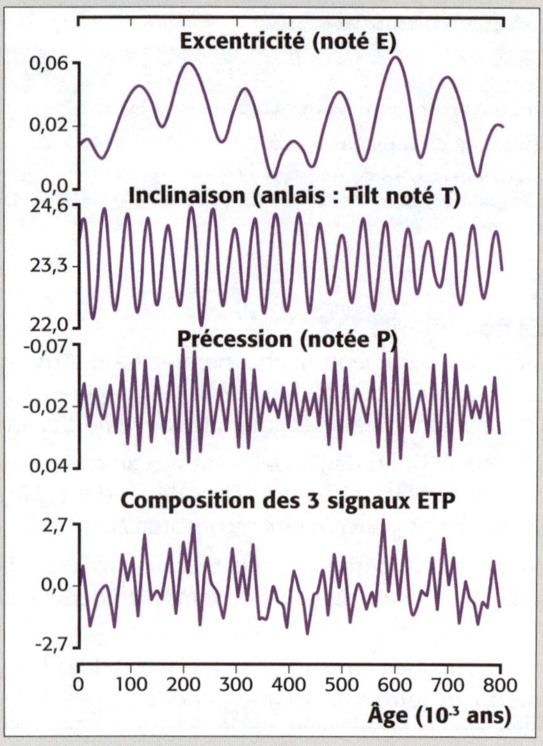

Une estimation de la variation des températures au cours des derniers 400 000 ans a pu être établie à partir des variations du $\delta^{18}O$ de la glace prélevée dans une carotte à Vostock.

Doc. 2 Les variations du $\delta^{18}O$ de la glace dans une carotte de glace en Antarctique (Vostok)

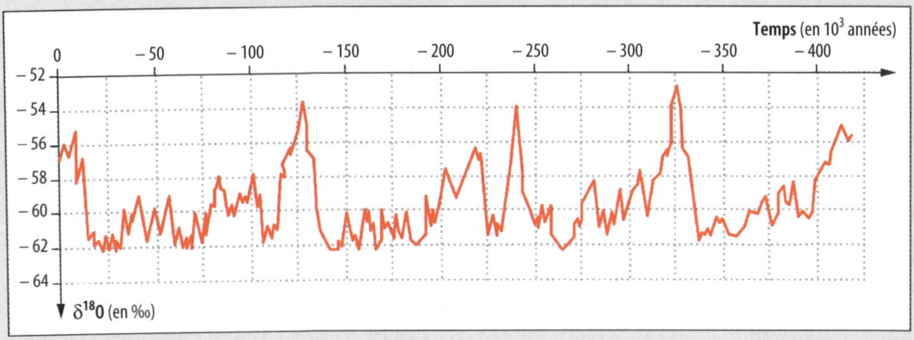

POINT MÉTHODE

Exploiter des documents

Il s'agit de mettre en relation les *documents* 1 et 2 pour montrer comment les variations des paramètres astronomiques expliquent les variations du $\delta^{18}O$. Il faudra bien sûr utiliser le $\delta^{18}O$, non pas en tant que tel mais par rapport à ce à quoi il peut être corrélé : la température, et donc le climat.

Sujet de Bac 3

Entraînement à la partie II

Un refroidissement au Carbonifère

Divers indices (parmi lesquels une estimation du taux de CO_2 atmosphérique) témoignent de l'existence d'un fort refroidissement durant le Carbonifère.

CONSIGNE

À partir des informations extraites des *documents* 1 à 3, mises en relation avec vos connaissances, donnez les causes possibles de ce refroidissement.

Doc. 1 Évolution de la concentration en CO_2 atmosphérique au cours des temps géologiques

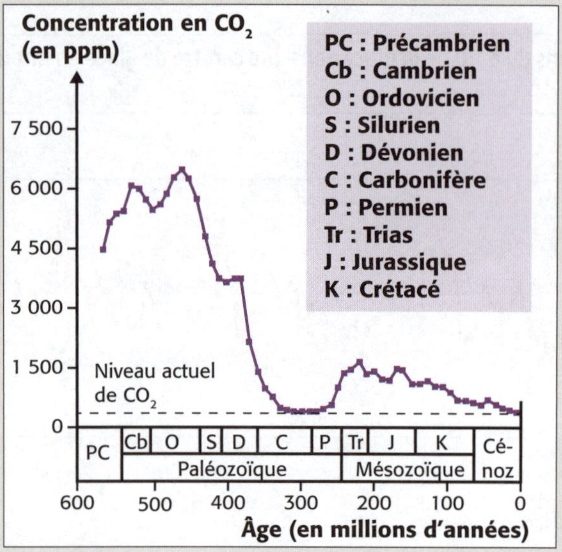

Doc. 2 Paléogéographie au Carbonifère inférieur (– 340 Ma)

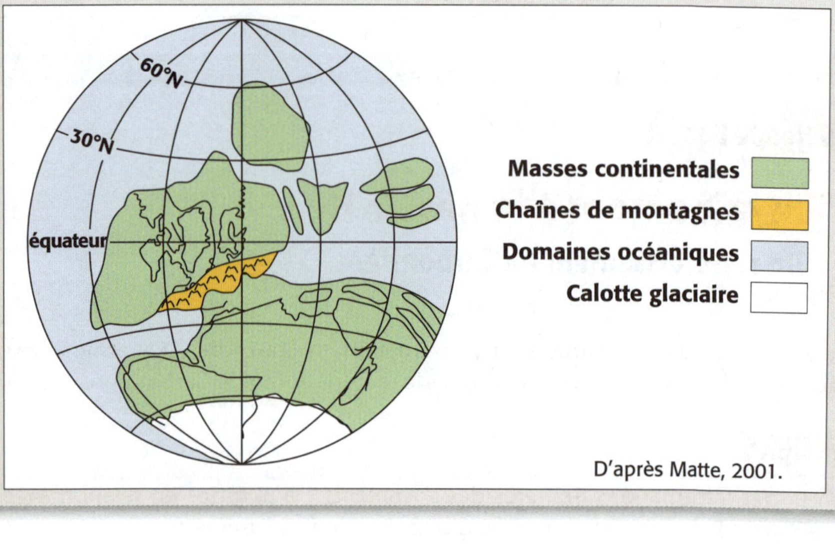

D'après Matte, 2001.

Dans les zones au relief marqué, les roches exposées à l'air libre sont soumises à une altération qui précède leur érosion.

Doc. 3 Réactions d'altération des minéraux des roches

Pyroxène calcique :

$$CaSiO_3 + H_2O + 2CO_2 \rightarrow SiO_2 + Ca^{2+} + 2HCO^-_3$$

Feldspath calcique :

$$CaAl_2Si_2O_8 + 3H_2O + 2CO_2 \rightarrow 2HCO^-_3 + Ca^{2+} + Al_2Si_2O_5(OH)_4$$

POINT MÉTHODE

Construire son raisonnement

Le *document* 1 indique l'évolution de la concentration en CO_2 atmosphérique, laquelle doit être mise en relation avec les variations de température.

Les *documents* suivants permettent de mettre en évidence des causes à cette variation de CO_2, et donc aux variations climatiques. Il faudra accorder de l'importance aux échelles de temps dont il est question dans ces mesures.

Sujet de Bac 4

Entraînement à la partie II

Des variations climatiques cycliques

Différentes données ont permis aux scientifiques de reconstituer les climats terrestres anciens. Ainsi, dans l'Histoire récente, ils ont montré que le climat a connu des variations cycliques d'origine astronomique.

CONSIGNE

À partir des informations tirées des *documents* mises en relation avec vos connaissances, reconstituez ces variations et expliquez comment elles ont pu être amplifiées.

Doc. 1a Variations du delta D mesuré dans une carotte de glace prélevée à Vostok (Antarctique)

Le deutérium est un isotope lourd de l'hydrogène. Il entre dans la composition de certaines molécules d'eau. Au cours des réactions de condensation et d'évaporation de l'eau, le deutérium étant plus lourd que l'hydrogène, il se comporte de même manière que l'oxygène 18 vis-à-vis de l'oxygène 16.

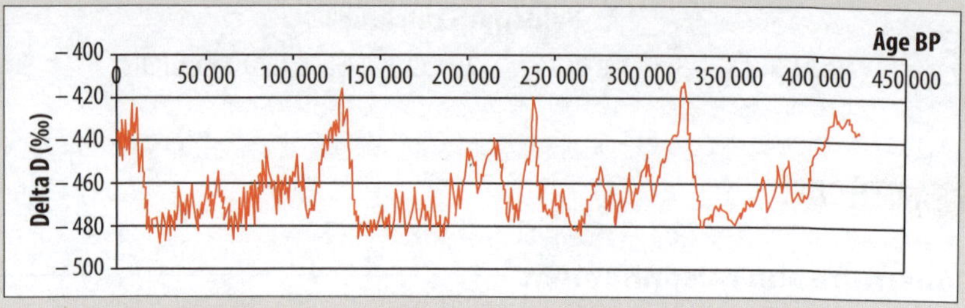

BP = *before present* (avant aujourd'hui)

Doc. 1b Relation entre le rapport isotopique du deutérium et les températures en Terre Adélie, et relation entre le rapport isotopique de l'oxygène 18 et les températures au Groenland

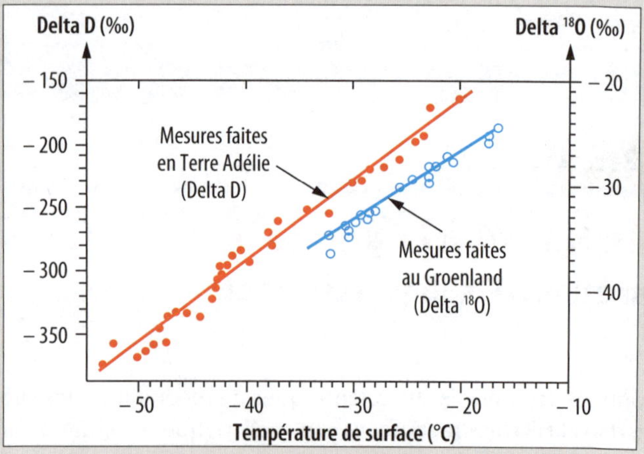

Les points représentent les moyennes annuelles de la température et de la composition isotopique des précipitations (neige) mesurées en différents endroits au cours des 50 dernières années.

Source : Jouzei J., C. Lorius, S. Johnsen and P Grootes, « Climate instabilities : Greenland and Antarctic records ». *Compte rendu de l'Académie des Sciences de Paris,* vol. t.319, série II, 65-77, 1994.

Doc. 2 Variation de la teneur en dioxyde de carbone et de la température de l'air déduites de l'analyse d'une carotte de glace de la station Vostock

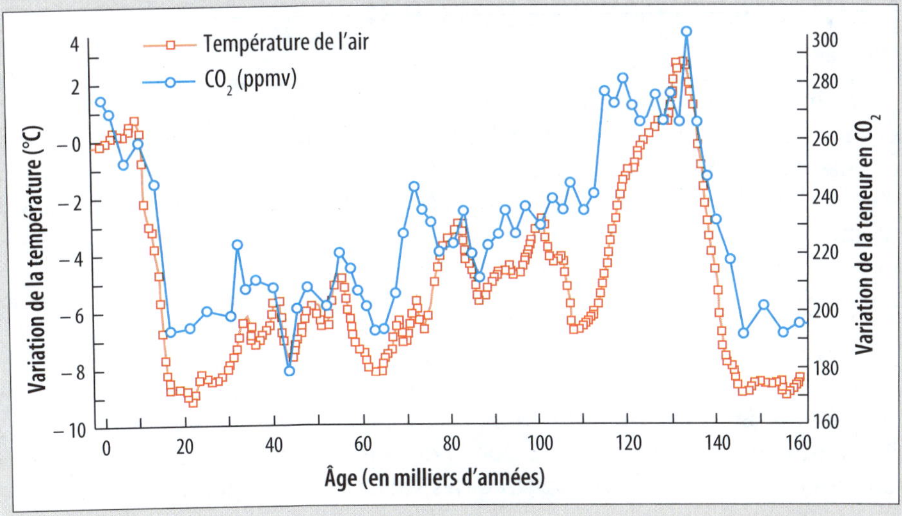

D'après Daniel J.-Y. et al. *Sciences de la Terre et de l'univers*. Vuibert : 301.

POINT MÉTHODE

Exploiter des documents

Il s'agit, dans un premier temps, de mettre en évidence des variations climatiques périodiques. Le *document* 1b donne un outil d'interprétation du *document* 1a. En effet, il permet d'établir une relation entre les variations du delta D et de la température.

Avec l'étude du *document* 2, on peut répondre à la deuxième partie de la question en montrant une corrélation entre les variations du taux de CO_2 atmosphérique et celles de la température. Il faudra faire appel à vos connaissances, en particulier à la notion de « rétroaction positive », pour expliquer le lien entre les deux.

Sujet de Bac 1

Entraînement à la partie II

Le climat de la planète a varié au cours du temps. Les variations récentes, c'est-à-dire de quelques dizaines ou centaines de milliers d'années, peuvent être reconstituées par l'étude des informations apportées par la glace accumulée sur une longue période, ainsi que grâce aux informations fournies par les pollens.

Méthode
Rappelez en une phrase ce que l'on cherche à faire.

Document 1

Il montre qu'il existe une relation linéaire entre les concentrations des isotopes de l'oxygène ($\delta^{18}O$) et la température au Groenland au moment où la neige s'est déposée : quand la température augmente (de – 54 °C à – 20 °C), $\delta^{18}O$ augmente (de – 48 à – 22). Le $\delta^{18}O$ de la glace constitue un thermomètre isotopique qui permet de reconstituer les variations de la température.

Document 2

Il indique les variations du $\delta^{18}O$ en fonction de l'âge de la glace. De – 100 000 ans à – 80 000 ans, le $\delta^{18}O$ est élevé (environ de – 30), puis de – 80 000 ans à – 10 000 ans, il diminue progressivement pour atteindre une valeur minimale (de – 40).

Conseil
Menez l'analyse du document en commençant par le passé pour finir par l'actuel.

La mise en relation avec le *document* 1 indique une période de réchauffement (période interglaciaire) entre – 100 000 ans à – 80 000 ans, suivie d'une longue période de refroidissement (période glaciaire) qui dure jusqu'à – 10 000 ans. Au cours de celle-ci, la température diminue d'environ 10 °C au Groenland. Après – 10 000 ans, le $\delta^{18}O$ augmente à nouveau, ce qui traduit un réchauffement.

Astuce
Pour repérer les périodes de réchauffement, on sait que la période actuelle est une période interglaciaire.

À l'intérieur de ces trois périodes existent des variations de température plus courtes (de quelques milliers d'années) et de plus petite ampleur.

Document 3

C'est un diagramme pollinique établi à partir d'une carotte de tourbe prélevée en Haute-Saône (France). Il représente l'abondance des végétaux au cours du temps. Comme on connaît les préférences climatiques des espèces, les variations du climat au cours du temps peuvent être reconstituées.

Conseil
Il faut analyser le document comme le précédent en allant du passé vers l'actuel.

On distingue plusieurs périodes :

• jusqu'à la limite Würmien inférieur et moyen, les arbres dominent par rapport aux plantes herbacées, ce qui indique un climat tempéré. D'une période à l'autre, la chênaie mixte ou les épicéas sont plus ou moins abondants, ce qui témoigne de variations de température de plus petite échelle.

• de la limite Würmien inférieur et moyen à la fin du Würmien supérieur (– 10 000 ans), les plantes herbacées dominent et parmi les arbres, seuls les épicéas sont présents. Cela indique un refroidissement.

• de – 10 000 à l'époque actuelle, les arbres sont majoritaires et parmi eux le chêne. C'est une période de réchauffement, la forêt est l'association végétale principale, le climat est tempéré.

Les informations fournies par l'étude des pollens et le thermomètre isotopique aboutissent aux mêmes conclusions. Elles mettent en évidence l'existence d'une période glaciaire encadrée par deux périodes interglaciaires, dont l'actuelle, avec des fluctuations de température de plus petite ampleur à l'intérieur de chacune. Enregistrées en différents endroits du globe, ces variations climatiques sont globales.

> **Conseil**
> N'oubliez pas de conclure en comparant les résultats des deux méthodes.

Sujet de Bac 2

Entraînement à la partie II

On cherche à vérifier que les paramètres orbitaux de la Terre exercent une influence sur le climat.

Le *document* 1 présente les variations périodiques de ces paramètres au cours du temps ; on peut distinguer trois périodicités différentes selon le type de paramètre.

- Une période d'environ 100 000 ans pour l'excentricité.
- Une période de 40 000 ans pour l'inclinaison.
- Une période d'environ 20 000 ans pour la précession.

Sur le *document* 2, on observe des variations du $\delta^{18}O$ (et donc de la température) d'une durée d'environ 100 000 ans, similaire à la période des variations de l'excentricité de l'orbite terrestre.

> **Astuce**
> Prenez des points de repère en choisissant des périodes où la température est la plus basse, par exemple.

À celles-ci se superposent des variations d'une période d'environ 40 000 ans, proche de celle des variations d'inclinaison de la Terre.

Enfin, un autre type de variation correspond à une période de 20 000 ans environ, ce qui concorde avec la périodicité de la précession des équinoxes.
Par ailleurs, on peut observer que lorsque l'excentricité est nulle et l'inclinaison faible (par exemple, vers 300 000 ans), la température est basse.

Comme il existe une corrélation entre les variations de température et celles des paramètres orbitaux, on peut conclure que ces derniers ont une influence sur le climat.
En effet, une excentricité nulle et une faible inclinaison diminuent les contrastes entre les saisons. La neige tombée en hiver ne fond pas en été et une période glaciaire s'installe.
On peut néanmoins remarquer que les variations de température ne suivent pas exactement celles des paramètres orbitaux, ce qui indique que d'autres facteurs influent également sur le climat.

Sujet de Bac 3

Entraînement à la partie II

On cherche à expliquer l'origine du refroidissement important survenu lors du Carbonifère.

Sur le *document* 1 qui montre la variation du taux de CO_2 atmosphérique au cours des temps géologiques, on observe une importante baisse de de la teneur en CO_2 au Carbonifère. Or, le CO_2 est un gaz à effet de serre qui retient le rayonnement infrarouge renvoyé par le sol.
Ce rayonnement est piégé et l'énergie thermique qu'il contient permet l'élévation de la température atmosphérique. Lorsque la teneur en dioxyde de carbone diminue, l'effet de serre est moins important et la température baisse.
Il s'agit à présent d'expliquer les causes de cette diminution de la teneur en CO_2.

Le *document* 2 montre une importante chaîne de montagnes formée au Carbonifère lors de la réunion des continents : la chaîne hercynienne.
Or, la mise en place d'une chaîne de montagnes est suivie d'une période d'intense érosion avec altération des roches. Le *document* 3 indique que l'altération des silicates (feldspaths et pyroxènes) consomme des molécules de

dioxyde de carbone. Une augmentation de l'érosion est donc responsable d'une diminution de la quantité de dioxyde de carbone atmosphérique.

Le *document* 2 montre par ailleurs l'existence d'une importante calotte glaciaire au pôle Sud. Or, plus la surface de la glace est étendue, plus l'albédo moyen de la Terre augmente. L'albédo correspond au rapport de l'énergie du rayonnement réfléchi sur l'énergie du rayonnement solaire incident. Ainsi, plus il est élevé, plus le rayonnement réfléchi est important, et plus la température terrestre diminue.

> **Remarque**
> On peut mentionner le piégeage de la matière organique qui, à cette période, fait diminuer la teneur en CO_2 atmosphérique.

Par conséquent, du fait d'une baisse de la teneur en CO_2 atmosphérique liée à une importante altération, un refroidissement s'installe durant le Carbonifère, puis le Permien. Il contribue à l'établissement d'une vaste calotte glaciaire dont le développement, facilité par la réunion des continents à proximité du pôle Sud, accentue encore le refroidissement du fait d'un albédo élevé par rétroaction positive.

Sujet de Bac 4

Entraînement à la partie II

On cherche à reconstituer les variations climatiques récentes et à identifier un facteur terrestre pouvant les amplifier.

D'après le *document* 1b, le delta D de la glace, tout comme le $\delta^{18}O$, augmente lorsque la température s'accroît.

Sur le *document* 1a, à partir de l'étude d'une carotte de glace, on remarque trois périodes où le delta D est élevé, c'est-à-dire des périodes de réchauffement : autour de 320 000 ans, de 120 000 ans et de 12 000 ans.

> **Astuce**
> Décrivez les variations en allant du passé vers l'actuel.

On remarque également un réchauffement un peu moins marqué vers 240 000 ans.

Entre ces périodes, le delta D diminue, ce qui indique un refroidissement.

Ainsi, les 400 000 dernières années sont marquées par une alternance de périodes froides (glaciaires) et de réchauffements (interglaciaires).

Enfin, d'une façon plus globale, on peut distinguer une longue période froide qui s'étend de 130 000 à 13 000 ans. C'est la glaciation du Würm.

Les carottes de glace contiennent aussi des bulles d'air, témoins de l'atmosphère passée. Le *document* 2 permet de mettre en relation les variations de la teneur atmosphérique en CO_2 et celles de la température au cours des derniers 160 000 ans. On peut observer qu'elles varient conjointement. Durant la période froide, la teneur en CO_2 est faible (environ 200 ppmv) ; elle augmente (300 ppmv) durant la période de réchauffement.

Ainsi, la teneur atmosphérique en CO_2 varie en fonction de la température, qui elle-même varie selon la teneur en CO_2. En effet, le CO_2 est un gaz à effet de serre. Une augmentation de la teneur atmosphérique en CO_2 intensifie l'effet de serre et, par conséquent, la température.

De plus, lorsque la température augmente, la solubilité du CO_2 dans l'océan diminue. Du CO_2 quitte alors l'océan pour l'atmosphère et contribue à augmenter l'effet de serre. On parle de « rétroaction positive ».

Les variations climatiques dépendent de celles de la quantité d'énergie solaire reçue et peuvent être amplifiées par des facteurs terrestres comme le taux de CO_2 atmosphérique responsable de l'effet de serre.

CHAPITRE 9

Comportements, mouvement et système nerveux

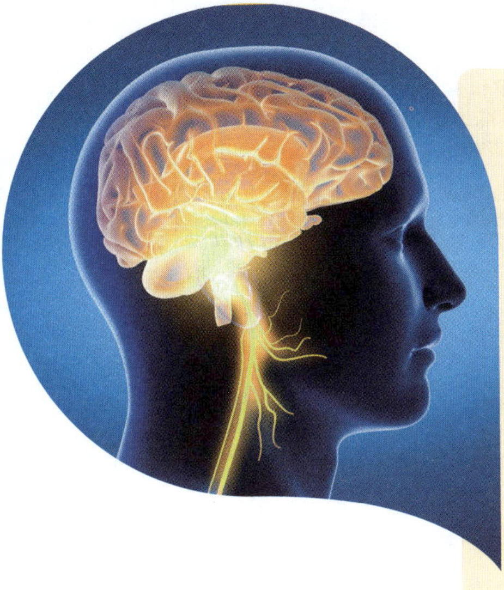

DE QUOI S'AGIT-IL ?

Volontaire ou réflexe, un mouvement fait intervenir des muscles commandés par le système nerveux. Après avoir intégré des informations sensitives, les centres nerveux (cerveau et moelle épinière) transmettent des ordres moteurs aux muscles. Ces différentes informations circulent sous forme de messages nerveux le long d'un circuit de neurones connectés par des synapses. Ces dernières, notamment dans le cerveau, ne sont pas définitives mais peuvent au contraire se faire ou se défaire, témoignant ainsi d'une plasticité cérébrale. L'absorption de drogues modifie le fonctionnement du système nerveux, en agissant en particulier au niveau des synapses.

1 Le reflexe myotatique, un exemple de commande réflexe du muscle

A Une réponse musculaire sous contrôle nerveux

1. Une réponse à l'étirement du muscle

- Le **réflexe achilléen** (un coup sec porté sur le tendon d'Achille avec un marteau-réflexe) entraîne un mouvement involontaire et stéréotypé – toujours le même – d'extension du pied. Le pied revient ensuite à sa position initiale.
- La percussion du tendon a pour effet d'étirer le muscle extenseur du pied (soléaire) auquel il est relié, qui s'allonge légèrement en raison de son élasticité. En réaction, le muscle se contracte et retrouve ainsi sa longueur initiale. Comme la contraction du muscle tire sur l'os du talon, le pied se tend.

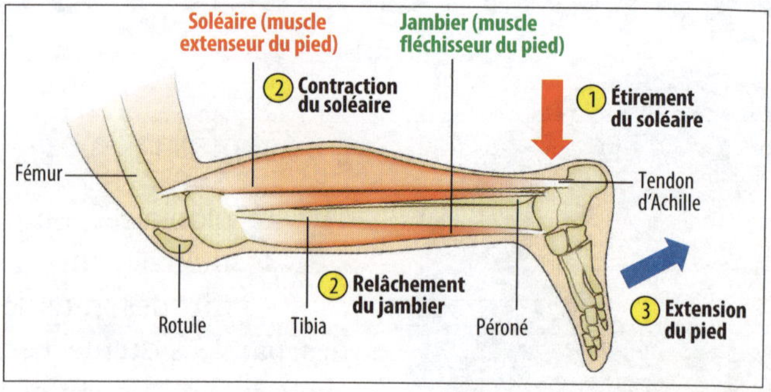

Doc. Le réflexe achilléen

> **Sachez que...**
> L'extension de la jambe déclenchée par un coup sur le genou, le réflexe rotulien, est aussi un reflexe myotatique. Le médecin l'utilise pour tester le bon fonctionnement du système nerveux.

- Cette **réaction** indépendante de la volonté fait suite à une **stimulation**, l'étirement du muscle, et se répète à l'identique pour une même stimulation : c'est un **réflexe**. Comme celui-ci tend à maintenir la longueur du muscle, on le qualifie de **réflexe myotatique**.

2. Les acteurs du réflexe

- **Des observations médicales et des études expérimentales** ont mis en évidence les éléments intervenant dans la réalisation du réflexe myotatique. Ainsi, le réflexe disparaît en cas de lésion de la **moelle épinière** ou lorsque les **nerfs** qui la relient au muscle sont endommagés. Par exemple, une section du nerf sciatique, qui innerve les muscles du mollet, abolit le réflexe achilléen. Moelle épinière et nerfs, des éléments du système nerveux, sont donc impliqués dans le réflexe myotatique.

- Enfin, lorsque les **fuseaux neuromusculaires** (des capteurs sensibles à l'étirement présents dans le muscle) sont lésés, le réflexe myotatique n'a plus lieu.
- Par ailleurs, l'existence d'un temps de latence entre la stimulation et la réponse du muscle traduit la **conduction d'un message nerveux**. La **stimulation** des récepteurs sensoriels sensibles à l'étirement fait naître un message à l'origine de la contraction d'un **organe effecteur** : le muscle. La mise en relation des différents organes (récepteurs sensoriels, voies nerveuses, centres nerveux, effecteurs) constitue un **arc réflexe**.

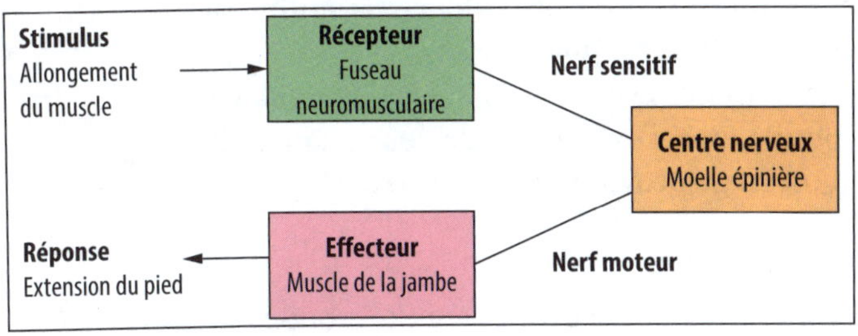

Doc. L'arc réflexe

B Le système nerveux, constitué de neurones

1. Les neurones

- Les **cellules nerveuses ou « neurones »** sont des cellules spécialisées, capables de véhiculer le message nerveux. Chacune est composée d'un corps cellulaire contenant le noyau et les organites, et de prolongements ou « **fibres nerveuses** ».
- Parmi celles-ci, on distingue l'axone et les dendrites. Recueilli au niveau des dendrites, le message est transmis au corps cellulaire, puis conduit par l'axone en direction d'une **synapse**, la zone de contact entre deux neurones ou entre un neurone et un muscle.
- L'axone peut être entouré d'une **substance isolante** (la **myéline**) formant une gaine discontinue de couleur blanche.

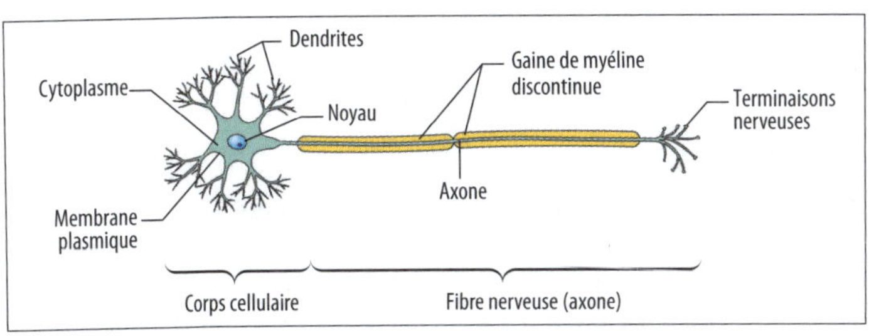

Doc. Un neurone

COURS

• Parmi les milliards de neurones constituant le système nerveux, les neurones sensitifs et les motoneurones se distinguent notamment par leur fonction.

• Un **neurone sensitif** comporte une extrémité reliée à un **récepteur sensoriel**, sensible aux variations de l'environnement. Ainsi, les fuseaux neuromusculaires présents dans le muscle sont des cellules musculaires modifiées dont la stimulation lors d'un étirement fait naître un message nerveux.

• **Différents types de récepteurs sensoriels**, chacun spécialisé dans la détection d'un stimulus, **fournissent des informations externes**, à l'origine de sens comme par exemple la vue, le toucher, l'odorat, ou **internes** comme l'état des muscles.

• Les **motoneurones** sont des neurones moteurs. Reliés au muscle par l'extrémité de leur axone, ils délivrent un message provoquant sa **contraction**.

Sachez que...
L'axone des plus grands neurones dépasse un mètre.

2. Les centres nerveux

• Les corps cellulaires des neurones sont regroupés dans des centres nerveux : l'encéphale et la moelle épinière, qui le prolonge en position dorsale.

• Dans la moelle épinière, la **substance blanche** renferme des **fibres** nerveuses entourées de myéline et la **substance grise**, les fibres et les **corps cellulaires** des neurones. De part et d'autre, une **racine dorsale** (postérieure) et une **racine ventrale** (antérieure) relient la moelle épinière à un nerf rachidien. Les **ganglions rachidiens** situés sur la racine dorsale contiennent les corps cellulaires de neurones sensitifs.

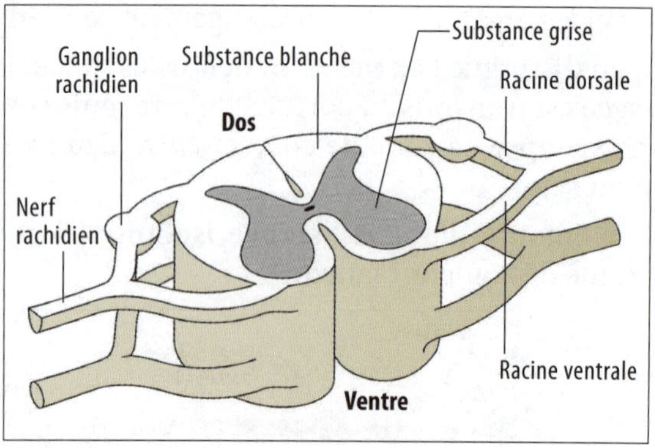

Doc. Coupe transversale de moelle épinière

• L'**encéphale** comprend les deux hémisphères cérébraux, le cervelet et le tronc cérébral. À l'inverse de la moelle épinière, la substance grise est en position externe. Elle constitue notamment le **cortex** : l'écorce des hémisphères cérébraux.

3. Les nerfs

- Les nerfs assurent la conduction du message nerveux dans l'organisme. Chaque nerf est constitué d'un ensemble de fibres nerveuses provenant de plusieurs neurones.
- Un **nerf sensitif** contient exclusivement des fibres issues de neurones sensitifs, tandis qu'un **nerf moteur** est constitué de fibres issues de motoneurones.
- Toutefois, dans la majorité des cas, un même nerf comporte à la fois des fibres motrices et sensitives, comme le nerf sciatique qui relie le muscle extenseur du pied à la moelle épinière.

Sachez que...
Un nerf rachidien comporte également des fibres motrices et des fibres sensitives.

C Le circuit de neurones du réflexe myotatique

1. Le trajet du message nerveux

- Des données cliniques ainsi que des expériences de section et de stimulation des fibres nerveuses connectées à la moelle épinière permettent de connaître le trajet du message nerveux lors du réflexe myotatique.
- La section de la racine dorsale de la moelle épinière provoque une perte de la sensibilité mais la motricité est conservée. L'inverse est constaté en cas de section de la racine ventrale. Par ailleurs, dans la racine dorsale, le message nerveux circule **à sens unique** en direction de la moelle épinière. Il circule **en sens inverse** dans la racine ventrale (voir doc. majeur p. 233).
- Ainsi, dans la **racine dorsale** circule un **message afférent** (vers la moelle) émis par des **neurones sensitifs** à la suite de la stimulation des fuseaux neuromusculaires. Un **message efférent** (sortant de la moelle) emprunte la **racine ventrale** en direction du muscle pour déclencher sa contraction. Il est véhiculé par des neurones moteurs ou « motoneurones ».

2. Une boucle monosynaptique

- **Les neurones sensitifs et moteurs sont connectés** dans la substance grise de la moelle au niveau d'une **synapse**. Celle-ci permet la transmission d'un message entre les deux neurones, c'est une **synapse excitatrice**.
- Le circuit des neurones du réflexe myotatique qui permet la contraction du muscle extenseur comporte une seule synapse : c'est une boucle réflexe **monosynaptique**.

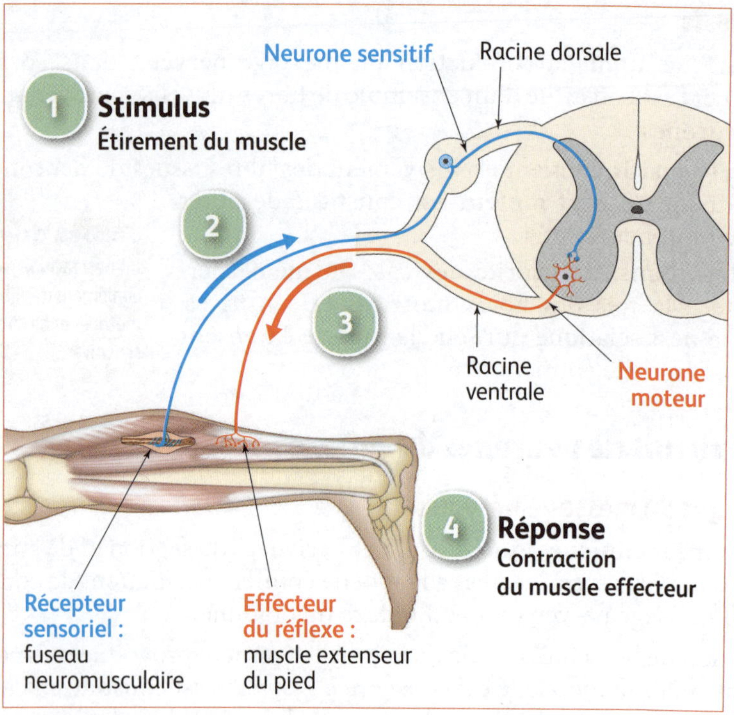

Doc. **La boucle monosynaptique du réflexe myotatique**

3. Un fonctionnement coordonné des muscles

- Le mouvement d'un membre est contrôlé par des **muscles antagonistes,** c'est-à-dire responsables de mouvements opposés. Ainsi, l'extension du pied n'est possible que si le muscle fléchisseur se relâche. Or, celui-ci reçoit en permanence, via ses motoneurones, des messages nerveux qui le maintiennent contracté.

- Dans la moelle épinière, une ramification du neurone sensitif provenant du muscle extenseur est connectée à un **interneurone**, lui-même connecté au motoneurone du fléchisseur par une **synapse inhibitrice**. De cette façon, lorsqu'un message arrive du neurone sensitif de l'extenseur, l'interneurone inhibe le motoneurone du muscle fléchisseur, ce dernier se relâche alors.

Sachez que...
Les synapses inhibitrices ne génèrent pas de « messages inhibiteurs » mais empêchent la formation du message nerveux.

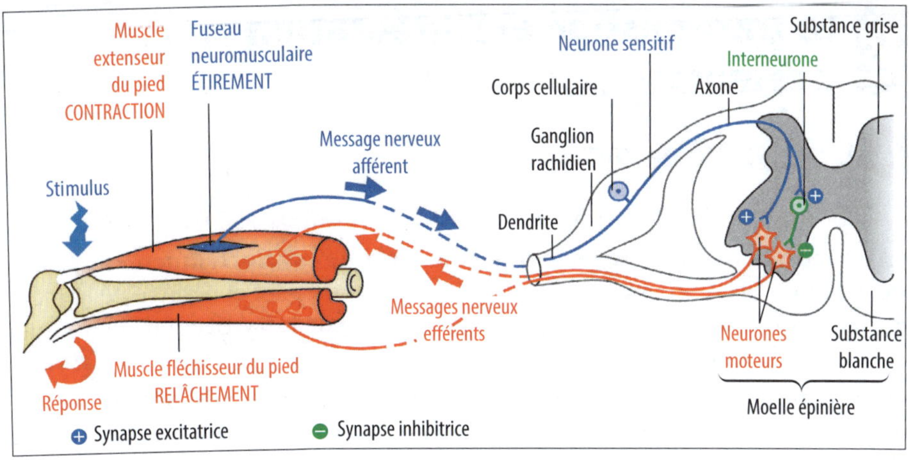

Doc. Les circuits neuroniques impliqués dans le réflexe myotatique

4. Le rôle intégrateur des centres nerveux

- **Différentes informations** parviennent à la moelle épinière : des messages provenant des récepteurs sensoriels, d'autres de l'encéphale. Le maintien du tonus du muscle fléchisseur du pied dépend par exemple de messages d'origine encéphalique, tout comme les mouvements volontaires.
- **La moelle épinière** prend en compte les différentes informations qu'elle reçoit et **élabore une réponse cohérente**. Cette propriété de la moelle est appelée « **intégration** ». Elle tient au fonctionnement des synapses entre neurones, établies dans la substance grise.

L'ESSENTIEL

Le réflexe myotatique, un exemple de commande réflexe du muscle

- Le réflexe myotatique est une réaction involontaire de contraction d'un muscle en réponse à son étirement.
- La stimulation de récepteurs sensoriels fait naître un message afférent transmis par des voies nerveuses sensitives jusqu'à un centre nerveux, la moelle épinière.
- La moelle émet un message efférent, véhiculé par des voies motrices, qui déclenche la contraction des effecteurs. Les différents organes impliqués constituent l'arc réflexe.

Comprendre le réflexe myotatique

COURS

2 La transmission et l'intégration des messages nerveux

A Le message nerveux

1. Le potentiel d'action, signal élémentaire du message nerveux

- **Au repos, la membrane plasmique du neurone est électriquement polarisée.** Le potentiel de repos (différence de potentiel de part et d'autre de la membrane), d'une valeur de – 70 mV, est lié à une inégale répartition des ions entre les compartiments extra et intracellulaires.

- Une **stimulation du neurone** génère une brève variation du potentiel membranaire appelée « **potentiel d'action** » (PA) : il correspond à une dépolarisation suivie d'une inversion du potentiel, puis d'une repolarisation de la membrane du neurone.

- Ces variations électriques dépendent de mouvements d'ions positifs et négatifs de part et d'autre de la membrane plasmique, mouvements rendus possibles par la présence de canaux voltage-dépendants (qui s'ouvrent et se ferment en fonction de l'état électrique de la cellule).

- Le potentiel d'action est une réponse stéréotypée, d'amplitude constante (100 mV) qui dure environ une milliseconde. Il ne se déclenche qu'à partir d'un certain **seuil de stimulation** et se propage le long de la fibre nerveuse en gardant son amplitude, sans atténuation.

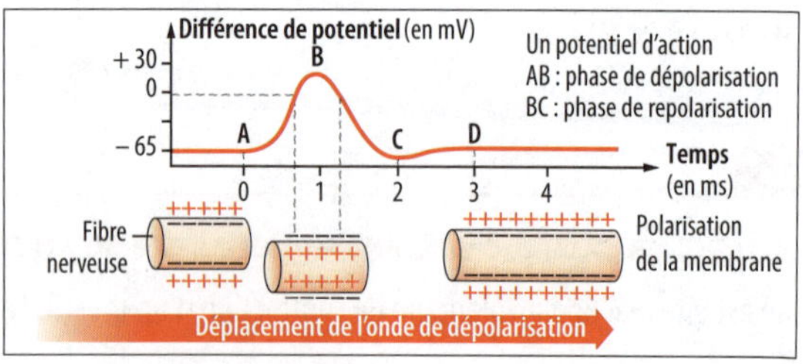

Doc. Le potentiel d'action

- La **vitesse de circulation** du potentiel d'action augmente avec le diamètre de la fibre nerveuse. Elle est aussi plus rapide en présence de myéline.

2. Le codage du message nerveux

- **Au niveau d'une fibre nerveuse, le message nerveux se traduit par une succession de potentiels d'action d'amplitude constante** mais de fréquence variable. L'intensité d'une stimulation est **codée en modulation de fréquence** des PA : plus elle est élevée, plus leur fréquence augmente. Par exemple : plus l'étirement détecté au niveau du fuseau neuromusculaire est important, plus la fréquence des PA du message nerveux afférent augmente.

- **Au niveau du nerf, le message enregistré est un potentiel global d'amplitude variable.** Le nerf étant constitué de plusieurs fibres, le potentiel global ne correspond pas, comme le potentiel d'action, à une différence de potentiel de part et d'autre de la membrane cellulaire. Toutefois, son amplitude varie selon le nombre de fibres qui répondent à une stimulation en générant des PA.
- **La variation de la réponse du nerf** est due au recrutement progressif des fibres qui n'ont pas toutes le même seuil d'excitabilité. Plus l'amplitude de la stimulation augmente et plus un grand nombre de fibres répond. Ainsi, le **potentiel global correspond à la somme des réponses** de chaque fibre. Son amplitude augmente jusqu'à une valeur maximale qui reste constante quand toutes les fibres sont recrutées, autrement dit quand elles émettent une réponse. Au niveau du nerf, le message nerveux est **codé en amplitude**.

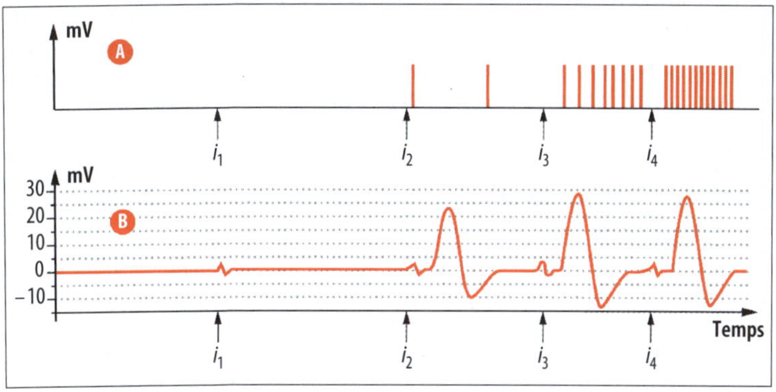

Doc. Le codage du message nerveux dans une fibre (A) et dans un nerf (B) soumis à des stimulations d'intensité croissante (i_1, i_2, i_3 et i_4)

B Traitement de l'information au niveau des synapses

1. Un fonctionnement unidirectionnel

- **La synapse est une zone de jonction** entre deux neurones ou entre un neurone et un organe effecteur, comme le muscle. Le message nerveux est transmis à sens unique d'un **neurone présynaptique vers un neurone postsynaptique**. La présence d'une **fente synaptique** séparant les deux neurones interdit la transmission de potentiels d'action. La transmission synaptique s'effectue par l'intermédiaire d'une substance chimique appelée **neurotransmetteur**.

• **La terminaison du neurone présynaptique**, appelée « bouton synaptique », renferme des **vésicules** contenant le neurotransmetteur. L'arrivée d'un message nerveux sous forme de potentiel d'action entraîne la migration de ces vésicules synaptiques en direction de la membrane présynaptique. Elles libèrent alors leur contenu par exocytose dans la fente synaptique et le message nerveux présynaptique, codé en fréquence de potentiel d'action, est converti en un message chimique, **codé en concentration de neurotransmetteur**.

Remarque

Il existe une grande variété de neurotransmetteurs dans le système nerveux. Parmi ceux-ci, on peut citer la noradrénaline, l'acétylcholine ou encore la dopamine.

• **La membrane du neurone postsynaptique est munie de récepteurs** spécifiques du neurotransmetteur par leur forme complémentaire. La fixation des molécules de neurotransmetteur sur les récepteurs entraîne une variation du potentiel de membrane du neurone postsynaptique, pouvant donner naissance à des potentiels d'action.

• **Le fonctionnement unidirectionnel** de la synapse est dû à sa structure polarisée : présence de vésicules de neurotransmetteur à l'extrémité présynatique et de récepteurs sur la membrane postsynaptique.

Sachez que...

Des drogues comme la cocaïne peuvent inhiber la recapture du neurotransmetteur au niveau de certaines synapses. D'autres drogues agissent en se fixant à la place du neurotransmetteur sur les récepteurs postsynaptiques et miment leur effet.

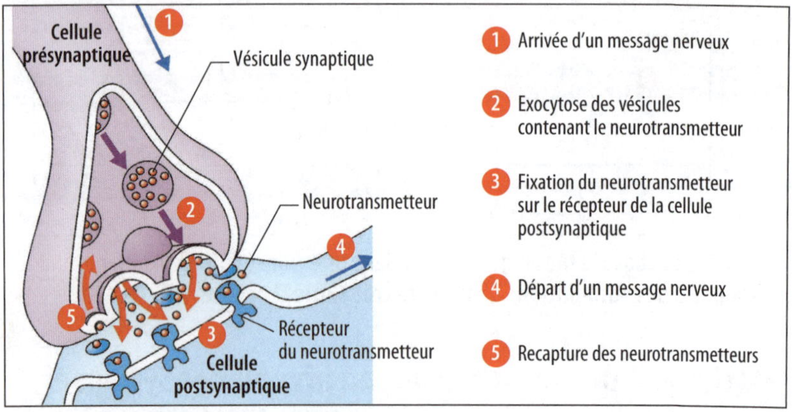

Doc. **Fonctionnement d'une synapse**

• Les neurotransmetteurs sont ensuite rapidement dégradés par des enzymes ou recaptés par le neurone présynaptique.

• La synapse neuromusculaire (appelée aussi « **plaque motrice** ») fonctionne sur le même principe. Le neurotransmetteur contenu dans une vésicule présynaptique est toujours de l'**acétylcholine**.

● La formation, puis la propagation d'un PA dans la cellule musculaire déclenchent l'**ouverture de canaux calciques**. L'entrée d'ions calcium qui s'ensuit modifie l'état électrique de la cellule et provoque la libération des réserves de calcium du réticulum sarcoplasmique dans le cytoplasme. Cela induit une suite de réactions qui aboutit à la contraction musculaire, c'est-à-dire à la réponse motrice au stimulus (voir le chapitre 10).

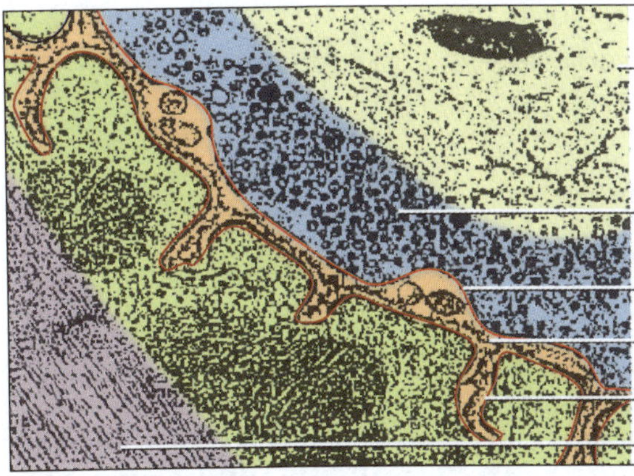

Doc. Organisation de la synapse neuromusculaire ou « plaque motrice »

2. Un rôle dans l'intégration

● **Seule une synapse excitatrice assure la transmission du message nerveux.** À l'inverse, le fonctionnement d'une **synapse inhibitrice** entraîne une hyperpolarisation de la membrane postsynaptique, interdisant la formation de potentiels d'action.

● **Dans les centres nerveux, un même neurone est connecté à plusieurs neurones** par l'intermédiaire de synapses. Pour élaborer un message efférent, il intègre les différentes informations provenant des neurones afférents. Il additionne les messages de plusieurs neurones **(sommation spatiale)** ou ceux d'un même neurone qui se succèdent dans un court intervalle de temps **(sommation temporelle)**. Autrement dit, l'ensemble des messages chimiques peut être converti en un nouveau message codé en fréquence de potentiels d'action. Par exemple, le fonctionnement simultané de synapses excitatrices et inhibitrices peut bloquer la transmission d'un message.

● **Ainsi, les centres nerveux, du fait de la présence de synapses, sont le lieu de l'intégration nerveuse.** Cette propriété explique la richesse et la complexité des réponses élaborées.

L'ESSENTIEL

La transmission et l'intégration des messages nerveux

- Le message nerveux est constitué de signaux élémentaires appelés « potentiels d'action ». Ce sont des variations du potentiel membranaire des neurones.
- Le message codé en fréquence de PA est converti en message chimique codé en quantité de neurotransmetteur au niveau des synapses.
- Le neurone efférent assure la sommation spatiale et temporelle des messages afférents : c'est l'intégration nerveuse.

3 Cerveau et mouvement volontaire

A Les aires motrices cérébrales

• Chez des malades présentant des troubles moteurs, l'analyse fait apparaître des lésions cérébrales localisées. En effet, **la réalisation du mouvement dépend d'une région du cortex appelée l'aire motrice**. Les techniques d'imagerie fonctionnelle permettent de préciser son organisation. Elles montrent qu'une région du cortex est activée pendant l'exécution d'une tâche motrice et que la stimulation d'un point précis de cette région déclenche la contraction de muscles localisés. Ainsi, les diverses parties du corps ont leur correspondance sur l'aire motrice. On la nomme « aire de projection motrice ».

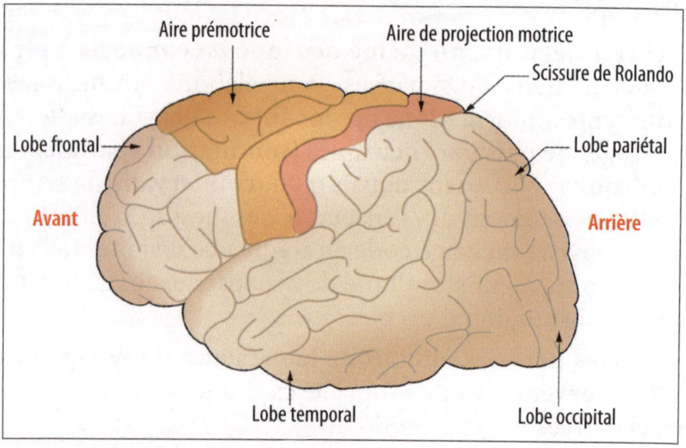

Doc. Localisation des aires cérébrales motrices

COURS

- La lésion d'une zone située en avant de l'aire motrice (appelée « aire prémotrice ») ne supprime pas le mouvement mais entraîne des difficultés de coordination ou « apraxie ». L'« **aire prémotrice** » intervient dans la programmation du mouvement.
- La **surface du cortex moteur** correspondant à une partie du corps n'est pas proportionnelle à sa taille mais **dépend de la précision et de la variété des mouvements réalisés par les muscles** à cet endroit. Par exemple, la surface corticale correspondant à la main est supérieure à celle du tronc. La **carte motrice** représente la surface correspondant à chaque région du corps sur le **cortex moteur**.

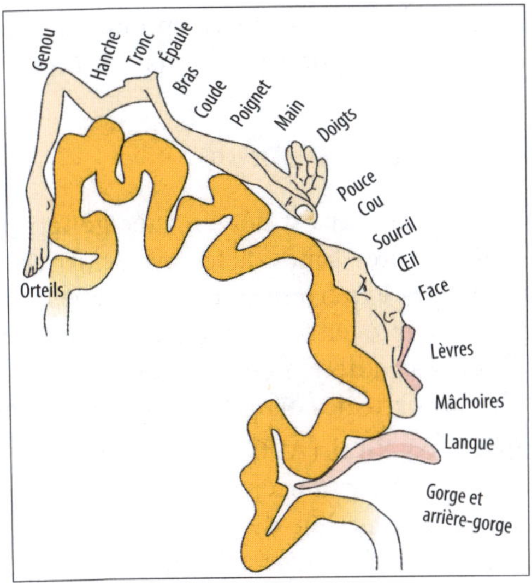

Doc. La représentation de la carte motrice

- **Les neurones de l'aire motrice commandent** l'exécution d'un mouvement volontaire par l'envoi de messages nerveux. Ils sont en relation avec d'autres neurones cérébraux impliqués dans la programmation et le contrôle du mouvement, notamment par l'intermédiaire d'informations sensorielles.

B Les voies de la motricité volontaire

- **Les motoneurones situés dans la moelle épinière sont en communication directe avec les neurones de l'aire motrice.** La stimulation de l'aire motrice dans l'hémisphère cérébral gauche déclenche des mouvements du côté droit du corps, et inversement. Avant d'atteindre la moelle épinière, les fibres issues des neurones de l'aire motrice franchissent le plan de symétrie : en provenance des deux hémisphères droit et gauche, elles se croisent le plus souvent au niveau du bulbe.

- **D'autres voies constituées de neurones reliés par plusieurs synapses** proviennent notamment de l'aire prémotrice. Elles interviennent plutôt dans la commande d'un ensemble de mouvements.
- **Le corps cellulaire du motoneurone intègre** les différentes informations en provenance du cortex moteur et émet un message efférent à destination d'une fibre musculaire. Sa contraction est déclenchée par l'arrivée du message nerveux au niveau de la synapse neuromusculaire (ou « plaque motrice »).
- **Des lésions** de la moelle épinière peuvent, en endommageant les voies motrices, provoquer une paralysie de la région située sous la lésion.

C Motricité et plasticité cérébrale

- L'organisation du cortex moteur est **déterminée génétiquement** mais, d'un individu à l'autre, les différentes zones de la carte motrice sont plus ou moins développées en fonction des **expériences individuelles**. L'apprentissage d'un instrument de musique, par exemple, entraîne le développement des aires corticales les plus sollicitées au détriment des autres. De la même façon, après une amputation, la région corticale correspondant au membre absent se réduit.
- Un accident vasculaire cérébral (AVC) peut, en privant de dioxygène une zone du cortex moteur, entraîner sa nécrose et la paralysie des muscles correspondants. La destruction irréversible de zones corticales motrices n'empêche pas une récupération partielle de la motricité après une rééducation sollicitant les muscles paralysés.
- Grâce à l'établissement de **nouvelles synapses**, les zones intactes de l'aire motrice (ou des zones proches) compensent la déficience de la région détruite.
- On parle de « **plasticité cérébrale** » pour désigner ces remaniements de la carte motrice. Ces transformations peuvent s'acquérir rapidement mais ne sont pas forcément durables : elles demandent à être entretenues.
- Le cerveau humain perd de 5 à 10 % de son poids entre l'âge de 20 et 90 ans. Néanmoins, au cours du vieillissement non pathologique, la mort des neurones a des conséquences limitées du fait de la plasticité au niveau des synapses.
- En revanche, des maladies neurodégénératives peuvent accroître la mortalité des neurones ou altérer leur fonctionnement, ce qui entraîne des troubles comportementaux, sensoriels et moteurs. La plasticité cérébrale est amoindrie au cours de maladies dégénératives comme la maladie d'Alzheimer.

Le cortex perd sa capacité à modifier les connexions entre neurones pour rendre certains circuits nerveux plus efficaces. Les dégénérescences ne sont donc pas compensées.

4 L'action des drogues sur le système nerveux

A Un exemple, le LSD

• L'usage de psychotropes comme le LSD entraîne des hallucinations visuelles. Le LSD, en raison de sa forme tridimensionnelle en partie semblable à celle du neurotransmetteur impliqué dans les synapses des voies visuelles, la sérotonine, peut se fixer sur les récepteurs postsynaptiques et générer un message nerveux en direction du cortex visuel, malgré l'absence de messages provenant de la rétine.

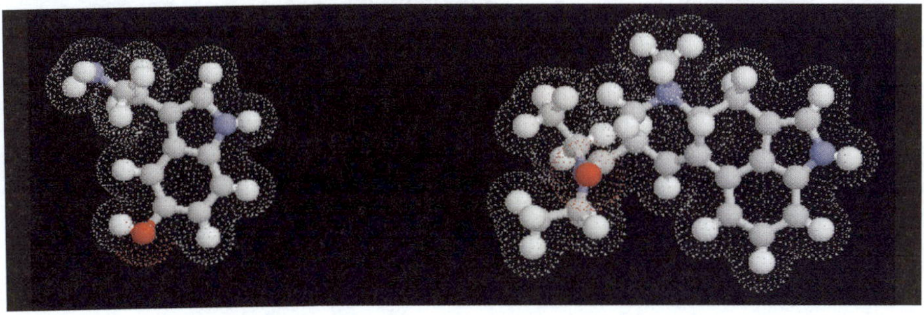

À gauche la sérotonine, à droite le LSD.

Doc. Comparaison de la molécule de sérotonine et de LSD

• La sérotonine intervient dans d'autres synapses de l'encéphale, notamment celles impliquées dans l'émotivité, l'humeur. En agissant sur celles-ci, le LSD modifie le comportement et les sensations, jusqu'à créer un état dépressif grave.

B Le développement d'un comportement addictif

• La consommation de LSD entraîne une **diminution du renouvellement des récepteurs** à la sérotonine. Par conséquent, pour continuer à ressentir le même effet, le toxicomane doit augmenter sa dose. C'est le phénomène d'accoutumance.

• D'autres drogues provoquent un phénomène de dépendance. La consommation de drogue augmente le taux d'un neurotransmetteur, la dopamine, dans des synapses du « **système de récompense** », ce qui produit un sentiment de plaisir. L'idée de la consommation de drogue stimule elle aussi la libération de dopamine, d'où le **phénomène d'accoutumance**.

- La morphine et ses dérivés de synthèse comme l'héroïne peuvent se fixer sur les récepteurs à **enképhalines** (un neurotransmetteur intervenant dans différents mécanismes de modulation dans le cerveau ainsi que dans la moelle) et mimer leur action. Cela a pour effet d'accroître la quantité de dopamine sécrétée et, par conséquent, de générer une sensation de plaisir.

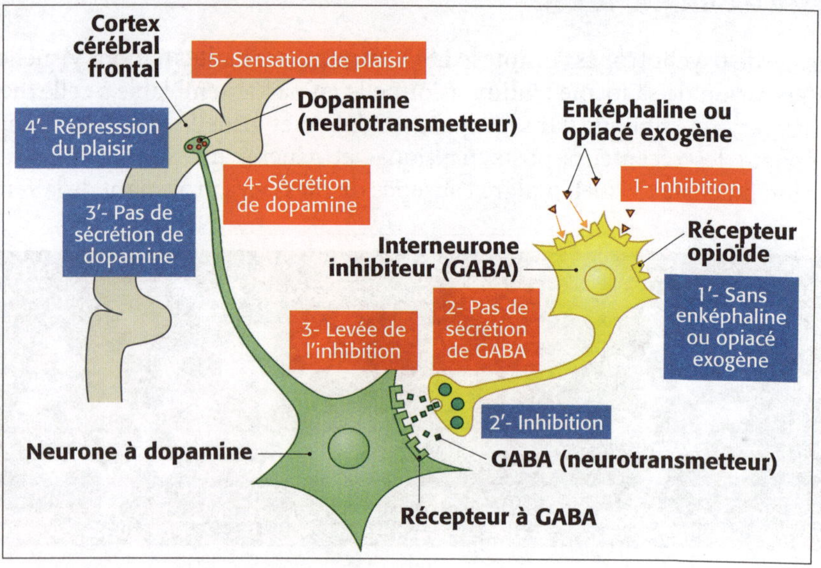

Doc. Opiacés et système de récompense

- La cocaïne freine la recapture de dopamine par la terminaison présynaptique ; d'autres drogues comme les amphétamines et l'ecstasy stimulent directement sa libération par le neurone.

L'ESSENTIEL

L'action des drogues sur le système nerveux

- Des substances comme le LSD, en raison de leur forme tridimensionnelle, peuvent se fixer sur les récepteurs postsynaptiques et perturber la transmission du message nerveux.
- Elles sont responsables du phénomène d'accoutumance et/ou du phénomène de dépendance.
- Ces substances agissent soit au niveau présynaptique, en perturbant la libération du neuromédiateur, soit au niveau des récepteurs postsynaptiques.

ZOOM SUR...

Les conséquences d'une greffe des deux mains

1 Une récupération de la motricité

→ En janvier 2000 a eu lieu à l'hôpital Édouard-Herriot de Lyon une première mondiale : la greffe des deux mains chez un individu amputé quatre ans auparavant à la suite de l'explosion d'une fusée artisanale. Le receveur, âgé de 33 ans, a reçu les deux mains d'un jeune homme de 18 ans en état de mort cérébrale.

→ Après de longues séances de rééducation, il a fini par retrouver une sensibilité et une motricité satisfaisante.

2 Une carte motrice modifiée

→ La comparaison d'imageries médicales du receveur, avant et après la greffe, a mis en évidence des modifications de la carte motrice. Juste avant la greffe, lorsque le patient commandait les muscles de sa main situés dans l'avant-bras, seule la partie la plus latérale de la zone du cortex moteur de la main s'activait. Six mois après la greffe, la même tentative du patient activait cette fois la partie centrale de la zone corticale de la main : il s'agissait de l'aire de la main, pleine et entière.

→ La même expérience concernant l'activation du coude avant et après la greffe aboutissait aux résultats inverses : avant la greffe, la zone corticale du coude était hyperdéveloppée ; après la greffe, elle avait retrouvé sa surface d'origine.

→ Autrement dit, en l'absence de mains, l'aire corticale correspondante avait régressé, et l'aire du coude avait empiété sur elle. Le rétablissement d'une activité manuelle a permis de restaurer l'aire corticale de la main.

3 Une plasticité cérébrale

→ Les aires corticales ne sont pas figées mais leurs limites évoluent en fonction de l'utilisation des membres. Ces réarrangements s'expliquent par de nouvelles connexions entre les neurones corticaux, les synapses se faisant ou se défaisant selon qu'elles sont actives ou non.

Mots clés

- **Accoutumance** : phénomène par lequel la sensation ressentie devient moins forte en cas de prises répétées d'une drogue.

- **Carte motrice** : représentation sur le cortex moteur des zones correspondant aux différentes parties du corps.

- **Cortex moteur** : région du cerveau spécialisée dans l'émission de messages à destination des motoneurones pour commander l'exécution de mouvements.

- **Dépendance** : besoin irrépressible de consommer un produit stupéfiant, caractérisé par la sensation de manque.

- **Fibre nerveuse** : prolongement cytoplasmique du corps cellulaire d'un neurone. Ce sont les dendrites et l'axone.

- **Intégration (nerveuse)** : analyse de différentes informations par un neurone pour élaborer une réponse unique adaptée.

- **Message afférent** : message nerveux circulant en direction d'un centre nerveux.

- **Message efférent** : message nerveux sortant d'un centre nerveux.

- **Motoneurone** : neurone commandant la contraction d'une fibre musculaire.

- **Neurotransmetteur** : substance chimique assurant la transmission du message nerveux au niveau d'une synapse.

- **Plasticité cérébrale** : capacité de réorganisation du cerveau due, en particulier, à l'établissement de nouvelles synapses.

- **Potentiel global (de nerf)** : message nerveux enregistré au niveau d'un nerf. D'amplitude variable, il correspond à l'ensemble des réponses des différentes fibres constituant le nerf.

- **Potentiel d'action** : signal élémentaire du message nerveux. Il correspond à une variation de tension de la membrane neuronale avec dépolarisation, inversion de la polarisation, puis repolarisation.

- **Récepteur sensoriel** : organe spécialisé dans la détection d'un stimulus et capable d'émettre un message nerveux. Le fuseau neuromusculaire est un récepteur sensible à l'étirement.

- **Réflexe myotatique** : contraction d'un muscle en réponse à son étirement.

- **Synapse** : connexion entre deux neurones (ou un neurone et un effecteur).

Document majeur

Doc. Sens de circulation des messages nerveux dans la moelle épinière

- Le sens de propagation du message nerveux dans la moelle épinière peut être déterminé grâce à des expériences de section et des stimulations accompagnées d'enregistrements électrophysiologiques.
- Après section de la racine ventrale, on stimule successivement le nerf situé à proximité du muscle, puis la racine ventrale. En même temps, on enregistre la présence éventuelle d'un message dans l'une ou l'autre racine.

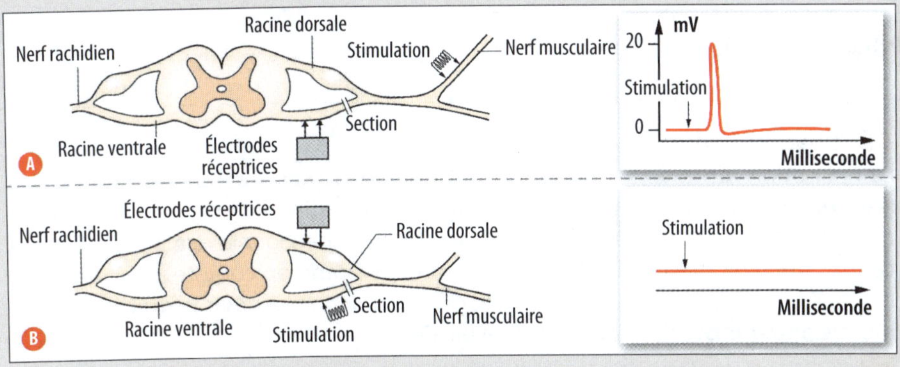

- **Expérience** Ⓐ : la stimulation du nerf musculaire donne naissance à un message enregistré dans la racine ventrale. En raison de la section, il a forcément transité par la racine dorsale pour parvenir à la racine ventrale.
- **Expérience** Ⓑ : après stimulation de la racine ventrale, aucun message n'est enregistré dans la racine dorsale. Le message, né dans la racine ventrale, est donc incapable de traverser la moelle épinière pour ensuite atteindre la racine dorsale.
- Conclusion : dans la moelle épinière, le message ne se déplace que dans un seul sens : de la racine dorsale vers la racine ventrale. Un message sensitif arrive à la moelle par la racine dorsale : c'est un message afférent (circulant vers la moelle).

Un message moteur repart par la racine ventrale : c'est un message efférent (qui sort de la moelle) qui déclenchera la contraction du muscle.

Sujet de Bac 1

Entraînement à la partie I

Le réflexe myotatique

CONSIGNE

À partir de l'exemple du réflexe myotatique, montrez l'intervention des différents éléments mis en jeu, puis dégagez le rôle intégrateur des centres nerveux.

La réponse sera illustrée par un schéma bilan.

POINT MÉTHODE

1 Analyser les termes du sujet

La réalisation du réflexe myotatique fait intervenir plusieurs éléments qu'il faut présenter de façon logique depuis le point de départ (stimulation) jusqu'à la réponse musculaire (contraction). Le sujet exige par ailleurs de dégager le rôle intégrateur des centres nerveux, c'est-à-dire le fait que la moelle prend en compte plusieurs informations pour élaborer une réponse. Cela suppose donc d'aborder le relâchement du muscle antagoniste dans une dernière partie.

2 Faire la liste des notions clés à restituer

Des mots clés devront figurer dans le devoir : récepteur sensoriel (fuseau neuromusculaire), neurone sensitif, messages afférent et efférent, motoneurone, synapses excitatrice et inhibitrice, organe effecteur, boucle monosynaptique.

Complétez cette liste et réfléchissez à un plan qui permette de ne pas en oublier, sachant que la dernière partie est consacrée au rôle intégrateur des centres nerveux.

Sujet de Bac 2

Entraînement à la partie II

Le codage du message nerveux

CONSIGNE

Le message nerveux permet la transmission d'informations sous forme codée.

À partir du *document*, mettez en évidence les caractéristiques du codage du message nerveux au niveau d'une fibre d'une part, au niveau d'un nerf d'autre part.

Doc. 1 Réponses d'une fibre nerveuse et d'un nerf à des stimulations

On procède à des stimulations d'intensité croissante (de i_1 à i_{12}) sur un nerf, puis sur une fibre issue de ce nerf.

Un dispositif d'enregistrement permet de mesurer l'amplitude des variations de potentiels de membrane obtenues sur la fibre nerveuse (enregistrement R_1) et sur le nerf (enregistrement R_2).

Intensité de stimulation	i_1	i_2	i_3	i_4	i_5	i_6	i_7	i_8	i_9	i_{10}	i_{11}	i_{12}
Réponses R_1 (en mV)	0	0	110	110	110	110	110	110	110	110	110	110
Réponses R_2 (en mV)	0	0	110	180	310	410	460	600	680	780	780	780

POINT MÉTHODE

Analyser le sujet

Il faut étudier comment varie la réponse de la fibre (R_1) en fonction de l'intensité de la stimulation et expliquer comment elle est codée.

La comparaison avec la réponse du nerf fait apparaître une différence majeure.

Celle-ci doit s'expliquer compte tenu du fait que le nerf est formé de plusieurs fibres.

Sujet de Bac 3

Entraînement à la partie II

La myasthénie, une maladie neuromusculaire

CONSIGNE

La myasthénie est une maladie neuromusculaire caractérisée par une faiblesse des muscles squelettiques. Les patients ont des difficultés, par exemple, à garder leurs paupières levées. L'impossibilité de mettre en évidence chez les malades des anomalies de structure de l'innervation du muscle a conduit les médecins à émettre l'hypothèse d'un mauvais fonctionnement de la jonction neuromusculaire.

À l'aide de l'exploitation des *documents* et de vos connaissances, éprouvez l'hypothèse émise et proposez un mécanisme expliquant la myasthénie.

Doc. 1 Organisation de la jonction neuromusculaire ou « plaque motrice »

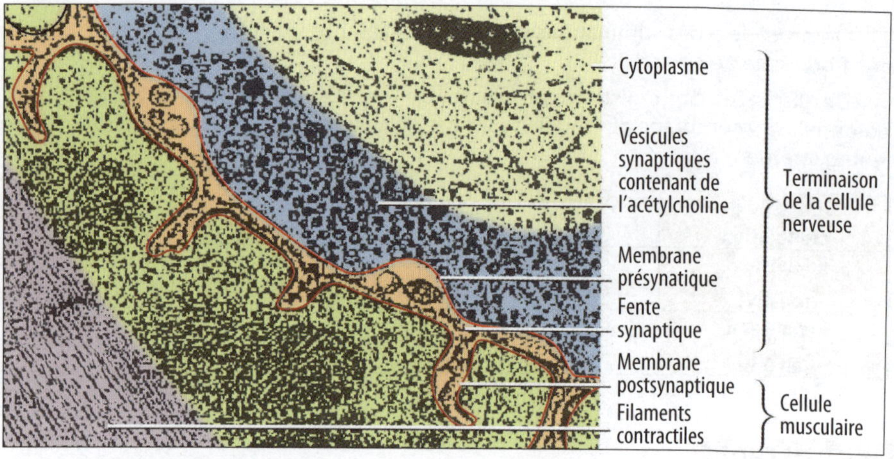

Doc. 2 Réponses musculaires à une stimulation nerveuse

Un nerf moteur est stimulé électriquement. Des électrodes posées sur la peau, au niveau d'un muscle commandé par ce nerf, enregistrent, lors de la stimulation du nerf, les phénomènes électriques globaux produits par ce muscle (électromyogramme).

On enregistre ces phénomènes électriques sur deux sujets : l'un normal, l'autre atteint de myasthénie.

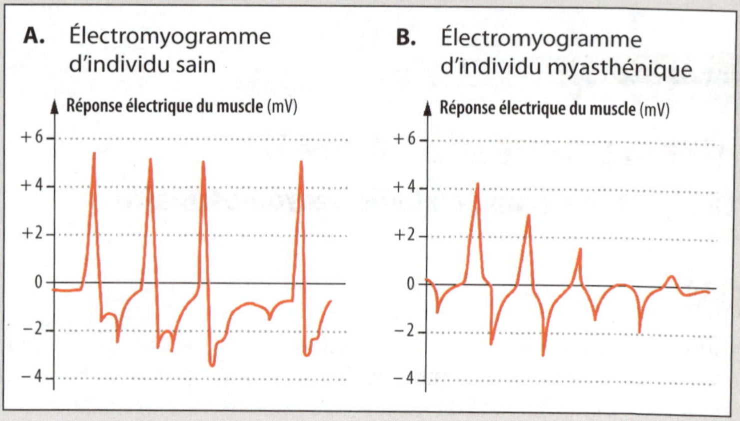

Doc. 3 Résultats d'une autoradiographie

L'alphabungarotoxine, molécule toxique extraite du venin de serpent, possède la propriété de se fixer sur les récepteurs à acétylcholine. Son injection à une souris saine entraîne des symptômes analogues à ceux de la myasthénie. Par autoradiographie, on peut localiser l'alphabungarotoxine radioactive sur la membrane d'une cellule musculaire. La figure donne le résultat de cette localisation chez un individu sain et chez un individu myasthénique.

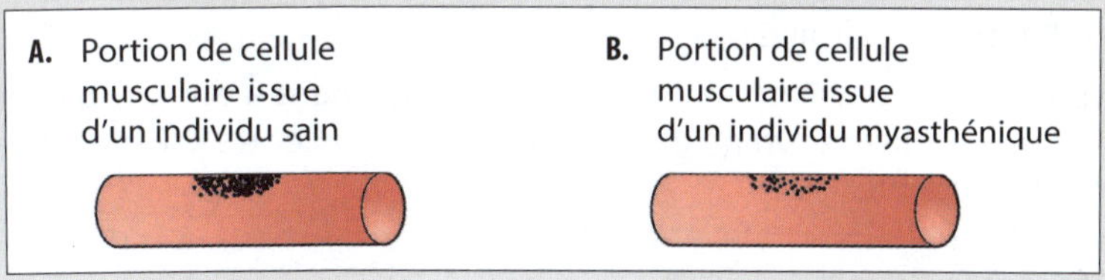

Doc. 4 Du potentiel postsynaptique au potentiel d'action

À l'aide des électrodes réceptrices 1 et 2, on mesure les potentiels dans la zone postsynaptique de la jonction neuromusculaire. On mesure ainsi le potentiel postsynaptique au niveau de la plaque motrice (électrode 1) et le potentiel d'action du muscle responsable de la contraction (électrode 2). On précise que le potentiel postsynaptique est une dépolarisation à l'origine d'un potentiel d'action.

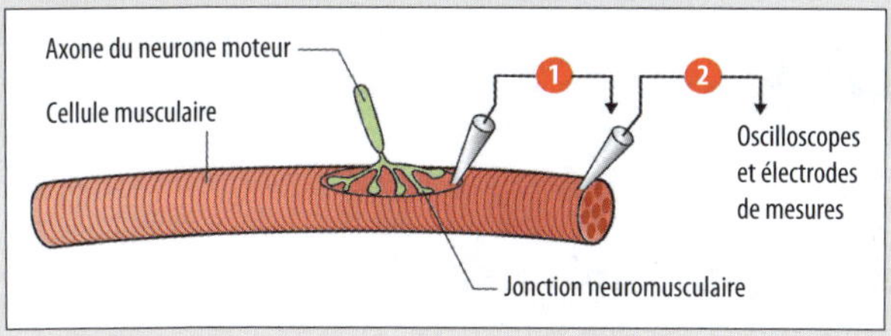

On réalise cette manipulation sur deux jonctions neuromusculaires, d'un individu sain et d'un individu myasthénique.

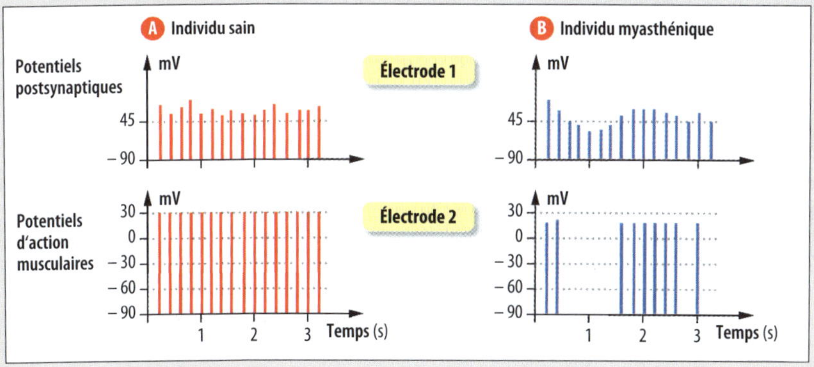

POINT MÉTHODE

1 Analyser chaque document et les relier

Dans un premier temps, il faut procéder à l'analyse rapide de chaque document pour dégager les informations qu'il fournit. Comme cette analyse est menée avec l'objectif de répondre au problème, les causes de la myasthénie, il est nécessaire de trier les informations utiles.

D'autre part, les informations extraites d'un document aident le plus souvent à comprendre le suivant. On ne doit pas négliger de relier les documents entre eux quand c'est possible.

2 Rédiger le devoir

Chaque information tirée d'un document est suivie d'une interprétation. La réponse au problème est ainsi construite de façon argumentée, chaque conclusion étant établie à partir d'observations ou de résultats expérimentaux, et non justifiée *a posteriori*.

Sujet de Bac 4

Entraînement à la partie II

Mémoire et plasticité cérébrale

Les processus de mémorisation reposent notamment sur la plasticité cérébrale.

Pour le démontrer, des chercheurs se sont intéressés à une région particulière de l'encéphale : l'hippocampe. Ils ont alors réalisé chez des rats différentes expériences.

CONSIGNE

Exploitez les résultats de ces expériences pour mettre en évidence la plasticité de l'hippocampe et son intervention dans la mémorisation.

Doc. 1 Radioactivité des neurones de l'hippocampe chez deux groupes de rats d'âges variés

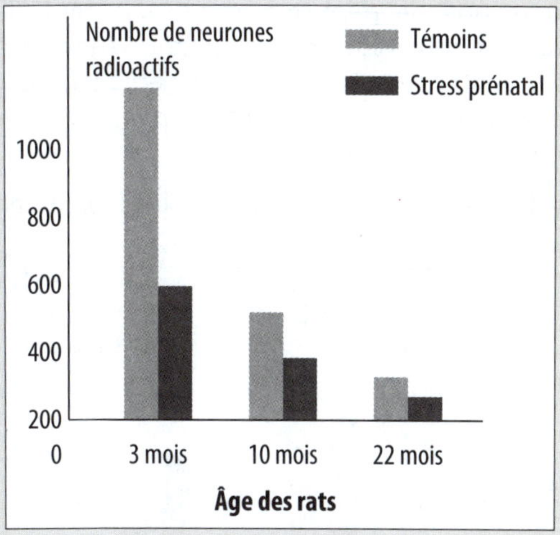

Des femelles gestantes (portant des fœtus) sont soumises à un stress : exposition trois fois par jour pendant 45 minutes à un éclairage intense. Après leur naissance, les rats ayant subi ce stress prénatal reçoivent, à des âges variés, un précurseur radioactif de l'ADN. Le lendemain, ils sont sacrifiés et on mesure la radioactivité dans les neurones de leur hippocampe.

Doc. 2 Effet de l'entraînement sur l'apprentissage

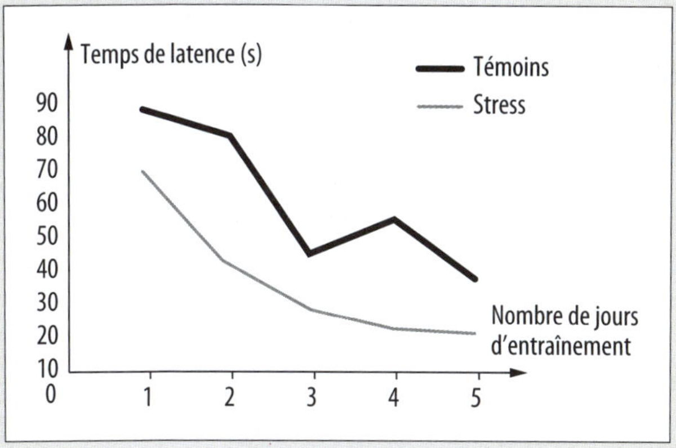

Pour tester la mémoire de ces rats, on les soumet au «test du labyrinthe aquatique»: un rat, placé dans une piscine de 1,80 m de diamètre et 60 cm de profondeur dans laquelle l'eau est opaque, peut se reposer seulement s'il réussit à trouver une plateforme immergée et non visible, placée toujours au même endroit. Chaque individu subit d'abord un entraînement de durée variable d'un rat à l'autre pour mémoriser la position de la plateforme grâce à différents repères, puis on mesure le temps nécessaire pour qu'il la retrouve sans repères.

Doc. 3 Radioactivité des neurones de l'hippocampe pour différents groupes

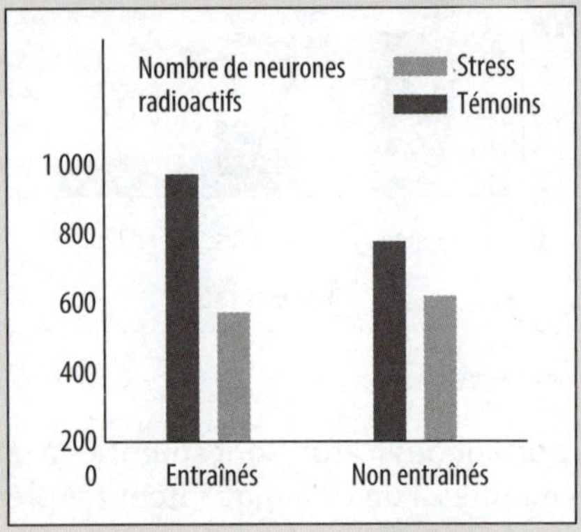

Un précurseur radioactif de l'ADN est injecté à deux groupes de rats de même âge ayant subi ou non un entraînement. Dans chaque groupe, l'expérience est réalisée sur des animaux stressés et sur des témoins. On mesure ensuite la radioactivité dans les neurones de l'hippocampe.

POINT MÉTHODE

Exploiter des documents pour résoudre un problème

Il faut établir un fil conducteur entre les différents *documents* pour mettre en évidence une plasticité cérébrale dont dépendent les effets d'un entraînement.

Le *document* 1 permet d'établir un lien entre l'environnement et la mise en place des réseaux de neurones dans l'hippocampe au cours du développement.

Le *document* 2 met en évidence les effets de l'entraînement dans les processus de mémorisation.

Le *document* 3 permet de comprendre cet effet.

Il faut donc comparer la situation entre individus entraînés et non entraînés, pour les témoins d'une part, pour les individus stressés d'autre part.

Sujet de Bac 1

Entraînement à la partie I

Introduction

Le réflexe myotatique est une contraction involontaire du muscle en réponse à son étirement, qui intervient notamment dans le maintien de la posture. Souvent utilisé comme outil diagnostique pour apprécier l'intégrité du système neuromusculaire, le réflexe myotatique met en jeu différents éléments. Nous montrerons comment ceux-ci, et en particulier les centres nerveux, interviennent dans sa réalisation.

Remarque
Le plan détaillé doit figurer sur la copie pour faire apparaître clairement la construction du devoir.

I. Des neurones sensoriels à l'origine d'un message afférent

A. Le stimulus déclencheur et sa détection

Dans le cas du réflexe achilléen, l'étirement du muscle extenseur du pied, provoqué par la percussion du tendon, est automatiquement suivi de sa contraction responsable de l'extension du pied. Le réflexe myotatique empêche un étirement excessif du muscle et permet de maintenir sa longueur constante. À l'intérieur du muscle, les fuseaux neuromusculaires sont des structures sensorielles sensibles à l'étirement. Constitué de cellules musculaires modifiées, reliées à un neurone dont le corps cellulaire est situé dans un ganglion rachidien, le fuseau neuromusculaire est un récepteur sensoriel.

Remarque
Le réflexe rotulien peut aussi bien servir d'exemple.

B. La circulation du message afférent

Différentes études expérimentales et observations de lésions ont permis de montrer l'intervention de la moelle épinière, un centre nerveux, et des nerfs reliant la moelle au muscle dans la réalisation du réflexe myotatique. La moelle épinière est reliée au nerf musculaire par un nerf rachidien connecté à la moelle par une racine dorsale (postérieure) et une racine ventrale (antérieure).

Remarque
Le message nerveux est afférent ou efférent mais il est toujours de même nature, une suite de potentiels d'action. On ne parle donc pas de message sensitif ou moteur.

La stimulation des fuseaux neuromusculaires fait naître un message nerveux véhiculé par un neurone sensitif en direction de la moelle. Ce message afférent pénètre dans la moelle par la racine dorsale.

II. La contraction musculaire déclenchée par un message efférent

A. Connexions entre motoneurone et neurone sensitif

Dans la substance grise, l'extrémité de l'axone du neurone sensitif est connectée au corps cellulaire d'un neurone moteur, le motoneurone. La connexion est réalisée par l'intermédiaire d'une synapse excitatrice. Ainsi, l'arrivée du message afférent fait naître un message nerveux au niveau du motoneurone.

B. Trajet du message efférent

Le message émis par le motoneurone emprunte la racine ventrale pour quitter la moelle : c'est un message efférent. Véhiculé par la fibre du motoneurone, il parvient au muscle extenseur et déclenche sa contraction. Le muscle, un organe effecteur, répond de cette façon au stimulus déclencheur. Du récepteur sensoriel à l'effecteur, le message nerveux franchit une seule synapse. La réalisation du réflexe dépend d'un circuit de neurones constituant une boucle monosynaptique.

III. Le rôle intégrateur des centres nerveux

A. Des muscles antagonistes

La mobilité des os est assurée par des muscles antagonistes (extenseurs et fléchisseurs) qui fonctionnement de façon coordonnée. Quand l'un se contracte, l'autre se relâche.

> **Aide**
> Des informations provenant des récepteurs sensoriels et d'autres venant du cerveau sont intégrées dans la moelle épinière.

Dans le cas du réflexe myotatique, un même message efférent est à l'origine de la contraction du muscle extenseur et du relâchement de son antagoniste, le fléchisseur.

B. Des connexions entre neurones dans la moelle épinière

Dans la substance grise de la moelle, le neurone sensitif de l'extenseur est associé au motoneurone du muscle fléchisseur par l'intermédiaire d'un interneurone. Ce dernier est connecté au motoneurone du fléchisseur par l'intermédiaire d'une synapse inhibitrice dont le fonctionnement interdit le passage de messages nerveux venant du cerveau et maintenant le tonus du fléchisseur. En conséquence, le muscle fléchisseur se relâche.

Ainsi, par l'intermédiaire des synapses dans la moelle épinière, chaque motoneurone intègre différentes informations avant d'élaborer une réponse adaptée : c'est l'intégration nerveuse.

Conclusion

Les différents éléments mis en jeu dans le réflexe myotatique constituent une boucle ou « arc réflexe ». Le fonctionnement coordonné des muscles antagonistes fait intervenir les capacités intégratrices d'un centre nerveux : la moelle épinière.

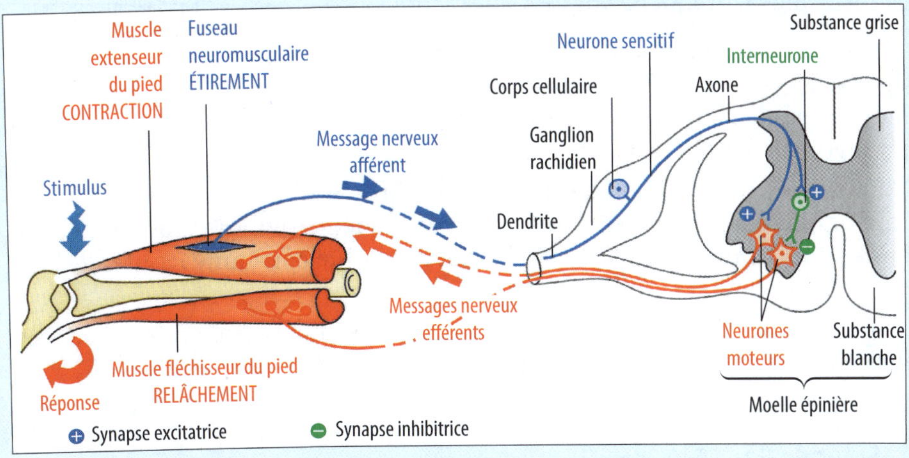

Doc. **Les circuits neuroniques impliqués dans le réflexe myotatique**

Sujet de Bac 2

Entraînement à la partie II

On cherche à mettre en évidence les caractéristiques du codage du message nerveux.

Le *document* présente les réponses d'une fibre nerveuse (R_1) et d'un nerf (R_2) à des stimulations d'intensité croissante, de i_1 à i_{12}.

> **Remarque**
> Ne confondez pas l'intensité et l'amplitude. La première se rapporte à la stimulation, la seconde au potentiel d'action (une variation de tension).

Pour une stimulation d'intensité inférieure ou égale à i_2, aucune réponse n'est enregistrée sur la fibre nerveuse (enregistrement R_1) comme sur le nerf (enregistrement R_2). Il existe un seuil de stimulation, entre i_2 et i_3, au-dessous duquel aucun message nerveux n'est généré.

Pour des stimulations supérieures au seuil, la réponse de la fibre est d'amplitude constante (110 mV) quelle que soit leur intensité. La fibre nerveuse obéit à la loi du tout ou rien.

Le signal élémentaire du message nerveux, le potentiel d'action, est stéréotypé, son amplitude est constante et ne traduit pas l'intensité d'une stimulation. Celle-ci est codée en fréquence : plus la stimulation est forte, plus la fréquence des PA augmente.

Aide
Comparez la réponse du nerf et celle de la fibre. Remarquez que la réponse du nerf devient constante au-delà d'une intensité i_{10}.

Sur le nerf (enregistrement R_2), l'amplitude de la réponse augmente avec l'intensité de la stimulation. Or, un nerf est constitué d'un ensemble de fibres nerveuses, la réponse du nerf correspond à la somme des réponses des fibres. C'est ce qu'on appelle « le potentiel global du nerf ».

Plus l'intensité augmente, plus le nombre de fibres recrutées augmente. Cela signifie que toutes les fibres n'ont pas le même seuil de réponse. Au-delà d'une stimulation supérieure à i_{10}, l'amplitude reste constante : toutes les fibres ont été recrutées.

L'intensité d'une stimulation est codée en modulation de fréquence par la fibre nerveuse et en modulation d'amplitude par le nerf.

Sujet de Bac 3

Entraînement à la partie II

Chez les patients atteints de myasthénie, la difficulté à se mouvoir serait expliquée par un mauvais fonctionnement de la jonction neuromusculaire, autrement dit une synapse. L'analyse des *documents* 1 à 4 permet d'éprouver cette hypothèse.

Aide
Toutes les légendes figurent sur le *document* 1, il faut dégager une information supplémentaire, l'organisation polarisée de la synapse, et identifier parties pré et postsynaptiques.

Document 1

Il montre l'organisation de la synapse neuromusculaire et met en évidence une polarité. La terminaison axonale du motoneurone (en haut à droite) renferme des vésicules synaptiques contenant un neurotransmetteur (l'acétylcholine). C'est la partie présynaptique de la synapse.

La cellule musculaire (en bas à gauche) présente une membrane avec des replis, ce qui augmente sa longueur et le nombre de récepteurs (non visibles) au neuromédiateur qu'elle porte sur sa face externe. Elle correspond à la partie postsynaptique.

Ces deux parties sont séparées par une fente synaptique.

Document 2

Il permet de comparer la réponse d'un muscle chez un sujet sain et un sujet malade. Une stimulation du nerf moteur provoque une série de signaux électriques, d'amplitude constante (environ 5 mV) chez le premier tandis que chez le malade, leur amplitude diminue progressivement et devient nulle. Dans ce cas, la contraction musculaire ne dure pas, ce qui explique la fatigue musculaire constatée chez les malades. La maladie semble due à un défaut de transmission du message au niveau de la synapse.

Document 3

Le blocage des récepteurs à acétylcholine par l'alphabungarotoxine entraîne des symptômes analogues à ceux de la myasthénie.

L'origine de la maladie est donc à rechercher au niveau de ces récepteurs. Par ailleurs, après injection d'alphabungarotoxine radioactive, une autoradiographie met en évidence une faible densité des récepteurs à acétylcholine sur les cellules musculaires des malades, très inférieure à celle constatée chez les individus sains.

Aide

L'autoradiographie permet de localiser des molécules radioactives lorsqu'elles sont fixées. Ici, la fixation des molécules d'alphabungarotoxine indique la présence de récepteurs complémentaires.

Cette observation permet d'expliquer les résultats du *document* 2 : le nombre insuffisant de récepteurs postsynaptiques serait responsable d'une mauvaise transmission du message nerveux au muscle.

Document 4

Il compare les réponses postsynaptiques d'individus malades ou non. L'amplitude des potentiels postsynaptiques est supérieure chez un individu non malade. Lorsqu'elle ne dépasse pas la valeur d'un seuil (pointillé horizontal) comme c'est le cas chez le seul malade, il n'y a pas de potentiel d'action musculaire et donc pas de contraction : le muscle arrête de fonctionner, d'où l'expression de « fatigue musculaire ».

L'ensemble des *documents* permet d'expliquer les causes de la myasthénie : le nombre insuffisant de récepteurs à l'acétylcholine au niveau de la synapse neuromusculaire empêche la genèse continue de potentiels d'actions musculaires au niveau du muscle et, par conséquent, sa contraction prolongée. L'hypothèse proposée d'un mauvais fonctionnement de la jonction neuromusculaire est donc vérifiée.

Conseil

Il faut récapituler de façon synthétique les informations fournies par les *documents* pour répondre au problème posé.

Sujet de Bac 4

Entraînement à la partie II

On cherche à mettre en évidence une plasticité au niveau de l'hippocampe et à déterminer son rôle dans les processus de mémorisation.

Le *document* 1 montre la présence de neurones radioactifs chez les animaux stressés comme chez les témoins, jusqu'à 22 mois.

On peut donc en déduire que les neurones de l'hippocampe se divisent après la naissance chez les deux groupes.

Par ailleurs, le nombre de neurones radioactifs étant plus faible chez les animaux stressés que chez les témoins, on peut penser que le stress subi pendant la période prénatale est responsable de la diminution de l'activité mitotique de leurs neurones. L'environnement intervient donc dans la mise en place des réseaux nerveux de l'hippocampe. Aussi peut-on parler de « plasticité cérébrale ».

Sachez que...
Le précurseur est utilisé lors de la réplication de l'ADN précédant obligatoirement la division cellulaire. Ainsi, une cellule radioactive correspond à une cellule qui s'est divisée.

Dans le *document* 2, on teste les capacités de mémorisation des rats. Elles sont plus importantes chez le groupe témoin qui retrouve plus rapidement la plateforme immergée. Cependant, chez les deux groupes, le temps de latence est d'autant plus court que la durée d'entraînement a été longue.

Le *document* 3 permet de comprendre l'origine de cette différence. On constate, en effet, que chez les témoins entraînés, le nombre de neurones radioactifs est plus important que chez les témoins non entraînés. Ainsi, l'entraînement stimule la division des neurones, d'où l'amélioration des performances observée sur le *document* 2. En revanche, chez les animaux stressés, malgré l'entraînement, le nombre de neurones radioactifs n'augmente pas. Ceci explique leurs performances inférieures à celles des témoins. Pourtant, chez les rats stressés, l'entraînement est responsable d'une amélioration des performances. Celle-ci se justifie donc vraisemblablement par une augmentation du nombre de synapses.

Ainsi, la mémorisation repose sur la division des neurones et l'augmentation du nombre de synapses dans l'hippocampe, une région du cerveau douée de plasticité.

CHAPITRE 10

Contraction musculaire et apport d'énergie

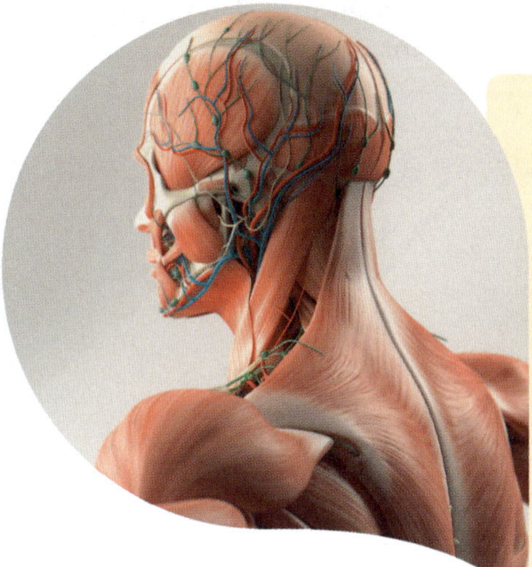

DE QUOI S'AGIT-IL ?

Les cellules musculaires (ou « fibres »), grâce à leurs myofibrilles et leurs myofilaments, sont le siège de la contraction. Cette dernière nécessite de l'énergie, sous forme d'ATP. Le renouvellement de l'ATP est assuré par la respiration ou la fermentation, toutes deux dégradant le glucose.
Il existe deux types de fibres musculaires – lentes ou rapides – qui utilisent l'une ou l'autre voie énergétique, selon le type d'effort.
Des produits dopants peuvent faciliter l'effort mais ils entraînent des risques pour la santé.

COURS

1 Le muscle, organe du mouvement

A La contraction du muscle

- Les **mouvements volontaires** sont réalisés par la contraction des muscles squelettiques, sous le contrôle du système nerveux central.
- Le muscle est constitué de cellules allongées : les **fibres musculaires**. Plusieurs fibres sont regroupées à l'intérieur d'une membrane élastique et forment un faisceau musculaire. **Les fibres d'un faisceau se contractent de façon synchrone.**

Sachez que...
Le muscle squelettique se distingue du muscle lisse par la striation de ses fibres, d'où son nom de « muscle strié ».

- **Le muscle est innervé et irrigué. Il est excitable, contractile et élastique**. Ces propriétés lui permettent de répondre à une stimulation, de se raccourcir et de retrouver ses dimensions d'origine à la fin de la contraction. Le muscle est aussi extensible : s'il est relâché, il peut être étiré au-delà de sa longueur au repos.
- Dans la situation la plus courante, **la contraction du muscle s'accompagne de son raccourcissement et de son épaississement**.

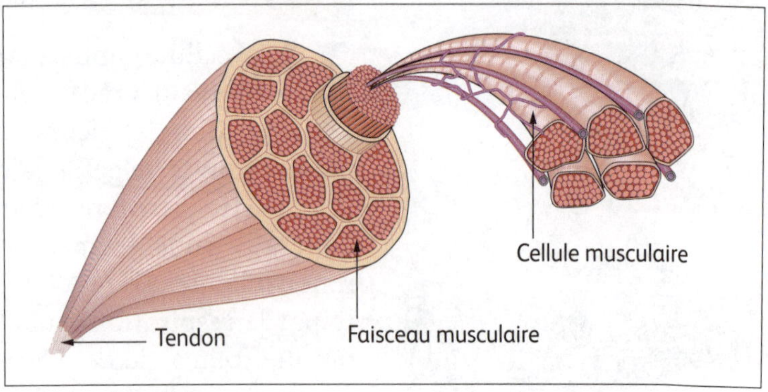

Doc. **Anatomie du muscle strié**

B L'action sur les os

- Le muscle squelettique est fixé à l'os au niveau d'une articulation par l'intermédiaire d'un tendon solide et élastique. Composé de fibres de collagène, le tendon résiste aux fortes tractions.

- **Lorsque le muscle se contracte, il tire sur le tendon qui transmet les forces musculaires** à l'os sur lequel il est fixé. Ce dernier peut alors se déplacer par rapport à l'autre os auquel il est articulé. La forme, souvent complémentaire, de l'extrémité des os au niveau des articulations permet leur emboîtement et leur mouvement.
- Le membre est capable de **mouvements de flexion et d'extension, produits par deux types de muscles antagonistes** (fléchisseurs et extenseurs) qui s'insèrent au niveau de l'os à des endroits différents.
- Le muscle fléchisseur, le biceps par exemple, s'insère sur l'os au-dessus de l'avant-bras. En se contractant, il ramène celui-ci vers le bras. C'est un mouvement de **flexion**. Le muscle extenseur, le triceps, s'insère sur l'os en dessous de l'avant-bras. En se contractant, il écarte celui-ci du bras. C'est un mouvement d'**extension**.
- Lorsqu'un muscle extenseur est contracté, le muscle fléchisseur opposé est relâché, et inversement. Ces deux muscles travaillent en **opposition de phase** : ce sont des **muscles antagonistes**.

Remarque
C'est grâce au réflexe myotatique que lorsqu'un muscle se contracte, son antagoniste se relâche.

L'ESSENTIEL

Le muscle, organe du mouvement

- Les mouvements volontaires sont réalisés par la contraction des fibres musculaires à l'intérieur des muscles squelettiques.
- Ceux-ci agissent au niveau des articulations, par l'intermédiaire des tendons.
- Les mouvements de flexion et d'extension sont produits par des muscles antagonistes, qui travaillent en opposition de phase.

2 La cellule musculaire et sa contraction

A Une cellule différenciée

- **Les cellules musculaires sont des fibres allongées,** disposées parallèlement les unes aux autres et alignées dans le grand axe du muscle. Ce sont des cellules géantes plurinucléées qui résultent de la fusion de plusieurs cellules.
- **Elles renferment un assemblage de myofibrilles**, formées chacune d'une suite de **sarcomères**, les unités contractiles du muscle. Les stries du muscle strié délimitent les sarcomères.

• **Chaque sarcomère est capable de se raccourcir**. L'addition de ces raccourcissements est responsable de la contraction du muscle.

• Pour certaines **myopathies** (des maladies dégénératives du muscle), des anomalies génétiques entraînent un défaut de structure du collagène VI, une molécule de l'enveloppe musculaire qui fait le lien entre l'intérieur et l'extérieur de la cellule en s'ancrant à la matrice extracellulaire. L'enveloppe ne peut plus jouer son rôle de soutien pour le muscle et suite aux contractions répétées, la membrane, puis la cellule musculaire sont dégradées.

B Le mécanisme de la contraction

• **Chaque sarcomère renferme deux types de myofilaments** disposés en alternance et respectivement formés d'actine et de myosine, les protéines responsables de la contraction. Le glissement de l'actine par rapport à la myosine entraîne une diminution de longueur du sarcomère. Les raccourcissements de chaque sarcomère s'additionnent et provoquent la contraction du muscle.

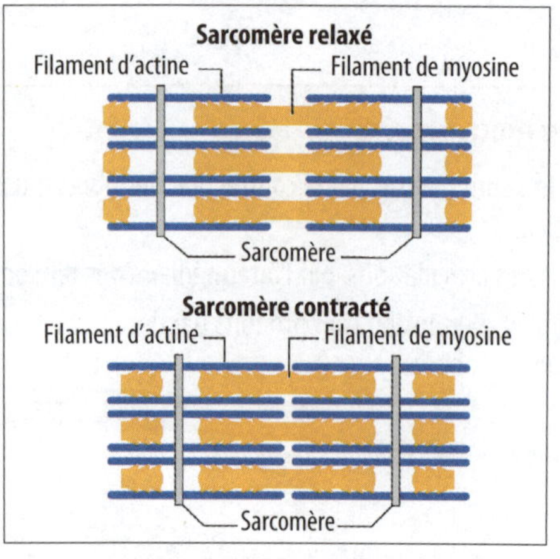

Doc. La contraction musculaire à l'échelle du sarcomère

• La tête de la myosine possède un site de fixation pour l'ATP. L'hydrolyse de l'ATP en ADP provoque un changement de sa position, puis en présence de calcium, elle se fixe à l'actine (1, sur le document suivant) et (4).

• En libérant l'ADP, la tête de la myosine retrouve sa position initiale (2) ce qui entraîne le glissement de l'actine et le raccourcissement du sarcomère. La fixation d'une nouvelle molécule d'ATP permet la séparation de l'actine et de la myosine (3). Ainsi, l'énergie contenue dans la molécule d'ATP est convertie en énergie mécanique.

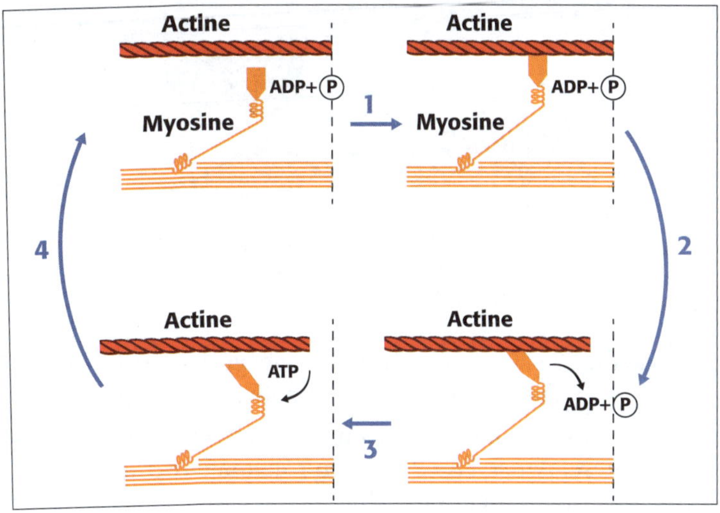

Doc. Le mécanisme moléculaire de la contraction musculaire

L'ESSENTIEL

La cellule musculaire et sa contraction

- Les cellules musculaires (ou « fibres ») sont formées d'un assemblage de myofibrilles, elles-mêmes constituées d'une succession de sarcomères renfermant des myofilaments d'actine et de myosine.
- Le glissement de l'actine sur la myosine réduit la longueur de chaque sarcomère, et le muscle se contracte.
- Ces mouvements nécessitent de l'ATP, un intermédiaire énergétique dont l'hydrolyse libère de l'énergie.

3 L'utilisation et la production d'ATP par les cellules

A Contraction musculaire et ATP

1. L'ATP, un intermédiaire énergétique

- **La molécule d'ATP est un nucléotide triphosphate** composé d'une base azotée (l'adénine), d'un sucre (le ribose) et de trois groupements phosphates.

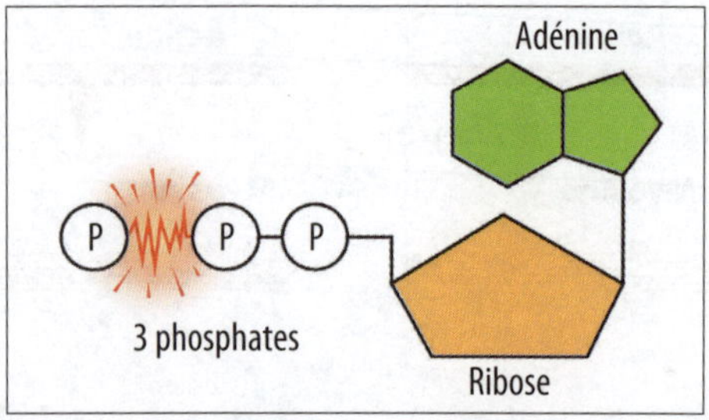

Doc. La molécule d'ATP

- **L'hydrolyse de l'ATP est une réaction exoénergétique :** elle libère de l'énergie, (30 kJ) : ATP + H_2O → ADP + Pi (phosphate inorganique).
- Elle peut être **couplée** aux réactions consommatrices d'énergie, comme les réactions de synthèse. Ainsi, l'ATP joue un rôle majeur d'intermédiaire énergétique dans le fonctionnement des cellules.
- Bien que l'ATP soit en permanence utilisé, sa quantité reste constante malgré **l'absence de stock** d'ATP dans les cellules. **L'ATP est sans cesse régénéré** selon la réaction : ADP + P → ATP + H_2O.
- La synthèse d'ATP consomme de l'énergie (30 kJ) et doit donc être couplée avec une réaction exoénergétique. Cette dernière est réalisée au cours de la respiration par voie aérobie (en présence d'O_2), ou de la fermentation par voie anaérobie (en absence de dioxygène).

2. Deux voies métaboliques de régénération de l'ATP

- **En milieu aérobie,** les cellules consomment de l'O_2 et rejettent du CO_2, en présence de glucose. **C'est la respiration**, qui se déroule en partie dans la mitochondrie. La dégradation complète du glucose libère de l'énergie et forme des molécules minérales, CO_2 et H_2O, selon l'équation bilan ci-dessous.

$$C_6H_{12}O_6 + 6O_2 \rightarrow 6\ CO_2 + 6\ H_2O$$

- **En milieu anaérobie, les cellules s'engagent dans la voie de la fermentation**, laquelle se déroule à l'intérieur du cytoplasme. Les cellules musculaires pratiquent la fermentation lactique au cours de laquelle le glucose consommé, partiellement dégradé, est transformé en **acide lactique**.
- L'acide lactique, une molécule organique, renferme encore de l'énergie. La fermentation libère donc moins d'énergie que la respiration. Le bilan de la fermentation lactique est : $C_6H_{12}O_6 \rightarrow 2CH_3\ CHOHCOOH$.

Sachez que…

Le bilan de la fermentation alcoolique est : $C_6H_{12}O_6 \rightarrow 2C_2H_5OH + 2CO_2$. Celle-ci n'est pas pratiquée par les cellules musculaires.

B Des réactions couplées à la synthèse d'ATP

Respiration et fermentation produisent de l'ATP à partir d'une voie commune, la glycolyse, puis divergent ensuite vers deux voies spécifiques.

1. Une étape commune, la glycolyse

- Au cours des étapes de la glycolyse dans le cytoplasme, l'oxydation d'une molécule de glucose forme deux molécules de pyruvate ($CH_3COCOOH$). La glycolyse est une **dégradation partielle du glucose**.
- Cette réaction est couplée à la réduction d'un oxydant, le NAD^+, en NADH, H^+. Pour une molécule de glucose oxydé, deux molécules de NADH, H^+ sont formées.
- La glycolyse est une **oxydoréduction** dont le bilan est écrit ci-dessous.

$$C_6H_{12}O_6 + 2NAD^+ \rightarrow 2CH_3CO\ COOH + 2NADH,\ H^+$$

- Par ailleurs, la rupture de liaisons covalentes entraîne une libération d'énergie qui permet la **synthèse de deux ATP** (à partir de l'ADP).

2. Deux voies spécifiques de production d'ATP

- En **aérobie**, dans la **matrice** de la mitochondrie (espace inclus dans la membrane interne), le pyruvate est décarboxylé et oxydé par des enzymes au cours du **cycle de Krebs**. Du dioxyde de carbone est libéré et pour un glucose, dix molécules de NADH, H^+ et deux molécules d'ATP sont formées.

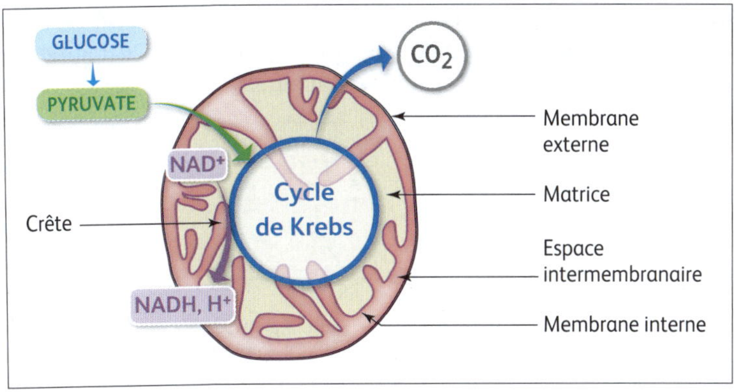

Doc. Le cycle de Krebs dans la matrice de la mitochondrie

- Ces NADH, H^+ ainsi que ceux provenant de la glycolyse (douze au total), sont oxydés. C'est-à-dire qu'ils perdent leur atome d'hydrogène (soit un H^+ et un électron) au niveau de la membrane interne mitochondriale. Ces protons et ces électrons sont transférés via une série de transporteurs intégrés dans la membrane interne mitochondriale (la chaîne respiratoire) depuis les NADH, H^+ jusqu'au dioxygène, l'accepteur final d'électrons et de protons.
- La réduction du dioxygène (gain d'électron et de H^+) aboutit à la formation de molécules d'eau. L'ensemble de ces réactions conduit à la **synthèse de 32 molécules d'ATP**, synthèse catalysée par une enzyme : **l'ATP synthase.**
- Le bilan de la respiration est : $C_6H_{12}O_6 + 6O_2 \rightarrow 6\ CO_2 + 6\ H_2O + 36$ ATP.

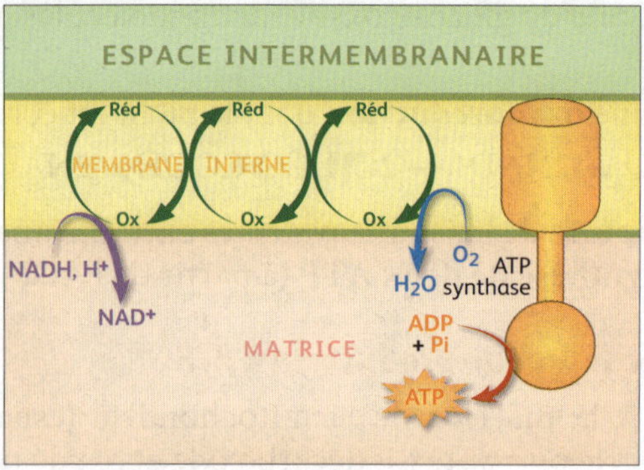

Doc. Le fonctionnement de la chaîne respiratoire

- En anaérobie, au cours de la fermentation lactique, le pyruvate est réduit en acide lactique (ou en éthanol lors de la fermentation alcoolique) et les deux NADH, H^+ formés par la glycolyse sont réoxydés en NAD^+. Aussi, **la production d'ATP est limitée à la glycolyse** (deux ATP pour un glucose) ce qui explique le faible rendement de la fermentation.

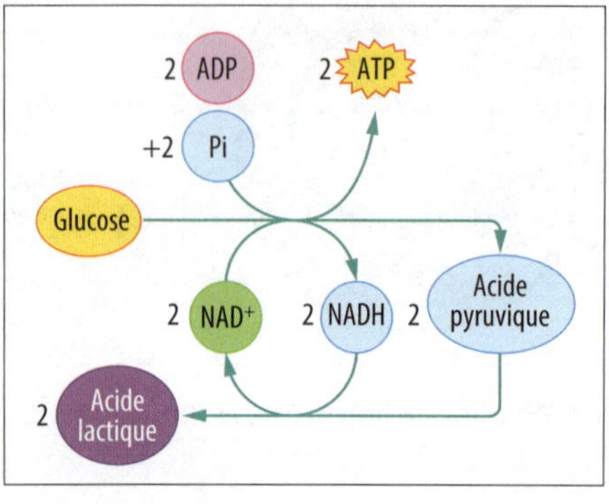

Doc. La fermentation lactique

COURS

L'ESSENTIEL

L'utilisation et la production d'ATP par les cellules

- L'ATP est un intermédiaire énergétique utilisé dans toutes les réactions cellulaires consommatrices d'énergie.
- L'hydrolyse de l'ATP est une réaction exoénergétique : libératrice d'énergie.
- Selon les conditions, aérobies ou anaérobies, l'ATP est fourni par la respiration ou la fermentation.

La respiration cellulaire

4 Effort physique et besoins des muscles

A Deux types de fibres

- **Les fibres musculaires existent sous deux types principaux** qui se distinguent par leurs performances. Les **fibres « lentes »**, endurantes se contractent à vitesse relativement lente, tandis que les **fibres « rapides »** se fatiguent vite mais se contractent rapidement. Ces différences s'expliquent par la voie métabolique préférentiellement utilisée par chacune.

- **Les fibres « lentes », riches en mitochondries et bien vascularisées**, sont de couleur rouge en raison de l'abondance d'un pigment, la **myoglobine**, capable de capter le dioxygène apporté par le sang. **Elles utilisent essentiellement la respiration pour régénérer l'ATP.**

- **Les fibres « rapides » sont plus riches en réserves énergétiques comme le glycogène**. Elles utilisent une voie anaérobie : la **fermentation lactique**. La production d'ATP est rapide mais moins importante et l'accumulation d'acide lactique serait à l'origine de la fatigue musculaire.

- Selon le sport pratiqué, **la proportion de fibres lentes ou rapides varie dans les muscles utilisés**. Les premières sont plus abondantes chez les athlètes pratiquant des sports d'endurance (ski de fond, coureur de fond), alors que les secondes sont majoritaires chez les sportifs dont l'activité est intense mais de courte durée.

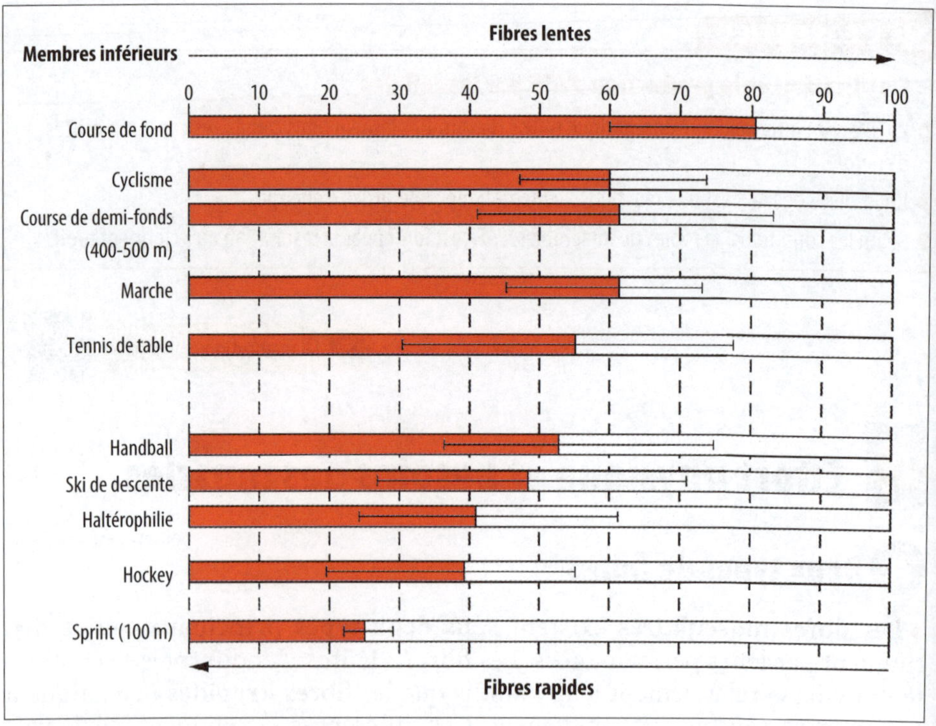

Doc. **Proportion de fibres lentes et rapides en fonction de l'activité**

B Des produits dopants utilisés pour faciliter l'effort

- Pour améliorer leurs performances, les sportifs utilisent parfois des produits dopants comme les stéroïdes ou l'EPO.
- Les stéroïdes sont des anabolisants. Ces substances, naturelles comme la testostérone, peuvent aussi résulter d'une synthèse chimique. Elles favorisent la fabrication du muscle en stimulant la synthèse des protéines. Elles augmentent ainsi la force physique. Les stéroïdes sont aussi des psychostimulants car ils diminuent la sensation de fatigue.
- Leur utilisation peut avoir des **effets néfastes sur le système cardiovasculaire** (formation de caillot sanguin), **sur le système nerveux ou sur les tissus musculaires et osseux** (dégénérescence de la fibre musculaire). La consommation de stéroïdes **perturbe aussi le fonctionnement de l'appareil reproducteur** et peut être **à l'origine de cancers**.

- L'EPO est une hormone fabriquée par le rein mais qui peut aussi être **synthétisée par voie chimique**. Elle stimule la production de globules rouges par la moelle osseuse, ce qui élève la capacité à transporter le dioxygène jusqu'aux muscles. Ainsi, la production d'énergie par la respiration est stimulée et le muscle peut produire plus d'effort.
- L'augmentation du nombre de globules rouges **élève la viscosité du sang et donc l'effort demandé au cœur**.
- Le **risque de formation de caillots sanguins** est lui aussi supérieur, et à l'origine d'accidents vasculaires ou cardiaques.

Remarque

Depuis 2008, un « passeport biologique » assure un suivi à long terme des athlètes. Il permet le contrôle de différents marqueurs sanguins et éventuellement de suspecter une pratique dopante.

L'ESSENTIEL

Effort physique et besoins des muscles

- Le muscle peut adopter un métabolisme aérobie ou anaérobie selon le type d'effort à fournir.
- Chaque type de métabolisme prédomine : soit dans les fibres lentes, soit dans les fibres rapides.
- Des produits dopants peuvent faciliter l'effort mais ils entraînent des risques pour la santé.

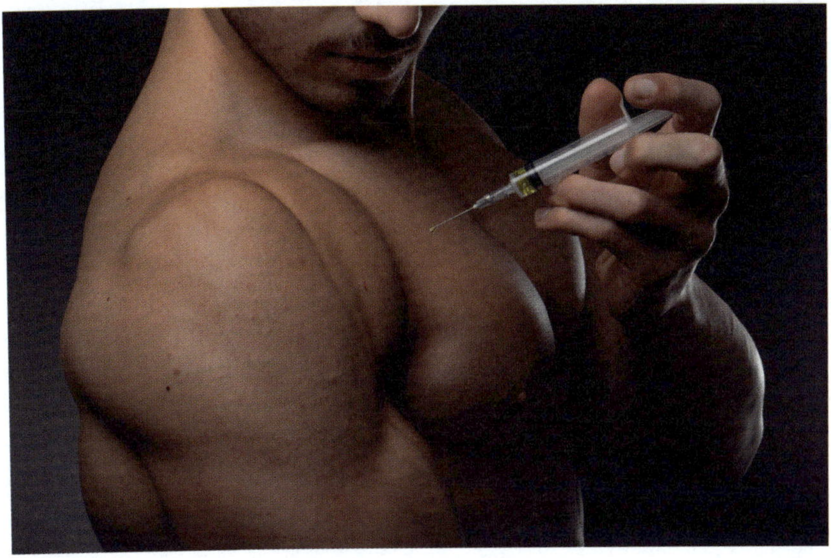

Doc. Sportif s'injectant des stéroïdes anabolisants

ZOOM SUR...

Deux types de fibres musculaires

➜ La contraction des cellules musculaires consomme de l'ATP, une molécule qui doit être régénérée en permanence. Les muscles sont constitués de deux grands types de cellules : des fibres de type I et des fibres de type II. Il est possible d'identifier le type de métabolisme utilisé préférentiellement par chaque type de fibres à partir de leurs caractéristiques.

Caractéristiques	Fibres de type I	Fibres de type II
Nombre de capillaires sanguins par fibre	4-5	3
Molécules de myoglobine fixatrices d'O_2	+++	+
Quantité de mitochondries	+++	+
Réserves en substrat (glycogène-lipides)	+++	+++

Remarque : Le nombre de signes + est proportionnel à la quantité de produit ou d'organites cellulaires.

Doc. 1 Quelques caractéristiques des fibres musculaires

1 Des métabolismes différents

➜ Les fibres de type I sont plus riches en capillaires (1,5 fois plus), en myoglobine et en mitochondries que celles de type II. Or, le sang apporte de l'O_2 qui peut être mis en réserve par la myoglobine. Par ailleurs, la mitochondrie est l'organe de la respiration (qui consomme de l'O_2).

➜ Les fibres de type I pratiquent donc essentiellement un métabolisme aérobie : la respiration. À l'inverse, les fibres de type II pratiquent un métabolisme anaérobie : la fermentation lactique. Les fibres de type I produisent donc plus d'ATP que celles de type II.

2 Des fibres adaptées à des types d'effort différents

➜ Pour un exercice de quelques dizaines de secondes, on remarque la diminution jusqu'à épuisement d'une substance : la créatine phosphate.

→ Comme son nom l'indique, cette molécule possède un groupement phosphate, pareil à celui de l'ATP. Au cours d'un effort bref, l'hydrolyse de la créatine phosphate est une réaction exoénergétique qui libère un phosphate utilisé pour régénérer rapidement l'ATP à partir de l'ADP.

→ La voie de la créatine phosphate est donc la première mobilisée au cours de l'effort. La fermentation lactique démarre dès le début de l'effort mais n'atteint son maximum d'efficacité que vers 30 à 40 secondes. Au-delà, elle ne permet que des efforts moins intenses et ne peut se prolonger plus de deux minutes. Les fibres de type II (dites « rapides »), avec leur métabolisme anaérobie, sont donc adaptées à un effort intense mais de courte durée.

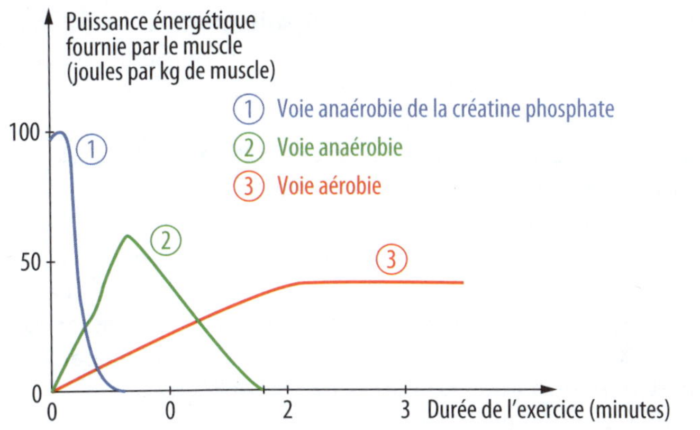

La voie (1) appelée « voie de la créatine phosphate » produit très rapidement de l'ATP.

Doc. 2 Puissance énergétique fournie par le muscle et voie métabolique sollicitée en fonction de la durée de l'exercice

→ L'efficacité maximale du métabolisme aérobie est atteinte après un délai de deux minutes environ mais ensuite, il peut assurer la régénération de l'ATP pendant un temps prolongé à forte intensité de l'effort. En revanche, la puissance maximale permise par le mécanisme aérobie de la respiration est inférieure à la puissance maximale permise par les mécanismes anaérobies de régénération de l'ATP.

→ Les fibres de type I (dites « lentes ») sont donc plus adaptées à un effort moins intense mais de longue durée – autrement dit pour les sports d'endurance – grâce à la voie métabolique qu'elles utilisent préférentiellement.

Mots clés

- **Anabolisant** : produit qui augmente la masse musculaire.

- **Articulation** : zone de jonction entre deux extrémités osseuses.

- **ATP (adénosine triphosphate)** : molécule servant de vecteur d'énergie dans la cellule et régénéré à partir de l'ADP.

- **Chaîne respiratoire** : ensemble de transporteurs de protons et d'électrons présents au niveau de la membrane interne de la mitochondrie. Ils assurent la réoxydation des composés réduits et la réduction du dioxygène en eau.

- **Cycle de Krebs** : réactions qui, dans la mitochondrie, aboutissent à la dégradation totale du pyruvate produit au cours de la glycolyse. Elles produisent du CO_2, des composés réduits et de l'ATP.

- **Décarboxylé** : qui a perdu un groupement carboxyle (COOH).

- **EPO (érythropoïétine)** : hormone fabriquée par le rein qui agit sur la moelle osseuse pour stimuler la production de globules rouges.

- **Fermentation** : voie énergétique en anaérobie aboutissant à la dégradation partielle de molécules organiques.

- **Glycolyse** : oxydation partielle du glucose qui aboutit à la formation de pyruvate. Commune à la respiration et à la fermentation, elle se déroule dans le cytoplasme.

- **Mitochondrie** : organite de la respiration cellulaire.

- **Muscles antagonistes** : muscles à l'origine de mouvements opposés.

- **Myofibrille** : succession de sarcomères.

- **Myofilament** : protéine d'actine et de myosine responsable de la contraction du muscle.

- **Myopathie** : maladie dégénérative du muscle.

- **Oxydation** : perte d'électron(s) par une molécule. Dans les systèmes biologiques, les électrons souvent associés à un proton H^+ sont pris en charge par une coenzyme d'oxydation (NAD^+).

- **Respiration** : ensemble de réactions permettant la libération d'énergie par dégradation complète d'une molécule organique (glucose) en présence de dioxygène.

- **Sarcomère** : unité élémentaire de la myofibrille dont le raccourcissement provoque la contraction musculaire.

- **Stéroïdes** : produits dérivés du cholestérol parmi lesquels on peut citer la testostérone.

- **Tête de la myosine** : partie globuleuse de la myosine, se fixant sur l'actine.

Document majeur

Doc. Métabolisme et contraction de la cellule musculaire

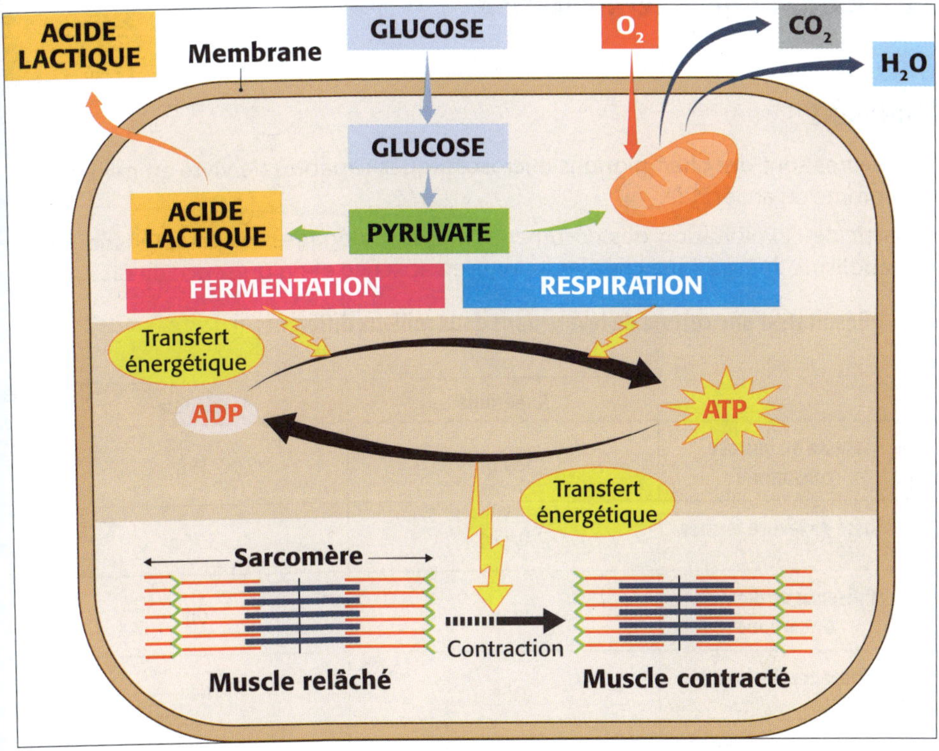

Sujet de Bac 1

Entraînement à la partie II

Respiration et fermentation

CONSIGNE

Les levures sont des champignons microscopiques capables de vivre en milieu aérobie comme en anaérobie.

À partir de l'exploitation des *documents* 1, 2 et 3, dégagez les caractéristiques du métabolisme énergétique chez les levures en absence et en présence de dioxygène.

Doc.1 Résultats d'une culture de levure dans deux milieux différents

	Anaérobie	Aérobie
Masse du glucose consommé	45 g	15 g
Masse de levure formée	0,45 g	3,75 g
Présence de dioxyde de carbone	Oui	Oui
Présence d'éthanol	Oui	Non
Aspect des levures	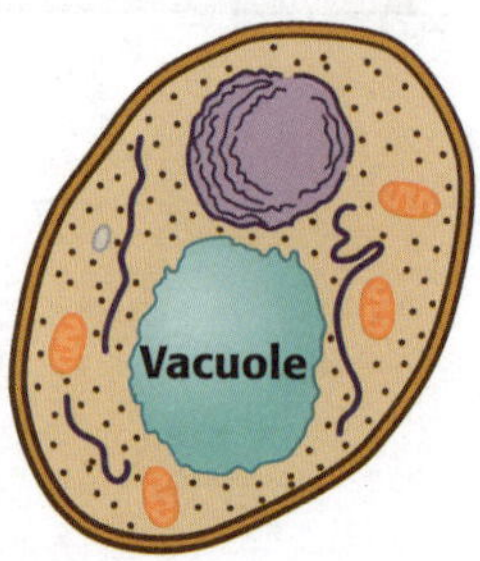	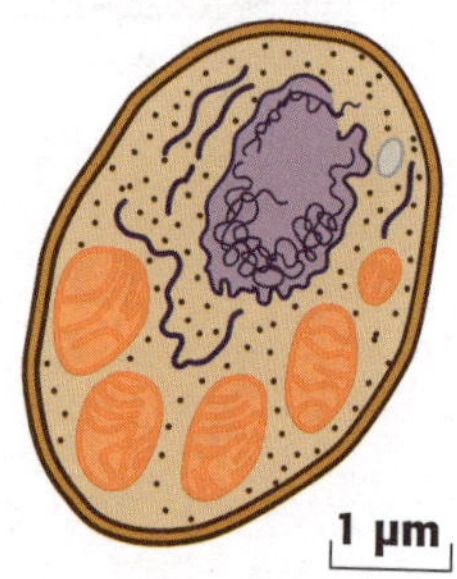

Pour comprendre l'un des phénomènes étudiés dans le *document* 1, on a placé des mitochondries dans une enceinte avec différentes substances. On mesure d'une part l'évolution de la quantité de dioxygène, et d'autre part la concentration en ATP.

Doc. 2 Concentration en O_2 dans une suspension de mitochondries

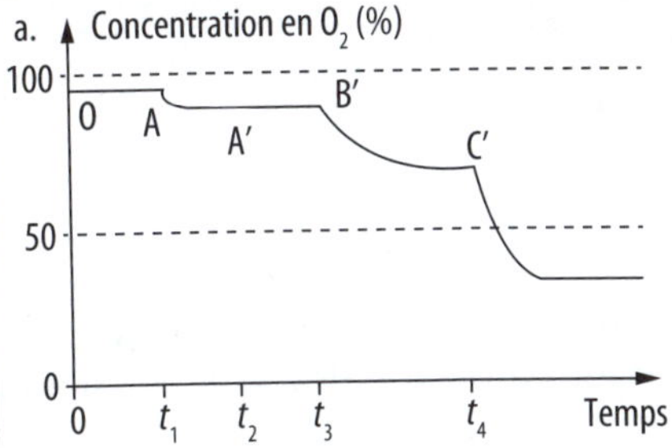

t_1 : addition d'une suspension de mitochondries
t_2 : addition de glucose
t_3 : addition de pyruvate
t_4 : addition d'ADP + P_i

Doc. 3 Concentration en ATP dans une suspension de mitochondries

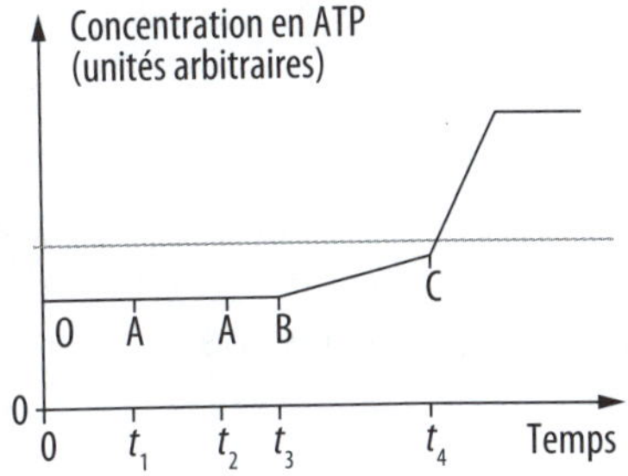

t_1 : addition d'une suspension de mitochondries
t_2 : addition de glucose
t_3 : addition de pyruvate
t_4 : addition d'ADP + P_i

POINT MÉTHODE

1 Analyser le sujet

Il s'agit de comparer les deux voies métaboliques, aérobie et anaérobie, afin de dégager les caractéristiques de chacune. Il faut notamment attacher une importance particulière, comme le suggèrent les *documents* 2 et 3, à la production d'ATP.

2 Relever les informations fournies par les documents

Le *document* 1 permet de comparer les organites cellulaires impliqués dans ces deux voies, ainsi que de la nature des réactions chimiques.

En comparant d'une part les quantités de matière consommée par les levures, d'autre part les quantités de matière produite, on peut évoquer le « rendement ».

Les *documents* 2 et 3 doivent être lus indépendamment, puis mis en relation.

SUJETS

Sujet de Bac 2

Entraînement à la partie II

Antibiotiques et fatigue musculaire

La prise de certains antibiotiques (oligomycine) peut entraîner une fatigue générale du patient. Cet effet secondaire est en partie lié à l'action des antibiotiques sur les mitochondries des cellules du patient.

CONSIGNE

À partir de l'exploitation des *documents* 1 et 2 et en utilisant vos connaissances, expliquez le rôle des sphères pédonculées mitochondriales, puis proposez une hypothèse sur l'origine de la fatigue liée à la prise d'antibiotiques.

Doc. 1 Expériences sur les vésicules mitochondriales

La fragmentation des mitochondries par les ultrasons (1), conduit à la formation spontanée de vésicules à partir de fragments retournés de membrane interne (2).

Ces vésicules présentent à leur surface des sphères pédonculées (3).

Les sphères pédonculées ne sont plus en contact avec la matrice mais avec un milieu expérimental (4). Ce milieu expérimental contient de l'O_2, des composés réduits (NADH, H^+), de l'ADP et du Pi (phosphate inorganique).

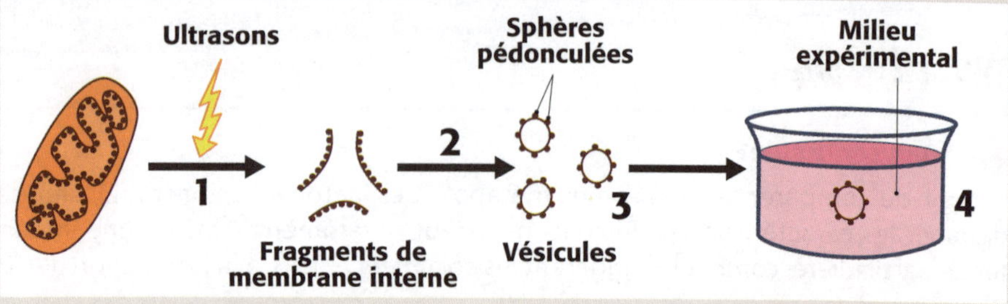

Conditions	Observations
Vésicules	Synthèse d'ATP et réoxydation de NADH, H^+ en NAD^+
Vésicules dépourvues de sphères pédonculées	Pas de synthèse d'ATP mais réoxydation de NADH, H^+ en NAD^+

Doc. 2 Variations de la composition d'un muscle frais d'amphibien, avant et après l'effort dans différentes conditions expérimentales

		Avant la contraction ($mg \cdot g^{-1}$ de muscle frais)	Après la contraction ($mg \cdot g^{-1}$ de muscle frais)
Conditions témoins	Glycogène	1.08	0.8
	ATP	1.35	1.35
	Le muscle est resté contracté pendant toute la durée de la stimulation.		
Après injection d'une forte dose d'oligomycine	Glycogène	1.08	1.08
	ATP	1.35	0
	Arrêt presque immédiat de la contraction du muscle, malgré le maintien de la stimulation.		

POINT MÉTHODE

Exploiter des documents pour résoudre un problème

Le *document* 1 permet de comprendre le rôle des sphères pédonculées, en relation avec l'ATP.

Le *document* 2 permet de mettre en évidence des phénomènes se déroulant pendant la contraction musculaire – c'est-à-dire pendant l'effort – et l'effet que peuvent avoir des antibiotiques sur ces phénomènes.

La mise en relation des informations fournies par l'analyse des *documents* 1 et 2 permet d'expliquer la fatigue musculaire ressentie lors de la prise d'antibiotiques.

Sujet de Bac 3

Entraînement à la partie II

La contraction des cellules musculaires

CONSIGNE

La contraction des cellules musculaires est une activité qui consomme de l'ATP. L'ATP n'étant pas stocké dans les cellules, il doit être régénéré en permanence. Exploitez les informations apportées par l'étude des *documents* pour montrer quelles sont les voies métaboliques utilisées et quel est l'effet de l'entraînement dans la production d'ATP par la cellule musculaire.

Doc. 1 Les mitochondries des cellules musculaires

Électronographie d'une coupe transversale partielle d'une fibre musculaire (x 16 000)

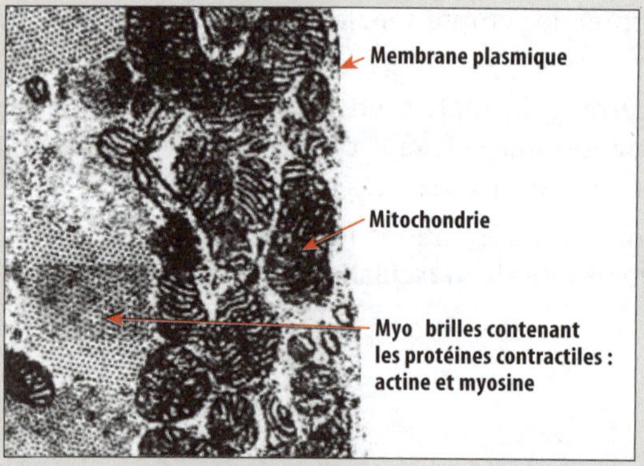

Informations complémentaires : le volume total de mitochondries est égal à 5 % du volume du cytoplasme de la cellule musculaire chez un individu non entraîné, contre 11 % chez un individu entraîné. De plus, l'activité des enzymes mitochondriales est plus importante chez un individu entraîné que chez un individu non entraîné.

D'après *Le métabolisme énergétique chez l'Homme*, Nathan INSERM.

Doc. 2 Modification des paramètres sanguins de part et d'autre d'un muscle

Le tableau suivant donne la concentration de dioxygène, de dioxyde de carbone, de glucose et d'acide lactique dans le sang artériel arrivant au muscle et dans le sang veineux partant du muscle pendant un exercice physique.

	Sang artériel	Sang veineux
Teneur en O2 ($mL \cdot 100\ mL^{-1}$)	21,2	5,34
Teneur en CO2 ($mL \cdot 100\ mL^{-1}$)	45	60
Teneur en glucose ($mmol \cdot L^{-1}$)	4	2
Teneur en acide lactique* ($mmol \cdot L^{-1}$)	< 1	2,8

* L'acide lactique est un produit de la fermentation lactique dont l'équation bilan est la suivante (R' composé oxydé, $R'H_2$ composé réduit) :

$$\text{glucose} + 2\,R' \xrightarrow[2\,ADP + 2\,P \;\rightarrow\; 2\,ATP + 2\,H_2O]{} 2\ \text{acides pyruviques} + 2\,R'H_2 \longrightarrow 2\ \text{acides lactiques} + 2\,R'$$

Doc. 3 Production d'acide lactique et consommation de dioxygène chez un individu non entraîné et chez un individu entraîné pour un exercice de puissance donnée

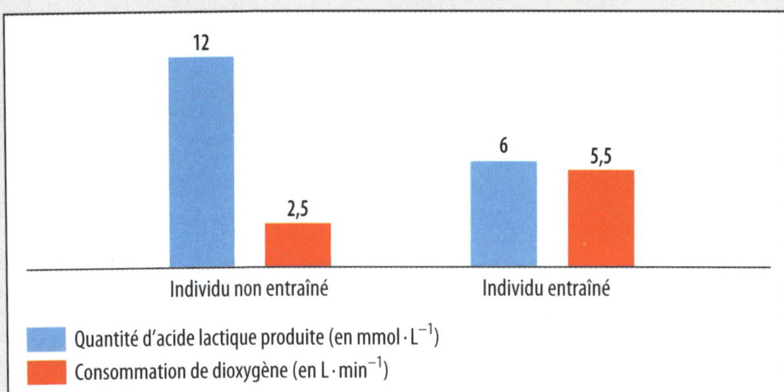

On considère que les changements constatés à l'échelle de l'organisme sont dus principalement à l'activité des muscles pendant l'exercice.

SUJETS

POINT MÉTHODE

Analyser des documents

Ce sujet ne présente pas de difficultés particulières. Il faut penser à étudier rapidement l'ensemble des *documents* avant de rédiger pour ne pas se répéter en analysant les différents *documents*.

Le *document* 1 montre la structure du muscle et rappelle ses principaux composants. On doit déduire de la comparaison des muscles d'individus entraînés ou non quels sont les effets de l'entraînement.

Avec le *document* 2, la comparaison des sangs artériels et veineux permet de déduire quels sont les produits utilisés et rejetés par le muscle. Ces données devront ensuite être interprétées pour identifier les voies métaboliques utilisées.

L'étude du *document* 3, en relation avec le *document* 2 permet de comprendre l'effet de l'entraînement mis en évidence par le *document* 1.

Sujet de Bac 1

Entraînement à la partie II

On cherche à comparer les deux voies métaboliques qui peuvent être utilisées par les levures (organismes unicellulaires) selon que les conditions sont aérobies ou anaérobies.

Le *document* 1 montre que la masse de levures formées est plus importante en milieu aérobie alors qu'elles ont consommé moins de glucose. Or, la croissance et la multiplication des levures nécessitent la synthèse de matière organique, réaction chimique exigeant un apport d'énergie. On peut donc penser que les différences de croissance s'expliquent par une quantité d'énergie libérée plus élevée pour les cellules en milieu aérobie.

Conseil
Identifiez chaque type de métabolisme.

Dans les deux cultures, la concentration en dioxyde de carbone a augmenté en fin de réaction. Il a donc été libéré. Il y a production d'éthanol dans le milieu uniquement en condition d'anaérobie. Cela témoigne d'une fermentation. Ainsi, les levures ont dégradé le glucose à partir duquel est produit du dioxyde de carbone et de l'éthanol (une molécule organique).

En milieu aérobie, la consommation de glucose et la production de dioxyde de carbone s'expliquent par le phénomène de respiration dont l'équation peut s'écrire comme indiqué ci-dessous.

$$C_6H_{12}O_6 + 6O_2 \rightarrow 6CO_2 + 6H_2O$$

Les levures présentent dans leur cytoplasme de nombreux organites délimités par une double membrane, la membrane interne dessinant des crêtes. Ce sont des mitochondries, peu nombreuses et peu développées dans la cellule en anaérobie. Elles sont le lieu de la respiration cellulaire.

Respiration et fermentation s'accompagnent d'une libération d'énergie. Comme la dégradation du glucose est totale dans le premier cas, le rendement énergétique est supérieur. Ainsi, en milieu aérobie, malgré une plus faible consommation de glucose, la multiplication des levures est plus importante.

Dans le *document* 2, la diminution de la concentration de dioxygène dans l'enceinte en présence de mitochondries indique que celles-ci consomment du dioxygène et témoigne du déroulement de la respiration.

La consommation de dioxygène nécessite la présence de mitochondries (t1). En t2, l'addition de glucose ne provoque pas de reprise de la respiration. Or, le *document* 1 montrait que cette respiration était liée à une consommation de glucose. En t3, l'apport du pyruvate déclenche une reprise de la respiration.

Ainsi, la mitochondrie est incapable de dégrader le glucose mais elle utilise le pyruvate. Celui-ci provient de la dégradation du glucose au cours de la glycolyse, une étape qui se déroule dans le cytoplasme.

Remarque
La consommation de dioxygène constaté en t1 a été permise par l'utilisation des réserves de pyruvate présent dans la mitochondrie.

À l'approche du temps t4, la respiration ralentit. Or, si l'on rajoute de l'ADP et du phosphate inorganique, on constate une reprise de la respiration.

Le *document* 3 nous permet de comprendre quel est le rôle de l'ADP. En effet, à chaque fois que du dioxygène est consommé, il y a synthèse d'ATP selon la réaction : ADP + Pi $\rightarrow$ ATP.

En absence d'ADP, le dioxygène n'est plus consommé. On peut donc en déduire que les deux réactions, consommation de dioxygène et synthèse d'ATP, sont couplées : l'une ne pouvant pas avoir lieu sans l'autre.

Ainsi, la dégradation de la matière organique – d'abord dans le cytoplasme, puis dans la mitochondrie, en présence de dioxygène – libère de l'énergie qui permet la synthèse d'ATP. C'est la respiration. La fermentation, en condition d'anaérobie, libère elle aussi de l'ATP mais avec un moins bon rendement.

Sujet de Bac 2

Entraînement à la partie II

On cherche à comprendre comment un antibiotique qui agit au niveau des mitochondries peut être responsable d'une fatigue musculaire.

Le *document* 1 montre que lorsque des fragments de membrane interne de mitochondries sont mis au contact de NADH, H^+ et d'ADP + Pi dans un milieu contenant du dioxygène, il y a synthèse d'ATP et réoxydation des NADH, H^+. Toutefois, en absence de sphères pédonculées sur la membrane, la synthèse d'ATP n'a pas lieu.

On peut donc en déduire qu'en présence d'O_2, la membrane interne de la mitochondrie est capable de réoxyder des composés réduits. Par l'intermédiaire des transporteurs de la chaîne respiratoire qu'elle contient, l'O_2 est réduit pour former de l'eau, tandis que le NADH, H^+ est oxydé pour former du NAD^+. En revanche, ce sont les sphères pédonculées qui sont responsables de la synthèse d'ATP. Il s'agit probablement des ATP synthases.

Conseil
Faites suivre vos observations d'une interprétation.

Le *document* 2 montre que dans les conditions témoins, la contraction consomme du glycogène. De plus, bien que le muscle soit resté contracté, la quantité d'ATP n'a pas varié. La contraction musculaire nécessitant de l'ATP, on en déduit que l'ATP est renouvelé au fur et à mesure que le glycogène est utilisé. Le glucose libéré à partir du glycogène est dégradé avec production de composés réduits (NADH, H^+).

L'injection d'une forte dose d'antibiotique stoppe rapidement la contraction du muscle. Le glycogène n'est pas consommé, l'ATP n'est pas renouvelé.

Or, on sait que l'antibiotique agit sur les mitochondries. Comme il empêche la synthèse d'ATP, on peut supposer qu'il agit au niveau des ATP synthases. En absence d'ATP, le muscle devient alors incapable de se contracter.

Sujet de Bac 3

Entraînement à la partie II

La contraction musculaire nécessite de l'ATP. On cherche à comprendre par quelles voies métaboliques il est produit et quel est l'effet de l'entraînement.

Le *document* 1 représente une coupe partielle de la cellule musculaire. Celle-ci contient des protéines contractiles qui, en glissant les unes par rapport aux autres, assurent la contraction. Ce glissement nécessite de l'énergie fournie par l'ATP. Le muscle convertit l'énergie chimique de l'ATP en énergie mécanique.

La cellule musculaire contient aussi de nombreuses mitochondries, un organite spécialisé dans la respiration. Par ailleurs, on observe que les mitochondries sont plus nombreuses et plus actives chez un individu entraîné. L'entraînement augmente donc les capacités respiratoires des cellules musculaires.

Le *document* 2 permet de comparer la composition des sangs artériel (entrant) et veineux (sortant) d'un muscle au cours d'un exercice physique. On observe que le sang veineux est appauvri en dioxygène et en glucose, tout en étant enrichi en dioxyde de carbone et en acide lactique.

La cellule musculaire consomme donc du dioxygène et du glucose et rejette du CO_2 : elle respire. Elle dégage également de l'acide lactique : elle réalise aussi une fermentation lactique.

Astuce

Il faut déduire de la comparaison des sangs veineux et artériel quels sont les produits consommés et rejetés par le muscle.

Le *document* 3 montre qu'un individu entraîné produit moins d'acide lactique et consomme plus de dioxygène qu'un individu non entraîné. Il privilégie donc la respiration par rapport à la fermentation, ceci grâce à la multiplication des mitochondries qui résulte de l'entraînement.

Ainsi, l'entraînement oriente le métabolisme des cellules musculaires vers la respiration au détriment de la fermentation. Par cette voie métabolique, la dégradation du glucose est totale et le nombre de molécules d'ATP produites est beaucoup plus important.

CHAPITRE 11

Le contrôle des flux de glucose

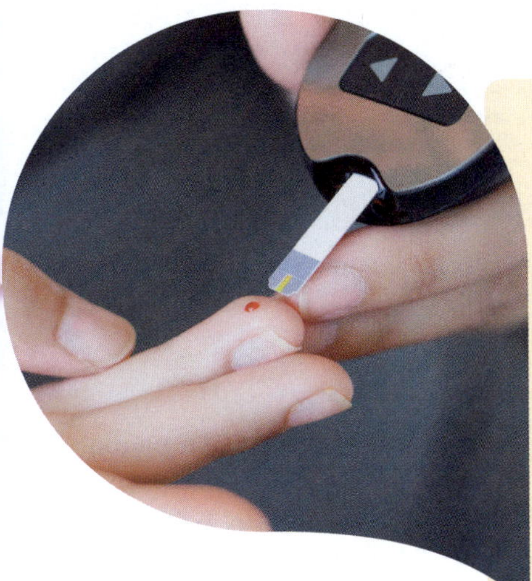

DE QUOI S'AGIT-IL ?

Le glucose, principale source d'énergie pour l'organisme, est un nutriment délivré aux cellules par le sang. Quelles que soient les circonstances, le taux de glucose sanguin, ou « glycémie », reste maintenu autour d'une valeur constante, ce qui permet d'assurer l'approvisionnement des cellules en continu. La glycémie est régulée grâce à des hormones pancréatiques : insuline et glucagon. Des maladies comme le diabète résultent d'une perturbation de cette régulation. Il vaudrait mieux d'ailleurs parler « des » diabètes car il en existe deux principaux types différents.

COURS

1 La glycémie, une variable réglée

A Les variations de glycémie corrigées par des organes effecteurs

1. Un paramètre stable malgré des causes de variation

- La **glycémie, concentration du glucose dans le sang,** a une valeur comprise entre 0,8 et 1g·L^{-1} chez un individu en bonne santé. **Malgré des apports discontinus en glucose,** la glycémie reste stable. En effet, la hausse de glycémie qui suit un repas ou sa baisse après un exercice physique consommateur de glucose, sont rapidement corrigées par l'organisme et la glycémie retrouve sa valeur normale. La glycémie est donc **régulée.**

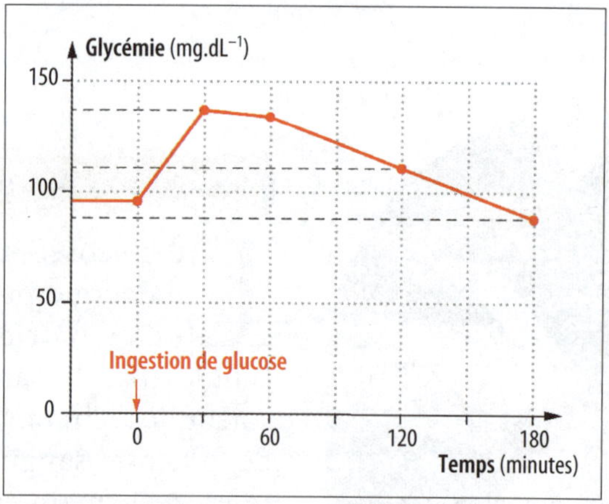

Doc. Variation de la glycémie après un test d'hyperglycémie provoquée

- La **régulation de la glycémie** permet de satisfaire en permanence les besoins des cellules, en particulier ceux des cellules musculaires qui augmentent avec l'activité physique.

2. Un stockage du glucose en excès

- **Un foie isolé, débarrassé de son glucose après lavage, en libère à nouveau après quelques heures** (expérience du foie lavé réalisée par Claude Bernard en 1855). Ainsi, le foie stocke du glucose. Les réserves hépatiques de glucose se présentent sous la forme d'une molécule insoluble : le **glycogène**. C'est une macromolécule, un polymère du glucose de formule $(C_6H_{10}O_5)$ n.

- Le foie reçoit directement par la veine porte hépatique le sang contenant le glucose provenant de l'intestin. Cette position stratégique favorise le stockage. En effet, tout le glucose provenant de l'intestin après la digestion passe par le foie avant de rejoindre la circulation sanguine générale.

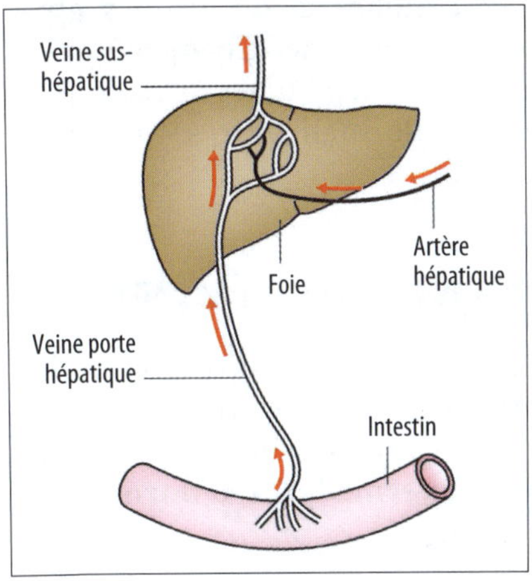

Doc. La position du foie dans la circulation sanguine

- Comme le foie, le muscle stocke également du glucose sous forme de glycogène. **La synthèse de glycogène (glycogénogenèse)** dépend de l'activité d'une enzyme spécifique, présente dans les cellules de ces deux organes. La réaction s'écrit : n $C_6H_{12}0_6 \rightarrow (C_6H_{10}O_5)$ n + n H_20.
- Quand la glycémie s'élève (**hyperglycémie**), le glucose en excès est stocké dans des organes **effecteurs, le foie et les muscles**, et converti en glycogène. Ainsi, la glycémie tend à retrouver une valeur normale.

Remarque
Dotées d'enzymes différentes, les cellules adipeuses mettent en réserve le glucose sous forme de graisses (triglycérides).

3. La libération de glucose

- Pour assurer ses besoins, le muscle puise dans ses réserves en glycogène. **L'hydrolyse du glycogène** (glycogénolyse) libère du glucose selon cette réaction : $(C_6H_{10}O_5)$ n + n $H_20 \rightarrow$ n $C_6H_{12}0_6$.
- Le glucose produit est alors consommé par la respiration pour permettre la synthèse d'ATP. Les réserves de glycogène musculaire sont rapidement épuisées au cours d'un effort. Aussi, une autre source est nécessaire.

- Quand la glycémie baisse (**hypoglycémie**), le glucose auparavant stocké dans le foie est libéré dans le sang. Le glucose libéré provient de l'hydrolyse du glycogène.
- Il existe une autre source de glucose : la transformation de molécules non glucidiques (acides aminés, glycérol) par le foie. Cette réaction, la **néoglucogenèse**, se déroule grâce à des enzymes hépatiques spécifiques. Elle permet à l'organisme de maintenir sa glycémie pendant un jeûne prolongé.

Sachez que...
Seules les cellules hépatiques peuvent libérer du glucose dans le sang et contribuer ainsi au maintien de la glycémie en cas d'hypoglycémie.

B Un contrôle hormonal des effecteurs

- L'ablation du pancréas provoque une hausse de la glycémie qui retrouve sa valeur de référence grâce à l'injection d'extraits pancréatiques. Ainsi, **le pancréas régule la glycémie par l'intermédiaire d'hormones.** C'est une **glande endocrine**.

Sachez que...
Une hormone est un messager chimique circulant dans le sang et agissant sur des cellules cibles.

1. L'insuline, une hormone hypoglycémiante

- **Dans le pancréas, des cellules réunies dans les îlots de Langerhans** sécrètent des hormones. Certaines d'entre elles, les cellules β, produisent de **l'insuline, une hormone hypoglycémiante** (qui fait baisser la glycémie).
- **L'insuline agit en se fixant sur les récepteurs** membranaires de ses cellules cibles, ce qui modifie l'activité de celles-ci.
- La liaison récepteur-insuline entraîne l'activation des enzymes nécessaires à la **synthèse du glycogène dans le foie et dans le muscle.** Elle stimule aussi la mise en place des **transporteurs GLUT4**, spécifiques du glucose. Présents à l'intérieur de vésicules dans le cytoplasme, ils intègrent la membrane plasmique lorsque l'insuline se fixe sur son récepteur. L'absorption du glucose est alors augmentée. Par conséquent, la glycémie baisse.
- Lorsque l'insuline se fixe au récepteur (1, sur le schéma suivant), un signal est transmis (2) et les transporteurs GLUT4 sont amenés sur la membrane plasmique (3). Le glucose peut alors entrer dans la cellule (4).

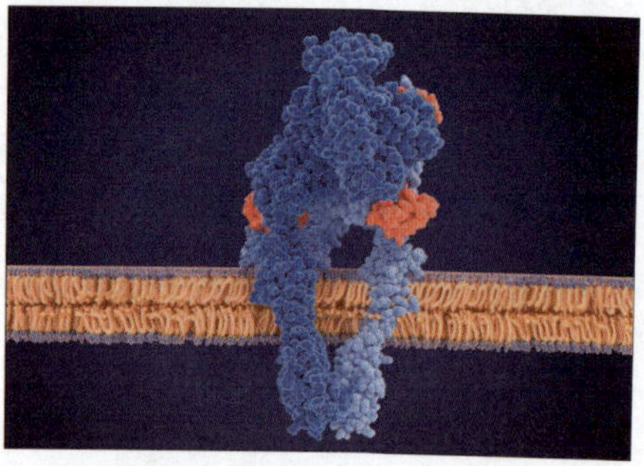

Doc. L'insuline (en rouge) sur son récepteur

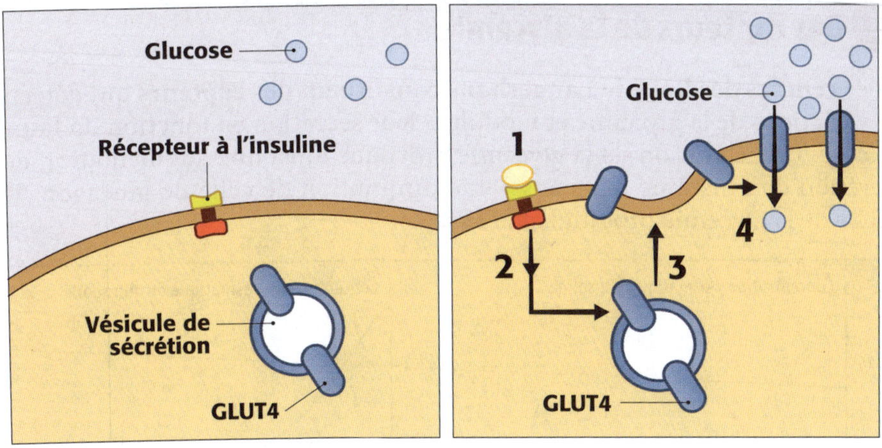

Doc. Mise en place des transporteurs GLUT4

- De la même façon, l'insuline stimule l'entrée de glucose et sa mise en réserve sous forme de graisses dans les cellules adipeuses (ou « adipocytes »).

2. Le glucagon, une hormone hyperglycémiante

- **Les cellules α des îlots de Langerhans secrètent du glucagon,** une hormone **hyperglycémiante**, c'est-à-dire qui élève la glycémie. Le glucagon agit sur les cellules hépatiques et provoque l'activation des enzymes de la glycogénolyse et la sortie de glucose. Par conséquent, la glycémie s'élève.

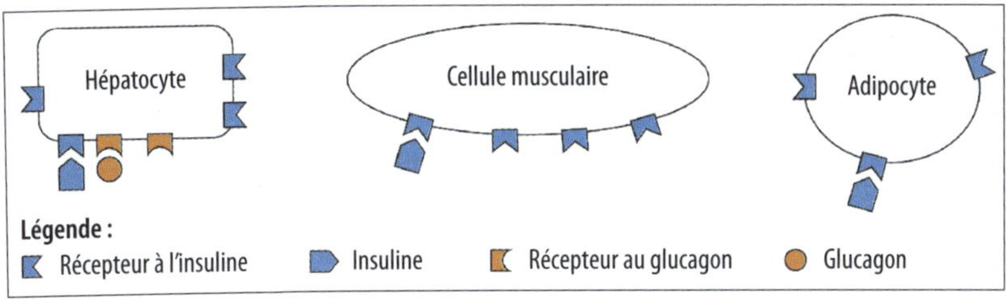

Doc. Les récepteurs des cellules cibles

- La réaction de la cellule cible à chacune de ces deux hormones varie selon leur concentration. Le message hormonal est codé en variation de concentration.

Sachez que...
Il existe d'autres hormones hyperglycémiantes que le glucagon mais l'insuline est la seule hormone hypoglycémiante.

COURS

C Des capteurs de la glycémie

- **Les cellules des îlots de Langerhans constituent des capteurs** qui détectent les variations de la glycémie et modulent leur sécrétion en fonction du taux de glucose. Une élévation de la glycémie provoque ainsi une augmentation de la sécrétion de l'insuline mais aussi une diminution de celle de glucagon. Une baisse de la glycémie produit l'effet inverse.

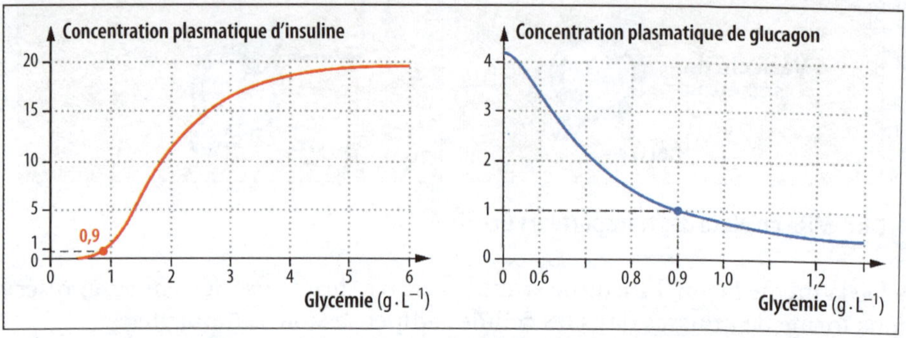

Doc. Concentration plasmatique de l'insuline et du glucagon en fonction de la glycémie

- Ainsi, la production d'hormones est coordonnée, ce qui permet de fournir une réponse cohérente lors d'une variation de glycémie.

L'ESSENTIEL

La glycémie, une variable réglée

- Des capteurs dans le pancréas détectent les variations de glycémie et modulent leur sécrétion d'hormones.
- En cas d'hyperglycémie, l'insuline agit sur des effecteurs (foie, muscles, cellules adipeuses) pour stimuler le stockage du glucose.
- En cas d'hypoglycémie, le glucagon agit sur le foie et stimule la libération de glucose.
- Les hormones agissent sur leurs cellules cibles en modifiant leur activité.

La glycémie, variable régulée

2 Le diabète, une perturbation de la régulation de la glycémie

Le diabète se caractérise par une hyperglycémie prolongée (glycémie supérieure à 1,26 g · L^{-1} à jeun). Cette hyperglycémie est à l'origine de lésions vasculaires entraînant des pathologies multiples. Le terme « diabète » désigne en réalité deux maladies différentes : le diabète de type I et le diabète de type II.

A Le diabète de type I

- Les symptômes aigus du diabète de type I (soif intense, amaigrissement, urines abondantes) surviennent le plus souvent chez les jeunes.
- L'hyperglycémie résulte d'une diminution, voire de l'arrêt de la production d'insuline. Le diabète de type I, **insulinodépendant (DID)**, se traite par des injections quotidiennes d'insuline.

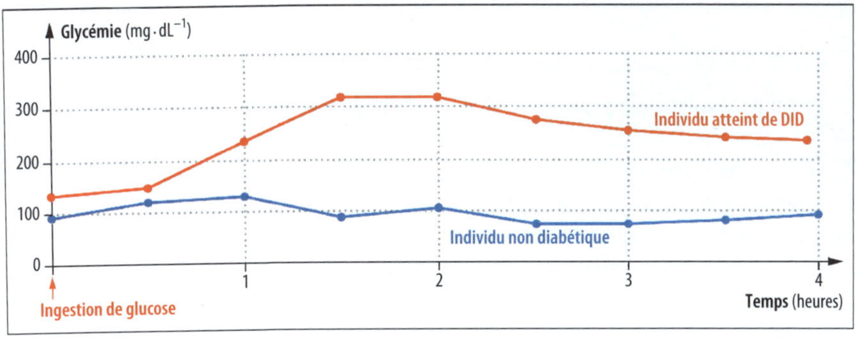

Doc. Test d'hyperglycémie provoquée chez un individu diabétique (DID) ou non

- **Le diabète de type I serait une maladie autoimmune.** Des anticorps produits par le système immunitaire seraient responsables de la destruction des cellules β des îlots de Langerhans du pancréas.

Sachez que...
Un diabète sévère peut entraîner l'amputation des extrémités des membres car une glycémie trop élevée provoque un rétrécissement des petites artères et un déficit d'oxygène aux cellules.

B Le diabète de type II

- **Sans véritablement présenter de symptômes**, plus fréquent que le DID, le diabète de type II survient généralement chez l'adulte, le plus souvent chez des sujets en surpoids.

- **Le taux d'insuline est normal** ou élevé dans les premiers stades de la maladie. On parle de « diabète non insulinodépendant » (DNID), pour lequel les injections d'insuline sont sans effet. Toutefois, au cours de l'évolution de la maladie, le taux d'insuline finit par diminuer.
- Le DNID s'explique par une insensibilité des **cellules cibles** à l'insuline : elles sont devenues insulinorésistantes.

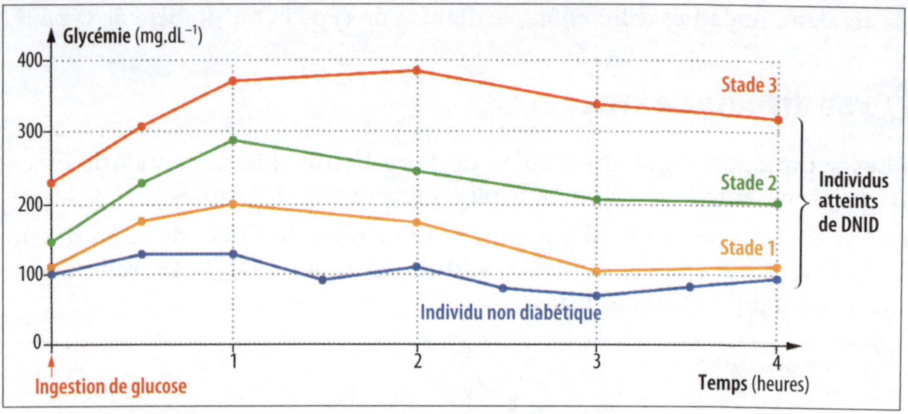

Doc. Test d'hyperglycémie provoquée chez un individu diabétique (DNID) ou non

- Plusieurs phénomènes pourraient expliquer cette insensibilité à l'insuline : une anomalie de liaison de l'insuline à son récepteur ou un **déficit en transporteurs** qui permettent à la cellule d'absorber le glucose. Une **inactivation des enzymes** impliquées dans l'utilisation du glucose est également envisageable.

C Les facteurs à l'origine du diabète

1. Une prédisposition génétique

- **Le risque de développer un diabète** de type I ou II est plus élevé pour des membres d'une famille dans laquelle la maladie est déjà présente.
- **Des allèles de prédisposition** à l'un ou l'autre type de diabète ont été mis en évidence. Leur présence chez un individu n'indique pas qu'il sera obligatoirement atteint par la maladie mais que le risque est plus élevé que dans le reste de la population.

Parenté avec une personne diabétique \ Risque de diabète (%)	de type I	de type II
Vrai jumeau	50	60 à 80
Frère ou sœur	5 à 10	> 40
Aucune parenté connue	0,2	2 à 4

Le risque d'apparition des deux types de diabètes a été évalué dans la population selon la parenté avec des individus diabétiques.

Doc. Risque d'apparition de la maladie chez différents individus

2. L'importance des facteurs du milieu

- Pour deux vrais jumeaux, le risque d'être diabétique n'est pas le même. Les facteurs génétiques ne sont pas seuls à intervenir. Des facteurs environnementaux (mode de vie et alimentation) favorisent également le déclenchement de la maladie.
- **Une alimentation déséquilibrée et une sédentarisation excessive** favorisent l'obésité, qui précède souvent le diabète de type II.
- Pour le diabète de type I, **des infections virales** stimuleraient le système immunitaire qui se retournerait ensuite contre les cellules des îlots de Langerhans.

L'ESSENTIEL

Le diabète, une perturbation de la régulation de la glycémie

- Le diabète, toujours caractérisé par une hyperglycémie, existe sous deux formes : un diabète insulinodépendant (DID) et un autre, non insulinodépendant (DNID).
- En cas de DID, la sécrétion d'insuline est nulle. En cas de DNID, les cellules cibles deviennent insensibles à l'insuline.
- Les diabètes ont une origine double, liée au génotype et à l'environnement.

ZOOM SUR...

Des populations particulièrement frappées par le diabète

1 Une même population inégalement touchée

→ **Les Indiens Pimas d'Amérique** ont retenu l'attention des scientifiques en raison du taux de diabète de type II particulièrement élevé dans une partie seulement de leur population. Elle est en effet scindée en deux groupes : le premier vivant aux États-Unis d'Amérique (en Arizona), le second au Mexique. Leur proximité génétique indique néanmoins une origine commune.

→ **La moitié des Indiens Pimas d'Arizona de plus de 35 ans sont atteints du diabète de type II**. Ce record mondial peut être relié à leur mode de vie sédentarisé et leur alimentation riche en graisses.

→ À l'inverse, les Pimas du Mexique vivent et se nourrissent frugalement de la terre qu'ils cultivent. Le taux de diabète est très faible parmi eux.

2 Une influence du génotype et de l'environnement

→ **Le mode de vie des Pimas d'Arizona**, qui ressemble à celui de nombreuses autres populations, ne suffit pas à lui seul pour expliquer cette « épidémie » de diabète. L'explication est à rechercher dans la conjonction d'un mode de vie et d'un bagage génétique. En effet, les individus ne sont pas égaux face à leurs dépenses énergétiques de base, certains dépensent plus que d'autres à activité égale. Cette différence reposerait sur l'existence « d'allèles d'épargne » réduisant la dépense énergétique, et « d'allèles de dépense » la stimulant.

→ Au cours de l'Histoire, face à de nombreux épisodes de famine, les individus munis d'allèles d'épargne, avantagés, survécurent en plus grand nombre que ceux dotés d'allèles de dépense. L'hypothèse retenue est qu'au cours du temps, sans doute en raison de conditions de vie difficiles, les Pimas ont fortement sélectionnés les allèles d'épargne. Par la suite, cela s'est révélé catastrophique pour ceux d'Arizona, confrontés à un nouveau mode de vie, avec une nourriture excessivement riche et une activité réduite. Les Pimas du Mexique ont quant à eux été épargnés par le problème en conservant leur mode de vie ancestral.

Mots clés

■ **Capteur** : cellule capable de détecter la variation d'un paramètre physique ou chimique du milieu intérieur. Les cellules des îlots de Langerhans sont des capteurs sensibles à la glycémie.

■ **Cellule cible** : cellule sensible à l'action d'une hormone du fait de la présence de récepteurs spécifiques.

■ **Diabète** : maladie caractérisée par une hyperglycémie prolongée. On distingue le DID, dû à une production d'insuline nulle ou très faible, et le DNID qui correspond à une insensibilité des cellules cibles de l'insuline.

■ **Effecteur** : dans un système de régulation, c'est un organe qui, en fonction des informations qu'il reçoit, agit pour corriger la variation du paramètre réglé. Le foie est le principal effecteur de la régulation de la glycémie.

■ **Glande endocrine** : glande libérant une substance dans le sang, c'est donc un organe sécrétant des hormones.

■ **Glucagon** : hormone pancréatique hyperglycémiante.

■ **Glycogénogenèse** : synthèse de glycogène à partir du glucose, réalisée dans le foie ou le muscle.

■ **Glycogénolyse** : hydrolyse du glycogène, qui conduit à la libération de molécules de glucose. Cette réaction se déroule dans les cellules hépatiques et musculaires.

■ **Îlots de Langerhans** : ensemble de cellules endocrines pancréatiques qui comprend les cellules β sécrétrices d'insuline et les cellules α sécrétrices de glucagon.

■ **Insuline** : hormone pancréatique hypoglycémiante.

■ **Maladie auto-immune** : destruction des cellules de l'organisme par le système immunitaire.

■ **Néoglucogenèse** : formation de glucose à partir de molécules non glucidiques comme les acides aminés ou le glycérol. Seules les cellules hépatiques réalisent ce type de réaction.

■ **Récepteur (hormonal)** : protéine membranaire ou intracellulaire capable, après la fixation d'une molécule d'hormone, d'induire des variations de l'activité cellulaire.

Document majeur

Doc. La régulation de la glycémie

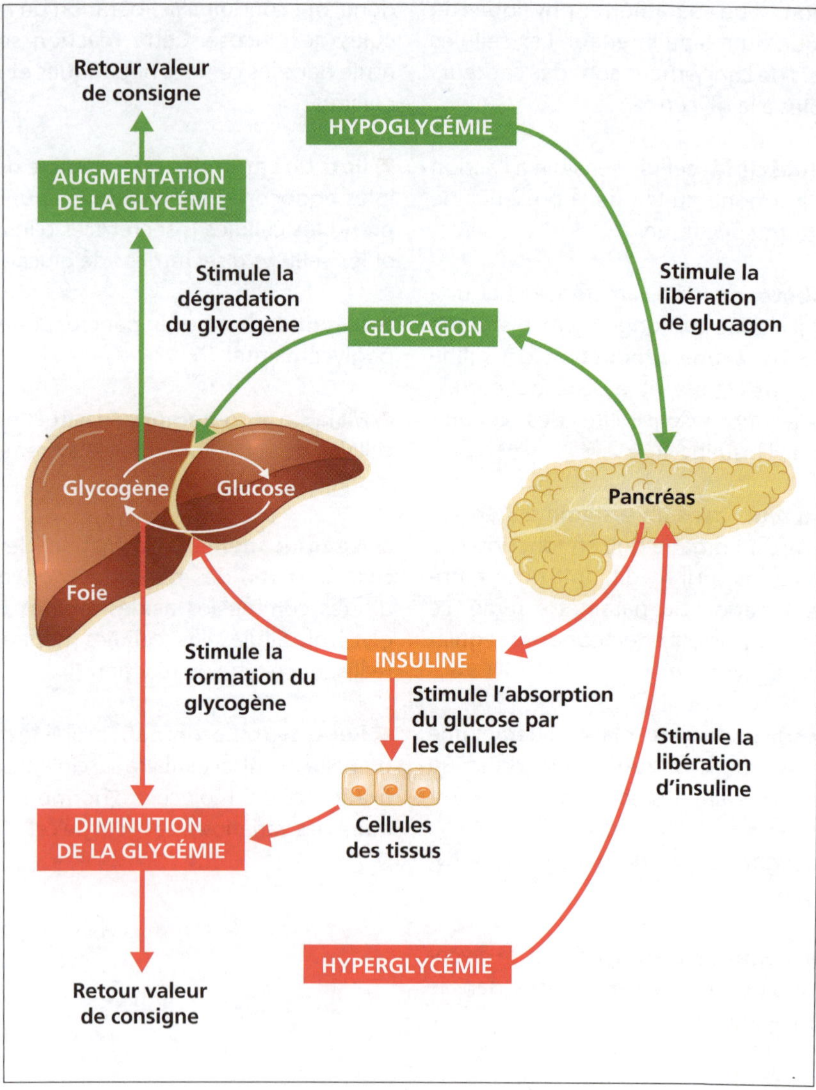

Sujet de Bac 1

Entraînement à la partie II

La régulation de la glycémie

CONSIGNE

En exploitant les *documents* suivants, dégagez quelques-uns des mécanismes qui participent à la régulation de la glycémie.

Doc. 1 Évolution de la glycémie dans deux types de vaisseaux sanguins

On injecte dans le sang d'un animal une solution de glucose et on suit la concentration de celui-ci dans l'artère hépatique (arrivant au foie), ainsi que dans la veine sus-hépatique (quittant le foie).

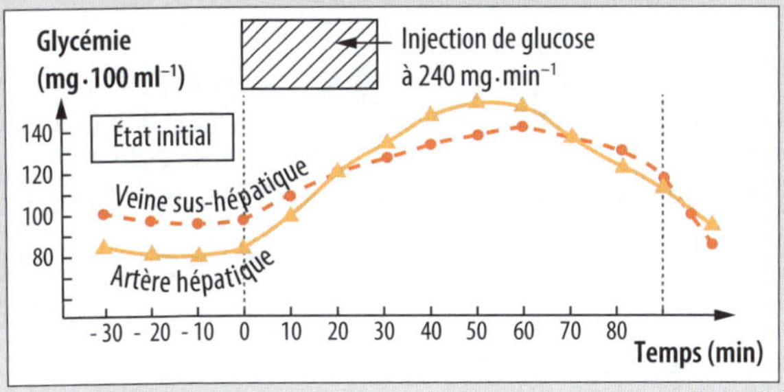

Doc. 2 Évolution de la glycémie après une ablation du pancréas suivie d'une greffe, puis de la suppression du greffon

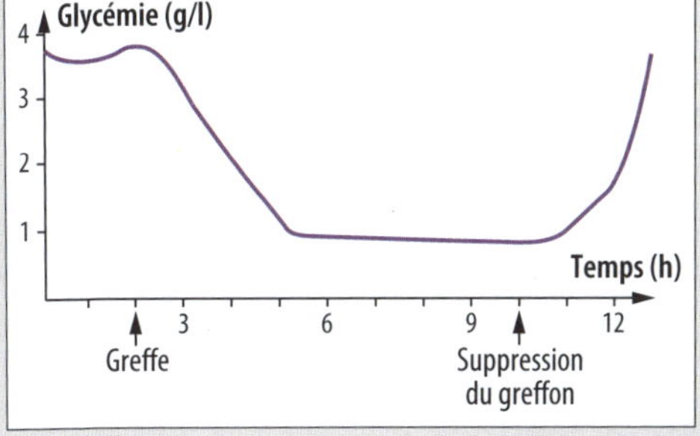

Doc. 3 Dosage du glycogène hépatique

Des dosages du glycogène hépatique ont été réalisés chez le chien. L'animal est d'abord pancréatectomisé (il subit l'ablation du pancréas), puis soumis à des injections répétées d'insuline.

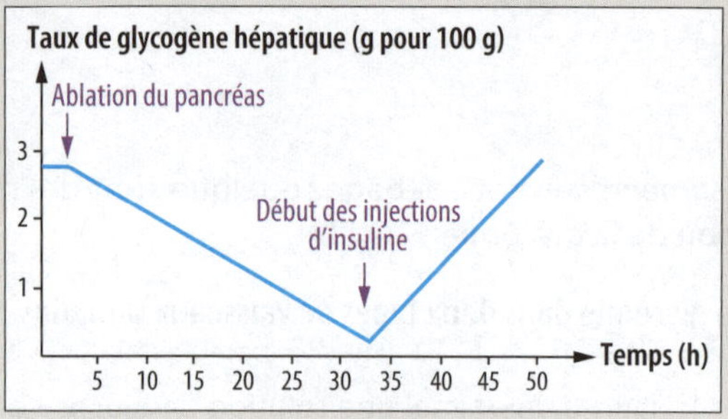

Doc. 4 Action de l'insuline sur les cellules musculaires

Un fragment de muscle est placé dans deux milieux glucosés : l'un avec insuline et l'autre sans insuline. La quantité de glucose prélevé par les cellules musculaires et la quantité de glycogène présent dans les cellules musculaires sont dosées après 10 minutes d'incubation. Les résultats obtenus figurent dans le tableau ci-dessous.

	Milieu sans insuline	Milieu avec insuline
Glucose prélevé par les cellules musculaires ($\mu mol \cdot g^{-1} \cdot min^{-1}$)	0,8	1,1
Glycogène musculaire ($mg \cdot g^{-1}$)	2,5	3,9

POINT MÉTHODE

Analyser des documents

Ce sujet est constitué de quatre *documents* qu'il s'agit d'analyser pour relier les informations extraites afin, comme le demande l'énoncé, de préciser les mécanismes de la régulation de la glycémie.

Le *document* 1 permet de mettre en évidence le rôle du foie, un organe effecteur. Les *documents* 2 et 3 montrent l'intervention du pancréas par l'intermédiaire de l'insuline. Le *document* 4 précise le rôle de l'insuline.

Sujet de Bac 2

Entraînement à la partie II

Deux types de diabètes

CONSIGNE

Dans la majorité des pays industrialisés, le diabète est en constante augmentation et pose un problème majeur de santé publique.

En utilisant les *documents* suivants et vos connaissances, montrez qu'il existe en réalité deux types de diabètes et expliquez quels sont les mécanismes à l'origine de ces maladies.

Doc. 1 Les résultats d'un test d'hyperglycémie chez deux individus (A et B)

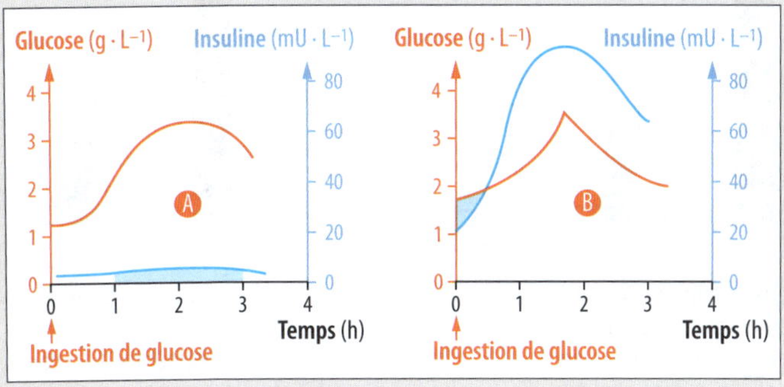

Doc. 2 Une mesure de l'activité hépatique

Chez l'individu B, on mesure la libération de glucose par le foie en fonction de la quantité d'insuline (T est un individu témoin, non diabétique).

Si l'on pratique cette même expérience chez l'individu A, il se comporte comme le témoin à condition de lui avoir préalablement injecté de l'insuline.

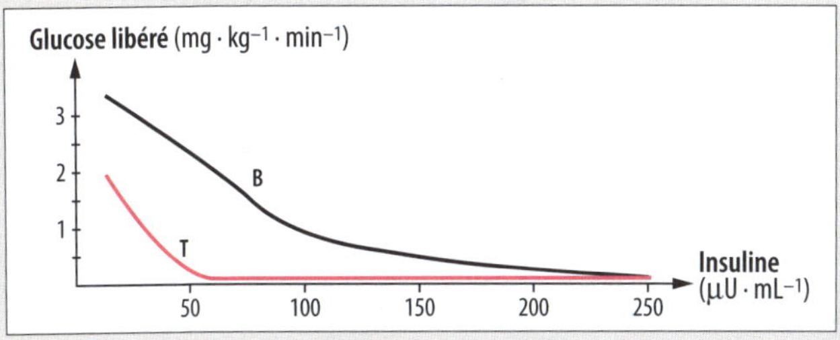

SUJETS

Doc. 3 Transport du glucose, du compartiment sanguin vers le milieu intracellulaire, mesuré dans différentes cellules

On mesure, dans les cellules musculaires et adipeuses, le transport de glucose (a1, a2) et le nombre de protéines transporteuses de glucose (b1, b2). Ces dernières se situent au niveau de la membrane plasmique mais aussi au niveau de la membrane de vésicules intracellulaires qui peuvent fusionner avec la membrane plasmique.

Les résultats suivants sont obtenus après stimulation maximale des cellules par l'insuline, chez des sujets non diabétiques minces et chez des sujets obèses souffrant de diabète de type II.

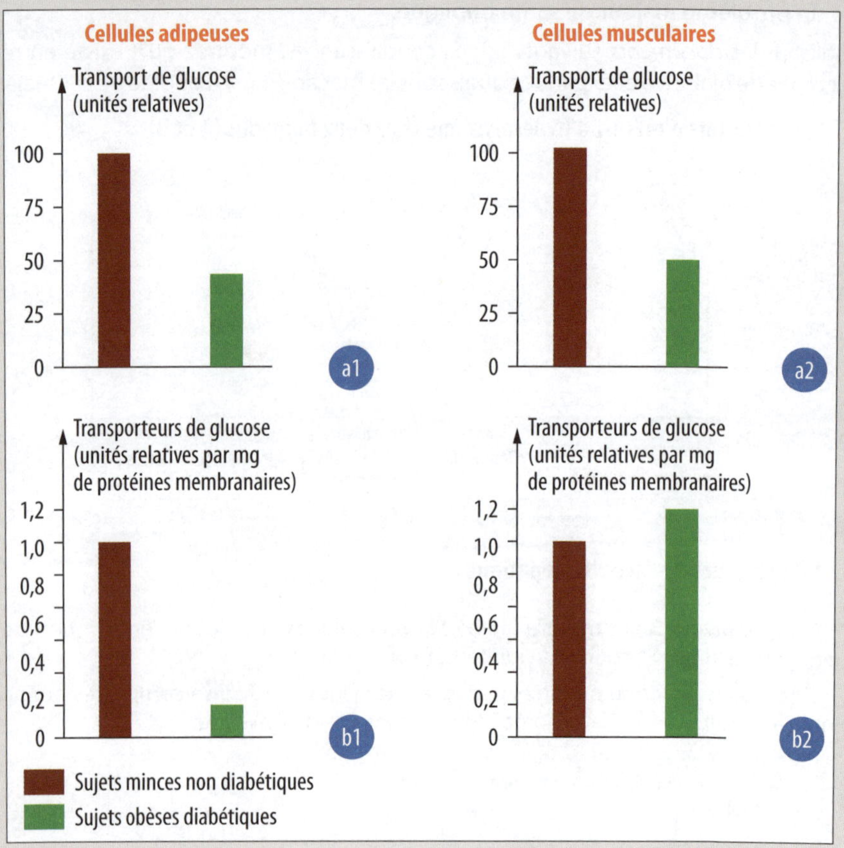

POINT MÉTHODE

Analyser des documents et les mettre en relation

Il s'agit dans un premier temps (*document* 1) de montrer que l'hyperglycémie qui caractérise le diabète peut être due à des causes différentes.

Le *document* 2 permet de comprendre l'une des causes de l'hyperglycémie observée chez un diabétique malgré la sécrétion d'insuline.

Le taux de glucose sanguin diminue quand le glucose est capté par les cellules. Le *document* 3 explique en partie les mécanismes de l'hyperglycémie des diabétiques de type II. Il faut comparer les résultats obtenus chez le témoin par rapport à ceux du diabétique.

Ensuite, il faut comparer la situation pour les deux types de cellules (adipeuses et musculaires).

Sujet de Bac 1

Entraînement à la partie II

Malgré des apports discontinus en glucose, la glycémie (taux de glucose sanguin) reste constante, ce qui permet de satisfaire en permanence les besoins des cellules. Le maintien d'une glycémie stable fait intervenir un système de régulation auquel participent différents organes. Nous utiliserons les documents proposés pour identifier ces éléments et montrer comment ils participent au fonctionnement de ce système de régulation.

Le *document* 1 présente les variations du taux de glucose sanguin dans le sang qui arrive au foie par l'artère hépatique et dans celui qui quitte le foie par la veine sus-hépatique. Les mesures sont réalisées avant et après ingestion de glucose.

Conseil
Comparez la glycémie dans le sang entrant et dans le sang quittant le foie.

Avant l'ingestion de glucose, le sang qui arrive au foie contient moins de glucose que celui qui en sort. Le foie, est donc capable de délivrer du glucose.

On constate par ailleurs qu'après ingestion de glucose, le sang qui entre dans le foie est plus riche en glucose que celui qui en sort. Le glucose en excès dans le sang est donc stocké par le foie. Le foie, qui stocke ou libère du glucose, est un organe effecteur de la régulation de la glycémie.

Astuce
Repérez le changement provoqué par l'apport de glucose.

Le *document* 2 indique les conséquences d'une greffe du pancréas, réalisée après son ablation. La glycémie qui était élevée (4 g/l) diminue rapidement après la greffe pour retrouver sa valeur normale de 1g/l, mais elle augmente à nouveau avec la suppression du greffon. Le pancréas a donc un rôle hypoglycémiant. Comme son action s'exerce à la suite d'une greffe, qui permet le rétablissement des connections sanguines, on peut supposer qu'il agit par l'intermédiaire d'une hormone.

Conseil
Pensez à relier les documents entre eux pour construire une démarche explicative.

Le *document* 3 permet d'identifier cette hormone et de déterminer en partie comment elle exerce son rôle hypoglycémiant. En effet, une ablation du pancréas est suivie d'une diminution de la quantité de glycogène hépatique. Or, le glycogène est une macromolécule constituée d'un enchaînement de molécules de glucose. La baisse de la quantité de glycogène dans le foie s'explique par une hydrolyse du glycogène ou « glycogénolyse » : une réaction qui libère du glucose.

Remarque
Une diminution de glycogène hépatique se traduit par une libération de glucose et donc une augmentation de la glycémie.

Une injection d'insuline dans le sang permet de reconstituer le stock de glycogène hépatique. L'insuline stimule donc la synthèse de glycogène à partir de glucose prélevé dans le sang avec, pour conséquence, la baisse de la glycémie.

Véhiculée par le sang, elle agit sur un organe cible : le foie. C'est donc une hormone par l'intermédiaire de laquelle le pancréas exerce un rôle hypoglycémiant.

Le *document* 4 nous apprend qu'en présence d'insuline, le muscle prélève davantage de glucose. Par ailleurs, la quantité de glycogène musculaire augmente. De ce fait, on peut conclure que l'insuline agit également sur les cellules musculaires. Elle stimule l'entrée ainsi que la mise en réserve du glucose sous forme de glycogène, comme elle le fait dans le foie.

Foie et muscles sont donc des organes cibles de l'insuline, et de ce fait possèdent des récepteurs spécifiques au niveau desquels elle est capable de se fixer.

L'ensemble de ces *documents* nous a permis de montrer que la régulation de la glycémie fait intervenir des effecteurs qui agissent en fonction des informations reçues pour corriger les variations du paramètre réglé. Ainsi, selon les informations qu'il reçoit, le foie stocke ou délivre du glucose. Ces informations lui parviennent sous forme de messages hormonaux délivrés par le pancréas.

Sujet de Bac 2

Entraînement à la partie II

Le diabète est une maladie caractérisée par une hyperglycémie prolongée. Il existe en réalité deux types de diabètes que nous allons chercher à différencier.

Chez le sujet A, la glycémie reste élevée après le test (supérieure à 1 $g{\cdot}L^{-1}$) et la sécrétion d'insuline est nulle (*doc.* 1). Son hyperglycémie est due à l'absence d'insuline, une hormone hypoglycémiante qui fait baisser la glycémie. Il est atteint de diabète de type I ou « diabète insulinodépendant » (DID).

Le sujet B présente une hyperglycémie malgré un taux d'insuline élevé. Chez lui, l'insuline n'a pas d'effet. Il est atteint d'un diabète de type II ou « diabète non insulinodépendant » (DNID).

Le *document* 2 indique que chez le sujet B (atteint de DNID), le foie libère davantage de glucose que chez le sujet témoin, même en l'absence d'insuline. Chez le témoin comme chez les diabétiques de type I, un apport d'insuline empêche la libération de glucose par le foie et exerce son rôle hypoglycémiant. Chez le sujet diabétique de type II, en présence d'insuline, le foie libère du glucose. Les cellules hépatiques sont devenues insensibles à l'insuline.

Astuce

Construisez une démarche explicative : les questions posées par un document sont résolues par les données du document suivant.

D'après le *document* 3, dans les cellules musculaires et adipeuses, l'entrée de glucose est plus faible chez les diabétiques de type II que chez les sujets témoins. Chez les diabétiques, malgré la présence d'insuline, le glucose s'accumule alors dans le sang et la glycémie augmente.

Sachez que...

Le glucose entré dans les cellules adipeuses est stocké sous forme de graisse.

Dans les cellules adipeuses, le nombre de transporteurs de glucose est plus faible chez les diabétiques que chez les témoins, ce qui empêche le glucose d'y entrer. Dans les cellules musculaires, au contraire, il y a davantage de transporteurs chez les diabétiques que chez les témoins ; la diminution de l'entrée du glucose s'explique par un autre mécanisme.

En conclusion, le diabète se caractérise par une hyperglycémie prolongée. Il s'explique par une absence d'insuline (type I) ou par une résistance à l'insuline (type II). Dans ce cas, la glycémie n'est plus régulée : le foie libère du glucose et ce dernier entre moins bien dans les cellules.

CHAPITRE 12

Comportement et stress

DE QUOI S'AGIT-IL ?

L'organisme réagit à une agression par une modification des fonctions physiologiques (circulation, respiration...). C'est le stress aigu: une réaction de défense ou de fuite.

Des hormones (l'adrénaline, le cortisol...) ainsi que le système nerveux, participent à cette réaction.

Le stress chronique entraîne des dysfonctionnements et des modifications de la structure du système nerveux; mais des molécules agissant sur le système nerveux peuvent aider à lutter contre ce stress en contrôlant les substances impliquées dans celui-ci.

1 Le stress, une réponse à une agression

A Une réponse adaptative immédiate

1. Des modifications physiologiques

• L'organisme face à une agression physique (brûlure, hémorragie, choc…) ou émotionnelle (peur, colère…) déclenche des **réactions physiologiques** (modifiant le fonctionnement des organes) telles que :

– une augmentation de la **ventilation pulmonaire**, améliorant le renouvellement de l'air dans les voies respiratoires ;

– une augmentation du **débit cardiaque**, c'est-à-dire du volume de sang expulsé par le cœur par unité de temps ;

– une modification de la **circulation sanguine** (les vaisseaux irriguant les muscles se dilatent, tandis que ceux irriguant d'autres organes comme la peau ou le tube digestif se contractent) ;

– une élévation de la **glycémie** (le taux de glucose sanguin).

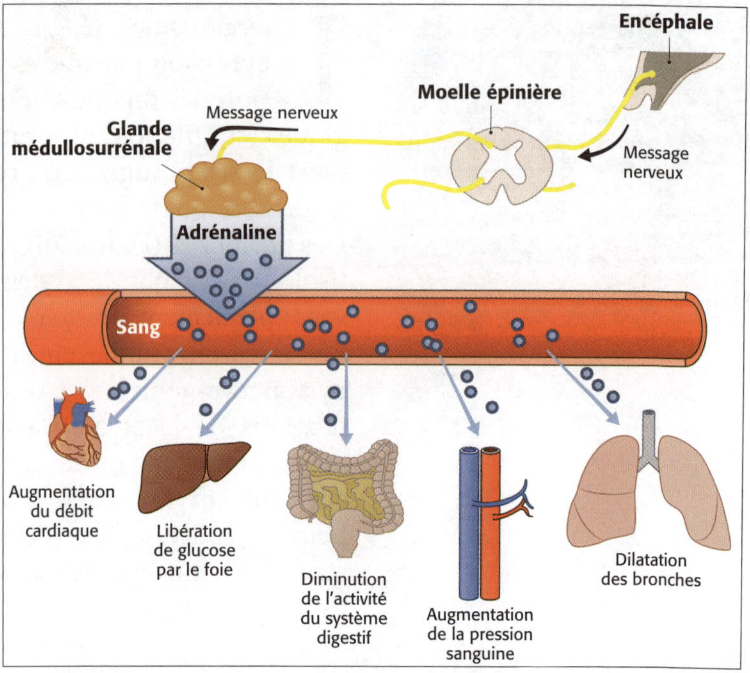

Doc. Réponses physiologiques à un stress

- Ces modifications, qui mobilisent les ressources en dioxygène et en glucose, permettent d'intensifier la libération d'énergie et ainsi la contraction musculaire. Elles préparent l'organisme à fuir ou à résister à l'agression. Elles constituent le stress aigu.

2. Une libération d'adrénaline

- **Ces réactions sont déclenchées par une hormone, l'adrénaline**, libérée par les glandes médullosurrénales situées au-dessus des reins. Transportée par le sang, l'adrénaline se fixe sur les récepteurs de ses cellules cibles (cellules du cœur, des bronches, de la paroi des artères...) et modifie leur fonctionnement.
- **La sécrétion d'adrénaline est contrôlée par voie nerveuse.** En cas d'agression, des signaux provenant de l'environnement ou du corps sont interprétés par l'encéphale comme dangereux. Des informations sont transmises au système limbique qui est stimulé, en particulier les zones impliquées dans les émotions telles que l'amygdale, située dans le lobe temporal de l'encéphale.
- Des fibres nerveuses du système sympathique (système nerveux autonome), issues de l'encéphale, stimulent à leur tour les glandes médullosurrénales auxquelles elles sont connectées, ce qui déclenche la sécrétion d'adrénaline.
- La voie nerveuse est le **moyen de communication** le plus rapide dans l'organisme, cette réaction fondée sur l'adrénaline est la première à se mettre en place en cas de stress. Elle constitue une **réaction adaptative immédiate**.

Sachez que...

Le comportement de stress est une réponse présente chez tous les mammifères. Il favorise la fuite ou l'affrontement.

B Une réponse adaptative plus lente

1. Une libération de cortisol

- Après la libération d'adrénaline, si la réaction de stress se maintient, une autre hormone, **le cortisol, est libérée par les glandes corticosurrénales** (partie périphérique de la glande médullosurrénale). C'est la **phase de résistance**, survenant après la **phase d'alarme**.
- **Le cortisol prolonge l'action de l'adrénaline** en favorisant la mobilisation des métabolites et l'augmentation du glucose sanguin. Pour cela, il stimule la dégradation des protéines et des graisses, ainsi que la conversion de ces molécules en glucose par le foie (néoglucogenèse). Il active également la synthèse des enzymes intervenant dans la dégradation du glucose et la libération d'énergie.

- **Le cortisol inhibe par ailleurs certaines fonctions dont le système immunitaire**. Par exemple : par la diminution des lymphocytes circulants, en déclenchant le **processus de mort cellulaire programmée** (« apoptose »).
- Une hormone, l'**ACTH, produite par l'hypophyse** (une petite glande fixée à la base de l'encéphale), stimule la **sécrétion de cortisol**. Sa libération est elle-même sous le contrôle du CRH, une neurohormone sécrétée par les cellules nerveuses de l'hypothalamus.
- **La voie du cortisol est moins rapide que celle de l'adrénaline**, la glande surrénale étant alors stimulée par voie hormonale, à la vitesse de la circulation sanguine. Or, celle-ci est bien plus lente que le message nerveux qui intervient dans le cas de l'adrénaline.

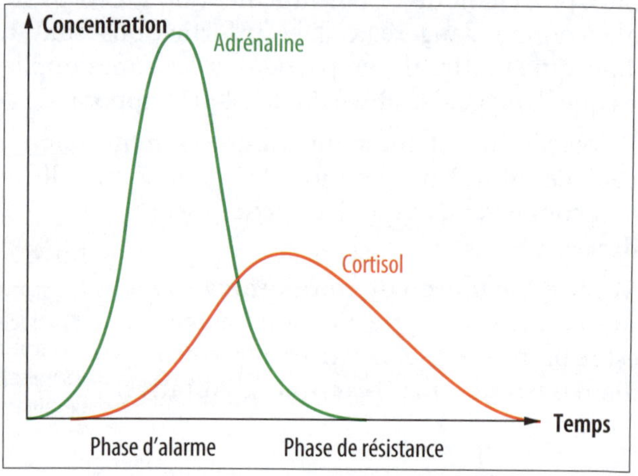

Doc. Stress et sécrétion d'adrénaline et du cortisol

2. Un rétrocontrôle négatif

- **Le taux sanguin de cortisol est contrôlé par un système de rétroaction**. En effet, le cortisol inhibe la sécrétion de CRH par l'hypothalamus et de l'ACTH par l'hypophyse. Il s'ensuit une baisse de la sécrétion du cortisol par la glande corticosurrénale.
- **Ce rétrocontrôle négatif** évite une élévation trop importante et durable du taux de cortisol dans le sang, avec les effets négatifs connus de celui-ci. Il favorise le rétablissement de conditions de fonctionnement durable de l'organisme et permet la résilience : la capacité à surmonter un choc traumatique.

Remarque
Les cellules de l'hypothalamus, comme celles de l'hypophyse, possèdent des récepteurs au cortisol.

• Les réactions d'un organisme soumis à un stress sont coordonnées, notamment en ce qui concerne les voies nerveuses et endocrines. **Cette coordination est commandée par le système nerveux central, on parle d'une « intégration neurohormonale ».**

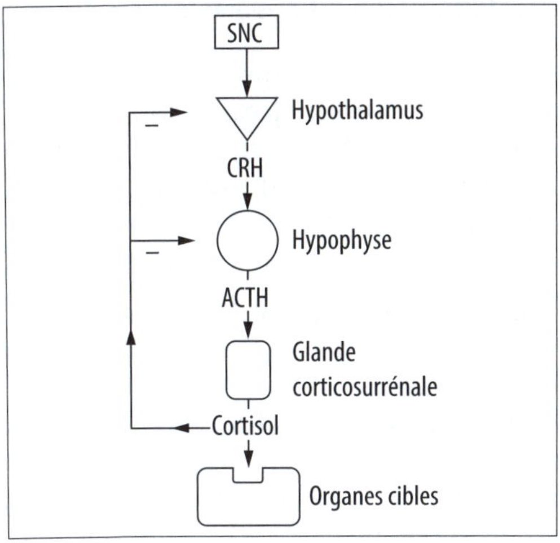

Doc. 2 Régulation de la sécrétion de cortisol

L'ESSENTIEL

Le stress, une réponse à une agression

- Face à une agression, des fonctions physiologiques (circulation, respiration...) sont modifiées. C'est le stress aigu.
- L'adrénaline, puis le cortisol sont sécrétés et mobilisent les réserves énergétiques afin de favoriser la fuite ou la défense.
- Le cortisol exerce un rétrocontrôle négatif, ce qui limite sa sécrétion et rétablit des conditions de fonctionnement durable de l'organisme.

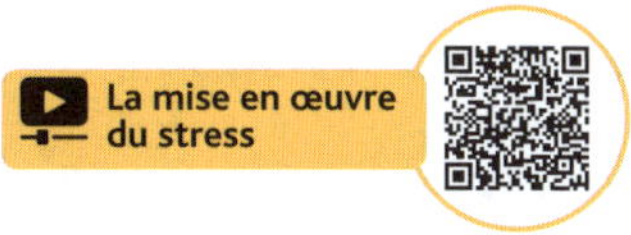

2 Le stress chronique

A Des conséquences physiologiques

• **L'exposition prolongée à des situations de stress provoque des dysfonctionnements de l'organisme.** C'est le stress chronique. Le maintien d'un taux élevé de cortisol entraîne des troubles cardiaques, une pression artérielle et un taux de cholestérol élevés, ou encore du diabète de type II. Également, les risques de dépression augmentent.

• **Le stress chronique s'accompagne de symptômes divers**:

– **symptômes physiques**: coliques, maux de tête, douleurs musculaires et articulaires, troubles du sommeil, de l'appétit et de la digestion, sensations d'essoufflement ou d'oppression;

– **symptômes émotionnels**: susceptibilité et nervosité, sensation de mal-être…

– **symptômes intellectuels**: troubles de la concentration, difficultés à prendre des initiatives ou des décisions…

• Les réserves énergétiques s'épuisent et le système immunitaire est en partie inhibé. Le vieillissement et la mort des cellules s'accélèrent en raison des dommages causés par les **radicaux libres** produits au cours du stress chronique.

• Les effets sont accentués chez les personnes pour qui le risque de développer une maladie chronique est plus élevé. Le stress chronique aboutit à une **phase d'épuisement** au cours de laquelle le cortisol finit par ne plus être sécrété.

• Des études récentes montrent que le stress chronique modifierait durablement le type de réponses apportées par l'organisme face à un environnement défavorable, en perturbant l'expression des gènes.

• Alors que les phases d'alarme et de résistance permettaient de répondre à l'agression, la phase d'épuisement **inhibe les capacités de réaction de l'organisme**.

B Des conséquences sur les structures nerveuses

• L'exposition prolongée des structures nerveuses au cortisol conduit à des **changements structurels du cerveau**, notamment de l'hippocampe du système limbique et du cortex préfrontal (situé dans la partie antérieure du cortex cérébral, siège de différentes fonctions cognitives supérieures).

- **Le stress chronique réduit la formation de nouveaux neurones dans l'hippocampe** par l'augmentation du cortisol plasmatique. Il peut entraîner la mort neuronale. Une diminution du volume de l'hippocampe est parfois constatée.
- On remarque par ailleurs une **réduction des arborisations dendritiques des neurones de l'hippocampe**, responsable d'une diminution du volume de cet organe. Ces régressions sont associées, en cas de stress prolongé, à des troubles cognitifs et de la mémoire spatiale. On parle, pour ces remaniements cérébraux, de « **plasticité cérébrale maladaptative** ». Elle se traduit par des perturbations de l'attention, de la mémoire et des performances cognitives.
- Quelques mois après la disparition des conditions stressantes, les neurones peuvent retrouver leur conformation d'origine. Chez l'animal, une ablation de la glande surrénale ou une diminution de la synthèse des corticostéroïdes entraînent les mêmes conséquences. Cela confirme l'existence d'une plasticité cérébrale.

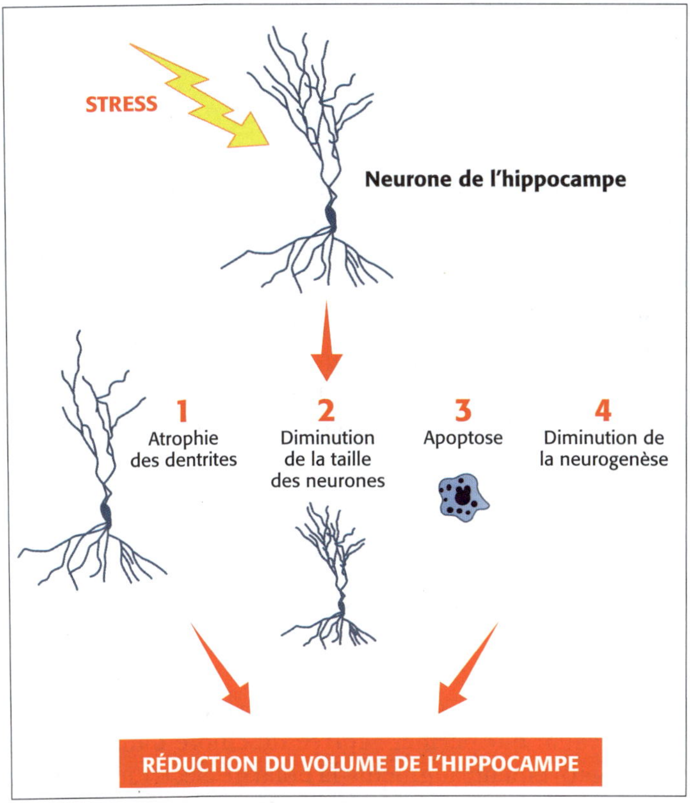

Doc. Effets du stress sur l'hippocampe

L'ESSENTIEL

Le stress chronique

- Quand l'action des agents stresseurs est trop intense ou prolongée, les mécanismes physiologiques sont débordés et le système se dérègle.
- Le stress chronique produit des troubles physiques et psychiques. La structure du système nerveux peut elle aussi être affectée.

3 Les traitements contre le stress et leurs effets

A Moduler les effets du stress

- Des substances ont été conçues pour limiter les effets néfastes du stress chronique. Parmi celles-ci, les anxiolytiques les plus utilisés appartiennent à la catégorie des **benzodiazépines**. Ces substances ont un effet sédatif, anxiolytique, anticonvulsivant et myorelaxant, ce qui rend leur utilisation pertinente en cas de stress chronique
- Leur succès s'explique par une efficacité rapide et une faible toxicité. Néanmoins, leur prescription est limitée dans le temps au risque sinon d'entraîner une dépendance. De plus, certaines d'entre elles peuvent avoir des effets secondaires, notamment l'amnésie antérograde, d'où leur surnom de « drogue du violeur ».

B Le mode d'action des benzodiazépines

- **Le GABA est un neuromédiateur inhibiteur qui module la transmission du message nerveux.** Il évite ainsi l'épuisement du système nerveux et de l'organisme.
- Le GABA agit en se fixant à son récepteur postsynaptique, ce qui déclenche l'ouverture d'un canal qui permet l'entrée de chlore dans le neurone. Or, le chlore, chargé négativement, augmente la polarité électrique négative de la cellule et limite ainsi la formation de messages nerveux.

• **Les benzodiazépines ont une forme en partie similaire au GABA** et ont ainsi la possibilité de se fixer, à la place de celui-ci, sur son récepteur. Ils miment alors les effets du GABA mais en les amplifiant. Plus de chlore entre dans la cellule nerveuse qui, hyperpolarisée, peut générer encore moins facilement un message nerveux. **Les benzodiazépines renforcent donc l'effet inhibiteur du GABA.**

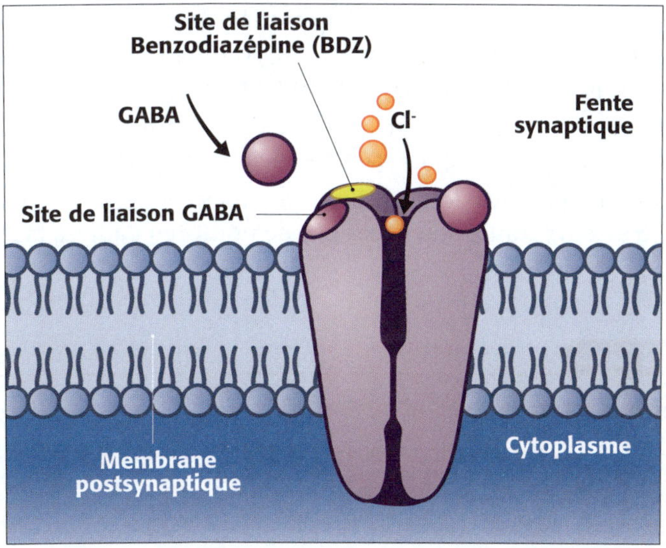

Doc. Le mécanisme d'action des benzodiazépines

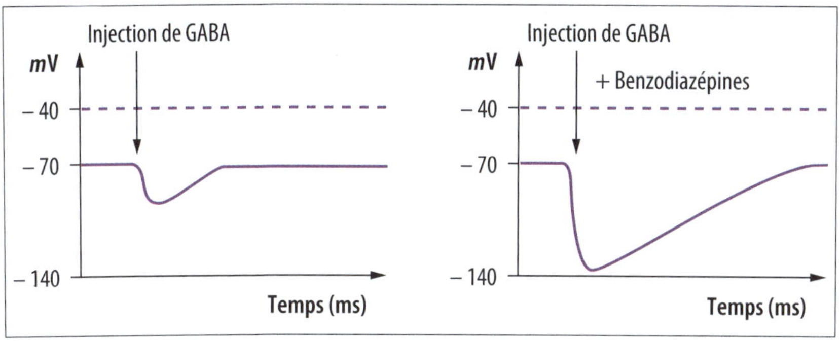

Doc. Effet du GABA et des benzodiazépines sur le neurone postsynaptique

• Ainsi, les benzodiazépines diminuent l'excitabilité du système nerveux central. Elles favorisent la relaxation et peuvent aider à lutter contre le stress.

C D'autres effets antistress

- Une **activité physique régulière** diminue l'état d'anxiété. Elle entraîne en particulier la libération par le foie de **tryptophane**, un acide aminé nécessaire à la synthèse d'un neurotransmetteur, la **sérotonine**.
- Celle-ci, synthétisée par les neurones, est libérée au niveau des synapses du système nerveux central où elle est **impliquée dans la régulation de nombreux comportements**, dont l'humeur et le sommeil. La sérotonine, en effet, est transformée le soir et la nuit en **mélatonine, hormone du sommeil**.
- Dans certaines situations, la mélatonine est administrée, servant à lutter contre les insomnies et à bloquer le cercle vicieux du cycle stress-insomnie.
- Néanmoins, chaque individu est différent et les réponses individuelles face aux agents stresseurs sont influencées par de nombreux autres facteurs.

L'ESSENTIEL

Les traitements contre le stress et leurs effets

- Les benzodiazépines, en se fixant sur les récepteurs à GABA des neurones, ont des effets inhibiteurs sur le système nerveux.
- Elles favorisent ainsi la relaxation et peuvent aider à lutter contre le stress.
- La synthèse d'autres substances comme la sérotonine, en étant stimulée en cas de stress, peut aider à lutter contre le stress.

ZOOM SUR...

L'analyse d'une série d'expériences

Pour comprendre les mécanismes à l'origine du stress, différentes expériences ont été menées.

➜ Les réactions de stress sont générées par la mise en présence de chiens qui aboient face à des chats. On constate alors chez ces derniers une élévation du taux de cortisol sanguin, lequel diminue après la disparition des chiens.

➜ Des expériences de lésion des glandes corticosurrénales et d'injection d'hormone permettent de comprendre cette réaction.

Expériences	Résultats
Destruction de l'hypophyse antérieure.	Réduction du volume des glandes corticosurrénales et baisse du taux de cortisol sanguin.
Destruction, puis greffe de l'antéhypophyse.	Retour à l'état initial seulement si la greffe est pratiquée au voisinage de l'hypothalamus.
Injection d'un extrait hypophysaire marqué par un isotope radioactif (après destruction de l'antéhypophyse).	Rétablissement du volume des glandes surrénales et localisation de la radioactivité au niveau de protéines membranaires des cellules du cortex surrénalien.
Réalisation d'une ligature entre l'hypothalamus et l'hypophyse.	Arrêt de la sécrétion d'une hormone hypophysaire : l'ACTH.
Ablation des glandes corticosurrénales.	Hypersécrétion de CRH par l'hypothalamus et d'ACTH par l'hypophyse.
Ablation des glandes corticosurrénales, puis injection de cortisol.	Rétablissement d'une sécrétion normale d'ACTH et de CRH.

➜ Ces expériences reposent toujours sur la même méthode. L'ablation d'un organe permet de mettre en évidence le rôle qu'il exerce lorsqu'il est présent. Il faut se poser ensuite la question de son mode d'action, par voie nerveuse ou sanguine.

➜ Une greffe rétablit des connexions sanguines, tandis qu'une ligature entre deux organes interdit la communication sanguine entre eux.

1 Mise en évidence du rôle de l'hypophyse

➜ La destruction de l'hypophyse antérieure entraîne une réduction du volume des glandes corticosurrénales et une baisse du taux de cortisol sanguin. Ainsi, l'hypophyse antérieure, quand elle est présente, agit à distance sur les glandes corticosurrénales pour stimuler leur activité et la libération de cortisol dans le sang.

2 Le mode d'action de l'hypophyse

➜ L'activité des glandes surrénales est rétablie après une greffe d'hypophyse : celle-ci agit donc sur les glandes surrénales par voie sanguine, c'est-à-dire par l'intermédiaire d'une hormone, messager chimique circulant dans le sang.

➜ L'injection d'un extrait hypophysaire marqué confirme l'action de l'hypophyse sur les glandes corticosurrénales via une hormone. La radioactivité localisée au niveau de protéines membranaires des cellules du cortex surrénalien témoigne qu'il s'agit de cellules cibles munies de récepteurs à cette hormone.

3 Un contrôle de l'hypothalamus

➜ Néanmoins, la greffe d'hypophyse n'a d'effet que si elle est pratiquée au voisinage de l'hypothalamus. Ce dernier contrôle donc l'activité de l'hypophyse.

➜ De plus, l'interruption d'une connexion sanguine entre l'hypothalamus et l'hypophyse met fin à la sécrétion d'ACTH. On en déduit que l'hypothalamus stimule la libération hypophysaire d'ACTH par le biais d'une neurohormone, la CRH.

4 Un rétrocontrôle

➜ Les résultats d'une ablation des glandes surrénales, puis d'une injection de cortisol montrent que ce dernier limite les secrétions de CRH et d'ACTH. Le cortisol exerce un rétrocontrôle négatif sur l'hypothalamus et l'hypophyse, permettant un retour à la normale, une fois la cause du stress supprimée.

Mots clés

■ **Adrénaline** : hormone libérée par les glandes médullosurrénales et qui permet d'intensifier la libération d'énergie.

■ **Amnésie antérograde** : incapacité à se souvenir d'événements qui suivent le début de l'amnésie.

■ **Anticonvulsivant** : substance qui empêche les contractions musculaires involontaires (convulsions).

■ **Anxiolytique** : substance visant à réduire l'anxiété.

■ **Cortex préfrontal** : situé dans la partie antérieure du cortex cérébral, siège de différentes fonctions cognitives supérieures.

■ **Cortisol** : hormone sécrétée par la glande corticosurrénale, permettant la mobilisation des métabolites.

■ **CRH** : Neurohormone contrôlant la libération de cortisol via l'ACTH.

■ **GABA** : neurotransmetteur à effet inhibiteur.

■ **Glande médullosurrénale** : partie interne des glandes surrénales.

■ **Glande corticosurrénale** : partie périphérique de la glande surrénale.

■ **Hippocampe** : partie du système limbique intervenant dans le stress et la mémoire spatiale.

■ **Métabolite** : molécule telle que le glucose participant au métabolisme.

■ **Neurohormone** : hormone sécrétée par une cellule nerveuse transformée.

■ **Plasticité cérébrale maladaptative** : modifications du cerveau suite à une situation d'agression.

■ **Réaction adaptative** : réponse à une variation des conditions.

■ **Résilience** : capacité à surmonter un choc traumatique.

■ **Rétrocontrôle** : action en retour.

■ **Stress chronique** : stress résultant de l'exposition prolongée et répétée à des situations agressives.

■ **Stress aigu** : réaction de protection de courte durée, face à une agression.

■ **Système limbique** : ensemble de structures profondes de l'encéphale intervenant dans les émotions.

■ **Système sympathique** : système nerveux dont le fonctionnement est indépendant de la volonté. Il régule en particulier l'activité cardiaque, la digestion.

Document majeur

Les effets du stress

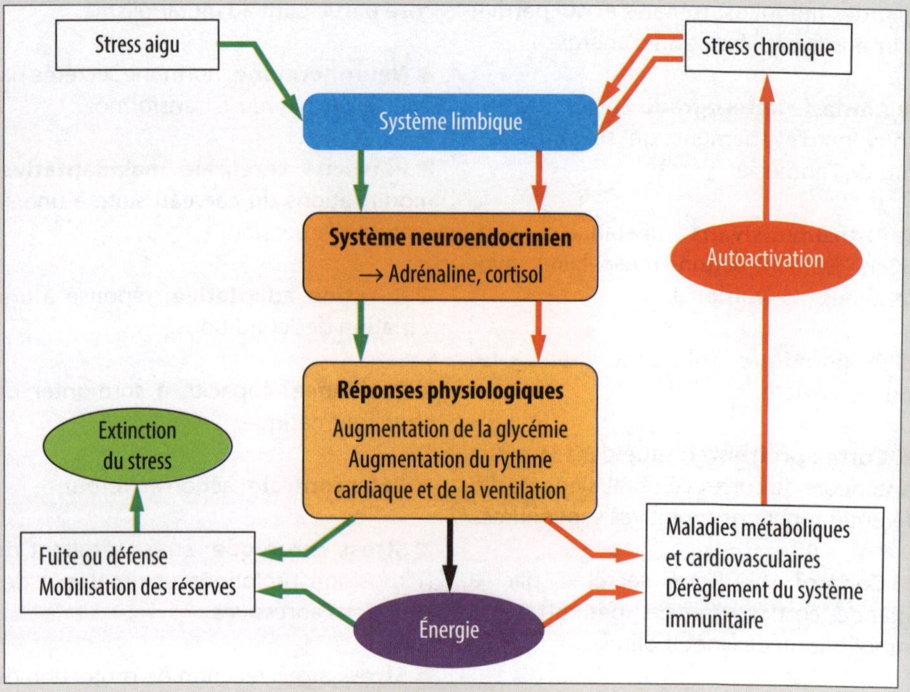

Sujet de Bac 1

Entraînement à la partie II

Stress et sécrétion d'hormones

Pour évaluer les effets du stress, trois groupes de souris sont placées dans des conditions d'élevage différentes. Les concentrations plasmatiques de cortisol sont dosées chez ces trois groupes de souris.

CONSIGNE

Montrez comment des conditions stressantes à long terme provoquent des modifications de la sécrétion d'hormones.

Doc. 1 Concentration plasmatique en cortisol chez des groupes de souris soumis à différentes conditions d'élevage

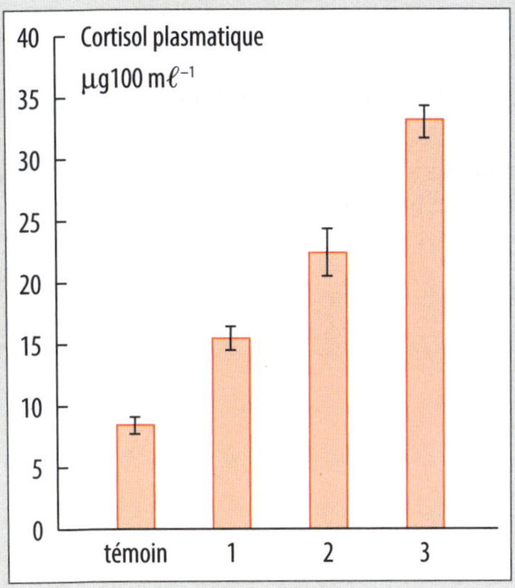

- Groupe 1 : cage individuelle avec une litière fraîche.
- Groupe 2 : même cage, mais sans litière.
- Groupe 3 : bocal en verre.

Doc. 2 Sécrétion de cortisol après injections d'ACTH chez un animal hypophysectomisé

On mesure les effets d'injections d'ACTH sur la sécrétion de cortisol chez un animal hypophysectomisé. L'ablation de l'hypophyse sans injection d'ACTH entraîne une diminution du taux de cortisol.

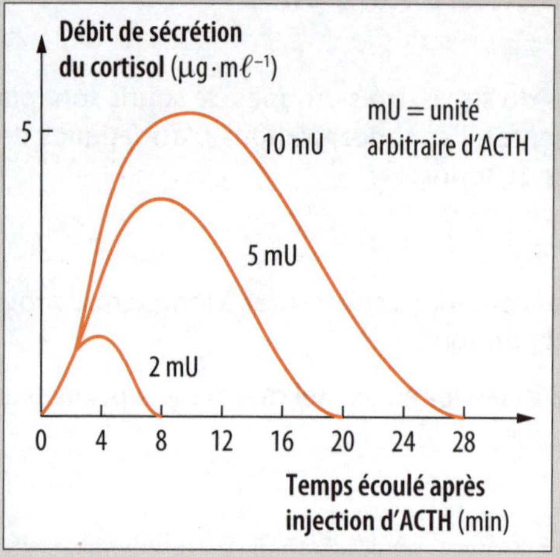

Doc. 3 Concentration d'ACTH plasmatique en fonction de l'état de l'hypothalamus

On soumet l'hypothalamus à des stimulations ou des lésions tandis qu'on mesure la concentration d'ACTH plasmatique.

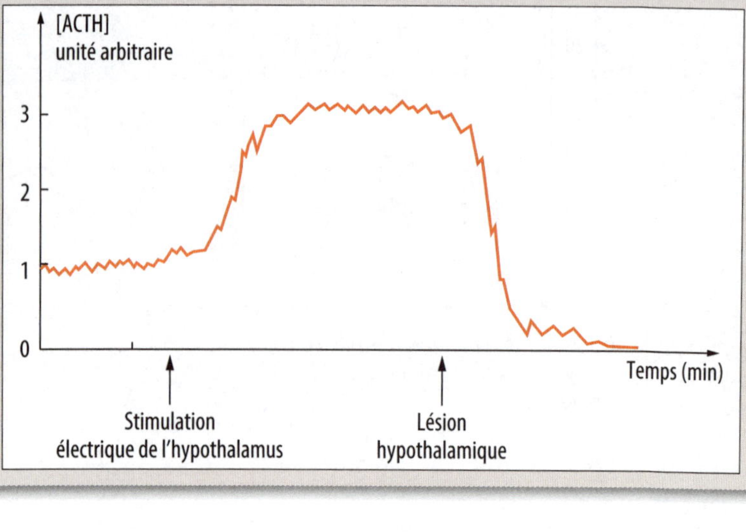

POINT MÉTHODE

1 Analyser chaque document et les relier entre eux

Dans un premier temps, il faut procéder à l'analyse rapide de chaque *document* pour dégager les informations qu'il fournit.

Le *document* 1 montre la relation entre la production d'une hormone (le cortisol) et l'intensité du stress.

Le *document* 2 permet de mettre en évidence l'intervention d'une autre hormone : l'ACTH.

Le *document* 3 montre l'effet de l'hypothalamus sur la sécrétion d'ACTH.

2 Construire le devoir

Chaque information tirée d'un *document* est suivie d'une interprétation. Les différents *documents* sont mis en relation de façon telle que l'analyse d'un *document* peut déboucher sur une question, elle-même résolue par l'analyse du *document* suivant. Les informations fournies par les documents peuvent être prolongées par vos connaissances, si besoin, pour préciser un mécanisme. La réponse au problème est ainsi construite de façon argumentée.

Sujet de Bac 2

Entraînement à la partie II

Stress et plasticité cérébrale

Pour comprendre les effets du stress chronique sur les structures nerveuses, une série d'expériences a été menée sur des rats maintenus en condition de stress prolongé. Des observations ont été réalisées sur les neurones pyramidaux du cortex préfrontal médian et ceux du cortex frontal orbital.

CONSIGNE

À partir de l'analyse des *documents*, dégagez les effets d'un stress prolongé sur les structures nerveuses.

Doc. 1 **Aspect des neurones pyramidaux dans le cortex préfrontal médian et le cortex frontal orbital chez des rats témoins et des rats stressés pendant 21 jours**

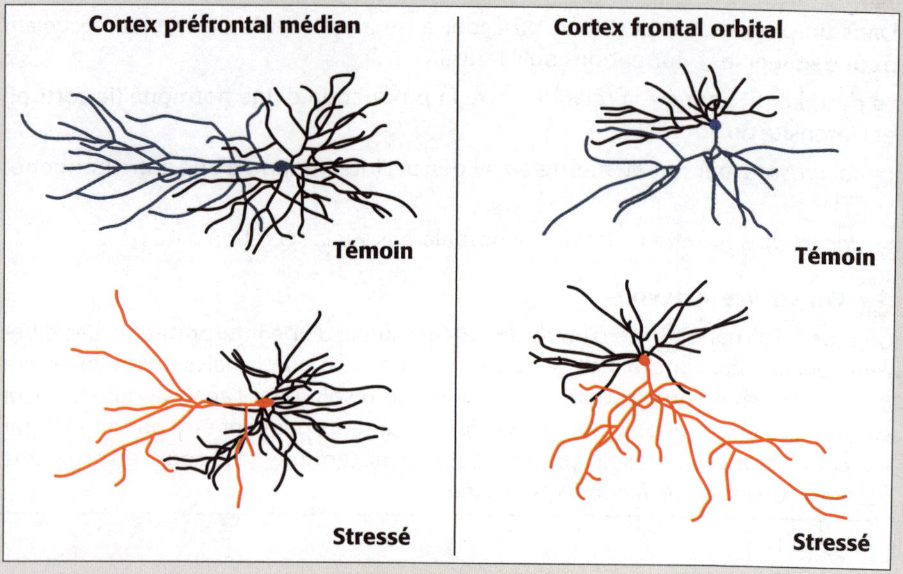

Les dendrites apicales sont représentées en bleu chez les rats témoins et en rouge chez les rats stressés.

Doc. 2 **Effet du stress sur les cellules de l'hippocampe**

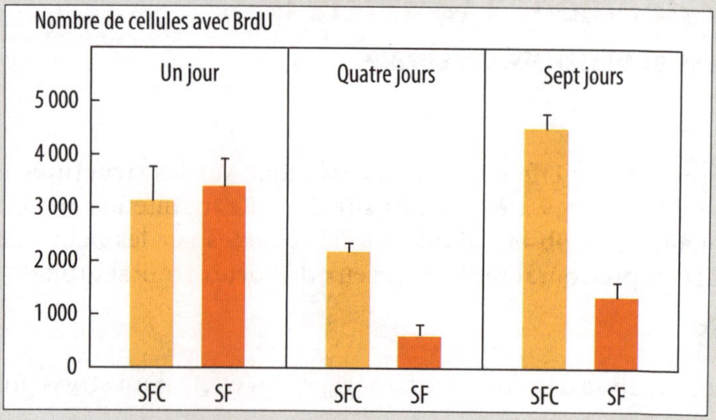

Chez les mammifères adultes, les cellules nerveuses continuent à se multiplier à partir de cellules souches dans certaines structure nerveuses comme l'hippocampe.

On a cultivé ces cellules souches en présence d'une substance radioactive, le BrdU, un précurseur de l'ADN.
Les rats stressés (SF) sont soumis à un sommeil fragmenté, contrairement aux rats témoins (SFC). L'étude est menée sur trois groupes, privés de sommeil respectivement pendant 1, 4 et 7 jours.

POINT MÉTHODE

Exploiter des documents pour résoudre un problème

Le *document* 1 doit permettre de mettre en évidence des transformations du système nerveux sous l'effet du stress. Il faut comparer les neurones des animaux témoins à ceux des animaux stressés, ceci pour chacune des régions corticales présentées.

Pour conclure sur les résultats observés, il faut se rappeler le rôle des dendrites et envisager la conséquence prévisible d'une réduction de celles-ci.

Le *document* 2 montre comment le stress intervient sur les capacités de division des cellules. Il faut ensuite établir une relation entre les capacités de division et la taille d'un organe.

Sujet de Bac 1

Entraînement à la partie II

Face à une agression, l'organisme réagit par un ensemble de réactions constituant le stress. On cherche à montrer que ces réactions sont liées à une modification de la sécrétion d'hormones, ainsi qu'à expliquer le mécanisme responsable de cette sécrétion.

Le *document* 1 présente les résultats d'une expérience menée sur trois groupes de souris : du groupe 1 au groupe 3, celles-ci sont placées dans des conditions de plus en plus stressantes. Or, on constate que la concentration plasmatique en cortisol des animaux stressés est supérieure à celle des témoins et que, par ailleurs, elle augmente avec l'intensité du stress. Le cortisol (hormone produite par les glandes corticosurrénales) est donc sécrété selon l'état de stress de la souris.

Remarque
Les conditions stressantes correspondant aux conditions d'élevage, on est en présence ici d'une réponse à un stress prolongé.

Le *document* 2 montre que le débit de sécrétion du cortisol augmente avec la concentration d'une hormone hypophysaire, l'ACTH. L'ACTH stimule donc la glande corticosurrénale et augmente la libération de cortisol.

On constate par ailleurs que la sécrétion de cortisol diminue après avoir atteint un pic de concentration. Cela s'explique par la durée de vie limitée de l'ACTH (comme de toutes les substances produites par l'organisme).

On peut rappeler que lorsque l'hypophyse est intacte, le cortisol exerce un rétrocontrôle négatif qui a pour effet de diminuer la libération d'ACTH par l'hypophyse. Ce rétrocontrôle a un intérêt majeur : il évite un emballement de la réaction de stress qui aurait pour effet d'épuiser l'organisme.

Le *document* 3 montre l'effet de l'hypothalamus sur la sécrétion d'ACTH. Celle-ci augmente après une stimulation électrique de l'hypothalamus. Ce dernier est constitué de cellules neurosécrétrices. Sous l'effet du stress, elles libèrent une neurohormone, le CRH, qui agit sur l'hypophyse et provoque la sécrétion d'ACTH. La lésion hypothalamique confirme cette interprétation puisqu'en absence d'hypothalamus fonctionnel, la concentration d'ACTH diminue.

Ces expériences ont permis de mettre en évidence une boucle de régulation activée en présence de conditions stressantes. L'hypothalamus, grâce à ses cellules nerveuses, reçoit des autres parties de l'encéphale des informations concernant les agressions du milieu (conditions d'élevage défavorables) et les interprète en répondant par la sécrétion d'une certaine quantité de CRH. C'est l'intégration neurohormonale. L'ACTH, libérée sous l'effet du CRH, stimule la production de cortisol par les glandes corticosurrénales. Le cortisol déclenche un ensemble de réactions de l'organisme permettant de faire face à des conditions stressantes.

Remarque
La réponse stéréotypée n'est pas toujours adaptée comme c'est le cas ici : la souris ne peut pas fuir, pas plus qu'elle ne peut répondre à ces conditions d'élevage.

Sujet de Bac 2

Entraînement à la partie II

Un stress chronique finit par avoir des effets négatifs, notamment sur le système nerveux. On cherche à préciser lesquels.

Le *document* 1 permet de comparer des neurones issus de deux structures nerveuses, le cortex préfrontal médian et le cortex frontal orbital afin de mettre en évidence les effets d'un stress prolongé sur chacun d'eux. On observe que les dendrites apicales des neurones du cortex préfrontal médian ont régressé chez l'individu stressé par rapport au témoin, tandis que c'est l'inverse pour les neurones du cortex frontal orbital. Il y a donc bien une restructuration du système nerveux engendrée par le stress : certaines zones peuvent se développer, et d'autres au contraire régressent. Les dendrites sont des fibres nerveuses qui établissent des synapses d'un neurone à l'autre et participent ainsi à la construction du réseau nerveux d'un individu. Ces restructurations nerveuses impliquent donc un changement dans le fonctionnement du système nerveux.

Le *document* 2 permet d'étudier l'effet du stress sur les cellules de l'hippocampe. Il indique le nombre de cellules ayant incorporé le BrdU chez deux lots de rats, stressés ou non. Le BrdU est une molécule qui s'incorpore dans l'ADN au cours de la réplication.

Or, la synthèse d'ADN est liée à la division cellulaire. Ainsi, plus le nombre de cellules souches de l'hippocampe ayant incorporé le BrdU est grand, plus celles-ci se divisent activement.

Remarque
La radioactivité du BrdU permet d'évaluer l'importance de la synthèse d'ADN. Plus les cellules en incorporent, plus elles synthétisent d'ADN.

On constate que l'intensité des divisions cellulaires est peu différente chez les rats témoins et ceux soumis à une journée de stress. En revanche, au bout de quatre jours de stress, les divisions cellulaires sont moins nombreuses. L'écart avec le lot témoin s'accroît encore davantage après sept jours de stress.

On peut donc en déduire que le stress inhibe la division cellulaire des cellules souches de l'hippocampe, c'est-à-dire le renouvellement cellulaire. Il entraînera par conséquent une réduction de son volume.

Le stress prolongé a donc des effets sur le système nerveux : il entraîne une modification des réseaux de neurones et une réduction du volume de certaines structures.

Remarque

En remplaçant les cellules mortes, le renouvellement cellulaire permet le maintien du nombre de cellules à l'intérieur d'un organe.

Cahier Spécial BAC

Description des épreuves en T^le^

1 Première partie : épreuve écrite

→ **DURÉE :** 3 h 30
→ **BARÈME :** sur 15 points

- Cette épreuve a pour objectif de valider la maîtrise des connaissances et compétences acquises dans le cadre du programme du cycle terminal.
- L'épreuve est constituée de **deux exercices.**

Exercice 1

- Il est noté sur **6 ou 7 points.** Dans cette première partie de l'épreuve écrite, le candidat **rédige un texte argumenté répondant à la question scientifique posée**. Le questionnement peut être accompagné d'un ou plusieurs documents.
- L'exercice permet d'évaluer la capacité du candidat à mobiliser des connaissances, à les organiser et à les exposer avec la syntaxe, le vocabulaire scientifique et tout mode de communication scientifique approprié. Il **argumente ses propos** grâce aux expériences, aux observations et aux exemples issus du ou des documents proposés dans le sujet.

Exercice 2

- Il est noté sur **8 ou 9 points**. Dans cette seconde partie de l'épreuve écrite, le candidat **développe un raisonnement scientifique pour résoudre le problème posé.**
- L'exercice permet d'évaluer sa capacité à **pratiquer une démarche scientifique** à partir de l'exploitation d'un ensemble de documents et en mobilisant ses connaissances. Le questionnement amène le candidat à : choisir une démarche de résolution du problème posé et à l'exposer ; analyser les documents fournis et intégrer leur analyse ; structurer et rédiger correctement son raisonnement.

2 Deuxième partie : épreuve pratique d'évaluation des compétences expérimentales

→ **DURÉE :** 1 heure
→ **BARÈME :** sur 5 points

- L'évaluation des compétences expérimentales se déroule au cours du second trimestre **pendant la période de l'épreuve écrite de spécialité**.
- Le calcul de la note se fait **sur 20 points ramenés à une note sur 5** pour compléter la note de l'épreuve écrite sur 15.
- Chaque académie retient vingt-cinq situations d'évaluation parmi celles publiées dans une banque nationale numérique portant sur l'ensemble des acquis du cycle terminal. Les situations d'évaluation seront ensuite choisies par l'établissement parmi les vingt-cinq retenues pour la session, en fonction des équipements disponibles dans les lycées et des apprentissages effectués par les élèves et en balayant les trois thématiques des programmes, ménageant un équilibre 2/3-1/3 entre Sciences de la vie et Sciences de la Terre et une diversité représentative des types de supports (supports numériques, supports d'observation et d'expérimentation). Le candidat **tire son sujet au sort** parmi les situations d'évaluation retenues par l'établissement.
- Deux professeurs examinateurs sont présents dans la salle où a lieu l'évaluation. Un examinateur évalue au maximum quatre élèves, qui ne peuvent être ceux qu'il avait dans ses classes de l'année en cours. Les professeurs examinateurs disposent d'une grille d'observation au nom de chaque candidat. Cette grille sert de support à l'évaluation du candidat : elle porte la **note qui lui est attribuée sur 20 points** et un **commentaire qualitatif**.

3 Épreuve orale

→ **DURÉE :** 20 minutes + 20 minutes de préparation

- Le candidat **tire au sort un sujet** comportant **deux questions** portant sur **deux thématiques différentes** de l'ensemble du programme de spécialité du cycle terminal, et **doit traiter les deux questions**. Les sujets proposés doivent permettre d'évaluer les compétences, connaissances, capacités et attitudes acquises dans le cadre du programme du cycle terminal.
- L'un des deux exercices, au moins, **comporte des documents choisis parmi ceux que les professeurs utilisent habituellement** dans les situations d'apprentissage.
- Cette épreuve a lieu dans une salle comportant du matériel de Sciences de la vie et de la Terre afin que des questions puissent être posées sur le matériel expérimental et son utilisation. Le candidat **peut être amené à réaliser un geste manipulatoire simple**.
- Une importance égale est attribuée à **l'évaluation de la maîtrise des compétences** (pratiquer des démarches scientifiques; concevoir, créer, réaliser; utiliser des outils et mobiliser des méthodes pour apprendre; pratiquer des langages; adopter un comportement éthique et responsable) **et à celle des connaissances, capacités et attitudes associées**.

Comment aborder l'épreuve écrite ?

1 Conseils d'ordre général

- Il est important de **bien gérer son temps**. Prévoyez de **consacrer au maximum 1 h 30 à la première partie** et obligez-vous à commencer l'exercice de la seconde partie **en temps voulu**.
- Commencez par **lire tout le sujet** pour évaluer si un exercice vous semble plus difficile et mérite un peu plus de temps. Vous pouvez d'ailleurs les faire **dans l'ordre que vous voulez**, et vous avez intérêt à **les rédiger sur des feuilles séparées**, pour éventuellement y revenir. Attention néanmoins, il faut éviter des allers-retours entre les exercices, rien de tel pour paniquer !
- Surtout, pensez au correcteur ! Une **copie lisible, bien présentée et sans fautes** sera valorisée. N'oubliez pas de vous relire.

2 La partie I : la restitution de connaissances

Il s'agit de **mobiliser ses connaissances sur une partie du programme** pour répondre à une question. L'énoncé peut apporter plus ou moins d'informations, voire un ou plusieurs document(s) dans certains cas.

Le travail préparatoire

- Une **lecture attentive** du sujet doit permettre de repérer la problématique et surtout de bien cerner le sujet. La réponse à la problématique se fera progressivement au cours de l'exposé, de **façon argumentée et structurée** en plusieurs parties apportant chacune un élément de réponse. Votre devoir ne peut en aucun cas être la version retranscrite et non réfléchie de paragraphes du cours.
- Réfléchissez à la question posée en vous demandant : À quelle partie du cours fait-elle appel ? Quels sont les mots clés à utiliser ? Comment organiser la réponse en différentes parties ? Faites aussi la **liste des schémas et graphiques** nécessaires à l'illustration de votre devoir.
- Au besoin, écrivez les mots clés au brouillon dans le désordre, puis pensez à la façon dont on peut en regrouper certains à l'intérieur de paragraphes. De cette manière, vous pourrez parfaire votre plan.

- Privilégiez un **plan simple et clair**, il est d'ailleurs souvent donné dans l'énoncé. Ne cherchez pas à tout prix l'originalité !
- Attention néanmoins à ne pas trop écrire sur le brouillon. Gardez du temps pour la rédaction.

La rédaction

- **L'introduction**

Elle doit poser un problème de façon claire. Rien n'interdit de reprendre les termes de l'énoncé. Les mots clés du sujet peuvent être définis en veillant à ne pas répondre de façon anticipée au problème posé. Enfin, l'introduction peut annoncer le **plan de façon succincte**. De manière générale, il faut éviter une trop longue introduction qui amènera à des répétitions dans le développement ou qui dérivera vers le hors-sujet.

- **Le développement**

Le contenu de chacune des parties doit être **argumenté** à partir d'expériences, d'observations, d'exemples éventuellement issus du ou des documents proposés dans le sujet.

Il est structuré en **parties équilibrées** et éventuellement sous-parties, présentées avec clarté et rigueur. La transition entre les parties doit apparaître comme logique.

Évitez les digressions inutiles. Elles ne masqueront pas l'absence de véritables connaissances.

D'ailleurs, il ne s'agit pas de faire du remplissage et un schéma bien amené est souvent plus explicatif qu'un long développement mal rédigé. Soignez les schémas. N'oubliez pas les légendes et le titre.

- **La conclusion**

C'est une **brève synthèse** (non redondante avec l'introduction) qui apporte une réponse au problème posé en introduction. Elle peut reprendre en une ou deux phrases les conclusions de chaque partie.

- **Pour finir**

Une copie courte mais bien argumentée est préférable à une copie longue et superficielle comprenant des paragraphes entiers hors-sujet ou des répétitions inutiles.

3 La partie II : la construction d'un raisonnement scientifique à partir de l'exploitation de documents

Il s'agit de raisonner dans le cadre d'un problème scientifique. Après avoir clairement identifié le problème, il faut examiner chaque document pour en tirer les informations susceptibles d'apporter une réponse.

Le travail préparatoire

- Il est nécessaire de **parcourir l'ensemble des documents** avant de commencer la rédaction. Pour chacun, repérer les principales informations fournies et déterminer comment on peut les interpréter. Chaque document doit apporter une explication particulière. Il faut éviter de fournir, en analysant un document, des détails qui seront donnés par le document suivant.
- Pour **exploiter au mieux chaque document**, il est utile de réfléchir à la question posée en mobilisant ses connaissances : *quelles notions clés doivent être dégagées ?*

La rédaction

- Une courte introduction permet de poser le problème. Ensuite, **les documents sont étudiés un par un**, le plus souvent dans l'ordre.
- Lors de l'analyse d'un document, il est impératif de **présenter d'abord les informations fournies :** résultat d'expériences, variations représentées par un graphique, observations sur une photographie ou un enregistrement…
- Dans un second temps, **on relie cette information à une explication**, une interprétation, qui fait appel à des connaissances, le plus souvent.
- Chaque document fournit ainsi une partie de l'explication au problème, laquelle est précisée par l'exploitation du document suivant. Ainsi, il faut veiller à **construire un raisonnement par des transitions logiques** d'un document à l'autre, éventuellement sous forme de question.
- Commencer par une explication que l'on justifie ensuite par une observation est à éviter. **La démarche doit être déductive.** Il ne faut pas non plus dissocier une explication de l'information à laquelle elle se rapporte.
- **La démarche doit être méthodique, bien construite et argumentée.**
- Enfin, **la conclusion résume en une phrase la réponse au problème**. D'ailleurs avant de conclure, vérifiez que l'exploitation des documents a bien permis d'y répondre !

Sujet d'épreuve écrite

Énoncé

EXERCICE 1 LA REPRODUCTION SEXUÉE, SOURCE DE DIVERSITÉ [8 pts]

On s'intéresse à la diversité des génotypes des descendants d'un couple. On considère deux gènes situés sur deux paires de chromosomes, possédant chacun deux allèles (A et a), (B et b). Chaque membre du couple est hétérozygote pour les deux gènes.

Expliquez comment les mécanismes de la méiose, puis la fécondation, permettent d'obtenir une diversité des génotypes des descendants du couple.

Votre réponse sera organisée par une introduction, un développement structuré et une conclusion.

EXERCICE 2 LES CARACTÉRISTIQUES DES MOTONEURONES [7 pts]

Différentes expérimentations et observations ont permis de mettre en évidence à l'échelle cellulaire dans les structures nerveuses les caractéristiques des phénomènes de transmission de l'information.

À partir des informations fournies par les documents 1 à 4 et en vous appuyant sur vos connaissances, dégagez les caractéristiques essentielles des motoneurones.

Doc. 1 Le message afférent

On a enregistré le message nerveux issu d'un fuseau neuromusculaire et parcourant la fibre afférente correspondante dans trois situations d'étirement du muscle : 4 grammes, 20 grammes et 30 grammes.

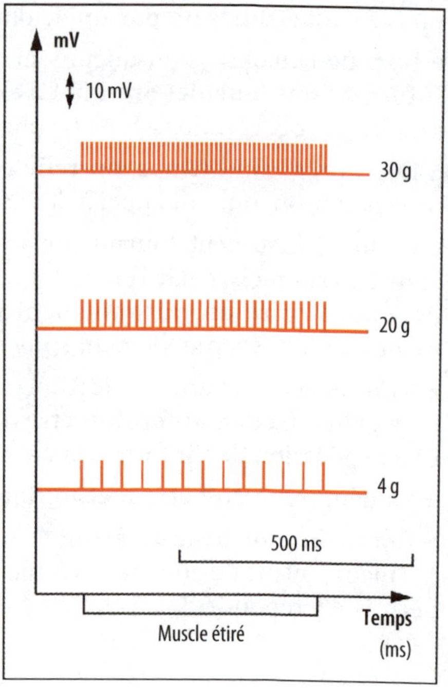

Doc. 2 Phénomènes électriques dans un motoneurone

On a enregistré les phénomènes électriques dans un motoneurone de la moelle épinière, après double stimulation d'une fibre nerveuse issue d'un fuseau neuro-musculaire et rejoignant ce motoneurone. Les deux stimulations sont d'intensité égale mais l'intervalle entre les deux stimulations varie.

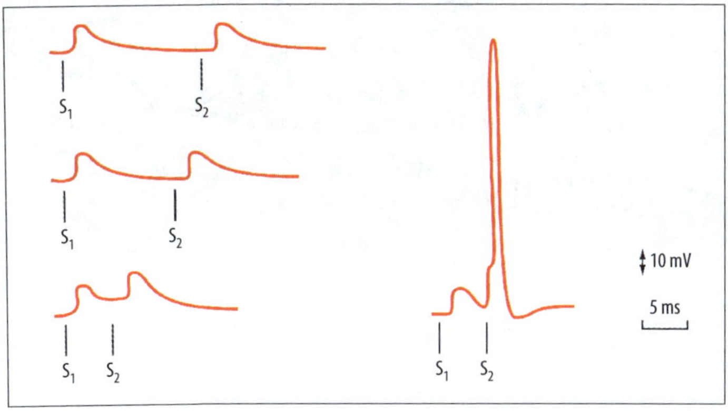

Doc. 3 Polarisation de deux motoneurones

Après stimulation de la même fibre nerveuse, on compare la variation de potentiel enregistrée dans le motoneurone initial (tracé du haut), et dans un motoneurone innervant le muscle antagoniste du précédent (tracé du bas).

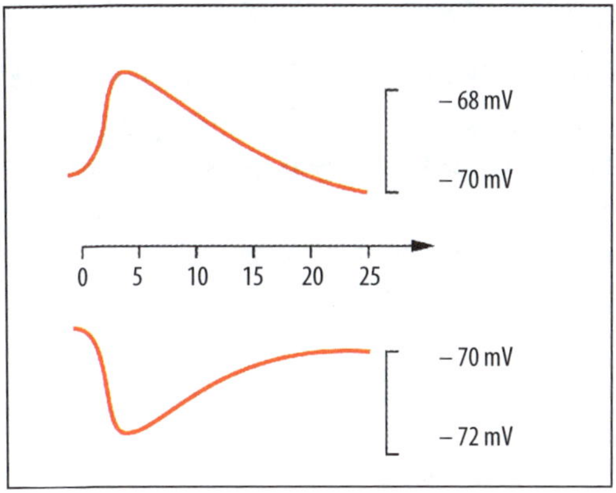

Cahier spécial BAC

Doc. 4 Électronographie de la jonction entre la fibre afférente et le motoneurone du document 2

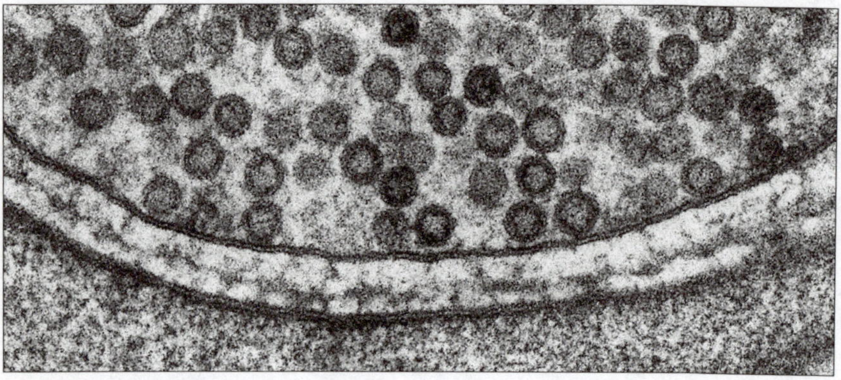

Corrigé

EXERCICE 1 LA REPRODUCTION SEXUÉE, SOURCE DE DIVERSITÉ

Chaque individu est unique avec une combinaison d'allèles qui lui est propre. Comment les mécanismes de la méiose et de la fécondation assurent-ils une diversité des génotypes ?

1 LA MÉIOSE À L'ORIGINE DE GAMÈTES GÉNÉTIQUEMENT DIFFÉRENTS

On cherche à mettre en évidence la diversité des génotypes des descendants d'un couple d'hétérozygotes en considérant deux gènes indépendants, c'est-à-dire portés par des chromosomes différents.

Chacun des deux parents a donc pour génotype (A//a B //b). La méiose va leur permettre de former des gamètes haploïdes.

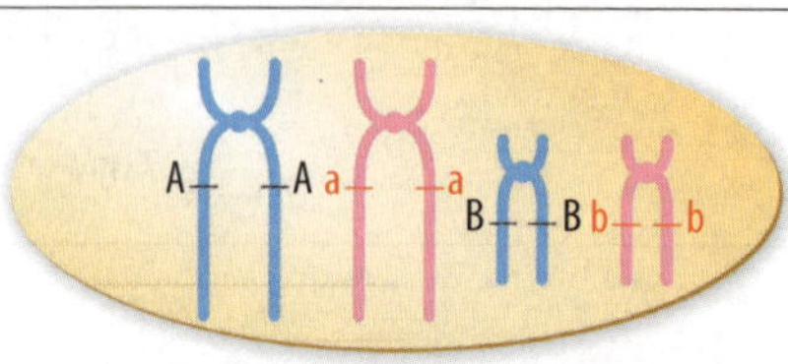

cellule à $2n = 4$, hétérozygote pour deux gènes

À l'anaphase 1, les chromosomes homologues se séparent et migrent vers des pôles opposés. Les couples d'allèles sont ainsi séparés (disjonction des allèles).

La migration à l'un ou l'autre pôle de la cellule de chaque homologue d'une même paire se fait au hasard. La ségrégation des allèles est indépendante.

Si on considère deux paires de chromosomes, deux cas sont alors possibles.

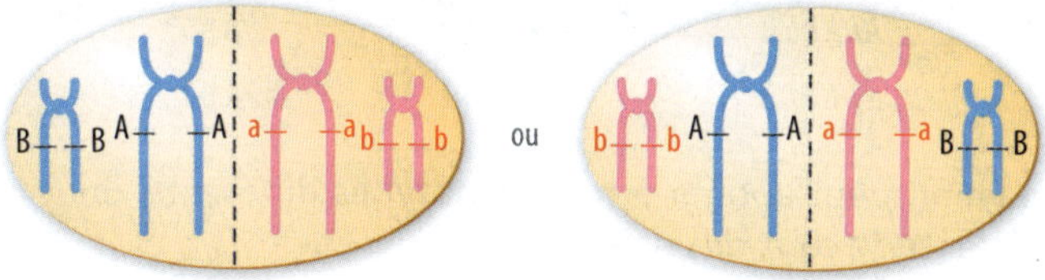

deux cas possibles de répartition des homologues lors de leur séparation en anaphase de première division

À la fin de la première division, il se forme différents types de cellules présentant des combinaisons alléliques différentes.

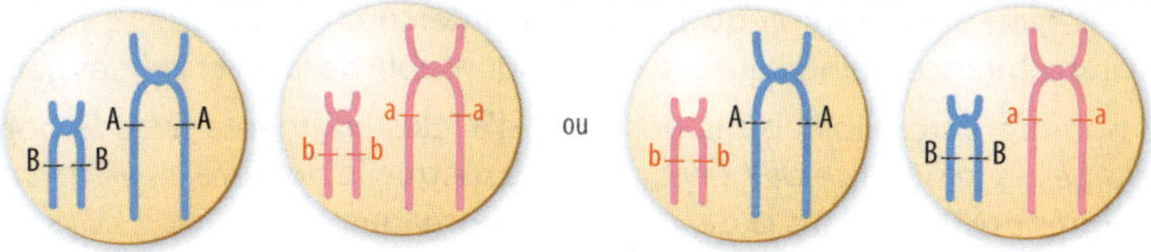

résultat de la première division dans les deux cas

En fin de seconde division de méiose, on obtient quatre types de gamètes génétiquement différents.

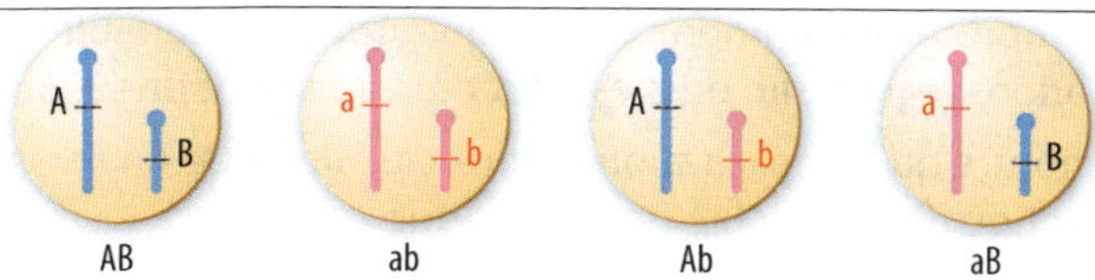

quatre types de gamètes possibles à l'issue de la deuxième division

Un gamète avec les allèles A/B/; un gamète avec les allèles a/b/; un gamète avec les allèles A/b/ et un gamète avec les allèles a/B/.

Il s'est opéré un brassage des allèles paternels et maternels par le biais d'un brassage interchromosomique, c'est-à-dire entre chromosomes différents.

2 L'AMPLIFICATION DU BRASSAGE GÉNÉTIQUE AU COURS DE LA FÉCONDATION

Lors de la fécondation, la rencontre des gamètes a lieu au hasard et différentes combinaisons sont possibles. Elles peuvent être représentées par un échiquier de croisement.

	A/B/	a/b/	A/b /	a/B /
A/B/	A//A B//B	A//a B//b	A//A b//B	A//a B//B
a/b/	a //A b//B	a//a b//b	a//A b//b	a//a b//B
A/b/	A//A b//B	A//a b//b	A//A b//b	A//a b//B
a/B/	a //A B//B	a//a B//b	a//A B//b	a//a B//B

Ainsi, la fécondation peut aboutir à neuf génotypes différents, dont huit nouveaux génotypes différents de ceux des parents.

La fécondation amplifie donc le brassage génétique dû à la méiose.

CONCLUSION

Si l'on considère deux gènes, un couple d'hétérozygotes peut obtenir neuf types de descendants génétiquement différents dont huit sont différents des parents, ceci grâce au brassage des allèles effectué au cours de la méiose et de la fécondation. Si l'on considère des gènes liés, on peut montrer qu'au brassage interchromosomique se superpose un brassage intrachromosomique qui est aussi responsable de la diversité des gamètes.

Ainsi, le nombre de combinaisons possibles d'allèles augmente avec le nombre de chromosomes et le nombre de gènes ; ce qui explique le nombre élevé de combinaisons alléliques possibles dans la descendance de chaque couple.

EXERCICE 2 LES CARACTÉRISTIQUES DES MOTONEURONES

Un motoneurone est une cellule nerveuse commandant le fonctionnement d'un organe effecteur. Il est relié à plusieurs cellules nerveuses desquelles il reçoit des informations.

On cherche à comprendre comment un motoneurone est capable de traiter les différentes informations reçues afin que les effecteurs réalisent une réponse cohérente.

Le *document* 1 montre qu'une excitation du muscle fait naître un message sous forme de potentiels d'action (PA), véhiculé par le neurone sensitif.

On remarque que la fréquence des potentiels d'action augmente avec l'intensité de la stimulation. Ainsi, le message afférent, véhiculé par le neurone sensitif, est codé en fréquence de potentiels d'action.

Le *document* 2 représente la réponse du motoneurone après stimulation du neurone sensitif. On observe la formation d'un potentiel d'action seulement lorsque les stimulations sont rapprochées. Le motoneurone effectue la somme des informations successives qui lui parviennent (sommation temporelle) et élabore alors une réponse sous forme de potentiels d'action.

> **REMARQUE**
> Observez les différentes réponses et déterminez dans quel cas apparaît un PA.

Sur le *document* 3, on compare les réponses de deux motoneurones après stimulation de la même fibre nerveuse sensitive. Le motoneurone du muscle antagoniste répond par une hyperpolarisation, à l'inverse de l'autre. On en déduit que le motoneurone du muscle antagoniste est connecté par une synapse inhibitrice à cette fibre sensitive.

Le *document* 4 représente la structure de la synapse. On observe la présence de vésicules dans la terminaison présynaptique, laquelle est séparée par un espace de la partie postsynaptique. L'arrivée de potentiels d'action au niveau de la terminaison présynaptique déclenche la libération de molécules d'un neuromédiateur qui, en se fixant sur des récepteurs postsynaptiques, entraînent la formation de nouveaux potentiels d'action.

La quantité de neuromédiateur est libérée en fonction de la fréquence des potentiels d'action présynaptiques (*doc.* 1).

La quantité de neuromédiateur fixée est fonction du délai entre les stimulations (*doc.* 2). Dans les synapses inhibitrices, les neuromédiateurs génèrent des hyperpolarisations (*doc.* 3).

Ainsi, le motoneurone reçoit différentes informations à partir desquelles il élabore une réponse adaptée. Il a un rôle d'intégrateur.

CONSEIL

Le terme « intégrateur » est un mot clé qu'il faut penser à employer.

Le Grand Oral

Au cours de l'année

Préparer ses questions

Vous devez choisir deux questions portant sur les enseignements de spécialité soit pris isolément, soit abordés de manière transversale. Toute l'année, vous préparez ces questions avec les professeurs de spécialité et éventuellement d'autres élèves.

S'entraîner aux techniques de l'oral

Vous devez travailler la prise de parole en public grâce à des exercices d'élocution, de débit de la parole, de rythme à l'oral, etc. Vous pouvez également travailler votre posture : gestes expressifs, regards, sourires, etc.

Le jour J

1er temps Présentation d'une question

Vous proposez vos deux questions au jury.

Le jury en choisit une seule, que vous devrez présenter.

Jury de 2 professeurs

- Un professeur d'une spécialité
- Un professeur de l'autre spécialité ou d'un enseignement commun ou un professeur documentaliste

Temps de préparation (20 min)

Vous préparez votre présentation en fonction de la question choisie par le jury. Il est possible de préparer un support sur une feuille que vous montrerez au jury : ce support ne fait pas l'objet d'une évaluation, il est facultatif !

Présentation (5 min)

Présentation orale de votre travail, en réponse à la question choisie.

Notation
20 pts / coef. 10

Les 5 critères d'évaluation :
- Qualité de l'épreuve orale
- Qualité de la prise de parole en continu
- Qualité des connaissances
- Qualité de l'interaction
- Qualité de l'argumentation

2e temps Échange avec le candidat

10 min

Il s'agit d'approfondir votre travail.
Le jury peut vous poser des questions sur toutes les parties du programme du cycle terminal.

3e temps Échange sur le projet d'orientation

5 min

Réflexion autour de vos choix de spécialités et de votre projet d'orientation.
Il s'agit de partager l'évolution de votre cheminement, à la fois dans le cadre scolaire et dans le cadre personnel (vos activités, vos centres d'intérêt).

Grand Oral - Sujet type

QUESTION

Des expériences de stimulation électrique de certaines zones du cortex ont permis d'établir une carte motrice. Toutefois, on peut montrer d'une part que celle-ci évolue en fonction des expériences individuelles, et d'autre part que le cerveau est capable de se réorganiser après la perte accidentelle de fonctions d'une partie du cortex moteur.

Expliquez sur quelles propriétés du cortex cérébral reposent ces capacités de réorganisation et comment elles s'opèrent.

EXPOSÉ

INTRODUCTION

Nous montrerons que l'organisation du cortex cérébral n'est pas stable : elle peut se modifier en fonction des apprentissages. Cette propriété de réorganisation du cortex, appelée « **plasticité cérébrale** », intervient également dans les capacités de récupération du cerveau après une lésion du cortex. Après avoir rappelé l'organisation du cortex moteur, nous expliquerons comment sa restructuration est possible.

CONSEIL

Reprendre les termes de la question pour poser le problème.

RÉFL EXE À AVOIR

N'oubliez pas les mots clés !

1 LA CARTE MOTRICE ET SON ÉVOLUTION

Le cortex moteur est la zone de commande du mouvement. Il est organisé en différentes zones qui correspondent chacune à une partie du corps et constituent la carte motrice. La taille de chacune de ces zones n'est pas proportionnelle à la surface de la partie du corps qu'elle contrôle mais à la précision du mouvement effectuée par celle-ci.

Aussi peut-on observer des différences individuelles : par exemple, chez les joueurs de piano, la zone corticale correspondant aux doigts se développe lors de la pratique répétée des exercices, témoignant d'une plasticité cérébrale.

Par ailleurs, lorsqu'un accident vasculaire cérébral atteint une zone de l'aire motrice – par exemple, celle commandant le bras – le malade perd la motricité de son bras. Toutefois, une rééducation entraîne une restauration plus ou moins partielle de cette motricité. Les techniques d'imagerie cérébrale permettent de montrer une réorganisation du cortex : une nouvelle zone corticale commandant le bras s'est développée aux dépens de zones préexistantes.

RÉFL EXE À AVOIR

Donnez des exemples. Au besoin, appuyez-vous sur des expériences ou des données cliniques.

2 LA PLASTICITÉ CÉRÉBRALE : L'ÉTABLISSEMENT DE NOUVEAUX RÉSEAUX DE NEURONES

e cortex moteur est constitué de neurones connectés les uns aux autres par l'inter-nédiaire de synapses. Certains de ces neurones se prolongent par des axones qui éta-lissent des synapses dans la moelle avec les motoneurones commandant les fibres nusculaires.

hez les joueurs de piano, la mobilisation des doigts permet un recrutement plus mportant des neurones du cortex qui contrôlent ces doigts. De nouvelles synapses 'établissent entre neurones, permettant l'augmentation de la surface corticale cor-espondant aux doigts.

e la même façon, la récupération du cortex moteur après un AVC est réalisée par a formation de nouveaux réseaux de neurones. Des neurones intacts, qui n'interve-naient pas dans l'exécution d'un mouvement donné avant l'AVC, établissent de nou-veaux contacts et sont intégrés dans de nouveaux circuits commandant les muscles. es nouvelles connexions sont permises par le développement de dendrites.

CONCLUSION

Ainsi, les capacités cérébrales reposent en grande partie sur l'expérience et l'apprentissage. La plasticité cérébrale intervient dans de nombreux processus, comme la mémoire. La préservation de ces capacités nécessite une stimulation tout au long de la vie.

PROLONGEMENTS POSSIBLES

- Quelle est la structure d'un neurone ?
- Expliquez la nature du message nerveux.
- Comment fonctionne une synapse ?
- Comment le message nerveux déclenche-t-il la contraction du muscle ?
- Quelles sont les techniques d'imagerie cérébrales ?

PROJET D'ORIENTATION EN LIEN AVEC LA QUESTION

Devenir chercheur en neurobiologie.

MOTIVATIONS PERSONNELLES

- La possibilité d'approcher le fonctionnement d'un organe encore méconnu, qui joue un rôle clé dans le fonctionnement de l'organisme et permet les interactions avec l'environnement ; un organe qui est aussi le siège de la pensée.
- Ouvrir des perspectives pour compenser certains handicaps, ou encore sur la compréhension et le traitement des maladies neurodégénératives afin de retarder leur apparition et leur évolution.

QUALITÉS REQUISES

- Il s'agit d'élaborer et de mener des expériences afin de vérifier la viabilité d'hypo thèses explicatives. Ce travail demande curiosité, rigueur et passion, ainsi que de capacités d'observation développées.
- Les études menées doivent faire l'objet de publications et être largement diffusées d'où la nécessité d'une aptitude à communiquer et par ailleurs d'avoir une bonne maî trise de l'anglais.
- Enfin, la recherche est un travail d'équipe, les qualités relationnelles sont indispensables

QUESTIONS ÉVENTUELLES DU JURY

– Quelles études envisagez-vous pour atteindre cet objectif ?

– Recherche fondamentale ou appliquée ? Quelle différence ?

– Les postes sont rares pour de nombreux concurrents. Quelles qualités mettriez-vous en avant pour parvenir à percer dans cette voie ?

– Donnez des exemples de chercheurs célèbres et citez leurs travaux. Si vous deviez vous identifier à l'un d'eux lequel choisiriez-vous ?

– Que pensez-vous de l'expérimentation sur les animaux ?

– L'intelligence artificielle peut-elle remplacer le cerveau humain ?

– Quelle expérience avez-vous dans le domaine du travail de laboratoire ?

REMARQUE

Le jury va tester votre motivation et vérifier la cohérence de votre projet.

CONSEIL

Ne vous laissez pas déstabiliser par les questions ! Le jury teste votre culture scientifique.

INDEX

A

B

C

D

E

Achevé d'imprimer en juin 2023 par Macrolibros à Valladolid en Espagne
Dépôt légal : juillet 2023 - N° de projet : 10278765